LOS INCURABLES

COLECCIÓN ORINOCO

1ª edición, Editorial Alfa, noviembre de 2012

Editorial Alfa
Apartado postal 50304, Caracas 1050-A, Venezuela
Teléfono: [+58 212] 762 30 36 / Fax: [+58 212] 762 02 10
e-mail: contacto@editorial-alfa.com
www.editorial-alfa.com

ISBN: 978-980-354-338-9
Depósito legal: lf50420128003523

Diseño de colección
Ulises Milla

Diagramación
Yessica L. Soto G.

Corrección
Henry Arrayago

Fotografía de solapa
Lisbeth Salas

Fotografía de portada
Armando Reverón, 1930
Autor: Alfredo Boulton
© Fundación Alberto Vollmer

Impresión
Editorial Melvin C.A.

Printed in Venezuela

LOS INCURABLES

Federico Vegas

Índice

A la búsqueda de un naufragio

NO RECUERDO CUÁNDO apareció en mi vida. Mucho antes de saber que era un pintor, su estampa surgió en medio de esa nebulosa donde habitan los héroes de los cuentos junto a ogros y gigantes, santos y libertadores, lejanos antepasados y los seres amados que han muerto antes de tiempo.

Una mañana que bajábamos al litoral, mi padre nos contó que el abuelo había comprado un garaje en Macuto y uno de los programas durante las vacaciones era ir a visitar «al loco aquel que vive más allá de la quebrada de El Cojo». En ese momento, papá soltó una mano del volante e hizo un gesto que aún no logro descifrar. ¿Imitaba a quien saluda o al que dice adiós? ¿Fue desprecio o nostalgia? ¿Se burlaba de quienes no habían comprendido al artista o confirmaba su propio despiste? ¿Ilustraba el paso del tiempo o su persistencia? ¿Señalaba algo que se aleja o que comienza a acercarse?

El garaje del abuelo se fue transformando en vivienda playera y guindaron decenas de chinchorros en tirantes de hierro, ahora pintados de esmalte blanco. Los anaqueles donde antes se amontonaban las llaves de tuerca pasaron a formar parte de la cocina y un angosto mesón de frailes se plantó a lo largo del galpón. Cerca del gran portón de entrada, que una vez fuera para camiones, estaba el foso donde el mecánico bajaba a cambiar el aceite a los motores. El abuelo lo forró de azulejos y se convirtió en algo que la familia llamaba con orgullo «La piscina», y los invitados «El caldo», porque el cemento del foso había absorbido tantos años de grasa que esta emergía incesante por las juntas de la cerámica, dando al agua unas aureolas de consomé donde los niños chapoteaban como alas de pollo.

A través de los años, el galpón se elevó en el manso remolino de los recuerdos de mi padre y comenzó a flotar rumbo a Castillete, la casa y taller de Armando Reverón, acercándose más y más en cada uno de sus recuentos hasta posarse justo al lado de los robustos muros de piedra. Entonces mi padre empezó a hablar de cuando eran vecinos del pintor y podían escuchar el alboroto de sus gansos y guacamayas.

La espiral en los vuelos de su memoria continuó cerrándose y una tarde papá llegó a contarme que Reverón pintaba al fondo del garaje del abuelo. Había culminado el prodigioso acercamiento. Es como si envejecer consistiera en invocar una sola imagen de escaso foco y absoluta integración.

Tratando de acompañar estas ineludibles aproximaciones, comencé a vislumbrar la posibilidad de convertirme en el narrador de esa travesía hacia un único e indispensable hogar. A veces escribir no es más que una salida a la reprimida tentación de cambiar el pasado, y no me refiero a grandes modificaciones de la trama o el desenlace, sino a ligeros arreglos en las secuencias, los escenarios y las motivaciones de los personajes.

En el caso del recuento de mi padre, yo quería animar al niño que una vez jugó en las playas de Macuto, a romper con la visión que se le imponía sobre el loco de la quebrada y convertirse en un buen amigo del pintor, al menos en el emancipado y volátil territorio de sus evocaciones.

Cuando además de escuchar, me dediqué a indagar, el hermano mayor de mi padre añadió una versión menos difusa y más distante a la que yo pretendía reconstruir, insistiendo en que el abuelo los obligaba a visitar al pintor todos los sábados.

—Yo no quería ir. Era un lugar hediondo, asqueroso –me dijo sin ninguna misericordia.

—¿Hediondo a qué? –le pregunté, reclamando tanta exageración.

—A mierda de mono… unos decían que la usaba para pintar, otros que quien pintaba era el mono.

Luego me aseguró que en la casa de Caracas había un par de cuadros que el abuelo compró por nada:

—Uno era de una playa y lo guardaron bajo un armario. Cuando veinte años después se acordaron de su existencia, los almendrones se habían convertido en una selva de hongos y cucarachas. El otro cuadro tenía una grúa, dos barcos y un faro. Lo colocaron sobre las planchas de cinc del corral para tapar un agujero y el sol se devoró la tela.

Me tomó tiempo entender cuál era la razón de esta versión tan increíble, tan cruenta. Al final de su vida mi tío se refugió con ahínco en la pintura y, al sumirse en ese afán tardío, debe haber sufrido al evocar aquellos hermosos lienzos perdidos para siempre. Él también estaría rearmando uno de los episodios más importantes de su niñez, pero a través de la negación absoluta de las emociones de su infancia. Recuerdo su rostro mientras hablaba de un cuadro expuesto al cielo y otro a la oscuridad absoluta; tenía una sonrisa tan maliciosa como fúnebre mientras mordía el filtro de un cigarrillo hasta deshacerlo.

He tenido que escuchar muchas historias similares por culpa de una manía nada aconsejable: anunciar sobre qué voy a escribir. Aparte de ser una práctica presuntuosa, dicen que genera fuertes tendencias a desinflar la empresa, como si contar lo que viene en camino equivaliera a hacer el amor antes de una dura prueba deportiva. Pero encuentro que estas desinhibiciones, bien administradas, abren el camino a inesperadas anécdotas que se van adhiriendo a la futura novela como abejas a un panal, cada una buscando una celda que calme tanto revoloteo inútil. Solemos ser generosos con recuerdos a los que no logramos encontrar el reposo de un lugar digno.

Lo inesperado tiene además un mordaz sabor a verdad que puede resultar muy convincente en el tejido de un relato. Y es preferible que el escritor se sorprenda con lo que le cuentan antes y no después de publicar el libro, cuando ya no hay sitio para correcciones y añadidos. Alguna vez me ha pasado, por culpa de tontas reticencias y el llamado «silencio creativo», conocer lances tan apetitosos como insospechados que calzarían deliciosamente, pero cuando el texto ya ha salido de la imprenta y anda en manos de otros.

Me he ido al otro extremo y en esta jornada todavía estoy pagando el precio de ser un deslenguado que revela sin pudor su proyecto cuando apenas comienza a cocinarlo, pues he tenido que aguantar la embestida de cientos de cuentos que repiten el acerbo patrón de mi tío, con un ingrediente embarazoso: mis proveedores intentan adornar la maldad o la estupidez de sus antepasados incluyéndose ellos mismos en una patética secuencia de justificaciones.

Recuerdo un caso alrededor de una mesa donde sobran vasos y falta hielo. Pongo el tema y una amiga comenta que su abuelo fue el médico del pintor. Espero que se explaye sobre los diagnósticos de un abuelo psiquiatra, pero se trata de un gastroenterólogo que curó de unas tenaces lombrices a Reverón, quien quedó muy agradecido y pagó la consulta con una carpeta de dibujos.

—Cuando subía desde Macuto a Caracas, siempre venía cargando unos cuadros en la espalda y visitaba a mi abuelo –añade la nieta con orgullo.

—¿Y qué contaba el médico de esos encuentros?

—Muy poco... Solo decía al verlo llegar: «Ahí está otra vez ese loco. Díganle que no estoy».

Me quedo callado, pues pienso que nada hará mella en la larga tradición familiar que todavía considera graciosa la figura del asqueado patriarca mirando al artista desde el ventanal de su estudio.

Una amiga más veterana y consciente del devenir histórico, cuenta en la misma mesa la historia de un periplo:

—Una vez llegó a la casa un cuadro con un par de mujeres desnudas. A mi abuela le pareció indecente y lo pusieron en el lavadero, hasta que la revista *Élite* le dedicó la portada al pintor y entonces lo mudaron al *pantry*. Luego se murió Reverón y el cuadro pasó al pasillo que iba a las habitaciones. Después de la exhibición que le hicieron en Bellas Artes, estuvo un tiempo rondando por el comedor y más tarde en la sala, encima de un sofá de cuatro puestos. Hace unos meses lo vendimos en una subasta de Sotheby's y nos compramos un apartamento en Boca Ratón.

Le pido más detalles:

—¿Cómo era convivir con un Reverón todos los días? ¿Qué le pasó a la casa cuando se llevaron el cuadro? ¿Sintieron el vacío?

—Pusimos algo de López Méndez –contesta y cierra el tema.

Estas historias continuarán acosándome. Una dama exigió como requisito para comprar un cuadro eliminar a la Juanita desnuda, y exhibió en su sala la imagen de unas palmeras alrededor de una enorme piedra ligeramente antropomórfica, ideal para narrar su victoria en aquel enfrentamiento entre la moral y el arte.

Al mismo tiempo, pero me temo que con menos frecuencia, voy encontrando seres con recuerdos gratos y apacibles de sus visitas a Castillete. Al observar en sus miradas un placer tan fértil, me pregunto: «¿Cómo pueden darse en un mismo lugar sensaciones tan opuestas, que arrancan del aborrecimiento, pasan por la admiración y llegan hasta la felicidad?».

Empiezo a comprender que Castillete es un pozo profundo donde los caraqueños podrán siempre verse reflejados e intentar comprender cómo son realmente; con el salvoconducto, si acaso les perturba lo que enfrentan, de argumentar que se han asomado al reino de la locura y, así, considerar su rechazo como un síntoma de saludable sensatez.

Esta última meditación se la debo a una pista que me encarriló en una ruta y una vocación que espero mantener hasta el final. La encontré en la introducción de Luis Enrique Pérez Oramas al catálogo de la exposición: *La construcción de un personaje. Imágenes de Armando Reverón*[1]:

> Fue Armando Reverón el primer «loco» de nuestras artes, el primer «loco» de nuestra conciencia colectiva. Y esa estela negra de locura, que acompaña la estela blanca de su obra, no nos habla de su persona tanto como de nuestra personalidad comunitaria; no nos habla de su manía o de su enfermedad tanto como de nuestros miedos y de nuestras obsesiones colectivas; no nos habla de su naufragio sino del nuestro.

Apenas leí estas líneas, solté el clásico: «¡Justo lo que había imaginado!», una vulgar estrategia para apoderarme de una idea que me aclaraba una incipiente sensación, y darme, así, cierto mérito en esa epifanía que nos invita a observar cómo se reflejan en Reverón los miedos, obsesiones y naufragios de «nuestra personalidad comunitaria»; incluso los del mismo Pérez Oramas, pues sus insistentes comillas, sujetando y resaltando la palabra loco, me han dejado un inquietante sabor. Quien ha conocido en cuerpo propio la locura es alérgico tanto a las comillas como a la palabra desnuda.

---

1 Con fotografías de Alfredo Boulton, Jean de Menil, Victoriano de los Ríos y Ricardo Razetti. Fueron presentadas en la Sala TAC a finales del 2004.

Días después de leer este ensayo, el 13 de octubre del 2004, apareció en *El Universal* una noticia firmada por Jenny Lozano:

> DELIRIOS SIGNARON LA VIDA DEL GENIO
> «Armando Reverón no era ningún loquito de Macuto», afirma Héctor Artiles, quien fue médico residente de la Clínica San Jorge, centro en el cual estuvo recluido el pintor durante el último año de su vida. «El maestro sufría una esquizofrenia de aparición tardía», destaca Artiles.
>
> El especialista trabajó de manera conjunta con el psiquiatra J.M. Báez Finol, director de la antigua Clínica ubicada en Pérez Bonalde, en el tratamiento de la enfermedad de Reverón, quien fue uno de los primeros casos psiquiátricos de Venezuela. Según Artiles, el origen de su enfermedad «pudo haber estado relacionado con la fiebre tifoidea que padeció en su adolescencia. Hay que agregar que el padre era toxicómano y su madre una narcisista que solo vivía para acicalarse... Reverón acostumbraba montarse en una gran piedra y, dirigiéndose hacia un altar que había construido cerca, profería gritos llamando a su madre».
>
> Llegar a esta conclusión no fue fácil, afirma Artiles. «Reverón presentaba un proceso mental muy difícil de diagnosticar. Sufría delirios alucinatorios con un alto componente místico religioso. Decía que era el Ser Superior y el Padre Eterno». No obstante, «nunca fue un paciente agresivo. Era bastante retraído y en general un hombre espléndido. Y sumamente inteligente, tenía una memoria envidiable y hablaba francés con soltura. Era un genio», destaca el especialista.
>
> Su tratamiento consistió en la administración de fármacos y psicoterapia, «pero los medicamentos tenían que ser suaves, porque sufría de hipertensión», explica Artiles. En efecto, el maestro falleció el 18 de septiembre de 1954 a consecuencia de un cuadro cardiovascular.

Durante su permanencia en la Clínica San Jorge, Reverón se dedicó a pintar los jardines, a los enfermeros y enfermeras. «Lo hacía con carboncillos, tiza y hasta tierra, incluso con los dedos, en especial con la mano izquierda».

Artiles relata que además de sus delirios, «el paciente decía tener conchas pegadas en el interior del abdomen que lo atormentaban y no le dejaban vivir, pero se le realizaron exámenes gastrointestinales que no arrojaron ninguna irregularidad».

A pesar de las bajas dosis de fármacos, Artiles señala que el maestro mostró una mejoría significativa. «El sábado antes de su fallecimiento[2], asistió junto al doctor Báez Finol a un evento en el Museo de Bellas Artes y estaba tranquilo y brillante, pero el corazón le hizo una mala jugada», concluye.

Una semana después visité al doctor Artiles en su casa.

Me recibe un hombre con más de ochenta años, magro y aún ágil, que me invita a pasar a su estudio. Viste una bata de médico verde clara. No quiero lucir como un posible paciente y coloco sobre la mesa una libreta y un lápiz. Lo primero que anoto es la densidad de una tristeza que Artiles no intenta disimular, pues en nuestro primer cruce de palabras me cuenta que ha perdido al ser que lo ha acompañado durante tres cuartas partes de su vida. Estoy tentado de preguntarle cuándo murió su señora, pero algo en su mirada me advierte que da igual que hayan pasado dos días, dos meses o cien años: su dolor es tan definitivo que ya no tendrá tiempo de superarlo. Esta condición marca el tono de nuestra reunión y no puedo indagar mucho más. Nuestra conversación se limita a girar alrededor de lo ya declarado a la periodista Lozano.

2 Debe referirse al sábado 11 de septiembre de 1954, una semana antes de la muerte de Reverón.

Será en nuestra segunda cita cuando se abra y comience a hablar sobre la paradoja del «cuerpo de un pícnico[3] en la osamenta de un hombre atlético», sobre una mente prodigiosa que se expandía sin que pareciera haber límites, sobre la cordura y la serenidad de Reverón en la última semana de su vida, sobre las circunstancias de una muerte tan previsible como inoportuna.

Cuenta también que Reverón llegó a San Jorge en tiempos de notables cambios y avances, aunque también existían todavía casos de sífilis en sus fases finales, resacas de épocas en las que no existía la penicilina. Artiles presenció el paso de los locos de la familia amarrados en «el cuartico del fondo», a las curas insulínicas y los *electroshocks*, de los que realizó –si es que entendí bien– mas de veinte mil.

Entre sus recuerdos surge un nombre que llama mi atención; quizás se debe a la incómoda y reverberante combinación de dos apellidos: «José Rafael Hutchson Sánchez». Me explica que Hutchson era un psiquiatra «medio inglés» al que Báez Finol trataba como si fuera un enfermero:

—Nunca se entendieron, y menos que nada en ese asunto de Reverón.

En esa segunda cita el capítulo «Hutchson» quedó clausurado al minuto de abrirse, y de manera tan abrupta que introduje otro tema para hacer nuestra despedida menos embarazosa.

Antes de buscar las coordenadas del otro médico residente en la Clínica San Jorge, decidí apertrecharme y le pedí ayuda a María Elena Huizi, quien coordinó la investigación y edición de una excelente *Guía de estudio* sobre Armando Reverón que sería editada en el 2005 por la editorial Proyecto

---

3 Los manuales de psicología son inclementes con los pícnicos: «Individuos rechonchos, de formas redondeadas, estatura mediana, cuello corto y ancho, cabeza y abdomen voluminosos, tejido adiposo abundante especialmente en el vientre, miembros y hombros delgados, musculatura floja».

Armando Reverón. María Elena me obsequió una copia del manuscrito de su guía y pude hacer una lista de lecturas como un alumno que prepara el esbozo de una futura tesis que aún no tiene muy clara. Mi programa de investigación debía incluir las opiniones de los colegas de Reverón, las semblanzas y anécdotas de los escritores que lo conocieron, las acrobacias de los críticos y psiquiatras que han buscado ubicación entre su genio y su enfermedad. Para rematar la indagación conseguí los documentales que Edgar Anzola, Roberto Lucca y Margot Benacerraf realizaron en Castillete.

María Elena me recomendó comenzar por el libro inaugural de Alfredo Boulton, seguir con los de Juan Calzadilla y terminar con los textos de Luis Enrique Pérez Oramas. Siendo uno de sus ensayos mi punto de partida me pareció un buen augurio la idea de un reencuentro al final.

También le pregunté a María Elena sobre el doctor José Rafael Hutchson Sánchez. Me dijo que sabía de su existencia, que varias veces había tratado de contactarlo, pero el hombre estaba metido a ganadero y no parecía muy dispuesto a dar información.

—Es un viejo complicado –añadió. A una tesista de la Universidad Simón Bolívar que lo entrevistaba le pidió matrimonio en la primera cita… para decirlo de la manera más elegante.

Por su sentencia de cierre, «Habla de todo menos de lo que le preguntan», comprendí que para ella era una posibilidad cancelada. Para justificar mi interés en ese personaje que ella juzgaba «inabordable», le expliqué que la naturaleza de mi proyecto podía abarcar incluso respuestas alejadas del tema, «porque aún no tengo tema». No le hizo gracia mi errática amplitud, pero, después de darme el teléfono de Hutchson, me deseó suerte:

—Luego me cuentas cómo te fue.

María Elena ha atendido demasiados desvaríos, pero está dispuesta a continuar escuchando. Quienes están involucrados en la aventura de comprender a Reverón forman una familia de iniciación incierta y sin armas para apartar herejes e impertinentes de oficio. Conozco a varios que pertenecen a esta secta con orgullo, aunque todavía no se les haya dado ningún reconocimiento público. Forman parte de un grupo con nexos desinteresados –quienes comercian con los cuadros del pintor suelen estar excluidos– cuyas cabezas van mutando según la profundidad y continuidad de sus ensayos. El resto, como yo, merodea alrededor de los despojos.

Dejé pasar un tiempo antes de llamar a Hutchson, pues pensaba que todo estaba ocurriendo demasiado rápido para mi biorritmo. Mis esfuerzos necesitan ser pausados, casi lánguidos, si quiero ajustar lo sucedido a lo que soy capaz de escribir. La pereza a veces puede ser un buen filtro.

Para ponerme al día comencé a armar un primer resumen biográfico del pintor. ¿Cuál es la fuente más autorizada de la vida de Reverón? Puede que no exista, aunque bien se merece una rigurosa biografía de la misma extensión que tienen, digamos, las dos gruesas versiones sobre Arturo Uslar Pietri[4]. Por cierto, Armando y Arturo se conocieron de jóvenes y, siendo Uslar la conciencia racional del país y el absoluto opuesto al mito de Reverón, convendría saber hacia cuales derroteros derivó esa amistad.

Cuando le comenté a María Elena que hacía falta una biografía de Reverón, pensó que yo pretendía escribirla. Debe estar cansada de presenciar saltos ornamentales que llegan a muy poco. En su *Guía de estudio* aparecen 125 ensayos y reco-

---

4 *Arturo Uslar Pietri. Entre la razón y la acción*, de Astrid Avendaño, Oscar Todmann Editores, 1998, y *Arturo Uslar Pietri o la hipérbole del equilibrio*, de Rafael Arráiz Lucca, Fundación para la Cultura Urbana, 2005.

pilaciones de textos, pero ninguno intenta explicar a fondo la vida del pintor.

Quien le ha dado más consistencia biográfica a Reverón es Juan Carlos Palenzuela. Lo encontré en una fiesta y le comenté que pronto iría a visitarlo para hacerle unas cuantas preguntas sobre el tema. Le complació la propuesta y me adelantó una pista que consideraba clave:

—El hombre no tenía dientes. Eso era algo que lo mortificaba mucho. ¿Te imaginas cuántas otras cosas habrá dejado en el camino?

Esa noche volví a tener una pesadilla recurrente, dicen que universal: mis dientes se desmoronan como si fueran de caliza, mientras me contemplo en un espejo y acepto el hecho con resignación.

Me desperté con la lengua frotando ansiosa todo lo que fuera esmalte y un insoportable sabor de finitud. Fue entonces cuando decidí telefonear al enigmático Hutchson y logré concertar una cita.

Entre el 3 de noviembre del 2004 y el 9 de marzo del 2005, entrevisté a José Rafael Hutchson Sánchez en quince sesiones de unas tres horas. Mi plan inicial era escribir una novela alrededor de la figura de Reverón y me dedicaba a buscar información con cierta indolencia, aguardando a que la trama desplegara su dibujo, sin forzarla.

Igual que quienes creen en fantasmas, mi fe de escritor solo se despierta ante las apariciones inauditas, y al principio no creí que Hutchson fuera capaz de convocar suficientes asombros y desconciertos. Solo había pensado sostener un par de encuentros con el tercer psiquiatra a bordo en la Clínica San Jorge, pero el propio entrevistado propuso la redonda medida de diez citas para contarme su versión de la historia. Me pareció mucho una decena, y terminó extendiéndose a cinco sesiones más.

La transcripción de las grabaciones, junto a los ensayos que escribí en esos tres meses, estuvieron reposando en un archivo durante seis años. Ahora es cuando caigo en cuenta del ambiguo rechazo que había acumulado hacia Hutchson por la manera implacable en que se apoderó de mi búsqueda, invadiendo y agotando otras posibilidades, colmando el tiempo que podía dedicarle al tema, dejándome sin chance de imaginar variantes y urdir una módica dosis de ficción. Fui en busca de un pintor y terminé varado frente a un psiquiatra, como un paciente cualquiera que quiere quitarse de encima una punzante angustia.

De manera que después de nuestra última entrevista su historia quedó sepultada durmiendo lo que suele llamarse «el sueño de los justos», pero no «la paz de los sepulcros», pues he terminado aceptando que la única manera de lidiar con el sempiterno fantasma del manuscrito será publicarlo, mientras más pronto mejor.

Durante el tiempo que las entrevistas aguardaron por esta segunda, y espero que definitiva revisión, han aparecido nuevos estudios sobre la vida y la obra de Armando Reverón[5]. Juan Carlos Palenzuela publicó *La mirada lúcida* en el 2007. Juan Carlos fue un hombre tan serio como apasionado, y con ese libro cerró una vida laboriosa que terminó demasiado pronto. Es un texto al que he dedicado toda mi atención, pero no puede compensar las conversaciones que planeábamos tener. La última vez que lo vi fue en el restaurante Urrutia. Estaba sentado en una mesa rodeado de buenos amigos. Formaban una cálida cofradía y comprendí que ese almuerzo iba a ser un recuerdo imperecedero de sabrosa

---

5 A los que debo agregar ahora, por los retrasos en mi entrega al editor, el libro de Simón Alberto Consalvi y la película de Diego Rísquez, amigo entrañable que ha logrado unir en su visión de Reverón el estremecimiento y el encanto.

amistad. Me acerqué brevemente a saludarlo y solo su mirada tenía la fuerza de siempre.

Ese mismo año, con motivo de la exposición sobre la obra de Reverón en el Museum of Modern Art, entre febrero y abril del 2007, se publicó *Armando Reverón*, con ensayos de John Elderfield, Nora Lawrence y Luis Enrique Pérez Oramas, el autor que María Elena me asignó para la arremetida final.

También han seguido llegando, y creo que me acosarán por siempre, esos cuentos inesperados cuya carga de impiedad ya describí. Anoche supe de un arquitecto, amigo del pintor, que le compraba sus cuadros para ayudarlo y luego los arrojaba a la basura.

Hay curiosas excepciones. Un señor Moreau tenía una casa de comercio en La Guaira, y cuando Reverón subía a Caracas siempre pasaba a visitarlo. Conversaban y Moreau le mostraba las novedades que acababan de llegar de Europa. Un producto alemán llamado Nívea va a fascinar al pintor. Se trata de una crema blanquísima que hidrata y pinta su piel requemada. Hoy puede parecer injusto que a Reverón le hayan cambiado uno de sus cuadros por potes de crema Nívea, pero, ¿cómo calibrar el placer que le causaba aquella pasta mágica de un blanco impoluto y alegórico que lo hacía lucir como Marcel Marceau? Lo que el comerciante recordaba con mayor felicidad no es lo bien parado que salió en el intercambio, sino las gratas conversaciones con su amigo, el pintor que lo visitaba cada dos meses.

Siempre vuelve a surgir alguien más que fue feliz en Castillete. El padre de un buen amigo era sobrino de Reverón. Me cuenta que bajaba a la playa en las vacaciones de Semana Santa y dormía en el taller de Castillete, sobre los mismos divanes donde habían posado durante el día las odaliscas rodeadas de palmas y flores. En las mañanas, el joven desayunaba con su tío, quien solía lamentarse de la relación con su familia:

—¡Cómo queriéndonos tanto tenemos tan poco de qué hablar! Es tan doloroso vernos y quedarnos callados.

—Pero conmigo sí puede hablar –le dice el sobrino para animarlo.

Y el tío contesta agradecido:

—Contigo puedo hablar hasta conmigo mismo.

Esa es la conversación que anhelo para el niño que fue mi padre. No es tan grave no lograr conversar, lo triste es no desearlo. El único propósito de estas aproximaciones graduales a Castillete es encontrar, ahora que voy entrando en esa vejez que todo lo aproxima y todo lo borra, un espacio donde pueda reflejarme en el alma de Armando Reverón y alcanzar una visión más sincera de mi propio naufragio.

I
3 de noviembre del 2004

El doctor José Rafael Hutchson Sánchez nació en 1928. Es hijo del escocés Noel Hutchson, un linotipista que vino a Venezuela a montar una rotativa Ludlow para el periódico *El Universal.* Su madre, Amalia Sánchez Berroterán, provenía de una familia dueña de grandes extensiones de tierras en Táchira y Barinas.

En enero de 1939, meses antes del comienzo de la Segunda Guerra Mundial, Noel Hutchson decide regresar a Escocia con su esposa y único hijo, José Rafael, quien entonces tenía 11 años.

En 1953, catorce años más tarde y a punto de terminar sus estudios de psiquiatría, José Rafael Hutchson regresa a Venezuela y trabaja en la Clínica San Jorge como ayudante del doctor José María Báez Finol. Allí participa en el largo tratamiento médico del pintor Armando Reverón.

Después de un año en Caracas, Hutchson vuelve a Inglaterra donde permanecerá hasta 1988, cuando decide regresar definitivamente a Venezuela. A partir de ese momento, abandona la psiquiatría y se dedica a la ganadería en las tierras de su familia materna.

José Rafael Hutchson tiene ahora 77 años y no parece haber perdido ese nervioso afán escrutador, disfrazado de sosiego ensimismado, que suelen tener los psiquiatras. Solo en su pronunciación se adivina que ha pasado más de media vida en Escocia, pues tiene en la entonación el exagerado rigor de un idioma alguna vez olvidado y vuelto a recordar. Al usar términos científicos sí tiende a usar el inglés. Mi primera impresión es que se trata de un hombre generoso dispuesto a compartir sus recuerdos.

A las nueve de la mañana de un miércoles entro en una casa de la urbanización Sebucán. Hutchson me conduce a un corredor frente a un pequeño jardín que linda con una quebrada exuberante. Encuentro una mesa bien servida con arepas, queso rallado, huevos revueltos y caraotas en cantidades apropiadas para celebrar una primera comunión.

Una vez sentados nos quedamos callados, como ajustándonos a la penumbra de los árboles y el rumor del agua. Tanta belleza requiere una explicación.

—Esta quebrada es mi cuota de El Ávila –comenta Hutchson, mientras estira los brazos para acentuar la perspectiva–. En este terreno estaba la casa de los abuelos Sánchez, hasta que la tumbaron para hacer este conjunto de casitas.

Luego arrima su silla hacia adelante para bloquear un poco el jardín del vecino, como si fueran las tierras de un invasor, y me hace señas de que empiece a comer. Solo parece interesarle cuántas cucharadas de huevos revueltos me sirvo en el plato. Me apresuro, pues pienso que espera su turno para servirse, pero me dice que él ya desayunó muy temprano. No parece estar a gusto con lo poco que voy a comer.

Es un hombre alto y delgado que transmite una gran fortaleza acumulada en los años más que en los músculos. Frente a él, se siente una atormentada corriente de días y experiencias que podrían fluir a tu favor o arrollarte. En ambos casos, esa fuerza te indica sin tapujos qué debes hacer, o qué espera que hagas, aunque durante la entrevista pareció olvidar alguna vez el propósito de sus actos y palabras. Hoy su primer mandato es que coma hasta hartarme. Instalo el grabador sobre la mesa con la usual pregunta: «¿Le molesta?». No hay contestación, y no logro comenzar el interrogatorio en medio de aquel desayuno entre forzado y delicioso. Estoy impaciente y desconcertado con el escenario. De pronto me pregunta:

—¿A qué vino? ¿Qué es lo que quiere de mí?

Y entro directo en el tema.

* * *

—*Usted trabajó en la Clínica San Jorge, donde Armando Reverón pasó el último año de su vida*[1]. *¿Podría contarnos (uso el plural para sentirme parte de una empresa más amplia) cómo fue su primer encuentro con el pintor?*

—Fue justo a las cuatro de la tarde. Yo venía de un almuerzo que se alargó más de la cuenta. No sé por qué las comidas han ido tomando tanto terreno en vida. Ahora que voy perdiendo el apetito, comer se me está convirtiendo en el gran ordenador, como si mi vida se dividiese en desayunos, almuerzos, meriendas y cenas. Recuerdo que esa vez estaba muy cansado y venía pensando en tomarme un café bien caliente, cuando me entregaron la carpeta de un nuevo paciente que me aguardaba sentado en el patio.

—*¿Puede describir la Clínica San Jorge?*

—Era un caserón grande en el centro de Catia, con un par de patios llenos de buenos árboles. No había estas palmas y helechos, ni la profusión y humedad de esta quebrada; allí solo había pinos y unas acacias que no dejaban crecer la grama. Ahora creo que funciona un colegio… no deben haber dejado un solo árbol en pie.

Mientras el nuevo paciente estaba sentado, los internos lo miraban desde lejos. De pronto, alguien le lanzó una piedra…

---

1 Desde octubre de 1953 hasta el 19 de septiembre de 1954.

digamos, para no ser tan dramáticos, que fue un terrón. Esa ceremonia de bienvenida se repetía con bastante frecuencia. No era que los viejos pacientes temieran u odiaran a los nuevos, se trataba de la manera más infantil y directa de conocer el carácter de un recién llegado.

El paciente no reaccionó. Lo que fuera que le lanzaron le dio en un muslo y lo tomó como si hubiera caído una fruta seca de un árbol. Solo levantó la mirada y observó las ramas de la acacia que le daba sombra.

Hutchson hace un gesto de disgusto y se golpea con los dedos la frente, como recriminándose por un grave error.

—No era una acacia... era un sauce llorón. Los árboles eran muy importantes en San Jorge. Lo primero que le dijo Reverón a Báez Finol, cuando por fin decidió hablar, fue: «Usted es un árbol. Yo soy otro árbol».

Ahora parece enfocar más vivamente la escena:

—Había también un espléndido cotoperí, pero hubo que cortarlo cuando a un paciente se le atragantó una pepa y murió asfixiado. Era un andino macizo y nadie pudo acercarse mientras se metía las manos en la boca y trataba de arrancarse la lengua. Ya muerto fue que encontramos la causa de tanta desesperación.

La tarde de su llegada, Reverón apenas logró hilvanar un par de frases. Su gesto al levantar la mirada era el de un hombre que ha perdido el habla, o la fe en el propósito de expresarse. Tenía el brazo arqueado, como si tuviera una punzada en el hombro, y señaló con gran dificultad las nubes más allá de la copa del árbol, como señalando que venía un aguacero. Yo no podía imaginar que un mes después haría carboncillos con las ramas secas de ese mismo sauce. Solo Báez Finol y los viejos guardianes, Pedro y César, sabían que el recién llegado era un pintor. No era la primera vez que Reverón entraba a la Clínica San Jorge, ya había estado recluido en 1945.

—¿Usted sabe en qué condiciones llegó Reverón a San Jorge en 1945?

—Veo que usted quiere drama... Le advierto que de eso habrá para hartarse.

Quizás no voy a la velocidad adecuada y doy la impresión de querer terminar pronto nuestra reunión. Hutchson reacciona introduciendo un ritmo más pausado:

—La historia clínica redactada por Báez Finol en 1945 habla de un paciente de 56 años que ingresó por un trastorno mental agudo y una grave ulceración en el pie derecho que no le permitía moverse. Días antes, se había escondido detrás de unos escaparates en la Escuela de Artes Plásticas. No quería dejarse ver por ningún médico, les temía. Lo descubrieron por el hedor de su ulcera, ya a punto de una gangrena. Manuel Cabré se encargó de llevarlo cargado adonde Báez Finol.

A pesar de la grave lesión en el pie, el paciente no dejaba de moverse. Unas veces emitía incomprensibles sonidos con la boca entreabierta y otras gritaba de dolor. Cuando le preguntaron por qué no se había curado la herida, contestó que amaba la naturaleza y las larvas que entraban y salían de su llaga también tenían derecho a vivir. Otros dicen que se curaba rociándose Anís del Mono y el dulce atraía hormigas que se comían las larvas. ¿Usted se ha fijado en la etiqueta de la botella de ese anís? No conozco un mono más serio; usa una barba como la de Darwin... ¿Ese cuento de la llaga edulcorada satisface sus expectativas?

Me trata como un reportero sensacionalista y no sé qué responder mientras espero a que continúe.

—Más de una vez he revisado ese lenguaje deshilvanado y absurdo del paciente en las anotaciones que hizo Báez Finol en 1945. He leído y releído sus palabras como si fueran acertijos repletos de los códigos y simbolismos secretos que hoy se le adjudican a la esquizofrenia. Algunas frases parecen no tener sentido, como «He hecho dos cruces para demostrar cuatro más cuatro»[2]. El problema radicaba en que sus asociaciones de ideas eran tan desordenadas que no se comprendía adónde quería llegar. Y otro detalle: soltaba su impetuosa disertación mientras ejecutaba continuas piruetas a pesar del terrible dolor en el pie.

Quizás no había desorden, sino vacíos. Puede que Reverón estuviera pensando a una velocidad tan desesperada que buena parte de su discurso se quedaba sin pronunciar[3]. El mismo Báez explica que semanas después el paciente comenzó a hablar y a moverse con más calma, dando vueltas sobre sí mismo a la derecha y a la izquierda, mientras decía: «No sé cuándo actúo como hombre y cuándo como mujer»; luego giraba solo a la izquierda diciendo: «Ahora soy hombre»; después a la derecha y era una mujer. Al final quedaba muy cansado y daba una recomendación: «Quien sabe hacer gimnasia puede hacer de todo en este mundo»[4]. Esa primera crisis duró solo tres meses y Reverón regresó a Macuto con grandes

---

2 Boulton señala que cuando Reverón firmaba sus cuadros colocaba como signo cabalístico, antes o después de su firma, una o dos cruces, lo que ha hecho más confusa la cronología de su obra. *Reverón*, Alfredo Boulton, 1979.

3 Boulton comenta esta aceleración cuando describe «un hombre de naturaleza inquieta, con quien resultaba difícil llevar una conversación, pues las ideas se le atropellaban y saltaba de un tema al otro sin aguardar a concluir lo expuesto. Toda su vida conservó esa manera de expresarse, muy poco propicia para el diálogo fluido, continuo y pausado. Movimientos nerviosos de los brazos acompañaban su dicción, y su rostro se veía de pronto iluminado por una sonrisa burlona y pícara que aumentaba el desconcierto en la conversación ya difícil de seguir». *Ibidem*.

4 Todos los datos que aquí ofrece Hutchson aparecen en la conferencia que Báez Finol dio en Bellas Artes en 1955, con motivo de la Gran Exposición retrospectiva de la obra de Reverón. La descripción de este episodio la termina Báez con palabras del propio Reverón: «Ahora sí me puedo sentar porque estoy limpio. Camino en esas playas de noche y amanezco muy bien porque soy amigo de la Naturaleza. No me gustan las paredes ni la gente. Hay cosas que hago que no hace la gente. Yo me sigo por mis maestros. Si un maestro me dice algo que me guste, yo le obedezco».

deseos de pintar. Ya de vuelta en su taller de Castillete hablaba con coherencia de su estado emocional.

Durante la segunda crisis, la de 1953, pude observar cómo a medida que el paciente iba sintiendo menos presión, menos apremio, menos dolor, tanto su discurso como sus movimientos empezaban a asentarse, a hacerse legibles, y las ideas se hilvanaban en esa poética tan suya, tan coherente: «El lienzo está en blanco y cada pincelada es un pedazo de alma». Con este resumen tiene usted para escoger entre su obra, su pensamiento y esas anormalidades psicológicas y folclóricas que tanto atraen a la galería.

Por supuesto que la locura afecta a la creación, o está implícita en ella, pero también la gastritis y hasta la caspa, para no hablar de la conjuntivitis crónica, la alergia a la trementina o el astigmatismo de El Greco. Pero la locura es la que parece tener raíces más similares a las del arte. Ambos reinos son inabarcables, y está en su naturaleza esconder los misterios de su finalidad, de sus verdaderas causas y efectos, por eso a veces se explican mutuamente, se compensan...

—Se reflejan uno en el otro.

No le hace gracia mi interrupción, y comenta:

—Agregue «como en un salón de espejos»... así sonará mejor.

Hutchson insiste en hacerme sentir como un ávido reportero. No tengo otro camino que continuar con total impasibilidad:

—Volvamos al día del primer encuentro en 1953. ¿Usted ya había leído el informe del 45? ¿Sabía quién era Armando Reverón?

—Ya le dije que no. Solo sabía su nombre, era todo lo que había en la carpeta donde debía anotar los datos sobre su estado físico. Es importante que ponga mucha atención pues espero que a usted le resulte más fácil ordenar mis recuerdos que a mí... En octubre del 53 yo no sabía quién era nadie en este país. Tenía menos de dos meses en Venezuela. Era un reincorporado, condición peor que la de inmigrante, porque, aunque me encontraba en la tierra donde nací, todo lo ignoraba. Fue al día siguiente del encuentro en el patio cuando logré hablar con Báez Finol y supe que el nuevo paciente era su amigo, un pintor muy conocido que ya había estado antes en la Clínica y respondía muy bien al tratamiento. Eso fue todo lo que Báez me dijo ese día.

Sé que debo hacer una nueva pregunta cada vez que Hutchson me mira fijamente, como sorprendido de encontrarme en su casa, sentado a su mesa.

—*¿Cuáles eran sus funciones en San Jorge?*

—En esos primeros días Báez Finol no sabía qué diablos hacer conmigo. Me tenía mucha desconfianza. El trabajo me lo había dado como un favor a una de sus mejores alumnas, Milagros Iribarren, la primera mujer que se graduó de psiquiatra en este país. Yo acababa de conocerla; poco después éramos inseparables. Ella me ayudó a no preocuparme tanto por los caraqueños que no me entendían o eran francamente hostiles.

Al principio me creía superior a mis colegas y daba mi opinión sin que me la pidieran. Me consideraba un revolucionario cuando no era más que un novato más engreído que inspirado. No sé como Báez Finol no me despidió a la semana. Luego se arrepentiría de no haberlo hecho.

—*¿Cómo conoció a Milagros Iribarren?*

—En la Universidad Central. En un primer momento pensé en hacer una reválida, no tanto porque pensara quedarme en Venezuela sino por ocupar mi tiempo, hacer algo. Milagros se encargó de explicarme los requisitos, el proceso y, a la vez, de averiguar mis capacidades y verdaderas intenciones. Su método era un acoso que partía de breves preguntas, y me hacía caer en respuestas tan largas que ella misma debía rematarlas: «Está bien... ya lo he entendido», pero sin dejar de sostener la misma mirada perspicaz, insatisfecha. Cuando yo creía que se había quedado sin preguntas, ella solo estaba agudizando su indagación. Era tan estimulante estar sometido a esa presión sin misericordia... Otro de sus gestos era tomar su cabellera con ambas manos y dejar sus orejas a la vista, dejando en claro la seriedad de sus percepciones. ¿Sabe cuál es un síntoma grave? Enamorarse de un par de orejas.

El tema no le resulta grato ni fácil, pues dice como excusándose o reclamándose una distracción:

—Volvamos adonde estábamos.

—A sus funciones en el San Jorge.

—Sí, a lo que hacía y dejaba de hacer. Mi primer trabajo era recibir y evaluar al paciente, darle una especie de bienvenida clínica. Eran exámenes muy simples, no contábamos con los medios de ahora que te hacen una autopsia en vida. Era absurdo que de mí dependiera el primer veredicto, cuando yo era, insisto, un aterrizado con grandes ínfulas al que nadie prestaba atención. Luego supe que Báez Finol ni siquiera revisaba mis reportes. Su consentido y mano derecha era Héctor Artiles, un buen amigo que no me la puso tan difícil. ¿Usted lo ha visitado?

La pregunta suena a detector de mentiras y respondo secamente:

—Sí, estuve en su casa.

No hay más comentarios sobre Artiles y Hutchson continúa hablando de sus labores:

—Me juraba muy importante y evaluaba pronto al «nuevo» para que a través de los enfermeros se esparciera el reporte de sus padecimientos y los otros pacientes terminaran sus peligrosas indagaciones. La evidencia más preocupante fue la tensión arterial de Reverón: 19-10. Recuerdo que pensé: «Esta es la presión que lo va a matar», y tuve razón.

Esa tarde en el patio, apenas me le acerqué, me invadió un olor tan penetrante como la mostaza, algo que ya había aprendido a soportar en mis pocos años de interno. Era un extracto macerado de los tres reinos: el sudor de los tigres, la savia del cují y el escozor de la sal marina. Habría que añadir esas esencias de la angustia cuya base es siempre la misma: mucho miedo acumulado en la bilis. Las clínicas tratan de aplacar esas emanaciones con olores todavía más fuertes: un vaho de yodo y algodón planchado con toques de sangre mal lavada que parte de los quirófanos, más los condimentados atoles que se maceran en la cocina. En San Jorge exageraban el comino de un gran sancocho comunal y usaban mierda de gallina como abono en los jardines de los dos patios, pero aun así logré percibir algo más en el olor de Reverón: esa miasma que brota cuando uno raspa el fondo de una olla mal lavada.

—*¿Cuál fue su primera evaluación del nuevo paciente?*

—Era un hombre gordo, o más bien un hombre que ha engordado de pronto, como si le hubieran inflado el estómago con una bomba de agua y estuviera a punto de reventar. Los brazos eran fuertes, armoniosos, si uno olvidaba el abdomen hinchado que los distanciaba y hacía lucir prestados, como perteneciendo a dos vidas distintas[5]. No fue fácil nuestro primer encuentro. Él sabía que me estaba acercando, pero solo movió los ojos e hizo el gesto doloroso de señalar las ramas del sauce. Ese primer acercamiento fue como enfrentar a un caballo salvaje, pero infinitamente cansado, cuya furia solo puede hacer daño a su propio cuerpo, a su propia alma, por estar atrapado en una telaraña de mil cuerdas.

Me acerqué un paso más y comencé a escuchar un sonido parecido al motor de un viejo refrigerador. Era un murmullo tan constante que pronto se haría imperceptible. Si hubie-

---

5 Ante esta descripción de Reverón a los 60 años, conviene recordar su aspecto a los 40. Según Guillermo Meneses tenía entonces «una figura humana recia, fuerte. Un flaco individuo de esqueleto poderoso, de piel sana, bien quemada por el sol y el viento y la cercanía del mar».

ra sido semejante al quejido de una bestia herida me hubiese impresionado menos que aquel sonido mecánico, eléctrico, obstinado, de una misma nota sostenida al mismo volumen y brotándole entre las costillas. Agradecí cuando hizo ruidos más humanos con la boca, resoplidos, como tratando de arrojar algo que estaba en su interior. Ese fue el preámbulo a su primera frase: «Mientras tenga dentro este pegoste no puedo dormir con la señora». Luego supe que al pegoste lo llamaba también «el gas parlante». Aproveché ese instante para saludarlo por su nombre de una manera tan abrupta, que sonó a orden marcial: «¡Armando Julio Reverón!».

Al oír aquel grito autoritario giró el cuello apenas lo suficiente para divisarme de reojo, pero luego volvió a apoyar la barbilla en el pecho. No la apoyaba, más bien la hundía con fuerza contra el esternón. La ropa parecía engrasada con cebo y barro. Llevaría semanas sobre ese cuerpo hasta formar parte de él junto a tramos de piel que parecían de pergamino. Las arrugas en ambas texturas estaban llenas de surcos profundos y mucho pelo, una maraña que parecía brotar a través de todos sus poros y el tejido de la tela.

Afeitarlo sería el primer paso y el primer exceso. Fue como podar una trinitaria y dejar solo las estacas afiladas. Los que consideraron una irreverencia eliminar aquella barba de «Señor que estás en los cielos», no vieron los restos de briznas y hasta hormigas. Gracias a esa poda descubrimos una dermatitis que ha podido transformarse en culebrilla, y una irritación del cornete inferior derecho por su manía de expeler con estornudos los caracoles que, insistía, le estaban carcomiendo el estómago.

Cuando me senté a su lado, el sonido del motor subió a una frecuencia más aguda, como la alarma de una caldera a punto de explotar. Ahora el paciente me temía, o más bien estaba harto de temer y de enfrentar sus recelos día y noche.

Solo los pies tenían movimiento. Estaba descalzo y la agilidad con que se frotaba uno con otro era propia de un par de manos. Las uñas estaban negras y largas, parecían instrumentos de labranza. Si le digo que presentí lo que aquel hombre iba a significar en mi vida, tendría que referirme al sustrato más terrenal de ese presentimiento, porque más que a un hombre de mi tiempo vi a un Adán harto de enfrentar esa maldición que a todos se nos cumple tarde o temprano: «polvo eres y en polvo te convertirás».

Noté en sus chasquidos que estaba sediento y pensé que con un vaso de agua fría haría mi primera conquista. «Primero calmaré tu sed y luego haré que te den un buen baño», murmuré. Ya le habían inyectado un fuerte calmante, aunque nunca opuso resistencia. La única dificultad había sido lo pesado de su cuerpo, y lo adherente. Costaba moverlo. A pesar de su docilidad, hubo que llamar a César y Pedro para sentarlo en el banco donde lo dejaron mientras le preparaban la cama.

Ya sentado a su lado sentí que se consumía ante mis ojos. Llegó un golpe de viento y unas pocas hojas se movieron alrededor de sus pies como atraídas por sus dedos. «Es importante que las mire», pensé. «Debe observar su derredor, sentir curiosidad, salir de su encierro». En ese momento abrió la boca y vi que tenía la saliva pastosa, sólida, otra señal de miedo, y repitió varias veces: «Ellos, ellos, son todos ellos...». Pensé que se refería a los otros pacientes, pronto supe que me incluía.

Desde el día que comencé a trabajar en San Jorge insistí en que llevaran a los recién llegados al jardín antes de internarlos, para que se acostumbraran al aire fresco de Catia. ¿Cómo podía saber que ese paciente tan remoto y ausente conocía a esos mismos árboles mejor que yo? Ambos estábamos de acuerdo en que el jardín era el mejor lugar de la Clínica, el más terapéutico. Ese sería el sitio donde más le gustaría pintar.

—*¿Cuánto tiempo estuvo Reverón en San Jorge?*

—Unos once meses. Se ha debido marchar a los tres, como lo hizo en 1945. Llegó en octubre y ha podido pasar la navidad en Macuto. Con descanso, conversación y buena comida, mejoró lo suficiente para poder volver a su hogar. Lamentablemente no fue así. He debido ayudarlo, ser más decidido, pero me tomó tanto tiempo comprender la naturaleza del nuevo paciente. La pintura no estaba entonces entre mis intereses. Aún no lo está... le confieso que aún no termina de gustarme la pintura de Reverón.

—*¿No le gusta, o le disgusta?*

—Me atrae mucho... pero no me siento tranquilo frente a sus cuadros. Hay algo que me inquieta, que rechazo. Al principio usaba argumentos muy banales, como enfrascarme en lo mal que dibujaba las manos. Ese fue el primer detalle en que me fijé. Luego llegué a dudas más consistentes: «¿Por qué las pintará tan mal? ¿Qué tiene contra ellas?». Y empecé a darme cuenta de que las maltrataba, las ocultaba, las cercenaba. Hoy creo tener una respuesta.

Este parece ser otro tema incómodo para Hutchson. Lo noto en la manera en que abre y cierra sus propias manos, con una exagerada solemnidad, como iniciándome en las infinitas posibilidades de las extremidades superiores. Hace una pausa y, cuando voy a preguntarle cuál es esa «respuesta», vuelve al tema de Milagros y así evita una confesión estética que quizás lo avergüenza:

—Yo acababa de llegar de Inglaterra y estaba muy metido dentro de mí mismo, varado en todo lo que creía saber, negado a asumir mi ignorancia, mis incoherencias. Entonces tuve la suerte de enamorarme, o de creer que lo estaba; de encontrar trabajo, o de creer que lo tenía. Ambas cosas gracias a Milagros. Ella era la decidida, la efectiva, la conducente... Milagros amaba la obra de Reverón al punto de colocar en una equina del espejo de su baño una foto del pintor observándose, también, en un espejo.

De nuevo utiliza las manos, esta vez superponiéndolas para indicar la colocación de la foto sobre el espejo de un baño.

—Sus jornadas comenzaban con un examen riguroso de sí misma y con ese arreglo podía chequear a la vez al pintor en el espejo y a su propio rostro. Era un juego de cajas chinas que la ayudaba mucho en su compleja revisión matinal. Quizás una ración demasiado fuerte para antes del desayuno.

—*¿Cuál es esa foto de Reverón?*

—Armando se apoya sobre una repisa de piedra mientras se observa en un espejo fracturado[6]. Un espejo roto es algo que debe arrojarse bien lejos de un hogar, así que debe haber sido un accidente asumido con coraje el que formó esos rombos y trapecios. Quizás el propio Armando lo rompió, ¿qué mejor manera de intervenir un espejo, de hacerlo más dramático, más cierto?

El Reverón que se asoma a esa superficie está mirando a un mismo tiempo a su alma y al alma del fotógrafo, quien representa a un espectador asomándose descaradamente a su intimidad. En el caso de Milagros, esa acechante contemplación se centuplicaba al usar la foto de amuleto y colocarla en un extremo de su propio espejo.

Mueve la cabeza como rechazando su propia teoría.

—Lamento marearlo con esta descripción, pero ella amaba esas permutaciones. Yo traté de no caer en la trampa, de no tomar posición ante esa secuencia de reflejos. Detesto las obsesiones, especialmente al sentir el cosquilleo de cuando empiezan a apoderarse de mí. Y Milagros quería incorporarme a las suyas, incluso me regaló una copia de la foto de Reverón con una frase en el borde inferior: *La ausencia de lo que amas es el espejo de tu demencia.*

«¿Dónde la compraste?», le pregunté para realzar el regalo.

«La mandé a montar con este diseño», contestó orgullosa.

---

6 Debe ser una fotografía de Ricardo Razetti tomada en 1953.

No entendí la leyenda en el afiche y me atreví a decírselo. Ella contestó con una sentencia en la que yo iba a quedar incluido y juramentado: «Mucho más nos define Reverón a nosotros que nosotros a él».

Le dije que seguía sin entender y ella decidió cerrar el tema: «Amo su demencia tanto como aborrezco la mía».

Estuve a punto de proponerle un afiche con Reverón usando anteojos de sol y una leyenda menos esotérica: *No permita que la luz del trópico lo enloquezca, use anteojos Ray-ban*. Menos mal que no solté ese mal chiste, pues todo lo que tuviera que ver con Reverón era sagrado para aquella proselitista frenética. Aquí debo añadir otra de las particularidades de Milagros: detestar a los otros fanáticos de Reverón, un vicio muy propio de quienes han buscado mucho donde hay para muy pocos.

—*¿Esos fanáticos son los reveronianos?*

—¡Ese adjetivo es una ridiculez! Alguna vez escuché a Báez hablar de un «estilo reveroniano», una manera de catalogar y encasillar. Vamos mejor a llamarlos «reveronanistas», por esa dosis de reverente onanismo que exige el arte; así quedan catalogados los fanáticos y dejamos en paz al artista.

Sin que quede clara mi posición ante el reveronanismo, Hutchson continúa hablando de Milagros:

—Su pasión se iría haciendo cada vez más silente, más aislada. Por eso me necesitaba. Ella sabía que yo jamás sería competencia y se divertía despreciando mi ignorancia. Pero debo decir que yo también disfrutaba sus extraños juegos de palabras, como la frase en el afiche, pues parecía ayudar a encauzar nuestro romance hacia elevados laberintos. ¿Cómo iba a saber que esos enredos de amor y locura, desprecio y dependencia, conformarían una bomba que ninguno de los dos podría desactivar?

En ese momento me propongo relatar lo que he leído sobre reflejos y compartidos naufragios, y así cerrar filas junto a Mila-

gros. Pero presiento que no es el momento de abrirme y presentar mi juego, pues noto que mi anfitrión está cada vez más incómodo. Solo me atrevo a decirle:

—La verdad es que una biografía de Reverón podría llamarse «Reverón ante el espejo».

No me presta atención. Cambia varias veces de posición en la silla y regresa a San Jorge:

—El día que llegó Armando yo estaba muy cansado. Mi trabajo incluía guardias dos noches por semana, los martes y los viernes. Él llegó un sábado y el viernes habíamos tenido una fuga. Tuve la mala fortuna de enterarme horas antes de la madrugada y ya no pude dormir.

Ahora está más atento a mi plato vacío que a sus propias palabras. Aunque hace rato que he terminado de comer me pregunta disgustado:

—¿Es que no piensa comer más?

Desafiando la orden solapada, contesto:

—No, muchas gracias… todo estaba exquisito.

No le gusta la respuesta y suelta una de sus sentencias:

—En la comida y en el amor el único homenaje válido es repetir.

Luego se me queda viendo, dando a entender que no tiene sentido conversar en una mesa donde el convidado ha terminado de desayunar. Ruedo un poco el grabador sobre el mantel, para recordarle que hay algo más que platos vacíos y continúo el interrogatorio siguiendo el más secundario de los hilos sueltos:

—¿Ocurrían muchas fugas en San Jorge?

—Una cada tres meses, pero esa es la única que recuerdo. Los pacientes dieron la alarma con alaridos de tristeza. La excitación se debía a que se estaba escapando un paciente muy popular, muy querido por todos, alguien que les iba a hacer mucha falta. Recuerde que el padecimiento mental más grave es el aburrimiento. El fugado se llamaba Armando Orpín, quien se ganaba la vida pintando paisajes de ríos. Mire qué casualidad, dos pintores en San Jorge y los dos se llamaban Armando.

Orpín llevaba varios días anunciando su fuga, incluso me llegó a contar sus planes. Esa era su terapia ocupacional. Las minuciosas descripciones incluían lo que haría ya lejos de Caracas, en una gira triunfal por las capitales de Europa como el gran pintor del Orinoco.

Todos sabían que regresaría a los pocos días y sin mucho que contar, aunque era el más imaginativo de todos, el gran fabulador. Escaparse y jamás volver equivalía a estar curado, por eso a los pacientes les costaba tanto aceptar que fuera tan fácil marcharse de San Jorge. Es difícil congeniar la libertad con la locura, y en ese entonces esta aún tenía una fuerte tradición de reclusión que pesaba sobre todos nosotros; no solo sobre los escapistas reincidentes, también sobre los médicos y enfermeros. A algunos les tranquilizaba la idea de estar encerrados y no les resultaba nada fácil comprender la gradual política de puertas abiertas que comenzaba a introducir Báez Finol. «Imponer» es el verbo correcto, porque nada más complicado de asumir que una independencia a medias.

En los cincuenta cundió la alarma incluso en Inglaterra: «¡Están dejando salir a los locos!». Era como si de pronto abrieran las puertas de las cárceles porque apareció una pastilla que cura a los asesinos y los ladrones. Oponerse a la esclavitud no te convierte en el inventor de la libertad, mucho menos en su garante. La política de puertas abiertas era algo que pertenecía al nuevo espíritu de los tiempos, pero lo importante era darle sentido a esa emancipación. Los médicos y enfermeros decían, preocupados por llegar a quedarse sin trabajo: «Para qué tanta prisa por volver a casa, si la familia fue quien los trajo».

Ahora me la paso viajando entre esta casa y mi finca en Palmira, donde me esperan mis vacas. Estas son mis dos prisiones y mis dos escapes. Cuando me harto de un encierro me fugo hacia el otro.

—¿En qué momento tuvo conciencia de que Reverón era alguien especial y sería un hecho importante en su vida? ¿Milagros lo guió en este proceso?

—¿Usted cree que después de tanto tiempo puedo recordar tantos detalles, o acaso cree que los estoy inventando? ¿Quién le asegura que Reverón era tan especial? Y, ¿de dónde sacó que fue importante en mi vida? ¿Usted vino a entrevistarme o a explicarme quién debo ser?

La repentina explosión radioactiva comienza a invadirlo todo.

—¿Cómo es que usted sabe tanto de Milagros? ¿Quién le habló de ella? ¿Qué está usted buscando? No tenga miedo, diga la verdad. ¿Cuáles son sus verdaderas intenciones? ¿Qué lo trajo a esta casa?

Su agresión se va haciendo desesperada, estrambótica, y trato de ser conciliador:

—Perdone... solo quería romper el hielo...

—¡En esta casa no hace falta romper nada! Ya tendremos tiempo de tener un buen desayuno al que usted venga con algo más de apetito. Vamos a ir con calma. No hace falta acosarme, lo único que se necesita en esta mesa son buenos y honestos tenedores.

Está enfurecido. Me recuerda la súbita reacción del padre en el primer cuento que escribió Kafka, cuando el viejo moribundo se quita el cobertor, se para sobre la cama y le grita al hijo con una fuerza inaudita: «¡Desde hace años estoy a la espera de que me vengas con esa pregunta!». Esta vez el viejo suelta su ofensivo discurso mientras recoge los platos para llevarlos a la cocina. Me ofrezco a ayudarlo y responde con otra sentencia que cierra la entrevista:

—No gracias, estoy solo y no quiero mal acostumbrarme.

Me señala la salida y ya no hablará más. Parecemos dos contendores que se detestaban desde hace años y finalmente han descubierto sus pasiones. Le doy las gracias y le dejo mi número de teléfono. Desde la puerta de la casa lo veo llevando bandejas a la cocina. Parece hablar solo.

Nuestra primera entrevista ha durado una hora y media. «Ahora se dedicará a psicoanalizar sus vacas. Con esos arrebatos menos mal que le dio por cambiar de ramo», pienso en la soledad del carro mientras vuelvo a casa, sin hambre y sin saber qué estaba buscando en Sebucán.

Una ola petrificada

Por varios días he detestado hasta la manera que Hutchson tiene de sentarse mientras me esfuerzo en creer que ya no me interesa lo que tiene para ofrecer. Mi oficio no me obliga a cumplir los pasos de una tesis bien definida, con tutor, bibliografía, agradecimientos, fecha de entrega y jurado. Nadie espera por mí y no tengo motivos ni razones concretas para hacer lo que hago. Solo cuando este texto pretenda haber llegado a sus postrimerías, puede que la explicación de su verdadera finalidad comience a emerger por entre sus líneas. Me refiero a encontrar algo más sustancioso que «saber de Reverón» y menos melodramático que «tener una conciencia más sincera de mi propio naufragio». No me resulta fácil aceptar que no parto de un propósito, sino que me dedico a perseguirlo, a tratar de entender un designio al que, al mismo tiempo, debo intentar darle forma. Es una tarea enredada, pero muy similar a la de criar los hijos.

La definición de literatura que venero es «ocupación que te permite quedarte en la casa mientras los vecinos salen a trabajar». Y hoy debería añadir: «A la búsqueda de vetas que no requieran demasiados explosivos ni golpes de piqueta». Intento encontrar un cierto equilibrio entre una juiciosa desidia y una afanosa puntería, de manera que evito pensar en Hutchson como el único doctor que puede aliviar mi enfermedad. Por enfermedad me refiero a esa imprecisa sensación de que algo está a punto de hospedarse en nuestros sueños y vigilias por una larga temporada. Entonces toda señal que llega del exterior parece guardar una misteriosa relación con el asunto que nos tiene atrapados, padeciendo, y cualquier pista, frase, forma o melodía, puede llegar a ser sutilmente alegórica o bestialmente decisiva.

¿Cuál será el máximo admisible de dolor y tiempo que puede resistirse durante esos estados de posesión? No lo sé, solo puedo asegurar que siempre será más de lo que creemos poder resistir. De ahí viene la maldición hebrea: «Que Dios te permita conocer cuánto eres capaz de soportar».

Todo escritor aspira llegar a ser un incurable y sabe que el único consuelo por ser portador de un virus sin remedio es lanzarse hacia esa ansiedad con osadía. Rara vez funciona esa hinchada evasiva de llamar «responsabilidad» lo que en realidad es un vicio insaciable.

Cualquiera que sea la razón de mis padecimientos, pareciera más productivo ir directamente a los papeles de las sesiones de psicoterapia que Báez Finol sostuvo con Armando Reverón. En mis sueños he llegado a leer algunas de esas notas y lucen, desde tan lejos, bastante bien escritas. Deben estar aguardando mi visita en algún archivo olvidado. Espero que estén más protegidas que el par de lienzos en casa de mis abuelos. «Podría tenerlas su hija, quien es cónsul en Praga», sugirió Artiles sin mucha convicción.

Hasta ahora solo he conseguido la conferencia que Báez Finol dictó en 1955 con motivo de la «Gran Exposición Retrospectiva». Así llamaron entonces a la exhibición en el Museo de Bellas Artes de todas las obras existentes del pintor después de su muerte, unas cuatrocientas.

En las primeras líneas Báez Finol habla de la locura de Erasmo y Homero, y pasa a recitar la consabida lista de los genios «mentalmente enfermos»: Maupassant, Nietzsche y Poe. Luego establece una ecuación entre Van Gogh y Reverón según la cual el primero pintaba mejor cuando estaba loco y el segundo cuando estaba cuerdo. Trato de animarme con los datos que Báez ofrece, pero siento que estoy inventando mucho basándome en muy poco. Pronto estos fragmentos agravan los síntomas de mi síndrome y me encuentro aún más necesitado del temperamental y errático José Rafael Hutchson, incluyendo sus solapadas acusaciones de onanismo.

A los pocos días me refugio en Alfredo Boulton. La materia pendiente es su libro *Reverón*, la obra que puede considerarse el «primer texto clásico»[1] y el comienzo de la secuencia que ha propuesto María Elena Huizi.

Cada generación debe rendir su propio homenaje a Armando Reverón, ofrecer una interpretación de su obra, tomar posición frente a ese espectro que va y viene entre la persona y el personaje mientras intentamos definir nuestras propias refracciones[2]. El primero que asumió a cabalidad esta tarea fue Alfredo Boulton, luego le llegó el turno a Juan Calzadilla. Creo que en mi generación quien ha ofrecido claves más penetrantes ha sido Luis Enrique Pérez Oramas. Boulton señaló lo que debíamos ver; Calzadilla lo que había para ver; Pérez Oramas qué significaba verlo.

Adentrarse en Boulton equivale a enfrentar una montaña que puedes escalar por varios lados. La metáfora es válida por la maciza acumulación de su obra, fruto del compromiso por dejar registrado qué somos, y motivada por una misma pasión: el placer de la estética.

---

1 Editada en 1966. Aquí utilizo la versión de 1979, de Ediciones Macanao.

2 «Refracción» es la propiedad que tienen ciertos cristales de duplicar las imágenes de los objetos. Viene de «Refractar», un verbo quizás más adecuado que «reflejar» a la hora de presentar a una serie de pensadores que manejan un mismo tema, pues tiene que ver con los cambios de dirección y velocidad de propagación al pasar de un medio a otro.

Ofrezco dos ejemplos, uno de sus registros y otro de sus grandes placeres. Al invitarnos a revisar su iconografía de Bolívar, Boulton nos advierte:

> Si nos fuera dado topar en la calle con el Libertador, pasaríamos a su lado como lo hacemos junto a un desconocido: Pocos sabrían quién es. Puede que sus ojos nos sobrecogiesen, pero no acertaríamos a reconocer a ese hombre de paso presuroso, de rasgos finos, tez quemada, pelo crespo, frente alta, mirar vivo, nariz recta, talla baja, manos chicas, voz aguda, talle breve, gesto pronto.

Cuando recopila lo moldeado por los alfareros de Barrancas mil años antes de Cristo, insiste en que su interés es puramente estético:

> Mi deseo es coger con las dos manos el instante de aquella vida y abrir los ojos para mirarnos a nosotros mismos, antes de ponernos a mirar a los demás. El espacio del tiempo es tan breve, y a la vez tan largo, que quien no se mira en ese parpadeo de la vida, no ve la vida.

Hoy en día los archivos de Boulton se encuentran en la Fundación Alberto Vollmer divididos en varias secciones: monografías sobre nuestros pintores, incluyendo la de Reverón; estudios iconográficos sobre el retrato de Bolívar y otros héroes de la Independencia; investigaciones arqueológicas sobre nuestra cerámica precolombina; la más completa historia de la pintura en Venezuela desde la Colonia hasta el siglo XX; su correspondencia y críticas de arte; y, lo que mejor define su sensibilidad y más asocio con ese «breve parpadeo de la vida»: su obra fotográfica.

Su foto más alegórica de Caracas se titula *El Ávila desde los Guayabitos, 1943*, sobre la cual él mismo comenta: «Toda la emoción de ser caraqueño tiene su origen en El Ávila». Podemos ver el valle extendiéndose a lo largo de esa inmensa y franca onda de tierra, la «ola petrificada», según la metáfora de los indios caribes. Aunque sabemos que en ese valle debe estar una ciudad, en la fotografía desde su casa en Los Guayabitos apenas logramos divisarla, imaginarla.

Esta visión de la ciudad de Caracas define bien su voluntad de dejar un registro, el placer de hacerlo y la actitud de mantener una distancia. Boulton no quiere consumirse en el acto creativo y va a ir emigrando del vulnerable reino del artista a los territorios incólumes del historiador.

La imagen de una «ola petrificada» me lleva de nuevo a la idea de su obra como una montaña que se puede escalar por varias vertientes, y no incluyo solo la amplitud y densidad de sus registros, sino también los diferentes tipos de caminos que van abriendo sus pasiones. Unos son fáciles de transitar, gracias a su propia labor esclarecedora; otros tienen tramos ocultos y hasta divergentes. No todos ascienden, he encontrado también algunos precipicios.

Donde se puede constatar con más evidencias estas sendas que giran sobre sí mismas, o se abren hacia amenazantes vacíos, es en una de las labores que Boulton emprendió con mayor fanatismo: el estudio, la defensa y la promoción de la obra de Armando Reverón. De estas tres facetas, la más polémica, enrevesada y hasta inclemente, es la que exige más comprensión y amplitud: la defensa de la posición del artista ante el mundo y su tiempo. Apenas empiezo a leer sus elogios a Reverón, siento que también lo está delimitando, cercando, asfixiando, y quien mejor se va perfilando ante nosotros en ese intento de definición es el propio Boulton.

Su personalidad se presta a estas contradicciones. Alfredo pertenece a una de las más ricas familias de comerciantes del país y también es nieto de Arístides Rojas, quizás el cronista más incitante de la historia de Venezuela. Ambas herencias van a estar siempre presentes en una vida dedicada a la cultura y a las exigencias y prebendas de su posición económica. Él va a ser el gran señor de las artes, la referencia, el explorador de nuestros siglos, de lo remoto y lo contemporáneo. ¿Cuánto de sí mismo sacrificó en este proceso?

En algunos resúmenes sobre la vida de Alfredo (lo poco que he encontrado es escueto y contradictorio) se establece que su obra fotográfica se da entre 1928 y 1955, «años en que practicó la fotografía con regularidad». Estas dos fechas me asoman a una conmovedora sincronía.

En 1928, Alfredo tiene 20 años y regresa a Venezuela después de un largo período por Europa; ese mismo año conocerá a un pintor que trabaja en Macuto y se sentirá predestinado a ser el guardián de la obra que Reverón está realizando en el Castillete.

En 1955, pocos meses después de la muerte de Reverón, se da la primera muestra que aspiró a ser integral y exhaustiva sobre su obra. Fue presentada en el Museo de Bellas Artes y el curador de la exposición fue Alfredo Boulton. Ese mismo año Boulton abandona la fotografía.

Quien finalmente escriba una biografía sobre Armando Reverón, encontrará en Boulton una presencia cada vez más influyente, sobre todo en el epílogo. Alfredo siempre querrá dominar el drama de Castillete, pero dejando claro que él pertenece a otro mundo. Así se irán generando dos vertientes, dos caras de un mismo personaje. Unos ven en Boulton al amigo consecuente, al protector, ese «crítico» que, según propone Oscar Wilde, le señala la ruta al creador. Desde esta actitud se va dando su propuesta de una periodización de la pintura de Armando, el afán ordenador y clasificatorio, los juicios de valor, las preferencias, el rechazo de ciertas manifestaciones, la organización de las exposiciones, los contactos con los mejores clientes... Hasta entrar en los predios de otro Boulton que ha sido definido, sin mesura ni piedad, como el comerciante que controla qué se vende y a quién, el hombre que se beneficia de su sabiduría y de su amistad con el artista, el explotador ungido de sumo sacerdote.

No sé dónde leí que la distinción entre los personajes buenos y malos solo se da en las novelas mediocres. Creo en ese axioma y debo evitar la tentación de tipificar o calificar el papel de Boulton en la vida de Reverón. Pero sí quiero preguntarme qué se perdió en ese paso del fotógrafo al historiador, del crítico que descubre al conductor que evita caminos distintos a los que ha trazado para el artista.

El panorama de intentar comprender a un hombre con el que ya no puedo conversar es desolador y se presta a las injusticias, sobre todo cuando a veinte minutos de mi casa aguarda la posibilidad de continuar entrevistando a Hutchson. Él sí puede contestar a mis dudas y pretensiones, incluso despreciarlas.

II
24 de noviembre del 2004

Dos semanas después de la primera entrevista recibí una llamada de Hutchson. Está en Palmira y quiere saber si sigo con «ese asunto de Reverón». Le aseguro que el proyecto marcha muy bien; aguardo en silencio, hasta que se hace evidente que el hombre está rogando que yo haga las preguntas. Con una sola es suficiente:

—¿Y usted cómo se encuentra?

—Con muchas ganas de conversar... por aquí ando muy solo.

—¿Cuándo regresa a Sebucán?

—Caracas está muy perversa, muy malcriada. Es en esta finca donde encuentro algo de paz... ¿Por allá está lloviendo?

No sé qué contestar. Mis nexos con la naturaleza son precarios y no llevo la cuenta de las lluvias. Según mi barómetro, en esta ciudad ya no hay veranos ni inviernos, sino furiosos aguaceros por entre persistentes relámpagos de sol. También me cuesta entender esa pacífica soledad entre rumiantes que ahora parece haber ablandado al recalcitrante Hutchson. Solo falta precisarlo y concertar una próxima cita, pero si jalo demasiado la cuerda temo que se suelte el anzuelo. No logro hablar confundido con mis propias suspicacias: «¿Qué lo habrá hecho cambiar?». Por el tono ansioso parece que el hombre está arrepentido y meloso.

No quedamos en nada.

Al día siguiente, Hutchson vuelve a llamar advirtiendo esta vez que regresará a Caracas en pocos días. Nuestra segunda sesión telefónica dura menos que la primera pero me pone aún más tenso, pues Hutchson suelta una propuesta sin matices ni preámbulos. Pretende tenerme al servicio de su propio ordeño: por servirle de interrogador y escriba ofrece pagar lo que haga falta:

—¿Usted como cuánto gana al mes escribiendo?

—No he sacado la cuenta.

—Saque sus cuentas y hablamos.

«Un psiquiatra no puede ser tan lerdo», pienso, «seguro me está retando». Esta es la única explicación que le encuentro a su impertinencia, al «como cuánto». Promete como bono adicional revelar secretos sobre Reverón que jamás le ha contado a nadie, episodios que él ni siquiera recordaba y han ido emergiendo mientras caminaba solo por Palmira. También habla de unos apuntes que tiene años tratando de convertir en un libro:

—En algo que ya no sé qué terminará siendo...

«Mala señal», me digo, imaginándome como corrector de ese «algo que ya no sé qué» deshilachado, egocéntrico. Ya he conocido varios hombres que quieren cerrar el ciclo de sus vidas con unas memorias entre desgarradoras y triunfales. Pero no pierdo el empuje y en los segundos finales logro fijar una nueva cita que tendrá lugar tres días más tarde. Es el eterno juego de quién utiliza a quién.

Esta aparente reconquista empeora mi situación. Aún no sé cómo voy a enfrentar lo que se avecina y su incómoda carga de responsabilidad, pues Hutchson no aclaró cuál será la proporción entre su vida y sus «revelaciones».

Soy puntual al nuevo plan establecido de reuniones los miércoles a la misma hora y en el mismo corredor. Esta vez el desayuno está artillado con quesos que Hutchson ha traído de su finca y esas verduras dulces con nombre de futbolistas africanos: batata, ocumo, ñame, mapuey. Por fin lo encuentro con buen apetito, entregado a disfrutar de sus productos y un poco menos pendiente de cuánto me sirvo en el plato.

Tiene los modales ásperos que cuadrarían a un caballero escocés con medias verdes hasta la rodilla, párpados inflamados y resaca de guerrero. Digo esto mientras voy conociendo sus dotes de buen bebedor, pues hoy nos acompaña un buen vino. Hutchson asegura que los sabores fuertes del tocino son ideales para el albariño bien frío.

Comienza a entrar en calor describiendo su casa en Palmira. Un capataz alemán la construyó en tiempos de Gómez con muros para aguantar asedios de montoneras, terremotos, vendavales, termitas, goteras y buscadores de tesoros cuando la casa se convierta en ruina. Lo único que han podido cambiar sus sucesivos ocupantes a lo largo de cien años, ha sido tabicar los inmensos espacios para añadir más habitaciones. Hutchson dice que se ha encargado de restaurar la planta original. Solo falta un nuevo pavimento para borrar las huellas de las mezquinas subdivisiones que ocurrieron durante la decadencia, pero cree que no lo hará:

—Quizás deje esas muestras de imbecilidad como una lección... aunque hay ambientes tan grandes y con techos tan altos que los muebles lucen como en una casa de muñecas. Debe venir algún día a conocerla.

Evado la invitación, que suena a una exigencia más, y comienzo con una primera pregunta tan ceremoniosa como casual.

* * *

—Doctor José Rafael Hutchson, ¿de qué hablaremos hoy?

—De lo que usted quiera. Lo he invitado para que ponga orden en mi vida. Usted quiso llevarme de golpe a mis 25 años. Le propongo que vayamos con calma, desde lo que sucedió antes de 1954 hasta mucho después de la muerte de Reverón, y así podremos llegar hasta donde ahora estamos sentados y luego separarnos en santa paz. Ya le dije que no hay peor enfermedad que el aburrimiento y le confieso que estoy bastante aburrido. Es como cuando estamos leyendo un libro y de pronto perdemos el hilo y no logramos entender lo que viene en camino, pero no tenemos ganas ni fuerzas de volver atrás y, entonces, simplemente abandonamos la lectura... Creo que me vendrá bien una buena dosis de recuerdos bien organizados para enfrentar el par de capítulos que me quedan por vivir... A veces me siento tan inconsecuente.

Esta declaración de principios no me sorprende. Es lo que confesó por teléfono con algo más de crudeza.

—Comencemos entonces por el principio: cuéntenos de su infancia, de sus recuerdos más remotos.

—Nací el 20 de septiembre de 1928. Usted dirá que nacer no es un recuerdo, y lo que ocurre es que recordamos demasiadas sensaciones. Somos exquisitamente sensibles al nacer y todo estímulo es atronador: el sonido del aire entrando en el cuerpo, las voces de las grandes bocas que se acercan, el frío, la luz. Llega un día en que logramos lidiar con tanto atropello y entonces escogemos unas imágenes y olvidamos otras, y cada día que pasa la proporción va favoreciendo más al olvido.

Temo que será una mañana dando enredadas vueltas y suspiro con poca discreción. De algo sirve pues Hutchson se encarrila:

—La historia que voy a contarle se inicia con mis nombres y apellidos: José Rafael Hutchson Sánchez, cuatro palabras que parecen fabricadas con suturas y cola de zapatero, culpa de los avatares del señor Noel Hutchson, un caballero escocés de Glasgow que en 1927 vino a Caracas a trabajar en la imprenta del periódico *El Universal.*

Noel era un técnico muy competente al que le gustaba presentarse como periodista, pero su especialidad era hacer lingotes de plomo para los grandes titulares. Cuando aún no hablaba español se casó y tuvo un hijo. Once años después se terminó su contrato y regresó a su patria. Esa es una versión, la otra es que había empezado la guerra y el Imperio Británico lo necesitaba. La tercera explicación, algo más escabrosa, es que mi madre había sido infiel y el castigo que su marido le impuso, o quizás mi abuelo, fue enviarla bien lejos de Caracas. Esta posibilidad es muy factible, pues ella desarrolló una notable capacidad para largos sacrificios seguidos de breves e intensas escapadas, lo que demuestra que aprendió la lección de pecar con decorosa disciplina.

Caracas era entonces la ciudad más fastidiosa del mundo y todas las mujeres de la familia Sánchez envidian a mi madre: la afortunada que se había ido a vivir a Europa con un periodista escocés. Nadie imaginaba que Glasgow era más aburrida aun que Caracas y, menos que nadie, mi madre y yo.

—*¿Cómo se sentía su padre?*

—Quisiera recordar ese momento en que el hijo logra unir el concepto «padre» con la realidad de un «hombre» de su misma especie, pero creo que nunca llegué a concientizar esa ecuación. Me costaba tanto entender que Noel era un ser con infancia y juventud. Yo pensaba que siempre había tenido la misma expresión, los mismos murmullos y las mismas ideas carentes de humanidad. La frustración con la que se levantaba y acostaba todos los días, los constantes bostezos y resoplidos, conforman una imagen que ha permanecido tercamente igual, tan inmóvil y tan constante que subsiste como una fotografía en un álbum. No es algo que alguna vez tuvo vida y movimiento.

—*¿Cómo llegó su padre a Venezuela?*

—Años después de su muerte supe que se salvó de ir al frente en 1914 por su estrabismo. Esa puede ser la verdadera razón de su inmutable presencia en todos mis recuerdos. Era un hombre tan bizco que costaba fijarse en algún otro de sus rasgos. Sin embargo el estrabismo no parecía afectar su visión, salvo cuando intentaba lanzar una colilla a la chimenea. Jamás acertaba y era penoso verlo luego gatear por la alfombra para evitar que mi madre encontrara los rastros de su mala puntería.

Durante la primera guerra trabajó en las publicaciones del ejército. Se convirtió en un tipógrafo excelente y en pleno conflicto lo enviaron a revisar unas máquinas impresoras que se iban a instalar en Lyon. Cuando regresaba a Londres lo detienen en Calais. En su equipaje de mano encuentran un libro de poesía francesa con unas incomprensibles frases en los márgenes. Son las crípticas reflexiones de mi padre sobre las metáforas de Verlaine, pero el oficial de la aduana decide que se trata de un sistema de claves y lo dejan detenido para confirmar su identidad mientras el barco partía con todo su equipaje. Al día siguiente ya han confirmado que trabaja para los británicos y lo despiertan felicitándolo con una noticia espantosa: su barco ha sido hundido y no hay un solo sobreviviente. Se ha salvado gracias a sus enigmáticas anotaciones, pero se ha perdido para siempre una maleta con el manuscrito de los poemas que ha escrito por años. Ese día le escribió a su hermana: «Si me hubiera embarcado y mis poemas se hubieran quedado en Calais, ya tendrías en tus manos la obra de un poeta muerto». A partir de ese momento se le metió en la cabeza que había una confabulación para impedirle escribir, expresarse. «El mundo me teme y tiene razón en temerme»; con esa consigna culmina su carrera literaria. Su nuevo oficio serían la perplejidad y la tristeza.

Ya incorporado plenamente al ejército, redactaba folletos para propaganda de guerra que él mismo ilustraba e imprimía. Debía escribir desde cómo cargar un cañón hasta elogios al valor y odas al compañerismo donde lograba colar algo de su mejor lírica. Creyó que eso de ser impresor sería algo provisional y terminó siendo su condena. Para un poeta debe ser un castigo acabar imprimiendo las banalidades que otros escriben.

Después estuvo manejando las máquinas de una mina de oro por Colombia, en una región llamada «Marmato», palabra que en boca de mi padre sonaba como un eructo reprimido. No sé cuántos años pasó en esa mina ni cómo lo contactaron para que ejerciera en Caracas su anterior oficio de impresor.

Hutchson advierte en mi rostro una desazón que yo mismo no quiero aceptar, mucho menos demostrar, y se detiene. ¿Cómo puedo reclamar que se haya puesto tan biográfico si he insistido en abrirle el camino? La primera conclusión que cruza mi mente es: «La dosis de recuerdos bien organizados como que va en serio». Yo solo quería que entrara en calor, pero hemos caído en una sesión psicoanalítica bastante ortodoxa, pues soy yo quien está haciendo de terapeuta. Solo falta pellizcarme el antebrazo, despertar y gritar: «¡Vinimos a hablar de Reverón!», mientras el psiquiatra sigue drenando:

—Ante esa figura paterna tan previsible, era comprensible que de niño me gustara tanto pasar las vacaciones en Palmira, la finca favorita del abuelo Sánchez Luján, un hombre con erupciones de cuentos que reinaba sobre una tribu de tías, hijos, yernos y primos. El abuelo es el protagonista de una película con colores fuertes, giros inesperados, nítidos principios e inesperados finales. Ese volcán con sus lejanas señales de humo fue uno de los llamados que me obligó a regresar a Venezuela en 1953. Quería suponerlo extinguido, pero sabía que volvería a erupcionar si invocaba con suficiente convicción al fantasma del abuelo.

Cuando conocí a Reverón en San Jorge, yo estaba a la búsqueda de mi identidad de una manera muy profesional. En esos años se iniciaba mi formación de psicoanalista y me habían recetado un «retorno a los orígenes». Mi analista fue John Bowlby, un especialista en psiquiatría infantil, quizás por eso le preocupó tanto mi denso bloqueo de las remembranzas suramericanas. Su especialidad era la relación de los infantes con sus madres y el ambiente social, y yo, que de niño había caído como un paracaidista en Escocia, era una buena rata de laboratorio para ejemplificar su teoría sobre el apego, la pérdida y la separación.

Aunque a los 11 años ya no se es exactamente un infante. Imagínese el caso de nuestro amigo Reverón, una criatura inexplicablemente abandonada por su madre e inexplicablemente recuperada, también por la madre. Es el cuento de Salomón, pero con una sola mujer jalando ambos brazos.

—¿Usted llegó a estudiar la infancia del pintor?

—No lo suficiente cuando pude y debí hacerlo, pero sí años después, al regresar a Venezuela definitivamente en 1988, cuando Armando ya era una gloria nacional sepultada y con varias resurrecciones a cuestas. Nunca ha habido un artista con tal caudal de fábulas. Pronto será un ser mitológico. Cuando pienso en otro de los grandes, como Jesús Soto, veo unos grandes bigotes y unos alambres que guindan frente a unas rayitas que vibran, pero de su vida solo sé que tocaba guitarra en París. En cambio, pensamos en Reverón y vemos al hombre, a su figura, y generalmente en su peor época y aspecto, justo antes de entrar en San Jorge. Como usted bien sabe, es bastante fácil obsesionarse con él...

Se queda esperando a que defina mi grado de obsesión. Respondo con prudencia:

—Sí, es un caso interesante.

No sueno muy convincente y Hutchson continúa:

—¿Cómo es que se llamaban sus padres?

—Julio Reverón y Dolores Travieso.

—Me refiero a los dos apellidos de ambos.

—Reverón Garmendia y Travieso Montilla.

Hutchson asiente, como si ya conociera la respuesta y solo hubiera querido comprobar cuán metido estoy en el tema, y pasa a disertar:

—Un adicto a la morfina y una adicta al maquillaje. Dos figuras ideales para arrancar con buen pie un estudio psiquiátrico, o una novela.

La etimología siempre me ha abierto el camino a estimulantes visiones, pero nunca he intentado comprender a un personaje a través de sus apellidos. Un Herrera no tiene que ser herrero, ni capitán un Guerrero, ni sólidos los Peña, ni toledanos los Toledo. Alguien se preguntaba si la relación de una pareja había terminado por Sosa o por Espinoza; es una pregunta divertida pero muy injusta. Además, nuestro Armando tiene de Reverón tanto como de Travieso, de Montilla o de Garmendia, sin embargo no he podido resistir la tentación de examinar ese sugerente apellido tan melodioso, tan francés. Su origen tiene que ver con «uno que honra» o que «reverencia». Otros dicen que puede significar «rodear». Reverón se dedicó a honrar y reverenciar la pintura con profunda religiosidad, pero más me atrae el verbo «rodear», esa continua espiral cada vez más hermética y sin retorno que ha debido culminar en Castillete, pero concluyó con su muerte en San Jorge.

Mi otra fuente de comprensión es quizás banal, pero le concedo una enorme importancia. Cierro los ojos, me concentro en el apellido Reverón y recuerdo unas caraqueñas de ojos muy bellos y exageradamente religiosas.

Me animo al ver que el tema Reverón se sostiene por unos minutos y saco la libreta con las notas que he preparado para esta segunda entrevista:

—Quisiera escuchar su opinión sobre algo que escribió un ensayista: «La lenta, obstinada, acaso obsesiva construcción del personaje reveroniano acompaña, con estremecedora exactitud al progresivo, involuntario, acaso compulsivo desmoronamiento de la persona de Reverón»[1]*.*

---

1 De la introducción de Pérez Oramas al catálogo de la exposición *La construcción de un personaje. Imágenes de Armando Reverón.*

—¿Quién escribió eso?

Siento un áspero interés en su pregunta y me pongo en guardia.

—Luis Enrique Pérez Oramas. Él piensa que la persona de Armando Reverón se jugó y se perdió en la construcción del personaje.

—Su amigo usa demasiados adjetivos y usa ese mote «reveroniano» que tanto detesto, pero tiene toda la razón. ¡Cuánto daño puede hacer esa separación entre persona y personaje! Hay que estar atentos a la máscara con que nos proyectamos, que es la persona, y al disfraz con que los demás nos perciben, que es el personaje, y vigilar que una fachada no desnude o asfixie a la otra.

Los primeros que sufrieron ese «compulsivo desmoronamiento» por parte de críticos y psiquiatras han sido sus padres. Si fuera usted haría lo posible por tratarlos bien. Al padre será fácil, pues sale pronto de la escena al morir de morfinomanía. La madre, a quien dibujan como una narcisista que se aferra a la belleza perdida con maquillajes extravagantes, va a reaparecer en la vida del artista convertida en un ser de ejemplar lealtad. Dolores Travieso Montilla fue una meritoria artista del resarcimiento.

La relación entre el disipado Julio y la refinada Dolores debe haber sido muy conflictiva para terminar entregando su único hijo a una familia canaria en Valencia, los Rodríguez Zocca. Parece que el señor Rodríguez le debía un gran favor a Ricardo Montilla, un tío abuelo de Armando. A partir de ese cambio de hogar se cierne sobre la escena el espíritu de Dickens, con la diferencia de que el hogar de esos canarios parece haber sido casi perfecto. El niño tendrá una hermana postiza y compañera de juegos que le lleva tres años, con una lánguida belleza más propicia para ser su primera modelo que una hermanita de leche. Armando tendrá una primera estrategia para lidiar con ese exceso de belleza: jugar con sus muñecas. Al principio debe haber sido un recreo compartido, luego un juego solitario con requerimientos cada vez más exigentes de representación. Era un hogar mágico, y conste que la magia es la cualidad más peligrosa que puede tener un hogar.

—*¿Por qué es tan peligrosa?*

—Un hogar debería ser un tranquilo epicentro de realidad para enfrentar los misterios del mundo. El de Valencia venía con los misterios incorporados: la bella hermana postiza, las muñecas a través de las cuales puede estrecharla. Aparte de estas depositarias del erotismo, está la madre que desaparece y reaparece sin terminar de materializarse. Una mujer cuya característica más notoria es el maquillaje se presta a que su hijo la invoque pintando. Quizás ella, con sus sofisticados acicalamientos, fue una profesora aun más estimulante que el tío Montilla[2]. Seguro que a Armando le fascinaban los objetos del tocador de la mamá, los lápices que definen, los colores que dan brillo, las cremas que atenúan, los polvos que difuminan, las sombras que ocultan. Ese tocador debe haber sido su primer taller de pintura.

Hutchson se detiene, mueve la cabeza como si despertara de un ensueño y vuelve a retomar el hilo de Bowlby:

—A mí me cambiaron de continente con el hogar a cuestas y nunca logré recuperarme, reubicarme. A Bowlby le entusiasmaba la relación entre los bípedos y los cuadrúpedos, por eso disfrutaba escuchando mis pesadillas vernáculas sobre mi infancia en Palmira: a un cochino lo están desollando con agua caliente y de pronto se despierta del palazo que le dieron y echa a correr; unos zamuros se están comiendo un perro y

---

2 En su ensayo «El espejo», John Elderfield propone que cuando Reverón comienza a pintar ya es un especialista en «interpretación de roles» y en la «belleza inauténtica y cosmética». *Armando Reverón. El lugar de los objetos*, Fundación Galería de Arte Nacional, 2001.

no se espantan con las piedras que les lanzo; el abuelo azota un árbol porque no da frutas; me acuesto en la tierra y escucho un leve rugido como el que brotaba del pecho de Armando, el paciente aullido del mundo y del tiempo.

Bowlby y yo llegamos a ser buenos amigos, quizás más de lo conveniente para hablar de diván a sillón. Para colmo, mi analista había comenzado a olvidarse del inconsciente y quería ser el biógrafo de Darwin, quien, por cierto, tuvo una infancia desastrosa. Bajo esa óptica, Bowlby comenzó a verme como un eslabón perdido, un evolucionado de segunda categoría.

—*¿Aún así continuaron con las sesiones?*

—No hacía falta suspender lo que nunca llegamos a comenzar, pues solo pudimos explorar las últimas causas y los primeros efectos. Pero debo decir que los consejos de Bowlby me ayudaron bastante. Su diagnóstico fue categórico y suspendió nuestro toma y dame con una orden tajante: «Usted debe revisar los primeros once años de su vida y no creo que pueda hacerlo a distancia. Desde aquí no hará más que mitificarlos y sepultarlos aún más». Conste que dijo «mitificar», no «mixtificar». Las siguientes sesiones las dedicamos a planificar mi viaje a Venezuela con un listado de atracciones que debía visitar para recuperar la infancia perdida. Bowlby se emocionaba con los preparativos de ese turismo psicoanalítico y estuvo a punto de venirse conmigo. Él creía que Palmira era una especie de Shangri-La.

El primer período de mi pasantía fue en la Clínica San Jorge y allí me quedé estancado. Necesitaba un trabajo durante ese año y Báez Finol fue muy generoso, al menos hacia los ruegos de Milagros. Luego me enteré de cuánto ella había insistido para que no despidieran a su escocés... Milagros pedía muy poco, pues sabía que todo se lo concedían.

—*¿Todavía se siente como un escocés?*

—Hasta mis vacas me consideran un musiú y me miran con recelo. Han sido demasiados años afuera.

En 1954 volví a Londres y a mis citas en el diván. El mismo Bowlby me pidió un reporte escrito que se convirtió en una autobiografía de unas cuarenta páginas. Yo estaba bastante más confundido que cuando partí, pero tenía abundante material para trabajar con mi psicoanalista. Lamentablemente no hubo continuidad. Cuando terminé la tarea escrita, Bowlby se había enfrascado en sus estudios de etología evolutiva, dedicados a responder: «¿Qué ventajas prácticas obtiene una gallina al cuidar sus pollos y no abandonarlos?».

—Parece que Dolores Travieso Montilla era una gallina dispuesta a abandonar a su único pollito.

—Poco sé de Dolores Travieso, pero sí puedo asegurarle que la abuela Berroterán de Sánchez era la candidata ideal para un estudio de etología en la sección «gallinas cluecas», incluyendo sus bamboleos, nalgas pomposas, piernas esqueléticas, cuello erguido al andar y súbitos cambios de ángulo en la mirada. En uno de mis primeros recuerdos todos sus nietos estamos firmes alrededor del patio de la casa en Palmira, mientras ella rocía con una bacinilla alcohol sobre las baldosas. Era su manera de desinfectar el altar de nuestros primeros juegos. Debíamos esperar en los bordes, parapetados detrás de las columnas, a que la abuela lanzara una cerilla y el patio entero se encendiera. La explosión sonaba como el bostezo de un gigante, y con el resplandor jurábamos que se había abierto una fosa hasta los infiernos. Las llamas formaban un gran cubo de fuego a punto de incendiar la casa entera, pero enseguida se apaciguaban, perdían altura y comenzaban a separarse en bailarinas que giraban haciendo graciosas contorsiones. Cuando la abuela por fin nos dejaba entrar al patio, más caliente por el sol que por el incendio, aún quedaba alguna flama realenga sin muchas ganas de desaparecer. A veces, cuando ya llevábamos un buen rato jugando sobre las baldosas de arcilla, reaparecía una lengua incandescente e inofensiva, como esas que pintan sobre las cabezas de los apóstoles.

Mi última estadía en Palmira fue sospechosamente larga. Pasaron las vacaciones de diciembre, llegó enero, febrero, y yo no regresaba a Caracas. La única explicación es que la relación de mis padres estaría atravesando una crisis, lo que apunta hacia la hipótesis más romántica y escabrosa. Algo muy grave debe haber sucedido antes de irnos a Escocia, algo que intentarían resolver con el viaje a Glasgow, porque el abuelo me permitió asomarme a su mundo, a sus barbaridades, como si yo fuera un hijo pródigo que partiría para siempre. Sus lecciones solían comenzar con una parábola sobre por qué los hombres dominan a los perros: «Con esas pezuñas no se pueden hacer cariño los unos a los otros. Solo conocen la ternura de los lengüetazos. El primer lobo que sintió unos dedos detrás de la oreja se convirtió en un perro manso y fiel». Quería convencerme de que Dios supo agarrarnos las orejas con ternura y, por lo tanto, la religión no era más que el sentimiento algo más elevado de unas engreídas, malcriadas y humanizadas mascotas.

Cuando el abuelo llegaba de Palmira a Caracas, atravesaba la casa y se iba al jardín del fondo, donde lo esperaba una perra llamada Aurora. «¡Por sus colores de atardecer!», exclamaba el abuelo mientras la acariciaba, y nadie se atrevía a decirle que «Aurora» es la diosa que anuncia la salida del sol. Apenas la perra olía su llegada, aullaba para contarle cuánto lo había extrañado y lo acompañaba hasta un aljibe. Allí bebía con él y le lamía las botas mientras su amo cantaba estrofas del Cantar de los Cantares:

«Palomas son tus ojos.
Tu hocico una cinta escarlata,
Tu ladrido encantador».

Aurora se orinaba de emoción poniendo siempre la misma cara de amorosa culpa. Entonces el abuelo gritaba: «¡Sea usted testigo, Berroterán, del verdadero amor!».

Llamar por el apellido a su esposa no era una señal de

respeto, sino de desprecio, pues sostenía que lo mejor para la anemia eran dos cucharadas soperas de «Berroterán». Todas sus atenciones eran para Aurora, quien al sentir caricias tan bien localizadas, verlo comer carnes tan bien sazonadas, dormir en lechos tan blandos, decir palabras tan dulces e impartir castigos con una correa de piel de lagarto, lo creía un ser supremo. Una prueba más de los mecanismos sensuales de la teología.

Mi héroe se llevaba tan mal con la abuela que llegó a enseñarme la clave Morse para comunicarse conmigo en la mesa sin que ella nos entendiera. Ese golpear el mantel con las cucharillas del postre lo hacía para mortificarla, pues no crea que llegué a dominar el código con el par de lecciones que me dio, solo lo suficiente para tener prestancia y ritmo a la hora de seguirle la comedia. No me enseñó nada concreto, no tenía tiempo, pero sí me asomaba a ideas maravillosas. Una vez abrió la tapa posterior de un radio de galena, me hizo mirar con una lupa el mundo interior de la caja, y me dijo: «Aléjese de la tierra, José Rafael. El futuro será invisible».

En esa última vacación decidió que podía iniciarse mi aprendizaje sexual y me hacía esconderme detrás de un armario cuando se reunía con sus amigos, «para que sepa sobre qué hablan los hombres cuando no hay niños», una ceremonia en la que solía quedarme dormido. También le dijo a Wenceslao, el hijo del capataz, que me llevara en sus correrías. Acompañando a su grupo de amigos presencié una escena que fue traumática al no haber tenido esas sucesivas experiencias que van amainando y explicando la primera impresión. El nieto del dueño no podía participar en ciertos ritos, solo presenciarlos. Solo pude ver el inicio del espectáculo y lo grabé como una serie de fotografías sin redención.

En el informe a Bowlby escribí todos estos recuerdos, pero no cumplí con la más sencilla de sus instrucciones: «Solo tiene que pasarla bien. Disfrute recorriendo los vericuetos de su infancia». La tarea propuesta no era tanto recordar como simplemente pasearme por los recuerdos. No se trataba de rumiar lo que ya tenía en la memoria, sino volver a sentir, a disfrutar saboreando lo nunca antes bien digerido. Todo esto lo vine a entender mucho después, cuando regresé por segunda vez a la patria en 1988, con más de 60 años a cuestas y bien convencido de ser una amenazante nulidad como psiquiatra...

Sí, Palmira fue el lugar de mis mejores vacaciones. Allí estaba ese ocio fecundo y oscuro, madre de los vicios que sirven de fundamento a las virtudes.

Acompaña este último parlamento con un suspiro tan estruendoso que debo preguntarle:

—¿Cómo un vicio fundamenta virtudes?

—No se trata de una ley de compensación, sino de encontrar un equilibrio entre lo que nos repugna y lo que nos atrae hasta convertirlo en una experiencia que podamos asimilar y transmitir. Creo que las experiencias extremas, narradas con sinceridad, nos hacen más virtuosos, menos estancados. Lograr esa fluidez ha sido parte de mi entrenamiento. Por cierto, al sabio Bowlby le pareció que los encuentros con las burras eran un magnífico ejemplo de la teoría del apego, más que de zoofilia.

Esas últimas vacaciones en Palmira, a los 11 años, me prepararon para sentirme realmente miserable en Escocia. Al llegar a Glasgow no entendía cuál era la razón de un cambio tan drástico. Pensé que se trataba de un castigo y, como no lograba entender por qué se me castigaba, la única solución fue olvidar lo dejado atrás, borrarlo y empezar de nuevo. Era la única manera de resolver un acertijo sin solución.

—Dicen que uno hereda más del abuelo que del padre. En el caso de Armando pareciera que fue el tío abuelo, Ricardo Montilla.

—No sé. Frente al padre se suele dar un cierto rechazo. La esencia del abuelo, en cambio, se hereda sin conflicto al no estar asociada a una imposición. Edipo puede haber sido un magnífico nieto.

Hablando de herencias, hace meses encontré en Palmira una máquina de remar. Tenía más de sesenta años guardada, pero enseguida recordé su origen. El abuelo era un hombre de pecho extendido y andar agresivo, con esas manías de ganadero que cree compensar todas las reses que envió al matadero comiendo solo carne roja. Cuando tuvo su primera taquicardia, el médico le exigió que hiciera ejercicio y le recomendó una máquina de remar fabricada en Suecia.

A los tres meses llegó un elegante aparato de nogal con engranajes de bronce que instaló en el corredor. Pasó varios días remando una hora todas las mañanas; luego se hartó y miraba con rencor aquel mecanismo con forma de saltamontes que le había salido tan costoso y le echaba en cara su corazón maltrecho.

Entre sus manías estaba celebrar su flojera. Lo hacía con tanta fruición que terminé convirtiendo la pereza en uno de mis fantasmas. A veces, en una fiesta donde estaban todos sus parientes y amigos, le daba por gritar: «¡Si no fuera por el general Briceño Iriarte, yo sería el general más flojo del Táchira!».

No se imagina lo que significaba esa proclama en una sociedad que venera el trabajo. Solo un hombre que tenía las riendas de un hatajo de parásitos podía darse el lujo de exclamar algo así. Yo le creía, porque todo lo que hacía parecía una fiesta. Mandaba a la gente riéndose y dicen que riéndose te mandaba a matar. Una vez le cayó a patadas a uno de sus hijos porque lo encontró orinando sentado. Recuerdo una cena navideña y uno de mis tíos diciendo muy orondo: «Sepan que estoy abonado a un palco del Teatro Municipal». El abuelo lo interrumpe: «Hasta donde sé, quien está abonado se encuentra lleno de mierda».

Cuando se fastidió de la máquina, le ordenó a Wenceslao que se la llevara al corral y remara media jornada todas las mañanas. El muchacho cumplía con su tarea por cuatro horas, luego se iba a hacer mandados. Mi abuelo se olvidó del asunto por unos dos años, hasta el día en que vio a un gigante cargando sobre sus hombros a un becerro enfermo. Preguntó de dónde había salido aquel forzudo de circo y le contestaron: «Ese es Wenceslao, el que rema». Entonces exclamó orgulloso: «¡Esos suecos conocen su negocio!».

Yo presencié esa transformación. Fue un caso de explotación con un final afortunado, pues convirtió a Wenceslao en un hombre importante en la comarca. Se vino a Caracas y llegó a actuar en espectáculos de lucha libre. Ahora me toca a mí seguir la tradición y a veces remo tres cuartos de hora en las tardes.

Empiezo a sentirme utilizado, conducido a un lugar en el que, para colmo, soy el encargado de abrir las puertas y tratar de cerrarlas. ¿Qué interés puedo tener en la novela biográfica y costumbrista que Hutchson ha cocinado? Mi malestar hace que le dé una desganada entonación a la siguiente pregunta:

—¿No va a hablar de sus abuelos en Escocia?

—Soy el hijo de un viejo. Digamos que mi padre fue el abuelo escocés que no tuve. De haber asumido a tiempo esta posibilidad nos hubiéramos llevado mucho mejor.

A continuación se levanta de su silla y me increpa con más disgusto que curiosidad:

—Y usted, ¿ya tiene claro a qué vino?

Me toma por sorpresa y tardo en responder:

—Quiero saber algo sobre el período que Reverón estuvo en San Jorge.

No me gusta como armé la frase. El término «período» suena casi tan mal como eso de «saber algo». Trato de encontrar una manera mejor de plantear la idea, pero Hutchson me interrumpe:

—¿Usted nunca ha sido institucionalizado?

—*¿Cómo institucionalizado?*

—Lo que mis tías Sánchez llamaban «guardado».

—*¿Se refiere a una institución mental?*

—Cómo usted quiera... utilice el mismo calificativo que escogió para definir a San Jorge: sanatorio, clínica, manicomio. Reverón los llamaba «satanorios».

—*No... ¿Por qué me hace esa pregunta?*

—Mi experiencia me indica que quienes trabajan sin cobrar suelen tener un trauma muy fuerte, una profunda soledad que necesitan compensar con una pasión muy fuerte para reubicarse en el mundo. Se lo digo para que no se confunda y espere encontrar aquí ayuda a sus problemas. En esta casa el único problema soy yo. Conste que le ofrecí pagarle por su trabajo y a usted no ha parecido interesarle... ¿Acaso cree que estas citas van a convertirse en algo que podrá vender?

Cometo el error de defenderme con una frase rimbombante que no sé cómo voy a terminar:

—*Siempre he creído...*

Hutchson tiene la amabilidad de interrumpirme:

—Tenga cuidado con lo que cree y deja de creer. Quien anda creyendo más de la cuenta no es capaz de crear, un verbo que supongo será importante en su oficio. Y para crear hace falta dudar, o creer en el valor y el propósito de nuestras dudas. Así que no me haga demasiado caso y huya de las creencias. Desconfíe de los psiquiatras retirados y recuerde que nada en esta vida es gratis, ni siquiera un desayuno.

Así termina nuestra segunda sesión. Aunque el final es abrupto, esta vez hay algo más de camaradería en la despedida, al punto que me ha dejado ayudarlo a recoger la mesa.

Sobre la suerte de haber sido un enfermo

A UN DIPLOMÁTICO LO NOMBRAN CÓNSUL en Helsinki. Antes de partir pone un anuncio en el periódico solicitando un profesor de finlandés para un curso intensivo. La paga será excelente. Aparece un profesor amable e inteligente que le da clases ocho horas al día durante una semana. El diplomático llega a Helsinki y nadie entiende sus frases más simples: «Buenos días», «¿Cuánto es?», «¿Dónde se encuentra el baño...?». Le tomará tiempo descubrir que le han enseñado vasco.

Así me siento con Hutchson, menos mal que las sesiones no pasan de tres horas por semana. Estoy pensando seriamente en aceptar su propuesta y cobrar.

La segunda entrevista se fue alejando a velocidad de crucero de la macolla reveroniana y me ha dejado desorientado con esa gira de San Jorge a Glasgow y luego a Palmira. Salí de su casa como si viniera de esos jardines donde se juntan especies tropicales, desérticas y alpinas, y no sabemos en qué lugar del mundo acabamos de estar.

La fiebre va en aumento y no estoy de ánimo para caer en un «Esperando a Reverón». Los encuentros con Hutchson presiento que van a ser un atajo y un descarrilamiento, una experiencia tan real como propicia a gratas e indolentes mentiras, un remolino que puede llevarme al centro de la cuestión o a una perpetua periferia. ¿Cómo se explica entonces mi atracción por las citas en Sebucán con un psiquiatra convertido en ganadero y empeñado en analizarse a sí mismo? Sería tan fácil dejar de volver a la casa de Sebucán y tomar otro camino más directo.

¿Hacia dónde? ¿Qué es lo que quiero hacer? Puede que mi verdadero oficio sea dar vueltas y vueltas como un insomne que no haya colocación en su cama.

Toda totalidad es esférica y toda esfera tiene un lado oscuro, improbable, fantasioso, que puede manifestarse en el momento menos esperado, pues la principal característica de las esferas es girar y girar, a veces imperceptiblemente, convirtiendo lo que suponíamos como clásico y académico en algo perturbador y peligrosamente romántico. De la misma manera, lo insensato y equívoco puede convertirse en la pieza que ayuda a que todo encaje y se asiente, o que revela la verdadera dimensión del desorden y la confusión. Mi padre decía que la verdad es como una moneda que cae en el agua: hay que darle tiempo para que llegue al fondo y ofrezca su lado definitivo.

Alfredo Boulton se ha convertido en mi cuartel de invierno mientras tomo fuerzas para aguantar a mi entrevistado y los enredos de su infancia con burras, cerdos y zamuros. Al principio creí que el sensato Boulton representaría una ruta responsable para llegar a la meta, pero cada vez la colosal esfera de su obra muestra caras más desconcertantes. Cuando obtuvo el Premio Nacional de Fotografía, Esso Álvarez le preguntó en una entrevista:

> —En lugar de haber abandonado la fotografía en 1955 para dedicarse a la investigación pictórica, pudo haber dado también su aporte teórico a la fotografía, pero no lo hizo, ¿por qué?
>
> —Quizás se debe a que como yo he sido fotógrafo, me cuesta más trabajo expresarme sobre este tema... La verdad es que nunca me había puesto a pensar en eso.

El que Boulton haya abandonado la fotografía en 1955, coincidiendo con la muerte y consagración de Reverón, nos asoma a una de esas simbiosis profundas que solo se dan con un alter ego. Uso aquí el término con el sentido abusivo que le ha dado la ficción: una estrategia para esconder la verdadera identidad de los personajes y realizar un juego moral entre el bien y el mal.

Imagino a los dos amigos conversando en el recinto arbolado de Castillete y veo dos posiciones diametralmente opuestas. Armando es el pintor entregado obsesivamente a su trabajo: nada más existe, nada lo distrae de su consagración monástica. Juan Liscano habla de «una suerte de ascética heroica», Guillermo Meneses encuentra en su silueta la «madera reseca de un santón», Alejandro Otero a un «apóstol triste». Y en verdad hacía falta un compromiso religioso con el arte y una buena dosis de heroísmo para haber mantenido la vida que llevó. Existen otras dos explicaciones a su manera de vivir. Una es menos heroica: su espíritu –su psiquis para los más deterministas– no aceptaba otra opción; la otra es más optimista: su sacrificio fue una generosa fuente de gozo.

Alfredo es también un artista. Sus fotografías nos transmiten cada vez con más ternura, voluntad y amplios horizontes, mensajes geológicos que, según sus propias palabras, «nos permiten mirarnos a nosotros mismos». La herencia que nos ha dejado la percibo tan enriquecedora como la de Armando. ¿Por qué tengo entonces la sensación de que ha podido darnos más? Este «ha podido» no es un reclamo, sino un homenaje a su papel como un padre de la modernidad de la talla de Reverón, Rómulo Gallegos y Carlos Raúl Villanueva. Una grandeza que acentúa lo que tiene de inexplicable su cambio de oficio. Cuando se juntan el profesionalismo con el placer suelen hermanarse para siempre, ¿por qué entonces abandona su labor creadora a los 48 años y opta por convertirse en un investigador del arte venezolano?

Es absurdo exigirle a un hombre que se entregue integralmente a la fotografía hasta el fin de su vida. ¿Quién nos da el derecho a definir esta integralidad o el fin de una vida? La pregunta que sí tiene validez es cómo lo afectó la muerte de Armando. ¿Por qué pasó a ser investigador en otra área? ¿Se trata de una paralización al constatar un nivel de trascendencia al que no podía acceder, o al presenciar los efectos de una entrega total al arte?

En 1966, Boulton comienza a tratar el tema de la enfermedad de Reverón:

> En el estudio de su pintura debe tenerse siempre en cuenta la curiosa personalidad psicopática del artista. No se pueden disociar sus características anímicas excepcionales de la obra que ejecutó. El acontecer patológico de su vida marchó paralelamente con el desarrollo de su obra. Debemos seguir, por lo tanto, una ruta gemela donde se vayan relatando los diferentes aspectos de ambas facetas.

No le será fácil a Boulton mantener estas rutas paralelas entre la obra y la patología de quien fue su amigo, o intentó serlo. Una ruta va a cruzar a la otra a medida que intenta explicar cómo va aflorando «la expresión del verdadero temperamento de Reverón». Primero describe cómo pintaba el artista:

> ... mediante un ritual lleno de gestos y de ruidos, como entrando en trance ante el lienzo, entornaba los ojos, bufaba y simulaba los gestos de pintar hasta que el ritmo del cuerpo y las gesticulaciones hubiesen adquirido ímpetu y velocidad. Entonces con actitudes de espasmo era cuando embestía la tela como si fuese el animal que rasgaba el trapo rojo de la muleta.

E inmediatamente insiste en que estas vibraciones, «como de un prolongado orgasmo», para nada afectaron la calidad artística de su obra: «Su pintura, en ningún momento deja traslucir la más mínima huella de desequilibrio».

Así empieza a aflorar una complicada manera de expresar una idea más complicada aún: la locura de Reverón se reflejaba en la ejecución de una obra que reflejaba una total sensatez: «... se puede considerar que su estado patológico influyó sobre su obra, pero a través de un proceso como de purificación, de filtro, que venía a tomar forma a consecuencia de aquellos tormentos físicos que el pintor se infligía».

Llega un momento en que la enfermedad parece estar a punto de abarcarlo todo:

> En oportunidades anteriores escribimos, y todavía sigue teniendo vigencia, que «Reverón tuvo la suerte, acaso, de haber sido un enfermo; nadie cuerdo ni sensato hubiera podido alcanzar esa desbordante emoción, ni tanta exuberancia desenfrenada, como se nota en su pintura. Se tiene la impresión de que su obra emana de un acto impulsivo y descontrolado, el que una vez examinado cuidadosamente revela que todo ha sido guiado por un sentido sumamente fino y sutil, para dar al espectador una visión brutal de un mundo terrible y mágico construido por la misma mano del artista, a fin de reproducir en sus lienzos la visión que a diario se formaba en su mente. Subyugó a la pintura, manteniendo, sin embargo, todo el espontáneo impulso de que era necesario valerse para desahogar su angustiada mente y el constante frenesí y la irritación que la luz provocaba en su errante pupila».

En este fragmento se siente cada vez más una penosa contradicción. Boulton quiere describir una patología sortaria alejada de lo «cuerdo» y lo «sensato», y, al mismo tiempo, insiste en colocarle una garantía de cordura y sensatez al resultado, a la obra.

En esta tarea va a contar con el apoyo irrestricto de Báez Finol, quien varias veces explica que para Armando el deseo de pintar era el signo más completo de su recuperación, pero cuando entraba en sus crisis de misticismo religioso no agarraba un pincel. Esta fórmula de «pinta cuando está bien y no pinta cuando está mal», no parece reconocer los estados intermedios, graduales, donde el misticismo religioso y las voces interiores tienen la posibilidad y el derecho de ofrecer algunos consejos valiosos.

Báez Finol también se enreda al sustentar la fórmula de la intermitencia:

> Reverón fue toda su vida un carácter esquizoide y por ello entendemos una personalidad rara, alejada de la realidad, aislada del trato normal con las personas. Aunque sus contactos con la realidad permanecieron superficialmente sin alteración, puede decirse que durante toda su vida padeció una enfermedad mental atenuada, de una esquizofrenia únicamente radicada a su esfera emocional sin que se hubiera tocado el proceso perceptivo y cognitivo de las cosas. Eso le permitía percibir correctamente la naturaleza del mundo, pero no sentía la naturaleza social que lo rodeaba... Esto explica en gran parte por qué en todas sus composiciones, apuntes y dibujos, no se advierte ningún signo de flaqueza espiritual, ningún signo donde podamos descubrir características de su estado de enfermedad mental.

Báez sustenta esta prodigiosa escisión que separa lo cognitivo de lo emocional proponiendo que Reverón pintaba con una cordura que no existía en su visión de su lugar en la sociedad, al punto de «no sentirla». Las explicaciones que dividen en vez de integrar son siempre sospechosas; más aún al aplicarlas a la esquizofrenia, una enfermedad que ya presupone una división. El separar la «naturaleza del mundo» de la «naturaleza social» ya es una disección que destroza delicados tejidos. Una posible alternativa sería explorar otra ecuación: el caudal y la intensidad de los procesos perceptivos y cognitivos de Reverón conforman un todo que incluye a la sociedad. Su comprensión de la naturaleza incluye a lo social con tanta fuerza que predominó sobre las normas culturales y costumbres sociales de su época, y lo obligó a una labor solitaria, profética, centrada en sus propios designios y fuerzas internas, enfrentando adversidades tan formidables e incomprensiones tan constantes que terminaron agotándolo, consumiendo lo que Báez llama su «esfera emocional». Esta posibilidad ofrece un camino distinto a la tesis de una división permanente y estructural entre fracasos emocionales y triunfos cognitivos. Quizás su consumación se origina en una portentosa integración.

La manera que tiene Boulton de evitar su propia confusión es dictar cátedra por medio de aforismos: «Reverón solo puede ser visto como lo que fue», «El hombre no es un actor que cambia de máscara y se vuelve otra persona», «Hay que despojarse de todo prejuicio». Pero sus preceptos sugieren justo lo contrario: el crítico es quien debería aceptar sus propios prejuicios y anunciarlos como una carta de presentación. Solo así podrá advertirnos sobre esos vicios inalterables que trae a cuestas y resaltan cuando se refleja, inevitablemente, en el trabajo del artista. La crítica debe propiciar una crisis que obligue a revisar los valores tanto del artista como los del crítico y sus lectores.

A favor de Boulton, y a beneficio de inventario, habría que situarse en la época y repasar la andanada de artículos francamente despectivos contra el personaje y su obra, todos con un aire condescendiente entre sensiblero y amarillista. Palenzuela nos ofrece una lista de calificativos que aparecieron en la última década de la vida de Reverón, cuando los periodistas sabían que en Macuto siempre tendrían una noticia con solo amplificar los dos extremos: «Cada vez más loco, cada vez más genial». Veamos algunos títulos y subtítulos en periódicos y revistas: «Dicen que está loco, ¿acaso es un místico?», «Virginidad mental», «Cómo aislarse del aplauso necio», «Un pintor en blanco menor», «Vaguedades desvaídas», «El pintor campesino», «Desde chozas rústicas y miserables», «¿Dónde están los coloridos ricos y vivaces de nuestra naturaleza lujuriante?», «Tonalidades que sólo pueden ser nuestras en días excepcionales de invierno», «El rancho es su chifladura», «Blanco, blanco y más blanco», «Espectáculo cómico», «En compañía de un mono inteligente».

Boulton se enfurece y decide enfrentarlos con una actitud que quizás lo llevó a un creciente maniqueísmo y a testimonios de sus propias contradicciones, al punto que algún periodista utilizaría una de sus frases como título para un artículo sobre Castillete: «El castillo fortificado de un demente»[1].

Una novela sería ideal para adentrarse en la relación que sostuvieron el pintor y el fotógrafo durante veinte años. Debería explorar ese camino, pero no tengo fuerzas, o quizás algo en la estampa de Boulton me resulta pesado y presumo que no me permitirá agarrar vuelo. Además, es tan fácil volver dentro de pocos días a desayunar con el desapacible Hutchson.

---

1 Ver página 97.

III
1 de diciembre del 2004

Para entrar en calor conversamos sobre los cielos despejados de diciembre, mientras nos rodea un sólido chaparrón que seguro afectará esta grabación. Nos encontramos bajo una cubierta de pares, forro de madera y tejas criollas, pero resuena como el techo de cinc de un gallinero. Todo el paisaje se va borrando con las cortinas de lluvia y solo la mesa con su par de comensales está en foco. Le pregunto a Hutchson si alguna vez la quebrada se ha desbordado y me cuenta que, hasta ahora, no han habido desgracias al pie de El Ávila, con una sola excepción:

—En los pozos que están por Los Chorros se ahogó uno de mis tíos Sánchez. En la Caracas de los cincuenta toda familia respetable debía tener un ahogado o un muerto en choque con carro propio.

En mi familia también hubo un ahogado, pero no sé en qué mar, pozo o crecida. Pensando en ese parentesco de accidentes observo a Hutchson y trato de definir a quién se me parece, qué nos une. Es de esos viejos a los que no le cambian las proporciones, solo las texturas. Los ojos tienen brillo y los dientes son blancos, qué más se puede pedir a su edad. Esa era la obsesión de mi abuela, revisarnos los dientes y la piel. Esta referencia infantil me ayuda a encontrar un punto de partida, mientras la lluvia me obliga a gritar.

* * *

—Quedamos en que a los 11 años viajó solo a Europa.

—Quizás me embalaron en una caja, porque casi nada recuerdo de ese viaje. Un síntoma grave, pues pocas experiencias dejan una impronta más fuerte que una larga travesía en barco. A veces me llegan sueños rezagados: un agudo dolor de garganta mientras alguien insiste en introducirme una linterna en la boca; un horrible potaje de verduras cae como un alud sobre un plato sopero con bordes de anclas azules y lo desborda; una niña que juega en la baranda del barco se la lleva el viento. Mi única certeza es que no me mareaba. Esa es una sensación que desconozco.

Mis padres se fueron a Glasgow antes que yo. Llegué meses después y los encontré viviendo en una calle que lucía comprimida, como un desinflado acordeón de casas muy estrechas. Allí vivimos atrapados en una rutina civilizada y fríamente calculada para sobrevivir con dignidad.

Cuando me depositaron en la puerta de la casa, mi madre, en vez de ayudarme a digerir la sorpresa, me recibió con un gesto de complicidad: «En qué lío estamos metidos». Solo le faltó pasarse el dedo por la garganta. Se habían acabado las bandadas de primos y los almuerzos de veinte personas orbitando alrededor de un mondongo.

Recuerdo hasta el mínimo detalle una acuarela de James Douglas, herencia del borroso lado paterno, que estaba frente a la mesa del nuevo comedor. Era un muelle con barcos a vela, aguas aceitosas y una luz que presagiaba el fin del mundo. Me le quedaba viendo y pensaba: «Este es el nuevo cielo al que debo acostumbrarme». Y tenía razón porque los cuadros de Douglas han sido reproducidos a mansalva. Quien reciba una postal con una imagen de James Douglas jamás querrá pisar las costas de Escocia.

—¿Cómo se sentía su padre de vuelta en Glasgow?

—Nadie sabía qué pasaba con el hierático Noel. Era como un pez en un charco que se mueve poco para hacer como que respira a sus anchas en el aire enrarecido. Del español se quedó con una sola palabra: «¡Ocupado!». Era capaz de pasarse horas en el baño solo por el placer de soltar esa exclamación de reafirmación territorial.

—Y usted, ¿logró adaptarse a esa nueva vida?

—Ya es muy tarde para llamar «nueva vida» a un período que va desde 1939 hasta 1988, con la breve interrupción de un año entre el 53 y el 54, pero veamos qué puedo ofrecerle de esos primeros días...

No sé porqué insisto en preguntarle lo que no me interesa. Aprovecho la pausa para planificar en qué momento y de qué manera llevaré a Hutchson al redil de mis intereses. No será fácil. Es evidente que ya tiene bien cocinada y condimentada la continuación de su infancia.

—Mi madre contrató a una profesora para que me ayudara con las tareas. Al principio me fue bien. Miss Papiloma –eso entendí y así quedó bautizada– se reía con mis errores y me hacía sentir como un pequeño genio que aprendía rápido para ser un aborigen. Hasta un día que llegué tarde y me quité el grueso *sweater* escolar con prisa, saludándola mientras aún estaba perdido en la picante penumbra de la lana. Al sentarme a la mesa y tomar el lápiz, todo había cambiado. Tenía ante mí a una mujer fría y arrogante que apuró la lección. Seguro era fanática de Huxley, pues se marchó amenazándome con un dedo y gritando: «*A world is coming!*».

Al día siguiente no vino y en la noche le comenté a mi madre, para ir preparando el terreno de mi inocencia, lo excelente profesora que era Miss Papiloma.

«¡Ya no vendrá más!», me interrumpió con violencia.

«¿Por qué?», pregunté, utilizando una expresión desgarradora con la vaga idea de amainar la falta que aún ignoraba.

«¡Por tu culpa! Me reclamó indignada: '*He showed me his navel!*'».

Mamá vio que yo no entendía eso de «*navel*» y hundió su dedo en una parte de mi cuerpo que no dejaba ninguna duda. Pude entonces exclamar: «¡El ombligo! Debe haber sido mientras me quitaba el *sweater*».

Dicho esto, no aguanté la tentación de mirármelo con atención y, de paso, mostrarle la cruda evidencia a mi madre. Fue fácil para el par de emigrantes dilucidar que nada tenía de escandaloso el «*umbilicus*» que usó Leonardo como centro del universo. Ante la cicatriz del cordón que ha unido a todo mamífero con su placenta, mi madre perdió fuerzas y se puso de mi lado diciendo: «Estos escoceses están un poco locos».

Años después todavía la hacía reír gritando con la voz estridente de Miss Papiloma: «*He showed me his navel, his belly button, that disgusting and protuberant* maruto*!*».

—*¿Eso fue lo más grave de su adaptación?*

—En algunos rincones de la casa no la pasaba tan mal. Había tres habitaciones, la de los padres, la del hijo y una que se usaba para guardar lo que no encontraba sitio o dejaba de tenerlo. Luego mamá se mudó a mi habitación y yo dormí por un tiempo en el depósito, que parecía una casa profusamente amoblada que se había reducido de golpe. Luego me devolvieron a mi habitación, que ya era también la de mi madre, y dormíamos juntos. Lo importante es que nunca tuve el ineludible complejo de Edipo. ¡Yo era Edipo! Supongo que me tocaba hacer de escudo protector ante los intentos de Noel, aunque en aquella casa de límites sin barreras jamás sentí algún tipo de tensión sexual, salvo la mía. No llegué a ver los protocolos iniciales ni escuché las remotas evidencias. Me cuesta imaginarlos desnudos y concibiéndome, aunque puedo encontrar en mi cuerpo pedazos de los dos. Lástima que estén tan bien delimitados.

—¿Su padre no se quejaba de aquel arreglo?

—Noel vivía sumido en sus recuerdos. Quizás era él quien más extrañaba a Venezuela...

De pronto, Hutchson acerca su rostro mientras se pone bizco y ordena:

—¡Míreme a los ojos!

Enseguida masculla una jerga llena de lamentos y resoplidos. Ciertamente hacía bien el papel de un escocés con malas pulgas y recuerdos. Luego carraspea y continúa:

—De su estadía en las minas, papá heredó un problema de hígado y su propio e íntimo paté lo hacía caminar como una oca. Esta puede haber sido la causa de que perdiera su trabajo, mi madre no lo quisiera, nos fuéramos de Venezuela. Es increíble cuánto influye una víscera inflamada. ¿Sabe cuáles eran sus lecturas favoritas? Libros sobre técnicas de masaje, quizás un tímido acercamiento a la literatura pornográfica.

—¿Su madre se adaptó finalmente a Glasgow?

—Recuerdo el día que me dijo entre llorando y riendo: «No soporto que un mango se haya convertido en algo tan importante». Ella soñaba con una casa de campo en las afueras. Cuando conoció la ciudad a fondo y vio casas en Mosspark que podían adquirirse por muy poco, su situación empeoró, pues comenzó a odiar de veras a Govanhill, donde le había tocado vivir. Quizás se hubiera conformado con mudarse a Queens Drive, a solo dos cuadras, y poder estampar la palabra «Queen» en su dirección postal.

Yo, en cambio, comencé a pasarla bien. Me animé al descubrir en mis siguientes paseos un edificio con tres piscinas temperadas, Govanhill Bath's, el lugar ideal para enfrentar un invierno; y la biblioteca pública de Calder Street, otra oferta que me pareció milagrosa. Hasta entonces creía que los libros eran seres casuales, solitarios, que solo tendían a agruparse en la escuela y en los bultos; no sabía que podían convivir juntos formando una república independiente. Me encantaba pasear por esa pequeña ciudad donde se callaba y se tocía, con callejones de estantes y apretujados ejércitos de lomos y cubiertas, donde la sabiduría se condensaba en un abrumador aroma a remotas experiencias.

Vivir en las calles arboladas de Mosspark, a diez minutos de nuestra casa, era una fantasía que mamá hubiera podido realizar con solo confesar su verdadera situación a la familia Sánchez. Pero eso equivalía a reconocer su derrota, su fracaso, o lo justo del castigo impuesto. No quiero dar una imagen de pobreza, sino de una clase media muy alejada de las ridículas extravagancias promovidas por el ganado de los Sánchez. En Venezuela, Noel había sido un hombre honorable y de cierta alcurnia, pues hasta su estrabismo mamá logró venderlo como prueba de nobles orígenes, pero en Glasgow era solo un viejo bizco y rancio.

—*¿No había algo que lo uniera a su padre, algún recuerdo grato?*

—En 1954 heredé el armario de un hombre con buen gusto. Nunca pensé que iba a terminar metido dentro de él, de sus armaduras. La primera vez que me puse uno de sus *blazers* conseguí en el bolsillo interior un bono adicional: su Parker llena de tinta roja y tan perseverante como una fiel mascota. Debe haber sido la pluma con que escribió los poemas que explotaron entre Calais y Dover. Más de una vez se ha aparecido en mis sueños queriéndome decir algo que no logro entender. No sé si viene a reclamar lo mal planchadas que están sus camisas o que haya mancillado su pluma fuente con tinta negra.

Antes de su muerte, nunca había pensado en que teníamos el mismo cuerpo. Nuestros rostros eran tan diferentes. Soy gocho de cara y escocés del cuello para abajo, así que para exhibir con ecuanimidad mis orígenes debo desnudarme. Al ponerme sus pantalones fue cuando empecé a quererlo un poco más. ¿Cómo no amar a quien te entrega un guardarropa entero, incluyendo doce pares de zapatos y las pantuflas de cuero con que inicio y termino el día? Me mortifica no saber quién va a heredar estos pantalones inmortales.

No creo que aguanten a otro Hutchson, pero ciertamente la tela parece un casimir bien vivido.

—Papá le dedicaba un tiempo absurdo a mantener su ropa y la casa impecable. Decía que las alfombras, cortinas, cojines, todo lo mullido y grato, daba alergia y se las pasaba aspirando todas las superficies, las peludas y las lampiñas. Parecía un niño jugando con un arma termonuclear. Quizás el pequeño motor de la aspiradora le recordaba sus rotativas. A estas extrañas cruzadas se sumaba su fobia contra el pan blanco y las sopas recalentadas. Ha podido ser muy útil en el último tercio de su vida, pues lo llamaron del ejército, donde siempre hay lugar para un veterano que sepa reparar una máquina, pero prefirió la infelicidad de su hogar.

—¿Era un hombre violento?

—Recibir golpes no era entonces nada memorable, ni en Caracas ni en Glasgow. Una vez vino un psicólogo al colegio, algún pionero de Bowlby que estaría elaborando estadísticas sobre violencia familiar. Entró a la clase con una carpeta y nos alborotó con una emocionante pregunta: «¿A quién de ustedes le han pegado sus padres?».

Todos levantamos la mano como aspirando a un premio. Luego vinieron las particularidades. «¿El padre o la madre? ¿A quién le han dado nalgadas... cachetadas... jalones de pelo... correazos... pellizcos... coscorrones? Con cada técnica de castigo iba variando la proporción de manos alzadas y orgullosas en aquella retaliación contra los padres. Nadie se quedaba con el brazo sin levantar cuando le tocaba su turno, su particular especialidad. Supongo que habría los que exageraban o los padres escoceses eran unas redomadas bestias.

El caso es que el cuestionario se estiraba y yo estaba cada vez más preocupado, pues no recordaba que un adulto me hubiera pegado. Nadie se hubiera atrevido a hacerlo en los predios del abuelo y, cuando llegamos a Glasgow, mi padre ya se había acostumbrado a que su hijo era intocable. Tuve que mentir, pero a medias, pues aunque levanté la mano con la primera pregunta, luego no encontré una opción que se ajustara a mi caso en el minucioso listado de modalidades más específicas. Las alternativas comenzaban a escasear y pensé que iba a quedar como alguien que sufría atrocidades corporales que nadie en el colegio conocía, una rareza latina más. Al final el psicólogo preguntó: «¿Hay algún tipo de castigo que no hayamos citado?», y todas las manos de mis compañeros se quedaron recogidas, escondidas entre las piernas y en el oscuro reino de lo inclasificable. Pensé que me habían descubierto. Unos segundos más y habría inventado alguna tortura medieval, pero el encuestador estaba apurado y se fue al siguiente salón.

Al llegar a la casa le pregunté a mi padre, con cierta altivez, qué motivos tenía para no pegarme. Se me quedó viendo mientras rememoraba su propia infancia. Como nada respondía, le dije que algún día debería tener el valor de hacerlo. Se levantó y me dio una tremenda cueriza que recibí con orgullo. Así ambos solucionamos el problema.

—*Cuéntenos de su educación en Glasgow.*

—Mi primer drama fue descubrir que «Hutch» significa «conejera»; el segundo estudiar en la Hutcheson Boys Grammar School, una incómoda coincidencia. ¿Qué hacía un tal Hutchson en Hutcheson? Esa pequeña diferencia servía para señalarme como el más desubicado de todos los alumnos. Era como si la letra «e» se hubiera extraviado durante la estadía de mi padre en el trópico. Tuve profesores excelentes. Uno de literatura tenía la extraña maña de escribir sus comentarios en el borde de nuestros exámenes y luego borrarlos para obligarnos a adivinar las palabras por sus vestigios, centuplicando así nuestro interés por sus críticas.

—¿Cómo lo trataron los otros estudiantes?

—No me trataron mal, tampoco bien. En esa escuela hice un solo amigo y fue en mi primer día de clase, en la primera hora. Se llamaba Robert Lyle. Cuando el nuevo amigo me acompañaba de vuelta a casa por un atajo de su invención, me detuve a orinar en una acera. Lo hice al pie de un árbol y en un lugar solitario, pero Robert se volteó a verme con el mismo asombro con que yo miraba a Wenceslao pegado a su burra. Cuando caí en cuenta de haber violado una de las normas de la civilización anglosajona, pensé que mi nueva amistad había finalizado a los doscientos metros de recorrido, todo un récord.

Para mi sorpresa, Robert se apareció en mi casa el siguiente sábado en la mañana. Entró sin avisar y yo estaba medio desnudo leyéndole a mi madre algo de Julio Verne mientras ella lavaba y guindaba unas sábanas. Aprovechábamos las salidas de mi padre para darle a la casa un ambiente entre criollo y literario. Me cubrí con una de las sábanas, aún húmeda, como un senador romano y le expliqué al asombrado amigo que en Venezuela el calor era infernal y lo primero que hacía la gente al llegar a su casa era desnudarse. Robert no se inmutó y vislumbré que tenía el mejor de los amigos, o el más adecuado para un desubicado como yo. ¡Qué felicidad tener un compañero con sentido del humor e intereses antropológicos!

—¿Lo de «intereses antropológicos» es en serio?

—Nunca subestime a los niños. A Robert todo le interesaba. La primera vez que fui a su casa me mostró su *Remington's Encyclopedia of World History* y nos dedicamos a revisar las vidas de los «grandes hombres», pues mi amigo estaba claro en cual liga quería jugar. Al llegar a la palabra «César», le pregunté si Julio César había sido un héroe malo o bueno. Robert me explicó que esa era una clasificación inútil e infantil, y lo hizo con tanto ingenio que otra vez me sentí indigno de ser su amigo. Mi inglés todavía era un desastre y me costaba refutar o apoyar sus magníficos argumentos, pero logré decirle que no debía confiar tanto en los diccionarios.

Meses después Robbie dedujo que ser «latino» era una gran ventaja para conectarse con lo clásico, y no una condena, como yo pensaba junto al resto de la escuela. «Una ventaja natural», añadió para no darme tantos méritos. Esa fue nuestra primera nivelación y pacto ontológico.

—*¿Qué impresión le causó aquel hogar escocés?*

—Los Lyle vivían en Ardberg Street, muy cerca de mi casa, pero era como entrar a un mundo distante, muy árido. Ese día yo tenía algo de gripe y cometí la imprudencia de estornudar dos veces seguidas. Como su madre no estaba muy segura de mis orígenes, pensó que podría tratarse de una rara enfermedad de las Antípodas. Primero me amarró una servilleta en la boca y creí que íbamos a jugar a policías y ladrones. Como la servilleta no se sujetaba, decidió botarme de su casa para siempre. Uno de sus argumentos, y creo que lo usó en mis narices, fue que una tía había estado en casa de unos judíos y le entró un germen por la oreja que la dejó sorda.

—*¿Cuándo decidió estudiar psiquiatría?*

—Al graduarnos en Hutcheson había que tomar un camino. Como lo más abstracto del cuerpo era el sistema nervioso, hacia allá se enfiló Robert y yo lo seguí.

—*¿Entonces la idea de estudiar psiquiatría fue de su amigo Robert?*

—Robert tenía muchas razones para tomar ese camino, yo solo una y fue más bien una premonición, pues mi padre estaría los últimos años de su vida en una unidad psicogeriátrica. El viejo se escapaba con cierta regularidad. Llegaba a la comisaría y repetía las mismas conjeturas sobre qué hubiera sucedido de haberse salvado los escritos en vez del poeta: «¡Pude ser un cuerpo inmolado en una explosión tan estruendosa que mis camaradas llegaron sordos al infierno! ¡Pude haber dejado una elegía a mis compañeros de armas!». Y recitaba las cientos de estrofas que recordaba. Los policías lo atendían con respeto, pero a la tercera y cuarta vez ya nadie quería escuchar sus poemas y el viejo se ponía combativo. Al final le admitían un resumen biográfico de cinco minutos antes de devolverlo al hospital.

Parece ser el fin de la sesión, pues Hutchson comienza a recoger platos y bandejas. No me puedo marchar sin llevarme algo a cambio y lanzo una carnada sin anzuelo:

—Veo que la relación con Robert fue fundamental en su vida, y me estaba preguntando qué amigo tuvo una influencia igualmente decisiva en Reverón. ¿Alguna vez le habló de Nicolás Ferdinandov?

Hutchson no contesta. Continúa recogiendo platos. Insisto a riesgo de desatar la furia escocesa:

—¿No cree usted que Ferdinandov fue el mejor amigo de Reverón?

—Puede ser, puede ser…

La mesa ya está limpia y hemos salido del reino estricto de la entrevista. Es el momento de los cotilleos extracurriculares, por eso me permito suspirar:

—¡Ayudan tanto los amigos que saben comprender y valorar!

Hutchson responde a mi sentencia sobre los vuelos de la amistad con un aire aún más especulativo:

—Creo que ese fulano «período azul» de Reverón, que califican de profundo y espeso, se debe a Ferdinandov, quien le enseñó a bucear. Dos pintores están frente al mar por varios meses. El Ruso es un buzo consumado, ¿no es factible que invite al amigo a dar una caminata por el fondo del mar?

Ferdinandov organizó en 1919 una exposición con cuadros de Brandt, Monasterios y Reverón. Esperaba recolectar fondos para una escuela flotante con artistas de distintas nacionalidades que recorrerían los puertos del mundo y llegarían hasta Rusia con un mensaje de paz y confraternidad. Una academia en continuo movimiento no podía anquilosarse. Ferdinandov le asegura a sus nuevos amigos que el proyecto era idea de Tolstoi, pero es la fantasía de un hombre que viaja por el mundo con el pasaporte sin vigencia de los Romanov.

—Veo que usted conoce bastante de pintura venezolana.

—Nunca menosprecie a un psiquiatra. Yo tenía a Reverón y a Milagros, los mejores maestros, más todos los años que he pasado recordándolos... ¿Quiere saber cuáles son mis cuadros favoritos? *La cueva*, *Luz tras mi enramada* y el *Patio del sanatorio San Jorge*. ¿Cuáles son los suyos?

Digo lo primero que se me ocurre:

—Los que pintó en el muelle de La Guaira. Mi abuelo tenía uno...

—¡Su abuelo! Debe tenerlo muy presente si lo utiliza para responder una pregunta que no se esperaba.

No puedo quedar como un paciente acorralado:

—El caso es doblemente grave, porque mi abuelo no tenía uno, tenía dos.

—¿Y qué pasó con esos cuadros, dónde están ahora?

—Creo que los vendieron... y a muy buen precio...

Debo cambiar el tema antes que Hutchson averigüe que miento:

—Si quiere puedo contarle la historia de un tercer cuadro.

El entrevistado hace una señal de bienvenida con la mano y comienzo mi historia:

—Un capitán genovés está a punto de naufragar en el peor temporal de su vida. Llega milagrosamente al puerto de La Guaira y lo primero que hace es santiguarse en una iglesia y luego embriagarse en un bar. Allí encuentra a un pintor que está vendiendo un cuadro. Le sorprende el parecido con el horror

que acaba de vivir. Es la misma oscuridad enardecida, el mismo cataclismo, y le pregunta al pintor cuándo lo pintó. «Ayer», es la respuesta. El capitán lo compra y se lo lleva a su casa. Años más tarde, cuando por fin se retira y deja de navegar por el Caribe, no hace sino señalarlo a su esposa y a sus hijos, exclamando: '¡No se imaginan lo que viví en esas costas!'».

Hutchson me interrumpe:

—Es el viejo truco de usar los horrores como mampara de las lujurias.

Continúo:

—Cuando muere el capitán, su familia no le da ningún valor al cuadro y buscan donde guardarlo. Para ellos es una curiosidad primitiva, ingenua. Un día su hijo va a una exposición en Milán de un tal Jesús Soto y le sorprende cuánto puede llegar a valer una obra realizada por un latinoamericano. Hace averiguaciones, viaja a Caracas cargando con la tormenta que casi mata a su padre y, a la semana, cierra el negocio más importante de su vida.

—No he visto ese cuadro. ¿Cómo es?

—Tengo un amigo, Rafael Pereira, que compró varias obras de Reverón para un coleccionista. Una se llama La tempestad. *Rafael solo me describió un resplandor tan fuerte que todo el paisaje está espelucado...*

—¿Especulado o espelucado?

—«Espelucado», ese es el adjetivo que usó Rafael, «todo espelucado».

—Incluyendo los pelos del aterrorizado capitán genovés. ¡Qué hermoso cuento! ¿Cuántos de los cuadros que Armando pintó en los muelles de La Guaira estarán esparcidos por el mundo gracias a capitanes de barcos extranjeros?

La pregunta lo complace y se queda pensativo antes de continuar:

—En *La cueva* no hay tormentas ni encandilamientos. Estamos en la paz del fondo del mar. Reverón lo pintó después que Ferdinandov lo metió en una escafandra, de eso no tengo ninguna duda. La mejor manera de comprender la tierra es bajo el agua, y era tan fácil bajar juntos hacia un mar transparente con peces juguetones. Armando quedaría extasiado al sumergirse en la plenitud del azul y comenzó a utilizarlo con profusión. Luego se iría encandilando hasta irse secando y fue pasando al blanco, y más tarde al sepia, que es otra vez la pura tierra[1]. Ahí tiene mi teoría sobre los tres períodos inventados por Boulton. No digo «períodos reveronianos» porque suena a enfermedad adictiva... ¿Qué tan grave es su adicción?

—*Le confieso que Ferdinandov me atrae tanto como Reverón.*

—Es comprensible. Ese ruso representa la aventura en su expresión más cuantificable: los viajes, las empresas, los inventos, las extravagancias, los enfrentamientos, los romances. Es además el verdadero maestro, un tipo capaz de cambiarte la vida o de darle un nuevo curso que te evitará seguir perdiendo el tiempo. Hace falta una buena sacudida cuando se dejan atrás los 30 años, y el Ruso le ofrecía amplias opciones a sus amigos, pues era ebanista, encuadernador, orfebre, submarinista, fotógrafo, pianista, tenista y un respetable cocinero. Los oficios son como los idiomas, después que manejas tres los siguientes parecen venir solos. Ferdinandov era un conector que unía lo misterioso y lo práctico...

—*También estudió arquitectura, una profesión que conozco bien y suele ser muy útil para recorrer ciudades y entenderlas.*

—Y sabía cómo integrarse. Lo he visto en fotos montando camello, con aspecto de próspero campesino turco, como profesor de tenis, paseando por París, y la imagen que quizás más le gustaba: en traje de buzo. En Margarita diseñó joyas con

---

1 Boulton parece estar de acuerdo. Anota que a partir de 1940 el trazo «se hizo aún más rudo en comparación con los períodos anteriores. Esto se debió acaso a la sequedad que el artista le daba a la materia colorante, hasta el punto de llegar a perder totalmente su jugosidad plástica...». *Reverón*, Alfredo Boulton, 1979.

perlas que enviaba a una joyería que tenía en Nueva York. Soñaba con la Rusia comunista y vivía en la Venezuela gomecista, donde se consideraba un propagandista bolchevique. Era un nihilista al que le gustan las caminatas, el béisbol y los caballos. Sabía de relojes y de casinos, luego era capaz de fabricar una ruleta bastante honesta. Llegó a ser el personaje de un cuento de Gallegos y de una novela que el escritor nunca terminó[2]; una demostración de que era un hombre tan inspirador como evasivo, cualidad que le salvó la vida, pues a su amigo Brito, el buzo que siempre lo acompañaba, se lo comió un tiburón frente a sus ojos. Para cruzar tantas fronteras y enfrentar tantos peligros hay que dominar el arte de hacerse invisible.

Lo que peor hacía era pintar, y no lo hacía tan mal, aunque abusaba del azul cobalto y es peligroso cuando un pintor se engolosina con un solo color. Decidió que el azul iba mejor con los cementerios que con el mar, pero murió buceando en las costas de Curazao. Fue un caso literal de un deceso por profundizar demasiado[3].

—¿Recuerda un ejemplo concreto de las lecciones que le dio Ferdinandov a Reverón?

—¡Le parece poco meterlo en una escafandra y colgarle veinte kilos de plomo en el pecho! Hay también un incidente que hizo pensar mucho a Reverón. Cuando estaban preparando la exposición para recolectar fondos destinados a comprar el gran barco de la academia flotante, llega Reverón con sus cuadros envueltos en un fardo, saca sus obras y el fardo queda abierto en el suelo.

---

2 Sí llegó a terminarla en 1942, pero es quizás la menos apreciada de todas sus obras. Según el psiquiatra Carlos Rasquin, «Ferdinandov inspiró a Rómulo Gallegos para su novela *El forastero*, cuyo protagonista es un intelectual revolucionario venido de ultramar. Esta novela se iba a llamar *El encendedor de faroles*, título que hacía justicia a los efectos de sus enseñanzas sobre esta generación de artistas, pero especialmente a Reverón».

3 No en el fondo del mar, pero sí a consecuencia del efecto acumulativo de la presión de las profundidades en sus pulmones.

«¿Qué son estas figuras?», pregunta Ferdinandov al ver unas manchas en el tejido de yute.

«No sé... la tenía al lado mientras pintaba un uvero y la usaba para limpiar los pinceles», contesta Armando.

El Ruso celebra las manchas realizadas con esa parte del inconsciente que es recóndita y libre: «Hay que trabajar más desde la mente. ¡Ahí está todo!». Ese cuento lo encontrará en un libro de Juan Calzadilla, *Voces y demonios*[4]. ¿Lo ha leído?

—Lo estoy empezando –contesto, para no frenar lo que viene en camino.

—En los siguientes capítulos, Calzadilla nos ofrece ejemplos del amor de Nicolás Ferdinandov por lo teatral, quizás la faceta que dejará una huella más honda en Armando.

A continuación me cuenta dos anécdotas que ya he leído en el mismo libro.

—Pasada la medianoche el Ruso está paseando por Monte Piedad con Armando y Rafael Monasterios. Se paran los tres amigos frente a una linda casita y Nicolás comenta que sería ideal usarla como estudio. Sin decir más, toma impulso, tira abajo la puerta y desaparece. Pasa el tiempo y el Ruso no regresa. Sus amigos entran en la casa bastante asustados y ven al fondo del patio una luz; allí se encuentra una viejecilla haciendo unas arepas quien les asegura no haber visto a nadie. Siguen los amigos hasta el corral y encuentran en una mesa la cabeza de Ferdinandov, quien acaba de ser decapitado. La preparación del truco incluía conseguir una casa vacía, disfrazar a Juanita de anciana, abrir un hueco a la mesa y el mantel, preparar una sangrienta salsa de tomate y tener a mano una buena dosis de valeriana para Monasterios.

---

4 En *Reverón, voces y demonios*, Calzadilla titula este capítulo «Unas manchas de colores sobre un fardo». La anécdota es del pintor Rafael Monasterios, quien cierra su recuerdo comentando: «Reverón se quedó muy pensativo y durante la organización de la exposición pronunció en verdad pocas palabras. Desde ese día comenzó a cambiar, hasta convertirse en el Reverón que hoy todos conocemos».

Otra noche Nicolás les prepara a sus amigos un suculento bacalao. En la sobremesa habla de cuánto añora a su lejana Rusia. Se queda contemplando una pequeña ventana que se va abriendo lentamente y aparece el Kremlin y el río Neva. A sus invitados les toma tiempo advertir que se trata de una pintura iluminada con luces de colores.

—*Volvamos a las clases de buceo.*

—Cuando Paul Klee hizo el emblemático viaje de todo aprendiz a Italia, mientras sus compañeros de estudio se quedaban en Florencia visitando la Galleria degli Uffizi, él continúa a Nápoles y se pasa las tardes en el acuario del Instituto Oceanográfico. Esas visiones tuvieron tanta influencia en su obra como el arte paleocristiano o la caligrafía copta. Mucho más determinante debe ser bajar con una escafandra a doce metros de profundidad. Añádase la fraternidad entre Nicolás y Armando, la nueva policromía del fondo marino, la agradable temperatura del agua, la vitalidad de aquel ruso que moriría en Curazao por bucear más allá de sus fuerzas.

El día que le expuse mi teoría a Milagros sobre *La cueva*, me respondió asombrada: «Es verdad... esas dos mujeres parece que estuvieran aguantando la respiración». Entonces le pregunté: «¿Acaso las odaliscas no usan un velo para cubrirse el rostro y solo dejan al descubierto los ojos? Pues a estas el velo les cubre los ojos y la nariz, como si fueran máscaras de buceo».

Milagros me dio un beso como premio y se rió con muchas ganas. ¿Qué importa que las máscaras de buceo sean un invento de los años cuarenta? Lo importante era divertirla, sacudirla, sacarla de tanto análisis e idolatría, entrar en el risueño reino de su piel.

—*Supongo que a ella le interesaba su opinión de Reverón por considerarlo un crítico incontaminado.*

—¿Usted se refiere a mi inmaculada ignorancia?

Hutchson espera mi respuesta, aunque sabe que no me atreveré a aclarar el punto. Segundos después él mismo se contesta:

—Era casi perfecta. Antes de recibir las ardientes lecciones de mi profesora, una de las tías Sánchez me contó algunas anécdotas sobre el extravagante pintor que estaba recluido en San Jorge, y en la siguiente cita con Milagros le ofrecí con orgullo una fábula genuinamente caraqueña:

Se casaba la hija de una de las familias más ricas de Caracas, una Pérez Matos. Cuando hicieron la lista de invitados apareció el nombre de Armando Reverón y alguien dijo que no se les ocurriera invitar a ese loquito. La madre de la novia se ofendió y dijo que Armando era su primo y su compañero de juegos cuando eran niños, que lo adoraba y no iba a excluirlo de la boda de su hija. Se le mandó la tarjeta a Castillete y, para sorpresa de todos, Armando se apareció afeitado y bien vestido en la apoteósica boda. Lo único que desentonaba era su rostro, tan quemado por el sol como un pescador, y las solapas algo roídas. Durante la fiesta, fue el hombre más entretenido y amable, el de conversación más grata y el mejor bailarín. «Qué bien habla el francés», decían unos; «Recibió clases del maestro de Picasso y de Dalí», comentaban los más cultos. Todo iba bien hasta que los novios se montaron en la limusina que los llevaría al hotel Miramar en Macuto, y encontraron a Armando sentado al lado del chofer. A los que trataban de sacarlo les explicó que Castillete quedaba a pocas cuadras del hotel y quería aprovechar la cola. «Juro no voltear», fueron sus últimas palabras, mientras lo sacaban del carro entre varios y a la fuerza.

A Milagros le molestó el cuento y me dijo que ese era el típico chisme de la burguesía caraqueña. Le argumenté que toda historia consiste en un chisme cocinado a fuego lento y traté de analizar la escena con buena voluntad: «Armando quería hacer algo muy práctico. Si se hubiera aceptado su propuesta, los novios habrían disfrutado de un paseo muy agradable conversando hasta llegar al hotel, donde tendrían el resto de la noche para refocilarse... Ahí tienes un pequeño pedazo de tu espejo roto».

La doctora pareció calmarse un poco y me atreví a agregar algunas consideraciones dialécticas: «¿Qué había hecho Reverón de extraño? ¿No respetar una convención o no percibirla? ¿Ser irreverente por gusto o por necesidad?».

«¿Y cómo sabes tú esa historia?», me preguntó, dudando de mi condición de emigrante.

Cuando le contesté que, por lo visto, todo el mundo en Caracas debía tener un cuadro o un cuento de Reverón, exclamó indignada «Uno para todos y todos contra uno. Si quieres te puedo dar más detalles. Dicen que Reverón había hecho un gran cojín con su viejo *smoking*, y para el matrimonio solo le hizo falta convertirlo otra vez en traje».

Aproveché ese lance de sastre y mago para volver a tratar de bajar la presión: «¡Un cojín que se transforma en el traje de un príncipe! ¡Es como en la Cenicienta! Con razón se montó con tanta prisa en la limusina. Tenía que volver antes de las doce de la noche o transformarse en relleno de cojín».

Ese era mi juego, hacerla sonreír, pero ella volvió a sus argumentos furibundos: «Conozco varias versiones de ese cuento. En todas los invitados están muy nerviosos ante aquel loco de Macuto que, de pronto, se les transforma en un hombre culto y encantador. Unos exclamaban: '¡Algún castigo debería tener por vivir como un salvaje!', mientras otros preguntaban: '¿Qué hace aquí ese loco?'. Estarían felices cuando por fin apareció una prueba de lo que esperaban y el lance quedó sentenciado como una aberración sexual: 'Irse con los novios a Macuto. ¡Qué sacrilegio!'. Ese es el mismo juicio de quienes llevaban sus niños a Castillete para curarlos en salud contra los demonios del arte. Seguro que les decían antes de entrar: 'Pobre Armandito, ya verán adónde llegó por andar pajareando'. Todos esos cuentos provienen del asco que los caraqueños sienten hacia sí mismos».

Le respondí, como si fuera un caraqueño estándar y no un escocés desconcertado: «De ahí vengo yo», y le pregunté francamente disgustado: «¿Y tú cómo haces para excluirte?».

«No te preocupes por mí», me contestó cerrando el tema, «Sé bien en qué porquería estoy metida. Tú eres el que quieres excluirte esgrimiendo que apenas vienes llegando».

Ese fue nuestro primer enfrentamiento serio. La verdad es que no empezamos con buen pie... Ya nuestra primera cita había sido un desastre.

Voy conociendo los cambios de entonación de Hutchson. Los recuerdos íntimos los narra recostándose en la silla, desacelerando y haciendo como si yo no existiera; y luego, después de un final abrupto, me mira como si fuera un espía al que acaba de descubrir invadiendo su casa. Mientras me conduce a la puerta, nota mis giros de cuello y me pregunta preocupado:

—¿Tiene tortícolis? ¿Qué le pasa?

—Nada, nada... simple cansancio por estar sentado – contesto.

Es mi afán por encontrar una foto de Milagros en algún marco de plata. Quisiera ver su rostro, constatar su belleza, pero no hay una sola imagen en la casa de Sebucán, ningún cuadro, las paredes están vacías.

Salgo como un sumiso paciente a la soledad de la calle. Regresar a mi casa a las doce del mediodía es ya parte de la rutina. Después de un desayuno tardío no hace falta almorzar y aprovecho para regalarme una larga siesta.

Las muñecas dan sus últimas piruetas antes de caer muertas

Espero que mi abuelo no haya llevado a mi padre a Castillete cuando era niño «para curarlo en salud». Por lo que me han contado, el abuelo jamás hubiera visitado a un amigo con una actitud de superioridad o desprecio, como esos clientes entre babosos y agresivos que solo buscaban conseguir un cuadro a buen precio.

Juan Liscano escribe que «Reverón rehuía de esa suerte de antropofagia anímica que llamamos las relaciones humanas, la cual cobra mayor fuerza cuando se trata de la familia, de los cónyuges y de los amantes». Quizás, como proponía Milagros Iribarren, Liscano estaría constatando en Reverón sus propias sesiones de canibalismo con los seres que amaba.

Quiero creer que mi abuelo sentía un afecto genuino por su amigo Armando. Con respecto a los cuadros perdidos en la oscuridad del armario, sí debo aceptar que no supo comprenderlos. Y aquí viene una pregunta que no puedo rehuir: ¿existe el afecto sin la comprensión?

Entiendo también los pleitos de Milagros contra los visitantes a Castillete y los invitados al matrimonio de los Pérez Matos. He sufrido en carne propia mucho de lo que la mortifica. Los escritores no estamos tan alejados de esa región indefinida e intangible en que habitan los pintores. En casi todos mis cuentos y novelas he tratado de insertar la frase: «Nada une tanto una familia como un hijo poeta, todos se unen en su contra». Alguna de mis tías aun me dará el honroso título de «un loquito que ahora le dio por escribir». Durante demasiado tiempo esa cofradía, con su vara de la aceptación o del rechazo, fue la referencia para medir mi vida.

Hay taras que ya no tienen remedio y han terminado por gustarme. Es por eso que puedo entender a mi tío mordiendo con rabia el filtro de su cigarrillo al describir sus visitas de niño a Castillete. Conocí bien esa etapa en que se detesta el pasado, lo primitivo, y solo se sueña con una impecable fantasía futurista. Recuerdo cuánto me resistía a visitar las viejas casonas en el centro de Caracas, donde alguna bisabuela almacenaba salpullidos recuerdos, vinos agrios y dulces tiesos. Son las mismas casas de patio que demolieron y ahora amo con la pasión de un condenado.

¿Cómo ubicar a Boulton en esa lucha entre el amor y el desprecio, la comprensión y el rechazo, la enfermedad y el genio, el artista y el investigador, el rechazado y el consentido de la sociedad?

Una sola vez vi a Boulton y me impresionó su elegancia, pero también la rígida y contenida manera en que avanzaba como un barco inabordable. Me ha sacudido su sentencia: «tener la suerte de haber sido un enfermo». Aquí puede estar su drama y su paradoja. Esa fortuna que Alfredo le adjudica a su amigo Armando, puede haber estado emparentada con la dosis de cordura que él habrá creído tener cuando abandonó la fotografía. Con esta equivalencia quiero asomarme a la posibilidad de que a Boulton le aterrorizara tener la suerte de volverse loco.

En la misma entrevista que le hace Esso Álvarez, Boulton cuenta que su tío Henry Lord Boulton le obsequió una cámara Best Pocket de Kodak, con la que realiza sus primeras fotografías. Luego las revisan juntos. «Unas le gustaron y otras no, pero seguí, sin importarme la opinión que él pudiera tener de ellas».

¿Hasta qué punto no le interesaba la opinión de ese tío de nombre, riqueza y figura imponente? ¿Hasta dónde estaba dispuesto a llevar la aventura de la estética? Al Boulton que conocí puedo imaginarlo en el centro de los mecanismos de poder o como un mecenas dedicado a sus libros y colecciones, pero ya no como el artista de 20 años. Cada vez que vuelvo a ver sus fotografías –y me falta mucho por descubrir–, pienso en los últimos cuarenta años de su vida y siento que me asomo a un vacío que ninguna investigación podía llenar. Digamos a su favor que eligió el estilo de su destierro creativo y que este fue prolífico e indispensable para organizar y salvaguardar nuestra historia del arte.

En la amistad entre Alfredo y Armando no se da, como entre Ferdinandov y Reverón, una compenetración que todo lo perdona y todo lo comprende. Alfredo detesta las «espantosas muñecas», el «ridículo pumpá», «los objetos desquiciantes», «los elementos perturbadores», las «fantasías infantiles», las «extravagancias», que nada tienen que ver con su «madurez plástica sumamente firme». Incluso le molestan los cambios que ocurren en Castillete:

> Sus excentricidades le hicieron a veces tema de curiosidad. Muchas personas le iban a ver como si fuera un espectáculo cómico. Desde entonces, Reverón comenzó a elevar más y más los muros que cercaban su propiedad. Los fue subiendo paulatinamente hasta aislarse de sus vecinos. Así, la gracia y el encanto que había tenido primitivamente aquel lugar, cuando el pintor construyó el rancho colocado en el centro de la exuberante vegetación tropical, fueron desapareciendo poco a poco. Se volvió entonces aquello como el castillo fortificado de un demente.

Esta visión tiene coincidencias con la de Báez Finol, pues Boulton establece que es Armando quien se aísla, quien genera la fealdad, la falta de gracia, quien no logra relacionarse y se fortifica. ¿No es acaso la sociedad la que lo va rodeando, cercando, hostigando? Cuando en 1952 lo visita la escultora Lía Bermúdez, Armando le pide un único favor, que hable con el jefe civil para que los vecinos dejen de lanzarle piedras.

La némesis de Boulton (cuando uno habla de un «álter ego», viene al caso esta diosa griega de la justicia retributiva, de la venganza y la fortuna, que luego los romanos llamarían «Envidia») son las muñecas. En la descripción que nos hace de un autorretrato pintado en 1948, Armando tiene la cabeza cubierta con un pedazo de lienzo y luce «alucinado», «espectral», con «matizaciones mortecinas» en la piel. Atrás aparecen las muñecas «con sus brazos en alto, dando las últimas piruetas de ballet antes de caer ellas muertas también. Pareciera la última visión real que tuvo el artista de su propio rostro, cuando aún estaba lúcido, antes de penetrar en los dolorosos retratos de barbas y pumpás. Imágenes que traducen en pinceladas algodonosas un momento muy doloroso en el final de su vida».

Proponer el autorretrato de 1948 como un testimonio del final de la combatividad del artista, equivale a menospreciar todos los que pintó después. Boulton los califica de «telas pesimistas», repeticiones monótonas de un mundo cada vez más estrecho, con menos fuerzas, sin ritmo ni coraje, fruto de un estado mental inquietante, de una «calidad artística que se resistió visiblemente». Parece querer usar el verbo «resintió», pero opta por el que hace menos daño a su tesis de la cordura pictórica.

Según Palenzuela, en 1990 Boulton suelta, incluso podríamos decir «arroja», una de sus más duras sentencias: «Armando y Juanita resolvieron fabricar unas horrendas muñecas que sustituirían a las jovencitas del vecindario, atemorizadas por la conducta del artista». Palenzuela también afirma que en 1955, en el catálogo de la Gran Exposición en Bellas Artes, ya Boulton había desterrado las «anécdotas» al considerar que «aportan muy poca ayuda para explicar su obra y le hacen aparecer bajo una luz falsa presentándolo como si la locura que padeció y las estrafalarias frases que pronunciaba hubiesen sido más interesantes que sus lienzos».

Quiero sugerir que en estos cercenamientos y castraciones, Boulton incluía, sin saberlo, su propia gesta de creador. Es tentador someter esta posibilidad al axioma que plantea Antonin Artaud: «Los verdaderos poetas son aquellos que siempre se sintieron enfermos y muertos mientras consumían su propio ser. Los falsos, aquellos que siempre quisieron tener buena salud y estar vivos mientras se sumaban al ser del otro». Se trata de un dilema que nos concierne, por más alejados que nos sintamos de la locura, de la muerte, de la creación.

La posición de Boulton me ha afectado. Anoche soñé que desvestía a una muñeca mientras estaba dormida en su lecho. Su vestido era de encajes y tenía un moño de princesa japonesa armado con unos pinceles. Sumido en esos remolinos pastosos de cuando los sueños se van convirtiendo en pesadillas, los pinceles se fueron tornando cada vez más grandes hasta convertirse en cepillos con los cuales podía pintar directamente sobre la naturaleza. Los sacudí en el aire y sentí un rocío que se transformó en lluvia y luego en una tormenta.

Me desperté asustado, pero orgulloso por esta nueva prueba de mi obsesión.

IV
8 de diciembre del 2004

Hoy Hutchson abre el desayuno hablando de ganado y de secuestros en el Táchira. Varias veces repite la coletilla: «Ya se me están acercando a Palmira». Se ha dejado la barba, como si quisiera tener aspecto de secuestrado antes de la captura. Anuncia, para terminar de alarmarme, que está pensando comprarse unas pastillas de cianuro, «como las que usaban los espías alemanes», para darles a sus captores la sorpresa de un fiambre sin ningún valor.

Una ley establece que el interlocutor agradece nuestro interés en los temas que asoma, y comienzo la cuarta entrevista halagando al hacendado.

* * *

—*¿Dónde queda Palmira?*

—A una hora de San Cristóbal, por la carretera hacia La Grita.

—*¿Cuántas hectáreas tiene?*

—Unas doscientas. Es una finca de ordeño… ¿Qué le pasa? ¿Se va a meter a ganadero? ¿Quiere comprarla?

Intento cambiar de tema, pero Hutchson insiste en saber si tengo ancestros que me llamen desde un pasado pastoral:

—Conviene saber de dónde se viene y hacia dónde se va. Hay andinos que se juran llaneros y andan aplanando los cerros de Caracas; banqueros que se juran ganaderos y están convirtiendo las fincas en ornamento y caja chica; mediocres escritores que en realidad son pésimos lectores. ¿Usted sabe por qué estamos sentados en esta mesa?

—Solo puedo asegurarle que no siento ninguna atracción por el campo.

—¿Ninguna atracción o lo detesta?

Estoy harto de sentirme acorralado y busco una respuesta que no deje dudas:

—Sí, creo que he llegado a detestarlo.

—Entonces olvidemos a las vacas y a los secuestradores y vamos a ponernos a trabajar. ¿Dónde quedamos el miércoles?

Nada contesto. Hutchson responde con el cuento que debe haber estado rumiando durante toda la semana:

—Al llegar a Caracas en julio de 1953, viví en un edificio de mis primos Sánchez por Colinas de Bello Monte, clavado en el borde escarpado de una calle serpenteante con nombre de río. Los primos acababan de comprar un apartamento y, ante la duda de alquilarlo o revenderlo, decidieron prestármelo por unos meses que se fueron alargando.

Una tarde Milagros vino a traerme unos libros para mi hipotética reválida, típico subterfugio de futuros amantes serios y competentes. Al principio todo marchó con fluidez de manantial en aquel apartamento con una vista magnífica y poquísimos muebles. Mientras tomábamos el té le estuve contando sobre mis limitaciones domésticas más graves: tender la cama, limpiar los platos y cortarme las uñas, compensadas con mis tres especialidades de soltero en oferta: asar corderos, planchar camisas y aspirar alfombras, la especialidad de los Hutchson. Milagros no parecía estar muy interesada en mis listados. Se quedó estática viendo el atardecer y comentó:

«Qué cansancio hay en ese rojo de las nubes...». Segundos después logró terminar la frase: «Nos exige tanto».

La decoración del apartamento incluía un inmenso helecho en el balcón que yo había descuidado y se fue secando. Para salvarlo de la sequía lo llevé a la cocina, lo metí en el fregadero y dejé el grifo abierto para que goteara en sus raíces. Era una especie de hospital de recuperación. Después de estas digresiones domésticas ya era de noche y entonces me dio por contarle a Milagros que había sucedido algo extraordinario: «Hace unos días se cayó un frijol por el desagüe del fregadero y ha germinado. Al principio era una pequeña ramita pero con el tiempo ha crecido bastante».

No le interesó mucho el fenómeno, pero cuando más tarde pasamos a los tragos, se fue sola a buscar hielo, encendió la luz de la estrecha cocina y el helecho surgió de la oscuridad como la gigantesca planta carnívora de un cuento de niños. No pensé que se iba a poner tan histérica; no hubo manera de calmarla y tuve que llevarla a su casa en su carro. Cuando volví al apartamento, el helecho parecía haber crecido aún más. Realmente era una visión intimidante, desproporcionada, y lo llevé de vuelta a las brisas del balcón.

Me atrajo el efecto de presentar lo ordinario como algo insólito, lograr tanto con tan poco, y decidí que debía ser más arriesgado, estar más pendiente de los posibles giros que ciertas situaciones nos ofrecen. Había convertido un simple helecho en un espectáculo inolvidable al suponerle otro origen, rodearlo de otras circunstancias, y estuve pensando en qué medida mi trabajo era semejante a vender frijoles mágicos que hicieran a mis pacientes jurarse capaces de alcanzar el cielo. Debía aprovechar el valor de las sorpresas en un mundo harto de sí mismo.

—*¿Cómo se tomó Milagros la broma?*

—Antiguamente llamaban bromas a unos moluscos que se adhieren a los cascos de los barcos de madera. La imagen es válida porque las bromas hacen al barco más lento y pueden incluso causar un naufragio. Milagros nunca más quiso volver a mi apartamento a contemplar la ciudad como si la viera por primera vez. Una lástima, pues en una de esas visiones macroscópicas acercamos nuestros cuerpos. Antes le dije mientras rozaba su espalda: «Mira qué felices lucen los caraqueños».

«¿Y tú dónde estás?», me preguntó aún con la mirada fija en la vista.

«Voy llegando...», le susurré al oído, y logré posar mis labios en su cuello.

Luego vino el episodio de la planta monstruosa y la romántica nave que contemplaba el valle naufragó para siempre. Nuestro amor tendría que iniciarse y terminar, como todo romance de psiquiatras que se respeten, en la alfombra de su consultorio.

Fin de la historia. Cuando Hutchson endereza el torso y me mira con reticencia, sé que debo soltar rápidamente una nueva pregunta. Para no hacer la transición tan abrupta le pregunto por otra mujer importante en su vida:

—¿Cuéntenos qué pensaba su madre de sus estudios?

—Pasaban los años y mamá no quería regresar a Caracas, ni siquiera de visita. Ella podía engañar con las cartas, pero sus habilidades fallaban cuando su rostro estaba involucrado en la mentira. Como toda mujer bella, había una peligrosa transparencia entre su alma y su cuerpo. Ella sabía que con una sola pregunta de sus hermanas se descubriría su fracaso, su soledad. Hago este preámbulo porque un hijo psiquiatra siempre es un argumento para que una madre llene páginas y páginas de cartas evitando el tema de su propia vida. Yo era su excéntrico refugio. Creo que llegó a leer más libros de psiquiatría que yo, la diferencia es que para ella eran libros de ficción. En ese aspecto tuve más suerte que Robert, pues su madre consideraba que un libro es una rata de papel.

—¿Comenzó sus estudios con Robert?

—Teníamos los mismos fanatismos. Nos gustaba escuchar a Scriabin, Chopin y Art Tatum, mientras leíamos a Kierkegaard, Freud y Nietzsche, tres personalidades que imaginábamos oliendo a arenque, tabaco y falta de sueño, en ese orden. Nuestra combinación preferida era leer *El nacimiento de la tragedia* de Nietzsche con el *Poema del éxtasis* de Scriabin a todo volumen. Scriabin estaba en la onda de Wagner, pero algo pasado de escala. Poco antes de morir escribió una obra sobre el Armagedón que iba ser representada en el Himalaya con rayos de colores sobre las montañas de nieve, una descomunal síntesis de todas las religiones y todas las artes que anunciaría el nacimiento de un nuevo mundo. Su dosis de creatividad fue tan tóxica que murió de septicemia.

Robert se tomaba estas faenas del pensamiento muy en serio, incluso se mimetizaba con sus héroes. Le fascinaba el enfrentamiento del joven Nietzsche con los profesores de la Universidad de Basilea cuando era un prometedor catedrático de Filología Clásica. No sé cómo consiguió una copia de sus «*hospital records*». Quería saber si el tipo realmente había tenido sífilis.

Le daba mucha importancia a la terminología, a las palabras, pues sabíamos que iban a ser importantes en nuestra profesión, y por un tiempo nuestro principal pasatiempo era grabarnos, revisar nuestro lenguaje como si fuera un instrumento musical. Recuerdo que analizábamos la voz y la entonación de Hitler y Mussolini para resolver el misterio de sus electrizantes mesianismos. En estos valles de pasiones vale la pena estudiar esos monstruos.

Uno tiene que aprender a convivir con su lengua, no solo con su rostro, pero rara vez escuchamos nuestra propia voz fuera del caparazón de nuestro cuerpo, la cual es inquietantemente distinta a lo que escuchamos al momento de hablar. En cambio, nos vemos en un espejo todos los días, lo que puede hasta generar adicción. Esos raros gestos que hacen los ciegos con las mandíbulas y el cuello son consecuencia de no poder constatar la armonía de sus movimientos. La grabadora es el espejo de nuestra voz y puede ayudarnos a ajustar nuestra oralidad, a disfrutar de sus matices y musicalidad. Hasta el aire que rodea nuestras palabras es importante. La respiración es nuestra primera forma de comunicación. Nacemos con la inhalación de un susto y nos marchamos con la exhalación de un suspiro; menos mi abuelo Sánchez, quien dicen que harto de su familia se fue con un largo bostezo. Si hay algo que ni traes al mundo ni te llevas es el aire; llegamos y nos vamos con los pulmones vacíos. El psicoterapeuta debe estar pendiente no solo de lo que dice sino con qué aires lo acompaña. Esa manía tan inglesa de toser cuando un paciente nos sorprende con algo inaudito puede ser sumamente perjudicial. Una parte importante de la palabra es su musicalidad, la cual puede lograr más que los significados. Solo son enteramente sinceros algunos estornudos.

Quizás abusé con esas grabaciones. Cuando ponía a mis pacientes a escucharse a sí mismos y ser sus propios jueces, se sentían como si estuvieran desnudos y de vuelta en el colegio.

—*¿Alguna vez grabó a Reverón?*

—Varias veces lo grabé sin que se diera cuenta y luego lo puse a escucharse. Creo que le resultó una experiencia aun más fuerte que la de verse en la película de Margot Benacerraf, donde sabía que lo estaban filmando y actuaba. Lo confundió mucho aquel testimonio palpable de su cordura y cultura extraordinaria, de su humor. Constantemente estaba inventando frases como «Reverón que se duerme se lo lleva la corriente»...

No recuerdo si se veía en el espejo todos los días; los baños de San Jorge no se distinguían por estas facilidades capaces de exponenciar alucinaciones.

—*¿Guardó esas grabaciones?*

—Bernard Shaw dijo que prefería tener una fotografía de Cristo, así fuera una simple foto de pasaporte, que cien óleos de *La Última Cena*. Hoy cambiaría cien de sus fotos y mil de los ensayos que se han escrito sobre Armando, por la grabación de un solo minuto de su conversación. Me encantaba oírlo hablar. Hasta sus más acelerados disparates, al escucharlos varias veces en una cinta, iban ofreciendo inesperados significados y claves secretas. Pero no guardé nada. En un momento de mi vida cometí el error de confundir los cambios de opinión con los cambios de piel, y dejé mucho atrás. Me comporté como una culebra…

Los psiquiatras tenemos algo de serpiente enroscada en el árbol de un paraíso siempre a punto de perderse. Proust lo dijo de una manera muy diáfana: «No hay paraíso hasta que se ha perdido». Y se supone que podemos ofrecer la clave de por dónde andarán esas extraviadas ondas paradisíacas.

A los Adanes y Evas que acudían a mi consulta les sugería que comieran de la fruta que les provocara y más les conviniera. Menuda confusión intentar unir lo conveniente y lo provocador. Además les decía con absoluta irresponsabilidad: «¡No le teman tanto a Dios; los frutos del árbol del bien y del mal no los van a matar, solo mastiquen bien antes de tragar!». Es el mismo mensaje de la serpiente, quien resultó no ser tan embustera, pues cuando Dios paseaba disfrutando de las brisas vespertinas y vio a Adán y a Eva sumidos en la pornográfica indigestión de la culpa, exclamó: «Miren qué locura: ¡El hombre ha venido a ser como uno de nosotros! ¡Cuidado no se le ocurra ahora alargar la mano hacia el árbol de la vida y comiendo de él viva para siempre!».

—*¡«Como uno de nosotros»! Suena de lo más politeísta. ¿Así está escrito en la Biblia?*

—Al menos la que tengo en mi mesa de noche. El problema es que los frutos del bien tienen una pulpa más indigesta que los del mal, para no hablar de la venenosa vida eterna. Es muy peligroso dar consejos sobre esa gastronomía dirigida que comienza en el Paraíso y cientos de seres salieron de mi consulta más ocupados en dominar sus urgentes necesidades que en satisfacerlas. Cuando descubrí que mi verdadero trabajo era repartir hojas de parra para tapizar el alma me fui a pescar y nunca más tuve un paciente. Por años he tratado de evitar tanto el tema de mi anterior profesión como mi relación con Armando. Es un alivio volver a hablar de este tema con usted.

—¿No han venido historiadores a entrevistarlo?

—Algunas hermosas y diligentes tesistas han tratado de tentarme con fatuas promesas. Me ofrecían escuchar, grabar y depurar el manuscrito eliminando esas horrendas coletillas como «¿Entiendes?», «¿Verdad?», «¿No?», hasta entregarme una primera versión transcrita que eternizarían en un libro. Yo empezaba sometiéndolas a la dura prueba de una versión llena de sórdidos detalles sobre las burras de Wenceslao en el páramo. Con eso las espantaba…

Espero que su grabador y yo lleguemos al final.

Me agarra de sorpresa. Solo digo «Llegaremos», sin mucha convicción, y Hutchson pregunta:

—¿No lo estoy aburriendo?

—No, para nada, pero espero que volvamos pronto a 1953 y entremos por fin en San Jorge.

—El problema es que aún no logro entender qué ha venido usted a hacer. ¿Tiene claro que no sé nada sobre pintura?

—En ese aspecto no hay mucha diferencia entre los dos.

—Créame que lo he notado… pero entonces por qué le interesa tanto la vida de un pintor.

—Aún no lo sé. Podría decirle que quiero escribir sobre lo que sucedió en San Jorge… Pero voy a ofrecerle un argumento más simple: ya empezamos esto y quiero terminarlo. No me gusta dejar las cosas por la mitad.

—Sobre la mitad que me toca le cuento que no tengo nada que hacer hasta el 23 de diciembre, cuando vuelvo a Palmira, pero le aviso que mis fichas sobre Reverón son muy pocas. Revise los diferentes ensayos y verá con qué tenacidad se repiten. Solo le pido que ante las mías no diga como los niños que coleccionan barajitas: «La tengo… no la tengo». Sea compasivo hasta en la manera de mirarme mientras reincido.

Algo en su mirada me hace insistir, reincidir en su pasado:

—Sus estudios lo ayudaron con el caso de su padre.

—¿Por «caso» se refiere a su enfermedad?

—Sí.

—En los temas de la mente, existe esa tendencia a evitar la palabra «enfermedad», tan precisa, tan exigente.

Cuando empecé mis estudios ya la depresión le estaba causando temblores cercanos a la epilepsia. Tuvo una temporada realmente mala y hubo que internarlo en el Southern General Hospital. Mientras lo acompañaba, le leía en voz alta algo de Freud para darle ánimos. ¿Cómo le parece leer a Freud mientras se cuida a un padre demente? Y conste que estamos hablando de su ensayo más paternalista: *Moisés y el monoteísmo*. Me atraía su tesis de que Moisés no era judío, pero no estaba tan de acuerdo en que sea más cómodo ser politeísta que creer en un solo Dios[1].

En una de las visitas a mi padre cometí una de esas imprudencias típicas de todo redentor novato. En la cama de al lado había otro viejo de mirada hosca que no hablaba con nadie. Era un hombre que detestaba hasta el techo que observaba incesantemente; una triste paradoja, pues era astrónomo

1 Estos tres ensayos forman una unidad considerada el último «gran texto freudiano». Tratan, entre otros temas, sobre la función y el alcance de la figura del padre muerto. Fueron escritos entre 1934 y 1938. Las primeras líneas son sorprendentes: «Privar a un pueblo del hombre que celebra como el más grande de sus hijos no es empresa que se acometerá de buen grado o con ligereza, tanto más cuanto uno mismo forma parte de ese pueblo».

y manejaba el gran telescopio de la Universidad de Basilea. Su hijo lo visitaba todos los días, pero jamás entraba a verlo. Se quedaba sentado en un corredor que daba a una gran escalera y se limitaba a preguntar cómo estaba su padre a cuanto doctor pasaba por el pasillo.

Llegó el día en que el astrónomo amaneció francamente mal y decidí hablar con el hijo que esperaba en el corredor. Me le acerqué y le dije sin mayores preámbulos: «No te fíes de lo que dice esta gente. Tu padre no pasa de esta noche. Si tienes algo que hablar con él, deberías hacerlo ahora mismo».

Volví al lado de mi padre y me senté a esperar. Cuando faltaban minutos para que terminara el horario de visitas, entró el hijo y se sentó al lado de su viejo, quien estaba rígido como una momia. Le tomó la mano y le habló largamente en secreto. Segundos más tarde estaban llorando abrazados. Tuvieron que jalar al hijo para que se fuera cuando ya todos los demás visitantes se habían marchado; excepto yo, que estaba esperándolo para saber cuál era el secreto que había desatado tanto amor represado. En vez de estar agradecido, el hijo del astrónomo reaccionó como un hombre muy esquivo y repelente.

Al día siguiente la momia astronómica revivió y su hijo presentó una queja formal por la intromisión de un visitante sin credenciales en la vida íntima de los pacientes. Los doctores se pusieron de parte del hijo que había malgastado las «últimas palabras» en un fallido penúltimo acto, pues la momia incluso saldría caminando del hospital y pudo regresar al mundo estelar donde sí se sentía capaz de amar. Ese último día tuve incluso el honor de ver cómo se bajaba de la cama por sus propios medios y se jactaba de leer el periódico sin anteojos, una virtud insignificante para un hombre que utilizaba en su trabajo lentes tan poderosos.

Después del incidente estuvieron a punto de prohibirme el acceso al pabellón de los enfermos, pero optaron por imponer rígidas condiciones a mis siguientes visitas. Podía leer sobre Moisés, pero no actuar como si tuviera las Tablas de la Ley. Nadie le prestó atención a la posibilidad de que esos abrazos y lágrimas fueran la medicina que salvó al moribundo. Y puede que también a mi padre, porque en esos mismos días tuvo una franca mejoría y le escuché una disertación sobre la paternidad bastante sensata.

—*¿Freud era la figura central durante sus estudios?*

—Recuerdo ahora una película larga y tediosa de los años sesenta. El batallador Segismundo es representado por Montgomery Clift, un actor cuyas credenciales eran más apropiadas para hacer el papel del clásico neurasténico[2]. Cuando Freud presenta por primera vez sus teorías a sus colegas, uno de los viejos académicos comenta en voz alta: «Este joven ha dicho cosas muy ciertas y muy novedosas. El problema es que las ciertas no son novedosas y las novedosas no son ciertas». Estas dos posibilidades solo dejaron de preocuparme cuando me metí a ganadero.

Como contraparte, teníamos la onda mística e intuitiva de Jung, más inclinada hacia la máxima: «Para perder la razón hay que tenerla». Robert fue el primero en explicarme el paralelo entre un episodio psicótico y un viaje mitológico. Yo sentía que era algo demasiado divertido para ser cierto. Creo que la mitología es un contexto muy resbaloso, pero, a la larga, es una referencia más actual y pertinente que la historia, una ciencia cuya principal enemiga es esa obstinada convicción de que el pasado realmente existe.

—*No entiendo.*

—Fíjese que usted dice «no entiendo», en vez de «no entendí», pues sigue sin entender.

---

2 *Freud, pasión secreta*, dirigida en 1962 por John Huston. El libreto original fue escrito por Jean-Paul Sartre.

Levanta la mano, como deteniendo una secuencia absurda, y aprovecho para pasar a otra pregunta:

—¿Puede contarnos algo del programa de estudios en la universidad?

—Hacia el final comenzamos a trabajar en neurocirugía y vimos casos de daños cerebrales: tumores, hidrocefalia, abscesos, esos enredos de pulpa y sangre por donde se mueven las circunvalaciones del sistema nervioso. Mi justificación para contemplar aquellos amasijos era cumplir las órdenes del abuelo, pues suponía que era la parte del cuerpo más parecida al interior de una radio, pero ciertamente no tenía nada de invisible. Entonces pensé que si observaba el sistema por fuera, a través de palabras, traumas y revelaciones, podría acercarme un poco más a su profecía de invisibilidad.

Durante un ferviente período también hicimos escala en Hegel, quien nos sacudió con la idea de que toda superación es una negación, y toda verdadera negación un acto de conservación. Nos preguntábamos cómo podíamos superar, negar y conservar a la vez. Propuse que se trataba de poner las cosas en su sitio. A Robert le mortificó que yo pudiera ser tan elemental, y me lo reclamó: «Tienes razón, pero no por los motivos que tú supones».

Como puede usted ver, nuestra amistad era un polvorín a punto de estallar.

—También estaría el placer de coincidir.

—El problema es que nunca coincidíamos al mismo tiempo.

En esos días llegamos a escribirle a Karl Jaspers para obtener una beca y pasar un año en la Universidad de Basilea. Habíamos quedado deslumbrados con una de sus ideas: «El hombre solo llega a su propio ser gracias al otro, jamás por el puro saber. Llegamos a ser nosotros mismos solo si el otro llega a ser él mismo. Llegamos a ser libres solo si el otro llega a serlo». Aquí tienen el punto de partida de las ideas de Robert y de la regla en que se negaba a incluirme.

—Jaspers, Hegel, Jung, Freud... Fue una época de muchas lecturas.

—Cuando nos excedíamos con las ideas o los tragos terminábamos varados en Auden, en las desconcertantes tragedias de su humor. ¿Usted lo ha leído?

—Le confieso que me cuesta mucho leer poesía.

—Perfecto, entonces disfrutará sufriendo con Auden.

—¿Las lecturas los llevaron a qué conclusiones?

—Ya veo porqué le cuesta tanto la poesía. No hace falta ser tan concluyente. Concluir equivale a excluir y nosotros le temíamos a las exclusiones más que a la ignorancia. Nuestro único lema era no permitir que la ciencia le robara terreno al espíritu. Cada vez que aparece una causa física a un problema mental, los psiquiatras se dividen en dos bandos: unos celebran y se aferran al nuevo descubrimiento, otros se marchan hacia zonas más profundas de la mente, donde nadie puede dar un diagnóstico definitivo y todo es relativo. Usted debe tener amigos que achacan un dolor en las vértebras a tensiones en su matrimonio, y se atapuzan de ansiolíticos cuando podrían curarse con ejercicio. Otros sufren de gastritis y, en vez de confesarse con su pareja, lo que acabaría con el problema, o con una relación asquerosa, mastican unos chicles que saben a cal. Existe el deterioro físico y existen los conflictos espirituales, pero a veces no es fácil establecer las diferencias.

En la búsqueda de un lugar digno para el espíritu, nos significó mucho descubrir a Camus y su viril manera de confrontar el absurdo. Su camino era tan elemental, tan seductor, tan comprensible y genuino, que no podías hacer otra cosa que tratar de acompañarlo. Ofrecía retos que podían llevarte al suicidio, el juego más peligroso de todo el casino, por lo tanto eran verdaderos.

Para entonces Robert tenía una novia que lo tenía maravillado. Solo le molestaba que su bella Elissa leyera a Kafka sin haber tocado una Biblia. Yo soñaba con una novia igual de bella y con un defecto igual de sofisticado. Entonces mi amigo consiguió otra novia, una francesa que estaba haciendo un curso de literatura comparada en Glasgow. Esa meta me tranquilizó, pues la culta francesa se tornó tan inalcanzable como la prima de los platos rotos.

—*¿Quién es esa prima?*

—Recién llegado a Glasgow me invitan al cumpleaños de una sobrina de mi padre. Me he perdido buscando la casa y al llegar ya todos están comiendo torta. Me ordenan buscar mi plato en la cocina. Abro la puerta de un alto estante y se me vienen encima todas las piezas de un juego de porcelana inglesa. Hay una ventana abierta y escapo en medio del estruendo. Más nunca supe de esa bella prima, ese fue el precio que tuve que pagar.

Busco un atajo más sustancioso:

—*¿Por qué la Biblia era clave para Robert? ¿La religión era importante para ustedes?*

—Después de la experiencia con el vecino de mi padre quedé obsesionado con el arte del buen morir y presté servicio en varios hospitales. La muerte me fascinaba; es algo tan real, tan ineludible. Estaba atento a los inexplicables retornos de los difuntos y a la extrema lucidez de una mente aferrada a un cuerpo que ya no existe.

Había un cura, creo que jesuita, de un sadismo muy refinado. A las viudas novatas que soñaban con ver pronto a sus maridos, les aseguraba que su amado ya estaría devorado por los gusanos. «El cielo, hija mía, será toda otra cosa», y con esa oscura «toda otra cosa», las atormentaba negándoles los reencuentros sobre el luminoso manto de Dios. A los moribundos les leía un peculiar párrafo de la Biblia: «Mientras uno sigue unido a los vivos hay algo seguro, porque más vale perro vivo que león muerto. Los vivos saben que han de morir, pero los muertos no saben nada, pues se perdió su memoria». No era precisamente un consuelo.

En esos años también estábamos muy interesados en la religión judía, en parte por lo sucedido durante la guerra. Cuando trabajé en Killearn[3] había tres judíos geniales y con tanta influencia que nos autocalificamos el departamento psicosemítico. Esos maestros desarrollaron extraordinarias técnicas de hipnotismo.

—*¿Usted estudió hipnotismo?*

—Era una técnica que me intrigaba y por un tiempo fue materia obligatoria. Hay hipnotistas que ganan mucho dinero con clientes viciosos que intentan dejar el cigarrillo, o con corporaciones que quieren convencer a millones de que es imposible dejar de fumar. La religión suele tener esa doble función: salvar al individuo de la presión colectiva y someter a la mayoría a la voluntad de unos pocos. La prueba suprema del hipnotismo tiene que ver con las quemaduras. Si chillas apenas te acercan la vela a la palma de la mano, estás en el nivel cero. A partir de ahí comienzan los niveles más serios: nadie te acerca la vela y sientes que te queman; te acercan la vela y no chillas; no te acercan la vela y se genera en tu piel un enrojecimiento. En el quinto nivel puedes sanar una quemada de primer grado por pura sugestión.

Una noche que estaba haciendo guardia en San Jorge se me ocurrió hipnotizar a Armando. Fue fácil convencerlo y más aún hacerlo entrar en trance. Estábamos solos en su habitación bajo la luz de una vela, la herramienta fundamen-

---

3 El «Killearn Hospital» fue construido en 1939, en las afueras de Glasgow para evitar ataques aéreos. Extraño nombre para un hospital, «Killearn», que podríamos traducir como «Mata y gana».

tal, pues comienzas haciendo que el sujeto la observe hasta que se le cansen los ojos, y entonces le dices: «¡Se te están cansando los ojos!». Ese es el truco, ir narrando lo que el otro va sintiendo. Esa noche estuve preparando el camino hacia su infancia haciéndole preguntas sin arriesgar mucho, hasta llegar a una que me involucraba: «Armando, ¿cómo te tratan aquí en San Jorge?».

Cada vez parecía estar más reposado y a gusto, y me complació cuando surgió en su rostro una sonrisa de evidente beatitud. Pero nada respondía, ni una sola palabra, ni siquiera un balbuceo. Repetí la misma pregunta y obtuve más placidez. Insistí una tercera vez y una cuarta hasta comprender que había perdido toda conexión y no lograba despertarlo. Cuando estaba a punto de darle un par de bofetadas, soltó uno de esos ronquidos cuyo estruendo revela un absoluto relajamiento. Como ya estaba sentado en su cama, lo dejé caer sobre la almohada, lo arropé y lo dejé solo.

—¿No le preocupó dejarlo en medio de aquel trance?

—Nadie que ronca de esa manera tiene problemas. Aproveché para susurrarle: «Duerme tranquilo que yo te cuido».

Me sentía arrullando a un niño, o a mi padre cuando trataba de dormirlo en el hospital.

Vuelvo al tema anterior:

—Hemos hablado de religión. Supongo que viniendo de una familia andina usted es católico.

—Mi formación es más bien cinematográfica. Así como los niños aprenden a imitar el uso de un revólver viendo películas de indios y vaqueros, yo aprendí a encarar a Dios viendo las de Bergman. Sus escenas me enseñaron la necesidad de un genuino desahogo y las poses ideales para escuchar monólogos interminables. Bergman ha sido mi guía espiritual y actoral.

Por cierto, ¿cómo piensa titular la biografía que está preparando?

Temo estos súbitos cambios de tema, pues suelen ser señal de una inexplicable oleada de mal humor.

—No es propiamente una biografía... Todavía no sé bien qué será.

—No se impaciente. Para lidiar con Reverón es mejor comenzar haciéndose el tonto e ir viendo qué pasa.

Trato de parecer seguro de mí mismo, pero tampoco sé responder a su siguiente pregunta:

—¿Sabe usted por qué nadie ha escrito una biografía sobre Reverón?

—Varias veces me he hecho esa misma pregunta... Puede que nadie haya averiguado todavía quién era realmente...

Me interrumpe:

—¡Por favor! ¡Para eso son las biografías! La excusa que usted propone es como decir que no se había inventado el sacacorchos porque nadie sabía cómo abrir una botella de vino. Voy a ofrecerle una razón más operativa: con tanto playón calcinado, enceguecido, desmaterializado, luminoso y encandilado, el lector tendría una sed terrible cada diez páginas. Y luego de beberse tres vasos de agua y volver a la lectura, comenzarán a bombardearlo con la arcadia tropical seguida de generosas porciones de artificios y expolios, despojos y encandilamientos, y venga otra dosis más de arcadias, hasta que el lector se le empalague hasta el esófago, una sensación peor que la sed. Si eso puede ocurrirle al lector, imagínese al pobre escritor, un biógrafo reseco y confitado.

Pero cuénteme ahora de su empresa. ¿No tiene un posible título para su futura obra?

—Quizás la llame «Reverón en el espejo», o «Frente al espejo»... algo así.

—Eso creí escucharle. Tenga mucho cuidado, pues me temo que estamos cubriendo demasiado territorio y puede terminar pariendo un engendro. Aristóteles decía que las novelas debían ser como las tragedias, una acción con principio y final que sea como un ser vivo al que nada le falta ni le sobra. Otra cosa son esas historias que no narran un hecho, sino una época entera, y nos atiborran de todo cuanto sucedió.

Otro detalle que me preocupa de su propuesta es ese título tan trillado. Me recuerda una película de Bergman con un nombre muy semejante: *Como en un espejo*[4]. Está sacado de una frase de san Pablo a los corintios: «Ahora nos vemos como en un espejo, confusamente; después nos veremos cara a cara. Ahora conozco todo imperfectamente, pero pronto sabré cómo Dios me conoce a mí».

—*¿De qué trata el filme de Bergman?*

—En la Antigüedad los espejos eran superficies de bronce que hacían ver todo más oscuro, por eso san Pablo los asocia a la confusión de un estado previo a ese límpido careo entre Dios y el hombre. Ese amenazante augurio, «conoceré a Dios como Dios me conoce a mí», suena un poco exigente para ambas partes. No se imagina la ansiedad que sentí la primera vez que leí esa promesa. Está bien conocer a Dios, pero, ¡que Dios me conozca tal como soy! Todo un caso ese Saulo, apóstol de los gentiles y un santo realmente insoportable.

—*Volvamos al argumento de Bergman.*

—Tiene que ver con lo que estamos hablando, o con el tema que usted quiere escuchar. Trata de una mujer, Karin, que acaba de salir de un hospital psiquiátrico y pasa un fin de semana en una isla con su marido, su hermano menor y su padre, que es un escritor. La película cubre veinticuatro horas en la isla de Farö, donde Bergman tiene una casa y espera ser enterrado. Al final de la jornada la mujer comprende que debe volver al hospital y vivir allí para siempre.

—*¿Por qué tiene que ver con Reverón?*

---

4 *Säsom i en spegel*, de 1961.

—Y también con Milagros. En *Como en un espejo*, el padre es un escritor que lleva un diario sobre la tragedia de su hija. Hay una anotación terrible: «La enfermedad de Karin no tiene cura», y luego otra peor: «Experimento un terrible interés en seguir el curso de su enfermedad». De manera que la próxima novela que está escribiendo el padre quizás se alimente de la tragedia de su hija. «Maldita fuente de inspiración», le recrimina el esposo de Karin, «estás vacío y quieres llenar ese vacío con la lenta extinción de tu hija».

Esta relación entre el amor y la utilización de una maldición fue una constante en la relación de Reverón con sus médicos, protectores, críticos, coleccionistas y biógrafos fracasados. Ahora usted con su fulana novela, y yo con el hipócrita pretexto de contarle mi vida, deberemos añadirnos a esa lista junto a Báez Finol y Boulton.

Hay otra escena que viene al caso para su proyecto. Karin se encuentra atrapada en un juego incesante con su propio ser, y está tan desesperada por aferrarse a algo y no ser arrastrada al mundo de sus dioses y demonios, que utiliza una de las posibilidades más radicales para sujetarse a la realidad cuando en el cascarón de un barco abandonado tiene un encuentro con su hermano menor. Como usted ya sabe, hay mucho por explorar en la relación de Reverón con Josefina, esa hermosa niña que hacía de hermana mayor en Valencia[5].

—*¿Usted cree que Armando tuvo una relación incestuosa con Josefina?*

—Jugaban a ser hermanos. ¿Habrá algo más sublime y erótico? No me extrañaría que Adán y Eva también hubieran jugado a ser hermanos, no les hubiera faltado razón.

---

5 Josefina Rodríguez muere de uremia en 1917 a los 28 años. Palenzuela piensa que el monumento fúnebre que adorna su tumba en Valencia fue diseñado por Reverón. Consiste en un túmulo de piedra de unos tres metros de altura que recuerda las columnas que el pintor haría en Castillete. Tiene incrustadas varias conchas de mar.

Quizás Armando se quedó varado en esa visión primigenia, paradisíaca.

Podemos establecer otra conexión al comparar la casa al borde del mar en la isla de Farö y el supuesto retiro de Reverón en una playa de Macuto.

—*¿Por qué supuesto retiro?*

—Armando escogió el peor lugar de toda la costa para apartarse de Caracas. Macuto estaba a la distancia justa para retornar a la ciudad con la mente despejada después de un fin de semana.

—*Y parte de ese viaje era ir a visitar Castillete.*

—¡Por supuesto! Era el extremo donde los caraqueños pudientes podían jugar a sentirse exóticos y reajustar su nivel de normalidad. Allí iban a medir cuánto de folclórico pueden tener la pobreza y la locura. Con solo entrar y salir de los muros que los separaban de un paria sentían que recibían una vacuna de superioridad y una ilusión de sensatez.

—*La isla de Farö sí debe estar bastante apartada.*

—Quién sabe. Habrá que buscarla en un mapa. Es un paisaje que parece facilitar las visiones de Karin.

—*¿Cuáles visiones?*

—Ella está agotada de tanto enfrentar la sensación de encontrarse ante una divinidad, pero pronto una nueva tentación la domina y se va a una habitación abandonada donde algo está a punto de brotar de una pared empapelada. Será un dios en forma de araña. Todas sus fuerzas están dirigidas a evitar esa visión, pero se trata de un reto tan intenso que termina por reafirmar lo que niega. Su problema es grave, pues un Dios que aparece como una araña en una pared empapelada no tiene ningún chance de contar con el apoyo de los parientes, de la comunidad y los jefes de la iglesia. Es más fácil compartir la visión de una Virgen en una frondosa gruta rodeada de pinos y de la cual brota un agua cristalina que se puede vender como un elíxir bendito.

—¿Por qué Bergman usaría la imagen de una araña para representar a Dios?

—Dé un paseo por los libros de simbología y encontrará una larga lista de razones: la capacidad de crear una perfecta geometría en un universo extraído de su propio seno; la trampa invisible y la fortaleza de esa invisibilidad; el destino entretejido a través de un solo hilo conductor. Si prefiere relacionarla con un Dios malvado, la araña le ofrece el arsenal de sus trampas y engaños, incluyendo la posibilidad de inocular veneno y paralizarte, asfixiarte.

—Es una película muy pesimista.

—Se supone que nos ofrezca un atisbo de optimismo al final. A Karin se la llevan al sanatorio en un helicóptero con el esposo y se quedan en la isla su padre y su hermano, quien aún se siente algo turbado con lo del posible incesto en el barco abandonado. Cuando el hijo le pregunta al padre sobre el papel de Dios en la locura de su hermana, el escritor le responde: «Dios existe en el amor, en toda clase de amor, desde el más sublime hasta el más bajo». Y aquí viene la frase final y la dosis de esperanza, pues el hijo exclama mientras corre solo por la playa: «¡Mi padre me habló!». Se refiere a que hablaron de hombre a hombre y en absoluta igualdad de condiciones, tal como san Pablo aspiraba a ver y ser visto por Dios.

—No termino de encontrar la relación con el caso de Reverón.

—Son circunstancias distintas. Lo sucedido en la isla de Farö ocupa unas veinticuatro horas. En Castillete se extenderá por treinta y cinco años el debate entre una creativa felicidad y la terrible amenaza de las apariciones divinas, entre la soledad del creador y el acoso de una horda buscando un espectáculo que los haga jurarse algo más cuerdos. A la larga, la creatividad perderá fuerzas y será devorada por las promesas de los dioses.

De pronto, aparece en el rostro de Hutchson la mueca de alguien que está harto. Me recuerda a mi tío mordiendo el filtro de su cigarrillo.

—Pero no nos engañemos, si le hablo de esta película es porque viví situaciones similares con la persona que más he deseado. Hay una escena en que el marido de Karin estira su larga quijada y la acaricia. Quiere poseerla, penetrarla por donde sea. Debe tener mucho tiempo deseándola. Recuerde que ella viene de pasar un buen tiempo en el hospital. Ella quiere complacerlo, pero le resulta imposible entregarse, abrirse. Es terrible no poder dar lo que tanto necesita la persona amada. Yo conocí esa áspera sensación cuando los síntomas de Milagros comenzaron a invadir el reducto de nuestra desnudez. Llegó un momento en que ella ya no pudo establecer la relación animal que podía hacernos tanto bien. Y como ella sabía cuánto necesitábamos ese fluir libremente, todo se hacía más imperativo, más doloroso. Nuestros intentos arrojaban evidencias muy destructivas, pues se fue haciendo imposible un acto que puede ser tan espontáneo, tan curativo, tan fácil, tan divino…

Le confieso que yo también contemplaba fascinado un alma que se iba deshaciendo día a día frente a mis ojos, entre mis dedos. Karin descubre el diario de su padre en una gaveta; allí está escrito y refrendado que su caso es incurable, justo lo que una hija angustiada no quiere leer. Milagros no necesitaba descubrir nada entre mis papeles; ella sabía de su caso mucho más que yo.

Ahora es Hutchson quien utiliza la palabra «caso».

—¿Por qué sabía tanto del tema?

—Era más realista y estaba mejor formada. Y había un detalle que a esa edad pesa mucho: Milagros era unos cinco años mayor que yo y había aprovechado muy bien su tiempo. Ya estaba graduada y tenía más experiencia. Pero la diferencia importante es que su propio caso era su especialidad. Se había convertido en una experta en su inexorable final y, de esa manera, en vez de evitarlo lo aceleró. Mis ojos equivalían al diario del padre. No pude evitar las miradas acuciosas, pendientes de cada detalle de su evolución.

—¿Cuál era su enfermedad?

—Ciertamente no sufría de esa curiosidad enfermiza que pretende aferrarse a definiciones que no entiende... Así que vamos a dejar tranquilas a Karin y a Milagros. Lo que ahora necesito es volver a los tiempos felices de mis estudios, cuando nuestra verdadera religión era un existencialismo que nos acercaba a la vida en todo su fulgor mediterráneo, una dosis que le venía bien a un joven escocés, y más todavía a quien alguna vez fue caraqueño. Bergman vendría muchos años después.

En la Universidad de Basilea la aventura era salir de Kierkegaard, pasar por Sartre y llegar con viril arrojo a Camus. Gracias a él podíamos enfocar con atención escrupulosa el panteísmo de una sexualidad más elevada, más cálida. Eso es algo que teníamos bien claro: la religión es un sustituto de la sexualidad. La expresión sajona ante un bello cuerpo desnudo suele ser: «¡Oh my God!». Según las teorías del abuelo Sánchez, Dios diría al vernos: «¡Oh my dog!».

Recuerdo ahora uno de los ensayos de Camus, Pequeña guía para ciudades sin pasado. Lástima que lo leí en los años sesenta, cuando ya me había ido de Caracas; me hubiera ayudado tanto a entender esta ciudad de extremos. Lo que Camus escribe sobre Argel y el Mediterráneo es válido para Caracas y el Caribe: «Sus placeres no tienen remedio, ni esperanzas sus alegrías... ¡Singular ciudad que, al mismo tiempo, da al hombre que nutre su esplendor y su miseria!». ¿No le parece que estas sentencias se ajustan a este valle cruel y prodigioso?

—¿Cómo se sentía en la Caracas de 1953?

—La ciudad me retenía, me adormilaba, me inmovilizaba, tanto que no llegué a cumplir la tarea principal que me había impuesto Bowlby, pasar una larga temporada en Palmira.

Era el momento de hablar de los años cincuenta, del estado de las artes en Caracas, de los críticos, y así saber qué piensa Hutchson de Boulton. Pero ha arrancado a hablar de su mítica Palmira, reiterando su invitación a pasar la navidad en sus tierras, y ese es un tema que debo evitar, pues temo que le dé por decir: «¡Solo hablaré de Reverón si me acompaña a mi propio Castillete!».

Las voces y los demonios

HASTA AHORA ME SIENTO COMO UN ESCRIBA que convierte al lenguaje en escritura, palabra por palabra, tal como las voy escuchando. Cuando escucho las grabaciones y pienso en transcribir las ocurrencias de Hutchson, tengo que levantarme y dar una vuelta por mi estudio. Es como si alguien hubiera usurpado mi escritorio y tuviera que esperar a que se marche. Quisiera hacer algo totalmente distinto, partir de mis propias sorpresas y dudas, convertir a la escritura en un archipiélago donde pueda perderme, hundirme, tomar impulso en el fondo y salir a la superficie dando una bocanada y redescubriendo hasta el significado del aire. Es insoportable que la fantasía esté tan ausente de mi trabajo. Me dan bajas de ficción y busco dónde colar una dosis de imaginación, al punto de haber pensado en introducir virtudes y defectos en el entrevistado, una especie de contrabando, de adulteración.

Pero sería una traición poner palabras en su boca, inventarle más cuentos de los que ofrece y actitudes aun más estrambóticas. Hutchson debe ser y será sagrado, aunque confieso que tengo ganas de vengar todo lo que él disfruta provocándome, saturando y arrinconando mi capacidad de búsqueda y elucubración. No es fácil admitir que Reverón ya no es mi personaje principal sino un bastón para que Hutchson avance.

La otra tentación, más perniciosa, es convertir al entrevistador en el personaje de una novela, sustituirme, dejar de ser yo. Debo luchar contra este fetichismo del «transformismo», un buen término para mis ganas de actuar con la alegre versatilidad que dan los disfraces, los cambios de edad y de sexo, de apariencia y de alma. Mediante una nueva identidad quizás me será más fácil deslizarme desde el papel de entrevistador al de cronista, y luego ser crítico de arte y, un par de páginas más tarde, un historiador razonablemente profundo y acucioso. Puede que con un poco de concentración y suerte logre asumir diferentes roles, pero no por mucho tiempo, pues tarde o temprano se notará mi inconsistencia, o no seré incapaz de aguantar el peso de las apariencias.

El papel de un aplicado investigador que busca datos fidedignos sobre un pintor en viejos periódicos y revistas es el más alejado al personaje que me gustaría ser. Prefiero escuchar a Hutchson, semana tras semana, con la estrategia de «¡Qué diga cuanto le provoque!». Los ensayos que se han escrito sobre Reverón me suenan cada vez más predecibles frente a las posibilidades que promete el escurridizo anfitrión de Sebucán. Pocos textos pueden competir con un testigo que ofrece extraordinarios secretos. Quizás sean solo egoístas introversiones, pero puedo grabarlas sin pensar mucho mientras hago respetuosas preguntas y avanzo por entre malcriadeces.

Debería preguntarle por su familia, por sus lecturas. Aunque a lo mejor no conviene hurgar mucho, ahora que la historia parece tener posibilidades de llegar a San Jorge y Castillete. Esa es, en definitiva, la justificación que me invento para entregarme a una tarea cada vez más pasiva e indolente.

Repaso la cuarta grabación y me avergüenza lo escuetas y timoratas que son mis preguntas. Debería aportar algo, ser más incisivo, dirigir los temas en una sola dirección, imponer un ritmo, hablarle de mí. Sospecho que para evitar esas imposiciones es que Hutchson me adoba y embriaga al comienzo de cada sesión. ¿Dónde se ha visto un desayuno rociado con un albariño casi helado?

Esta semana, durante el receso hasta el próximo miércoles, he pasado de Alfredo Boulton a Juan Calzadilla, quien se ha dedicado a recopilar todas las anécdotas y manifestaciones de Reverón en una trama continua, ingénita e inseparable, donde cada hebra de vida pueda concurrir en la comprensión de su pintura, tanto del personaje como de la persona.

Para Calzadilla todo es importante, tanto «la locura que padeció» como lo que Boulton detestaba y llamaba «las estrafalarias frases que pronunciaba», el «castillo fortificado» y las «banales anécdotas». Los cuentos de Reverón –que en el imaginario venezolano se acercan a los de Tío Tigre y Tío Conejo– están reunidos en el libro más entretenido y accesible de Calzadilla: *Reverón, voces y demonios*. Aparte de contar con la aprobación de Hutchson y María Elena Huizi, también es mi favorito por su tamaño. ¿Quién puede leer en la cama el libro de Boulton, o la edición gigantesca, y único catálogo razonado, que hizo el mismo Calzadilla con el editor Ernesto Armitano? En cambio, la pequeña edición de Monte Ávila es ideal para esa posición fetal de las lecturas amodorradas en los días de lluvia o de gripe.

Calzadilla recopila unas cien anécdotas sobre la vida del pintor que provienen de las más diversas fuentes y las va ofreciendo en una secuencia cronológica. Sus discretas intervenciones van hilando el anecdotario hasta convertirlo en un coro entonado y coherente. También están algunos de los pensamientos de Reverón (semejantes o los aforismos de Lichtenberg) y una brevísima biografía.

Comencé a leer *Voces y demonios* con fruición, aunque en la contraportada encontré un texto alarmante. Dice el presentador del libro, supongo que para invitarnos a comprarlo:

> *La locura* del pintor venezolano Armando Reverón, que fue una manifestación de su carácter excéntrico y de una enfer-

> medad mental auténtica, dio origen a infinidad de insólitas anécdotas. De ellas se ha valido Juan Calzadilla para tratar de encontrar las explicaciones que Reverón nunca quiso ofrecer en una teoría acerca de sus intensas experiencias con la luminosidad del trópico.

¡Qué colección de disparates! Nada bueno auguraba esa locura, una vez más presentada en cursivas. Además se pone la carga antes del burro al plantear que la locura es una manifestación de la excentricidad y, en la misma proporción, de una «enfermedad mental auténtica», en oposición a las enfermedades mentales inauténticas. Las posibles combinaciones de esta trilogía marean: era loco porque tenía un carácter excéntrico; era excéntrico porque estaba enfermo; estaba enfermo porque era un loco auténtico; era un auténtico excéntrico porque estaba auténticamente enfermo; tenía una enfermedad que generaba infinitas e insólitas anécdotas que explican con autenticidad tanto sus intensas experiencias como su loca falta de bases teóricas. Y eso que no incluyo aquí la variante «pintor», ni entramos a examinar ese «nunca quiso ofrecer» que suena tan mezquino.

En el prólogo hay también algo que no logro comprender. Calzadilla comienza proponiendo que para el artista la pintura no «estaba separada de lo que Reverón mismo era, lo que pensaba no era distinto de lo que sentía y lo que decía era consustancial con lo que sentía». Y partiendo de esta prodigiosa simultaneidad entre pintar, ser, pensar, el sentir y el decir del artista, Calzadilla nos plantea:

> De aquí el error de la crítica al atribuirle un propósito de investigador. Reverón no cayó en esta forma de perversión de la modernidad. Se libró de ella cuando se estableció en un lugar solitario del litoral central de Venezuela. No hizo propuestas de su arte ni realizó investigaciones.

Dicho esto, Calzadilla habla del placer de Reverón al descubrir lo inédito y de cómo no lo satisfacía reiterar de obra en obra una determinada solución. Nos describe también su voluntad de cambio, sus críticas a los otros pintores por contentarse con alcanzar una fórmula, la frecuencia con que alteraba sus métodos, introducía variantes, empleaba nuevos materiales, enriquecía su técnica, cambiaba de soportes y de formatos. Termina diciendo que Reverón pocas veces habló de su obra, «esto no quiere decir que no pudiera explicarla o que no existiera en él una latente, aguda y mortificante predisposición al análisis».

¿Por qué entonces asumir que «no hizo propuestas de su arte ni realizó investigaciones»? ¿Por qué establecer que se liberó de la «perversión de la modernidad» cuando se establece «en un lugar solitario del litoral central de Venezuela»?

Investigar tiene que ver con «vestigio», y vestigio con la huella del pie. Calzadilla nos propone que los cuadros están llenos de esas huellas y de la voluntad de ir asimilando sus propios vestigios a lo que está por hacer. ¿Por qué negarle la actividad que requiere de más cordura: la de observar sus propios rastros y buscar en ellos una nueva dirección? Tengo que conversar con Calzadilla sobre esta contradicción, la cual quizás radique en una lectura equivocada de su texto. Algo habrá que no estoy entendiendo.

En la recopilación de proverbios que nos ofrece *Voces y demonios*, aparecen varias frases de Reverón que señalan su compromiso con su voluntad de cambio: «Una vez que se empieza hay que seguir haciéndolo. Un cuadro no se termina nunca», «Hay que descomponer. Cuando el cuadro no sale por un lado, sale por el otro», «La pintura es un constante ensayar», «La luz, ¡qué cosa tan seria es la luz! ¿Cómo podemos conquistarla? Yo lo he intentado. Y esa ha sido mi lucha». Armando no habla de lograr, de vencer, sino de intentar, de luchar, de un proceso que requiere de una ardiente y continua exploración. Hay incluso una frase donde Reverón se plantea la separación entre el pensamiento y el acto de pintar: «... existen las ideas que se agolpan en la mente, dificultando la concentración del pensamiento y es preciso ponerles una valla para que no se desborden».

A continuación Calzadilla nos propone algo que quiero creer y asumir: el anecdotario, «oscuro bajo su apariencia festiva», a veces «pícaro», que él recogió para este libro, nos va a ayudar «a comprender como totalidad el universo de Reverón. Allí está el empleo constante de metáforas, el tono fabulario, su poesía, el gusto del absurdo y el humor, sus juegos y excentricidades, gestos y conversaciones». También nos advierte Calzadilla que estas anécdotas han sido tratadas por la crítica, «que se dice seria» (¿habrá una que se dice cómica?), como pruebas de la locura de Reverón o de sus artimañas para divertir o espantar visitantes. «En ambos casos se pretende separar los cuentos de las obras, su locura de su genialidad. Para unos era un payaso, para otros un esquizofrénico con el que había que lidiar; muy pocos asumen el reto de su cordura». Calzadilla nos invita a integrar todas estas facetas, tal como hicieron los amigos que lo visitaban por el puro placer de estar con él. Y ciertamente su labor de recopilador lo convierte en uno de los más amorosos visitantes a la cosmología del pintor.

Gracias a esas *Voces y demonios* y su capacidad de convocatoria e integración, he decidido no preocuparme por el camino que quiera tomar Hutchson a través de sus elegantes embestidas e inesperados desvaríos. ¿Qué tan disgregadora puede ser la historia de sus partidas y regresos a Venezuela, si en cada entrevista me concede algo genuino sobre la vida de Armando? Sus sinuosos parlamentos merecen atención y debo jugar unas cuantas fichas más a la oferta de recuerdos inéditos que me está ofreciendo.

Además, debo reconocer que no es una apuesta tan costosa. Sonrío al pensar que enfrento un «trilema». ¿Será que he comenzado a interesarme en la vida de José Rafael Hutchson? ¿Será el peaje que estoy dispuesto a pagar por llegar al meollo de Reverón, o me estoy engolosinando con los suculentos desayunos en Sebucán?

No debo preocuparme, pues estas no son alternativas excluyentes sino una variopinta tentación. Por eso acudo a una nueva cita el miércoles en la mañana sin haber comido nada la noche anterior, y así complacer al incontinente Hutchson con abundantes repeticiones.

V
15 de diciembre del 2004

Hoy Hutchson comenta que le gustan mis zapatos. Son los de todos los miércoles y los reviso a ver en qué han cambiado. ¿Están más limpios o más sucios? En resumen: el comentario me incomoda, lo que quizás era su propósito.

Debo apresurar su llegada a Caracas en 1953, porque hoy lo noto, además, perturbadoramente estático. Dice tener algo de gripe. Me alegra esa variante. Nada humaniza tanto –según propone el propio Hutchson– como un estornudo.

Otro síntoma promisor es que le ha colocado un cojín a su silla de hierro. En la segunda entrevista le dije que no aguantaba pasar una hora sentado en esos muebles de hierro forjado. Ya me estaban dejando las huellas de sus arabescos en las nalgas, como si yo fuera una res por herrar y no un abnegado escritor sin sueldo. Cuando en nuestra última cita le solicité un cojín, lo buscó y me lo entregó con la despectiva parsimonia de quien cree pertenecer a una raza superior. Luego regresó a su asiento como si se tratara del cómodo sillón de un psiquiatra y no aquella helada y penetrante estructura. Pero ya estaba sembrada la semilla de la tentación y hoy sus asentaderas escocesas no aguantaron más. Con la excusa del malestar gripal, ya se posa sobre su propio cojín, algo más grueso que el mío.

Para despertarlo de su ensoñación le sugiero con un toque de ansiosa autoridad que comencemos la quinta entrevista.

* * *

—*Creo que hoy podríamos volver a San Jorge.*

—Sí, creo que ya estamos a punto de llegar a Caracas, a Catia –responde como un alumno obediente.

¡Buenas noticias! Me animo como un colegial al que le anuncian tarde deportiva, pero Hutchson continuará trabado en el Imperio Británico:

—Yo estaba bastante confundido antes de volver a Venezuela. Había trabajado en la Central British Army Psychiatric Unit, ubicada en Netley, donde viví rodeado de militares enjaulados por la paz y recalentados por la guerra fría. Allí trabajábamos en las «neurotic and psychotic divisions», donde estaba de moda el *electroshock*.

En Netley también eran impresionantes las palizas a los psicóticos alborotados, pero más nos preocupaban los despectivos silencios hacia los esquizofrénicos. Había órdenes muy precisas: «Permitirles hablar es como acentuar una diarrea o dejar que se suelten los puntos de sutura cuando la herida apenas empieza a cauterizar». Creían que un «*breakdown*» equivale a un hueso partido y suponían que a una mente fracturada había que inmovilizarla. Ciertamente hacía falta una revolución en la traumatología del alma. Con la consigna «*We are in the army now*», se consagraba un reino de la locura dentro de la locura donde solo podías hablar cuando te lo ordenaran. En ese período, ya sin la obediencia absoluta y el pragmatismo forzoso de las guerras, era inevitable buscarle nuevas perspectivas a la mente. Después de tantos atropellos a la condición humana cómo no preguntarse: «¿De qué otras maneras puede enfrentarse el constreñido y rastrillado campo de la locura?». Mientras fuéramos capaces de hacernos esa pregunta, no nos dejaríamos doblegar por el triunfalismo que generaba el uso indiscriminado de la insulina y la epilepsia inducida mediante electricidad. Era la hora de aferrarse a la frase del apaleado Edgardo en *King Lear*: «Lo peor no dura un instante más del tiempo en que podemos decir: ¡Esto es lo peor!».

De Netley pasé a Tavistock, una institución londinense creada para ofrecer orientación a quienes no tenían cómo procurarse un tratamiento privado. Allí nació la psicoterapia de grupo. Esa era la cobertura, la fachada principal, porque también había personajes que detestaban esas técnicas, como William Sargant, quien inspirado por ciertas teorías belicistas escribió *Battle for the Mind*, un texto donde la mente lleva la peor parte[1]. Sargant aseguraba que se podía implementar cualquier clase de creencia en una persona, solo hacía falta perturbarla con suficiente terror o rabia para dañar su criterio individual y crear el «instinto de manada». Era algo que él había presenciado miles de veces durante la guerra y pensó que podría ser útil en la paz.

---

1 William Sargant no era un miembro de Tavistock, sino el acólito de uno de sus fundadores, el brigadier John Rawlings Rees, quien escribió *The Shaping of Psychiatry by war*, donde explica, y celebra, que la guerra haya modelado a la psiquiatría.

Después del desastre de Dunkerke había que reorganizar un ejército diezmado. Inglaterra quería recuperarse y volver a pelear, pero, ¿cómo hacerlo en tan poco tiempo? Era un problema descomunal de recursos humanos y el ejército tuvo que llamar al grupo de Tavistock. De pronto, los pensadores de teorías especulativas se habían convertido en directores de algo tan pragmático como una guerra a punto de perderse. En vez de quedarse en los hospitales se fueron a los frentes a conversar con los comandantes sobre cuáles eran los problemas más urgentes y los escuchaban como habían aprendido a hacerlo con sus pacientes. A cada uno de los cinco comandantes del ejército se le adjudicó un psiquiatra como consejero personal que lo ayudó a elegir sus oficiales de acuerdo a un análisis sobre la personalidad e inteligencia de los candidatos. No había tiempo para que los años en el cuartel fueran formando y definiendo a los líderes, había que seleccionarlos a toda prisa. Los psiquiatras también se encargaron de mantener la moral de la tropa, de identificar problemas críticos en la cadena de mando y de sustentar las innovaciones que requería una nueva manera de concebir la guerra. El ejército se había convertido en una gran comunidad terapéutica.

Cuando llegó la paz había trescientos psiquiatras en el ejército, listos para venderle al mundo sus especialidades en conflictos, recursos humanos y, sobre todo, en analizar y dominar mentalmente al enemigo.

Sargant había observado que los traumatismos de guerra se aliviaban cuando el paciente lograba contar su experiencia, recrearla. ¿Entonces por qué no ayudarlo un poco? Bastaba con ponerle una máscara de gas si el trauma era la asfixia, o un casco con una música de estruendos si habían sido las explosiones. Con estas oleadas de pánico pretendía extraer los traumas que aún estaban atascados mientras los pacientes se orinaban de miedo.

El siguiente paso era esculpir esa mente que ya era una pasta reblandecida y así el paciente quedaría reprogramado, que es mejor aún que curado. Sargant pensaba que el hombre tiene más de «demidog» que de «semigod». Esta visión de que somos perros muy capaces y no divinidades con limitaciones le hubiera encantado al abuelo Sánchez.

Pero el casco sonoro y las catarsis forzadas no tuvieron mucho éxito, y Sargant decidió irse al otro extremo de las aterrorizantes y estruendosas vigilias: el catártico «*deep sleep*». ¿Para qué servía un sueño tan extenso y profundo? La mayoría de los pacientes era reacia a los *electroshocks* y algunos se ponían muy ansiosos al empezar a alucinar y ver ratas correteando por el techo. ¿Cuál era la solución? Ponerlos a dormir veinte horas diarias por unos tres meses y entonces podías aplicarles cuanto quisieras.

—*¿Usted conoció a Sargant?*

—Uno de mis profesores decía que había tres tipos de doctores: los buenos, los malos y los peligrosos. Y nada más peligroso que los dogmáticos, incansables e incapaces de enfrentar evidencias. Añádase a ese tipo de tirano de bata blanca una magnífica corbata de seda y tiene a William Sargant retratado. Recuerdo su admirable porte evangélico, su arrogante crueldad y flamante irresponsabilidad, su voz de subastador y una perla falsa en la ondulante corbata. No solo lo conocí, además trabajé con él. Yo tenía entonces 24 años y me consideraba un aplomado soldado capaz de participar en las batallas de mi tiempo.

Este supuesto estado de avidez en realidad lo era de aturdimiento. Me estaba convirtiendo en un zombi competente, sin ninguna preocupación por el futuro. Solo me interesaban las tareas que me ayudaran a sobrellevar el evasivo presente. Esa es mi única explicación para no haber salido corriendo y gritando que había conocido el infierno, desde el mismo primer día en que subí al quinto piso del Saint Thomas Hospital y entré a un salón en penumbras donde dormían veintidós personas.

La primera impresión fue olfativa. Si uno luce medio muerto cuando se despierta en la mañana, imagínese el olor y el aspecto de quienes llevaban más de un mes roncando. Las almohadas eran tan hediondas que había que botarlas y reponerlas como si fueran material radioactivo. Mi trabajo consistía en una guardia silenciosa de diez horas dedicadas a anotar signos vitales. Un trabajo bastante contemplativo. Me sentí tan involucrado como si estuviera en la morgue. Hasta que en uno de mis recorridos vi a una paciente que, según su informe clínico, había tenido una depresión posnatal.

Pasé horas contemplando a la bella durmiente, así de infantil me sentía ante su linda boca entreabierta, como paralizada en medio de una inocente pregunta. Busqué su expediente en un archivo al lado del gran aposento y allí estaba su foto: el rostro despierto y sonriente de una joven tocando guitarra. Posaba mirando las nubes para dejar bien claro la fe que tenía en su musicalidad, y el expediente lo remarcaba: «llegó con su guitarra y no quería soltarla». El último bebé era el quinto y el mayor no pasaba de cinco años. Era, básicamente, una máquina de parir. A partir de estos datos elaboré mi diagnóstico: «Te han convertido en una vaca». Y había evidencias en el expediente: «Sufre dolores de espalda y agotamiento crónico». Volví al lado de su exigua respiración, me senté a su lado y le susurré: «Si tu marido te hubiera ayudado a lavar los pañales no estarías aquí». Luego de ochenta y seis días la bella durmiente no recordaría los nombres de sus hijos ni para qué servía una guitarra.

Un par de semanas antes de entrar al último piso de Saint Thomas, habían muerto tres pacientes: dos por colitis hemorrágica y uno por tragarse su propio vómito. Para corregir este error despertaban a los durmientes por unas seis horas para limpiarlos, hacerlos dar unos cuantos pasos y comer algo. Si no hubo una épica mortandad fue por las «*nightingales*» que los cuidaban como si fueran recién nacidos, untando crema en las sienes demasiado achicharradas y calmando a quienes habían perdido el sentido del tiempo y aún así osaban gritar: «¡Hasta cuándo!».

—*¿Cuánto tiempo trabajó en ese lugar?*

—Solo sé que un buen día no fui más. Me cansé de tratar de entender los escasos murmullos antes de que viniera una enfermera y les cerrara la boca para que no hablaran en medio de sus sueños.

Si quiere un evento más rotundo puedo contarle de William Templeton, uno de mis amigos en la Universidad de Glasgow. Willy era el más reservado en el grupo de futuros médicos. Cuando íbamos al pub a tomar un par de copas, se ufanaba de una seriedad que llegaba hasta la impertinencia. Esto ocurría todos los días menos los sábados, cuando bebíamos hasta la inconciencia. En esas borracheras colosales nuestro discreto Willy jamás perdía la compostura, más bien se iba mineralizando.

Una mañana llegué a trabajar al quinto piso y vi una cara conocida en una de las camas. «¿Qué hará el rígido Willy por estos predios?», me pregunté. Tenía más de un año sin verlo y supuse que había venido a trabajar en el Saint Thomas y estaría durmiendo una siesta en el más apacible salón de todo el hospital. Me pareció un sacrilegio que usara una de aquellas camas con sabor a urna. Lo noté más serio que de costumbre y tieso como una roca. Justo antes de despertarlo, decidí pasarle un dedo por la sien derecha y pude constatar el sabor agridulce y astringente de la pomada que usaban antes de colocar los electrodos. Levante la sábana y vi la pijama sepia que imponía Sargant a sus pacientes. Mi reacción de espanto fue sumamente egoísta: «¡Dios mío! ¡Yo podría terminar en la cama de al lado!». Ese es mi último recuerdo del quinto piso.

—¿Qué dicen los libros de historia sobre ese Sargant?

—Algunos dirán que Sargant fue un hombre de su tiempo, que las revoluciones no ocurren sin esos tipos extremistas y dominantes, que si encontró una sola verdad gracias a sus crueles obsesiones merece el respeto de la ciencia. Lo cierto es que el hombre de la perla en la corbata detestaba el psicoanálisis. Aseguraba que san Ignacio y san Francisco hubieran podido continuar sus carreras militares con un tratamiento adecuado. Hasta Jesucristo hubiera seguido trabajando feliz en su carpintería enmendando a punto de milagros los errores de un torpe y viejo carpintero llamado José. En opinión de Sargant, el cerebro no debía ser forzado con místicas religiosas que confundan la razón, ni con crudos racionalismos que atrofien los sentimientos religiosos. ¿Cuál debía ser entonces el justo medio? Con las recetas y métodos de Sargant, Reverón nunca se hubiera planteado construir los muros de Castillete y hasta se habría olvidado de por qué quería pintar.

—¿Cuál fue su siguiente trabajo?

—Recuerdo que andaba bastante asustado. Me daba miedo dormirme, y lo único peor a no poder dormirse es no poder despertarse. En esos días Robert pasó por Londres y le dije que andaba bastante asustado, atormentado por juicios sin fundamento, impresiones sin impronta y ninguna noción del porvenir. Creo que estaba a punto de dejar la profesión. Robbie me recomendó que fuera a hablar con John Bowlby.

«No creo que pueda trabajar con él, no tengo ninguna experiencia con niños», le dije con mi nueva mirada de implorante crónico.

«No es para que trabajes, es para que empieces a psicoanalizarte», me contestó.

En nuestra primera cita Bowlby decidió que yo estaba en óptimas condiciones para alcanzar algo verdaderamente transformador: «Su infierno puede convertirse en un paraíso», me prometió.

Yo sabía que era una promesa bastante trillada, pero agradecí su oferta. Pocas sesiones después me dio tres razones para irme por un año a Venezuela: «Tómese un buen descanso, analice su relación con sus raíces y obtenga una adecuada perspectiva con respecto a su amigo Robert Lyle».

Mi vida estaba organizada para agotarme trabajando, esa era mi única meta y criterio estructural. La prueba de que necesitaba un descanso es que lo consideraba algo inconcebible, al punto de entrar en la paranoia de pensar que Bowlby y compañía querían expulsarme de Tavistock reenviándome a Venezuela.

El segundo punto, la falta de raíces, se había hecho evidente: mi aparato de pensar no estaba funcionando, pues había una zona muy oscura, impenetrable, donde había sepultado esa década de la vida en que se organizan las emociones fundamentales, los criterios, el carácter, la capacidad de elegir y rechazar.

El tercer punto era el más complicado de aceptar: mi relación con Robert. Se suponía que ya me había alejado de él, ¿entonces por qué insistía en analizar nuestra relación como si fuera un tórrido romance? Parte del problema era mi maltrecha sexualidad. Ya una vez, conversando con Robert sobre el tema del «*scoring*», me señaló: «Tu vida sexual es lo más cerebral que he visto».

Le pedí un ejemplo y me preguntó: «¿Acaso no anotas en tu diario cuántas veces copulas?».

Era una sutil manera de echarme en cara una exigua vida sexual que lindaba con la castidad, por eso le pregunté muy molesto: «¿Y es que acaso eso no es importante?».

«¡Por supuesto que no! ¿Tú acaso llevas una lista de los huevos fritos que te comes por semana?».

No me atreví a decirle que también anotaba las rodajas de tocino. Nuestra relación se había tornado enfermiza, quizás por mi culpa, aunque debo decir que para Robert el «tú» solo servía para darle relevancia y sustento al «yo». Su fiel Hutchy era alguien que podía usar para hablar consigo mismo por horas. A veces le contestaba, o hasta le refutaba algo y, en vez de contestarme, ponía una expresión de: «Ah, estás aquí», antes de continuar con su ponencia. Un buen día me fui a Londres y dejamos de vernos sin resolver todo el contenido, los retos, los descubrimientos y conflictos de nuestra amistad.

Bowlby me ayudó bastante. Una de las ventajas era que gagueaba. Esa insistencia en las silabas hacía más enfáticos sus conceptos y me daba tiempo a pensar mejor antes de responderle. Puede que fuera una estrategia intencional, porque bastaba que él comenzara una frase para que yo intentara terminarla. Así el terapista lograba poner sus palabras en la boca del paciente, al punto que muy pronto yo también comencé a gaguear.

—*¿Y lograron entrar en esa zona oscura de los primeros años?*

—Yo estaba convencido de que mi zona oscura se debía a una reprimida relación homosexual con Robbie. ¿De qué otra manera podía explicar que me había pasado la vida siguiéndolo, persiguiéndolo, abandonándolo, feliz con las separaciones, feliz con los reencuentros? La versión de una relación fraterna, idealizando al hermano que nunca tuve, me lucía blanda, acomodaticia. Cuando le conté a Bowlby que había hablado con mi amigo sobre mi preocupación por lo tieso y programado de mi sexualidad, me preguntó si habíamos tenido algún tipo de encuentro sexual.

«Sí... una estranguladora que alargamos más de la cuenta... cuando teníamos 13 años», confesé haciendo un gran esfuerzo y tartamudeando bastante.

Bowlby rompió el protocolo y me reclamó: «Por favor... no sea usted tan ob... ob...».

Me atreví a rematar el adjetivo: «¿*Obvious*?».

«¡No!», aclaró disgustado, «¡Ob... *obnoxious*!».

Para Bowlby los forcejeos a los 13 años no contaban. Me pareció poco profesional que despreciara mis rastreos de culpa y en cambio se exaltara cuando le hablaba de las burras en los páramos tachirenses.

También le interesó mi manía de anotarlo todo, especialmente lo relativo a mi cuerpo. Se le metió en la cabeza que yo era un hombre sin historia que quería compensarla con un diario que parecía una lista de mercado, y me fue llevando con métodos poco ortodoxos a la hipótesis de una infancia bloqueada: «La manera en que habla de su vida es como si fuera un biógrafo que usted mismo hubiera contratado. Un biógrafo bastante flojo y fácil de engañar, por cierto».

De pronto, yo era otra vez un niño venezolano extraviado en un país desconocido y solo alcancé a decir: «¡Caramba! *It seems you have stepped on something*».

El criollísimo «caramba» había surgido como una erupción desde el más allá. A Bowlby le encantó esa palabra tan oportuna, tan «*creole*», casi africana. A lo mejor hasta la repetí en voz alta para complacerlo. Caramba debe venir de carambola, y habíamos golpeado en el mero centro a dos esferas, la de mis primeros 11 años y la de mi complicada amistad con

Robert. Me había apoderado de su infancia y, por lo tanto, me había obligado a seguirlo. Él era el pasado que yo había elegido al negar el mío. Ahora que lo sabía, podría empezar a vivir por cuenta propia. Me hacía tanta falta la ilusión de un gran telón abriéndose que estuve a punto de exclamar: «¡Aleluya! ¡Estoy curado!». Pero había una cláusula por cumplir: antes debía ir a Venezuela y darle una buena revisada a los parajes de mi infancia.

Justo en esos meses Bowlby fue designado consultor de la ONU y tuvimos que suspender las sesiones. Así que tenía dos opciones: buscarme otro psicoanalista o pedir un año sabático y darle un vistazo a la patria. Preferí la segunda. Pero no es poca cosa dejar el país donde uno nació, intentar no pensar en él durante trece años y un buen día pegar un salto hacia atrás.

Es un buen momento para volver a la relación entre Ferdinandov y Reverón, pero no me atrevo a establecer comparaciones.

—¿Cómo le fue al llegar a Venezuela?

—Creo que ya llegamos a Caracas en la entrevista anterior.

—Pero solo sé que llegó al apartamento en Bello Monte y salió para llevar a Milagros a su casa.

—Al principio consideraba mi regreso a mi media vida anterior como una expedición arqueológica que requería de brújula, linterna y escobilla. Cuando me tomé el primer jugo de guanábana la abstracción se convirtió en el sensual éxtasis de tener una vez más aquel néctar recorriendo mi cuerpo. Esas transfusiones iniciaron mi nivelación: litros y litros de jugos. Me encantaba ver cómo exprimían las frutas, cómo brillaba la pulpa bajo el sol, y recordé los vuelos frenéticos de las avispas aterrizando en una alfombra de mangos podridos. Le dije a Milagros que los árboles arrojaban sus frutos sobre mí, furiosos por mis años de abandono, y me respondió: «Bienvenido a nuestras veneradas cursilerías».

Creo que no le gustaban mis imágenes poéticas.

—¿Después de catorce años fuera del país qué era lo que más lo ilusionaba?

—La comida… ¿Ya le confesé que mi madre fue una de las peores cocineras que he conocido en mi vida? Era tan mala como las peores de Escocia, pero más osada y versátil. Solía comenzar con una frase muy peligrosa: «con un poquito de imaginación y buena voluntad todo se puede». Quizás se concentraba demasiado en su libro de recetas. Si estaba haciendo un arroz con pollo, y un golpe de viento pasaba las páginas al arroz con leche, ella continuaba inconmovible agregando canela y azúcar. De manera que volver a los verdaderos sabores donde se congregaban las abuelas y las tías fue una bendición, incluyendo las mesas largas y bulliciosas, las fuentes de caraotas pasando de mano en mano, las bandejas con tajadas de plátanos, esos sabores que nos recuerdan quiénes somos y de dónde venimos. La consciencia es más digestiva que cerebral.

El otro redescubrimiento fue la belleza de las primas. Gracias a mi pasión por Milagros me salvé de esos líos consanguíneos, pero sí me adentré lo suficiente para comprender que solo entre primos había pertenecido al mundo sin necesidad de estar haciéndome tantas preguntas. Con mi familia Sánchez Berroterán basta y sobra para conocer la amplia gama de aptitudes y aberraciones en esta nación.

Un día voy a visitar a un primo, dueño de una compañía de seguros. Me invita a pescar en un yate que tiene anclado en La Guaira y sacamos carites hasta hartarnos, una cantidad indecente. Lo insólito es que el dueño del yate se marea mientras yo me dedico a comer huevas de lisa con limón. Cuando le sugiero algunos remedios para el mareo me pregunta cómo sé tanto del tema si lo mío es «manejar locos». Le explico que quien receta fármacos debe conocer los efectos secundarios y lo dejo vomitar en santa paz mientras seguimos troleando a lo largo de la costa.

Con el ritmo de las olas se van alternando la ternura y el desprecio mientras contemplo al primo abrazarse a la borda de sotavento, sin importarle que el viento devuelva sus desahogos sobre su rostro. Levanto la mirada y observo la costa. Podría estar en Escocia observando América a través de unos prismáticos prodigiosos. Solo la luz es distinta, y la luz lo es todo. Ya no me importa de dónde soy mientras floto en un océano que baña todos los puertos del mundo. El primo, antes triunfalista y ahora tan terráqueo como un reptil, es la única referencia que me conecta con la extensión de costa que alcanzo a ver. Lo observo en el fondo de su martirio, casi enterrado en la madera de la cubierta. Él solo exige piedad y chupar un poco de mi limón. Ahora parezco el capitán del yate que él consiguió asegurando a sus compatriotas. Volteo a estribor, hacia el otro horizonte, el que mira al norte y carece de costas, y es en esa ausencia total de patria donde encuentro algo de seguridad. Soy el hijo de la escocesa, la que se fue, quién sabe por cuál pecado, y jamás volvió. Con razón nunca me mareo, carezco de un verdadero apego a la tierra.

Intento llevarlo a puerto seguro:

—¿Cómo encontró el país después de tanto tiempo?

—Durante mi infancia la dictadura de Gómez estaba en su plenitud. Me fui a Glasgow en 1939, durante la democracia de López Contreras. En 1953 regresé a Venezuela con la pletórica dictadura de Pérez Jiménez. Volví a retornar en 1984, comenzando la libidinosa democracia de Lusinchi. Ahora me tocará morir en medio de algo que parece un revoltillo de todo lo anterior. Finalmente nos alcanzó lo más ambiguo de la democracia y la más cínica de las dictaduras, un marasmo tan espeso, extenso y putrefacto que nos va a enterrar a los dos.

Pero vamos adonde le interesa, a mi llegada en 1953. La dictadura de esos años debe haber sido la más divertida de Latinoamérica. Mis tíos me mostraban orgullosos la nueva ciudad. Yo la notaba aséptica y vacía, acrobática y ridículamente futurista. Tenía algo de laboratorio sin contenido que me parecía sospechoso. He debido aventurarme más, recorrerla, hurgarla, pero lo único que sabía hacer era agotarme en el trabajo y pronto asumí una rutina bastante sedentaria entre mi apartamento en Bello Monte, el consultorio de Milagros Iribarren en Sabana Grande y la Clínica San Jorge en Catia.

—¿Cómo conoció a Báez Finol?

—¿Acaso usted no revisa sus notas? Ya le dije que por intermedio de Milagros. El primer día se me accidentó el carro a dos cuadras del sanatorio y lo primero que hice al entrar a San Jorge fue preguntar dónde podía lavarme las manos llenas de grasa. Me condujeron a un gran baño comunal sin tabiques entre los cagaderos y las duchas, donde encontré a unos veinte pacientes vestidos y sin aparentes deseos de satisfacer ninguna necesidad. Cuando comencé a lavarme se acercaron silenciosamente a observar, asombrados por la cantidad de sucio que salía de mis dedos. Parecía divertirles el espectáculo y traté de complacerlos exagerando el acto con abundante espuma y recios frotamientos. La escena era bastante irracional, hasta que un enfermero con un inmenso lunar en la frente me explicó que estaban fumigando el sanatorio y tenían a buena parte de los pacientes recluidos en el único lugar que no había cucarachas ni ratones. ¿Qué le parece? Era apenas el primer día en San Jorge y ya me estaba lavando las manos.

Sigo con mis preguntas como un detective imperturbable:

—¿Por qué Milagros le consiguió ese trabajo?

—Cuando la conocí en la Universidad Central le pedí que me ayudara a escribir una tesis que tenía andando. A ella le sonó a treta de seductor inseguro y desvió mi primera embestida buscándome un trabajo.

Antes de salir para Venezuela cargaba a cuestas la idea de escribir algo. Quería tener mi propio nicho, una carta de presentación, un proyecto personal, y decidí investigar la evolución histórica del precepto: «*Mens sana in corpore sano*»[2], comenzando por Juvenal, el creador de la máxima. ¿Quién iba a pensar que esa búsqueda terminaría siendo el norte de mi preparación para lidiar con vacas? Quizás mi infancia entre ganaderos me llevó a considerar a la sociedad como un potrero. Un buen potrero puede traer una felicidad muy ordenada; el problema es que la mayoría de los pacientes terminan en el matadero.

—*¿Cómo le fue con su investigación?*

—El estudio que partió de Juvenal dio un brinco prodigioso y llegó a Georg Groddeck para morir allí sin el aliciente de una extremaunción.

—*¿Quién es Georg Groddeck?*

—Supe de su obra gracias a la tía Jocelyn. La gran revelación sobre quién era mi padre no se debió a una de esas clásicas confesiones de moribundo, sino a una vacación que dediqué a investigar algo de la rama paterna. Para ese entonces los Hutchson estaban diseminados por Europa y comencé con una tía que vivía en Dinamarca. Mi viaje terminó en un pueblo cerca de Helsingor donde la única edificación importante era una escuela de gimnasia. La tía Jocelyn resultó ser la directora.

En los años treinta se había puesto de moda la gimnasia y Jocelyn era una creyente en los efectos curativos del ejercicio. Llegó a una de las principales escuelas danesas y terminó casándose con el fundador y principal instructor. Cuando la visité ya era una especie de gran sacerdotisa que decía seguir

---

2 «... quiero que pidas a los Dioses un alma sana en un cuerpo sano, un espíritu robusto superior a los temores a la muerte, un ánimo de temple exquisito que enfrente dolores de toda especie y, exento de ira, prefiera los trabajos de Hércules que vivir en las deliciosas y lujosas cenas de Sardanápalo...». Fragmento de la Sátira X de Juvenal.

una corriente de Baden-Baden inventada por Georg Groddeck, un francotirador del psicoanálisis que se presentaba a sí mismo como «El Analista Salvaje»[3].

Fue una sorpresa ver el rostro de mi padre con un par de crinejas coronando el cuerpo de una vikinga de 50 años, que en realidad tenía 70. Más increíble fue enterarme de que Noel Hutchson había sido actor y poeta, en ese orden. La tía no paraba de reír y de llorar contando cómo su talentoso hermano había sido el alma de su hogar, de la escuela, del barrio, de todo Glasgow: «Noel estaba llamado a ser un gran actor, pero entonces vino la guerra y lo hirieron gravemente».

«¿En dónde?», pregunté.

«En el alma», respondió, mirándome mientras decidía si yo era un ignorante, un tonto o un mal hijo.

Jocelyn fue la que me contó el naufragio de sus poemas, y comprendí de dónde provenían sus incomprensibles murmullos y ojos de lechuza extraviada…

Se interrumpe a sí mismo, respira hondo y continúa:

—Pero, ¿quién era Groddeck? Algunos lo consideran el padre de la medicina psicosomática, pues sostenía que todas nuestras acciones son símbolos que expresan algo que no logramos articular de otra manera, incluyendo la enfermedad. Esta necesidad imperiosa de expresarse proviene del «Ello», una fuerza vital que nos mueve a nosotros y al mundo, y se manifiesta en los sueños, en los gestos, en el comportamiento, y también en nuestro aspecto, en lo barrigón o lo flaco, en el grosor de los labios o de la papada, en toda virtud o anomalía, desde la

---

3 Groddeck fue alumno de Ernst Schweninger, el único que pudo doblegar la férrea obesidad de Bismarck, el Mariscal de Hierro, imponiéndole un régimen que le salvó la vida. Schweninger no utilizaba medicamentos, sus armas eran la dieta, la hidroterapia, el masaje y un poder absoluto sobre el enfermo. Consideraba que el médico no es un científico sino un artista, un vigilante de la ósmosis entre el ser humano y la naturaleza, y luchó contra «esa manía de buscar el mal en los microbios».

tendencia a rascarse las orejas hasta la miopía o una grave perturbación orgánica.

Las ideas de Groddeck pueden resumirse en una frase: «Dicen que vivimos una vida, pero somos vividos por la vida», por fuerzas desconocidas e invencibles. Rimbaud lo dijo antes y cuando solo tenía 17 años: «Nos equivocamos al decir: yo pienso: deberíamos decir me piensan», como un pedazo de madera que se descubre convertido en violín, o de cobre convertido en corneta.

—¿El concepto del «Ello» no es de Freud?

—En su principal obra, *El libro del Ello*, Groddeck nos advierte: «lo que suene razonable, o no demasiado extraño, procede del profesor Freud; lo demencial, es mi patrimonio espiritual». No le gustaba tener fanáticos a su alrededor, solo les exigía a sus alumnos: «Si quieres ser mi seguidor, observa la vida con tus propios ojos y dile al mundo con honestidad lo que ves». Freud, que adoraba tener acólitos, le escribió a Groddeck: «Es difícil practicar el psicoanálisis como individuo aislado. Es más bien una empresa de exquisita sociabilidad». Así le sugería que fuera un poco menos salvaje, menos silvestre.

—¿Usted intentó aplicar estas teorías en el tratamiento a Reverón?

—Eran ideas que me atraían pero no lograba que formaran parte de mi sistema. No aproveché la lección esencial: observar con mis propios ojos. Además, su técnica basada en unos masajes psicoanalíticos me ponía nervioso. Pero sí creo que a Reverón le hubiera hecho mucho bien una temporada en Baden-Baden. O quizás El Analista Salvaje es quien ha debido ir a Macuto y convertir a Castillete en un centro de rehabilitación con baños de mar, paseos de luna y pescado frito.

—¿Qué pensaba Milagros de Groddeck?

—Las observaciones de Groddeck eran ideales para ir entrando en calor. El Analista Salvaje asumía la bisexualidad como el centro de todas las manifestaciones de la vida. Pensaba que en la circuncisión, la señal más ancestral de un pacto con la divinidad, el prepucio es cortado para eliminar cualquier rastro de feminidad en el principal emblema de lo masculino. El prepucio viene a ser la vagina que envuelve al glande. El niño embutido en ese pellejo maternal siempre está deseoso de renacer con una erección. Groddeck todo lo reducía a esas dos opciones. Pensaba que la boca es puro sexo femenino cuando está en reposo, pero revela su bisexualidad cuando hablamos y se asoma la lengua; para no hablar de la fálica nariz con su par de fosas nasales.

—*Sigo curioso por saber qué pensaba Milagros de todo esto.*

—Ya le dije que se divertía... ¿No le parece suficiente? No se imagina lo difícil que era distraer a la doctora Milagros Iribarren Steiner. Nuestros encuentros venían acompañados de observaciones teóricas y prácticas sobre esa adorable criatura que brota calva, reluciente y con una herida que revela su ausencia de sesos, su temperamental impertinencia.

Para Milagros, el patriotismo y el erotismo eran los dos territorios donde se olvidaba de la psiquiatría y de su propia enfermedad. Me la pasaba aguantando la leña del primer «ismo» y azuzando las brazas del segundo. Sus risas eran mi nueva y única patria. Una tarde le dije: «El único lugar del mundo donde quiero estar es dentro de ti».

Ella fue quien me condujo a ese refugio. Desde el primer momento adivinó que todo ese cuento de escribir una tesis era solo una coartada para rozar su antebrazo, sus manos. Yo era tan tieso, tan desubicado. Robert siempre me decía: «Hutchy, ¡afloje esas rodillas!». Insistía en que el arte de la seducción consistía en destensar las coyunturas, ser dúctil. Su receta no me ayudaba en nada, solo me hacía ponerme aun más «*stiff*», que es un adjetivo peor que «tieso».

Una vez encontré a una bella normanda en un bar de Aberdeen. Habíamos alquilado entre varios amigos una casita para una semana de vacaciones y yo era, como siempre, el encargado de la cocina; así que cuando la normanda me contó que estudiaba oceanografía, continué mi interrogatorio por el camino equivocado: «Ah, ¡qué interesante!... ¿Podrías recomendarme una pescadería?».

Si la pregunta la hubiese hecho Robbie, la normanda se habría reído; en cambio, por culpa de mi falta de amortiguación, la oceanógrafa se consideró menospreciada.

Con tanta tiesura no podía bailar ni siquiera un bolero, pero sí revisar hombro a hombro un manuscrito bien encaminado. Con Milagros no hacía falta estar inventando tareas trascendentales, teníamos mucho sobre qué hablar por motivos muy estimulantes: nuestros destinos se habían cruzado más de una vez. Yo tenía un padre escocés y ella una madre alemana, luego había una mitad europea que nos aguijoneaba con su dosis de desubicación. Yo había querido estudiar con Karl Jaspers y ella había estado dos años en Heidelberg. No podía creer que hubiera conocido al mítico Jaspers, incluso lo ayudó a mudarse cuando el filósofo se trasladó a Basilea.

¿Recuerda usted la frase que tanto nos influyó, «El hombre solo llega a su propio ser por conducto del otro, jamás por el solo saber»? Milagros y yo insistíamos en establecer un nexo a través del puro conocimiento, de una jactanciosa sabiduría, mientras nuestras pieles nos mandaban toda suerte de señales propicias, urgentes. Muy a conciencia jugábamos a retardar, a contener nuestro amor, nuestra pujante sexualidad. Imagine unos novios que tienen años viviendo juntos y un buen día deciden casarse y, para darle más emoción a la luna de miel, se inventan que no van a hacer el amor durante dos meses, una suerte de castidad prenupcial. Así nos sentíamos.

Uno tiende a creer en las reencarnaciones cuando lo acosan sentimientos que parecen venir de muy atrás, y la nuestra era una atracción tan intensa que ha debido tener raíces remotas, medievales, pero insistíamos en enredarla con dilaciones, como si disfrutáramos probando cuánto más podíamos aguantar sin tocarnos. Así es como se llega a las ganas de comerse, de morderse los labios hasta causar dolor.

A favor de estas exasperantes postergaciones teníamos la rencorosa vigilancia de los amigos y colegas de Milagros. Nadie más vigilante de un tesoro que quien nada recibe, y ella tenía una corte de rechazados a los que no volteaba a ver y de insatisfechos a los que había dado muy poco.

Su consultorio estaba en un lugar con estrictos requerimientos de privacidad debido a las características de su clientela: mujeres casadas y acosadas por la tentación o el yugo de la infidelidad. Al norte de Sabana Grande había una calle de tierra y al final estaba una quinta estilo Alta Baviera que parecía una pequeña finca olvidada por el comercio. Tenía un nombre poco auspicioso en letras de bronce: «Freising». El taller de una costurera daba al frente y el consultorio de la psiquiatra miraba hacia el fondo. Los carros se paraban a lo largo de la callecita y nadie podía saber si la dama iba a medirse un vestido o a rasgarse las vestiduras. Se suponía que la casa era de unos alemanes que se habían ido del país, pero la verdad es que Milagros la había comprado hacía varios años y así pudo organizar aquel escondite donde las damas caraqueñas podían entrar y salir con razonable tranquilidad. Yo era el único en visitarla después de las cinco de la tarde, cuando veía que solo estaba en la calle de tierra el Oldsmobile blanco de la doctora Iribarren Steiner.

Todo comenzó en una alfombra sumamente áspera. Pronto teníamos raspones en las rodillas, los codos, a lo largo de la columna, en los talones. «¡Nos estamos desollando en vida!», le dije, y ella tomó la frase como una declaración apasionada.

Comencé a sospechar que nuestro amor no consistía en dejar padre y madre y formar una sola carne, sino un solo hueso. ¿Comprende la diferencia? La carne es tan maleable, tan ajustable, tan mórbida... Lo nuestro, en cambio, sería duro de roer.

Se inclina hacia delante y creo que va a subirse los pantalones para mostrarme las cicatrices en las rodillas, pero solo las golpea con ambas manos, una señal que ya sé qué significa: «¡Cambio de tema!». Obedezco y paso a la cuestión que me ha llevado a Sebucán:

—¿Cómo relaciona esa carga de bisexualidad a lo Groddeck con Reverón?

—Espero que recuerde sus giros a la derecha y a la izquierda, cuando insistía en ser unas veces hombre y otras mujer. Después de sus giros impetuosos, Armando lograba descansar y se sentía limpio, diáfano. Esa capacidad de pasar de un estado a otro puede ser muy liberadora, pero también muy exigente. El movimiento era una fuerza fundamental en su relación con el mundo.

¿Sabe cómo se curó de una enfermedad mortal? Mientras sus amigos del Círculo de Bellas Artes se estaban muriendo por decenas durante la gripe de 1918[4], Armando decidió curarse corriendo varios kilómetros por la playa hasta que exhausto y bien sudado se metía en el mar. Esa fue su manera de ganarle la partida a la peste[5].

Hay otros ejemplos de su pasión por el movimiento, incluyendo algunos automatismos como pintar mientras se mecía en una hamaca acercándose y alejándose del lienzo. Le apasionaba lo espontáneo, aquello que surge de una profunda distracción que equivale a una absoluta concentración.

---

4 Una de las pandemias más letales en la historia de la humanidad. Afectó todos los continentes. Cien millones de personas murieron entre 1918 y 1920.

5 En *Reverón, voces y demonios*, aparece esta anécdota con el título «De la manera como exorcizó la Gripe Española», y es narrada por Juanita. Boulton no aprueba el método curativo, al cual Armando agregó «una dieta absoluta y remedios de fórmulas inconcebibles». Lo cierto es que se curó, mientras cinco de sus compañeros del Círculo de Bellas Artes no sobrevivieron.

—¿Qué pensaba Milagros sobre las teorías de Groddeck con relación a Reverón?

—Ella se ocupaba también de temas menos psicológicos, como proclamar a su artista prócer de nuestra independencia. Cuando se apasionaba llegaba a decir: «¡Lo que unos hicieron en los llanos y en Los Andes, en Boyacá y Ayacucho, Reverón lo hizo en un playón de Macuto, y absolutamente solo!». Adoraba a ese guerrero. Le confieso que no era grato observar a una mujer tan hermosa, tan desnuda, sumida en esas vehementes arengas de político en un mitin callejero. En esos momentos era imposible colar una caricia.

—Vamos a centrarnos entonces en usted. ¿Es difícil pensar que después de investigar tanto sobre Groddeck, sus teorías no llegaron a influir en su manera de tratar a Reverón?

—Mientras vagaba por San Jorge, pensando en la tarea que me había impuesto Bowlby, en el amor de Milagros, en la indiferencia de Báez Finol, en el plan siempre postergado de ir a Palmira, e intrigado por la elusiva presencia de Reverón, más de una vez pensé en Groddeck y una de sus principales demandas: «¿Quién realiza el tratamiento, el médico o el paciente?».

Según Groddeck, siempre hay una lucha entre dos fuerzas: el médico trata de reforzar la voluntad de curarse del paciente, de liberarlo de todas las obstrucciones, trampas y trucos que se autoimpone; al mismo tiempo, el paciente insiste en coartar cada una de las medidas del doctor y así permanecer enfermo. También el médico tiene mucho que ganar, pues siempre podrá convertirse en un mejor hombre gracias al tratamiento que el paciente le brinda gratuitamente; solo tiene que aceptar que sus conocimientos provienen de sus estudios, mientras que su sabiduría se la debe a los enfermos. Esto explica mi inmensa deuda con Reverón. Me hubiera gustado entender antes ese intercambio y haber podido darle las gracias... Pero en ese tiempo yo atravesaba una grave fase de narcisismo.

—*¿En qué consistía?*

—En ocultar mediante ideas ajenas mi inseguridad. Reverón me ayudó a quitarme el disfraz, o a disfrazarme con cierta alegría y algo de escepticismo. He debido pasar más tiempo con él en su Castillete, pero no estuvimos allí más de dos horas.

—*¿Cuándo fueron a Castillete?*

—Una sola vez lo llevé a su casa y me dio un gran susto. Báez Finol también lo intentó y se devolvió espantado. Se trataba de un territorio explosivo para esa relación entre el Ello del paciente y el del médico, un centro artillado con símbolos muy potentes.

Es evidente que debemos descansar. Me gustaría quedarme sentado y ver qué hace Hutchson cuando me marcho y se queda solo. Hemos hablado muy poco de su presente. Nada me ha contado de sus hijos, de su familia, y no sé qué hace con sus tardes, con sus noches. Dice tanto de un hombre cómo pasa sus domingos. Debería dar el primer paso y contarle algo de mi propia vida, pero el hombre es estricto y ya está en la puerta de la casa señalándome el camino.

Cuando solo falta un paso para estar en la calle, me atrevo a preguntarle:

—*¿Usted vive aquí solo?*

—A veces.

¿Qué significa su contestación y su sonrisa: picardía, melancolía, simple educación? Quiero pensar que es un síntoma de camaradería. Hutchson remata el sentido de su respuesta antes de cerrar la puerta:

—Si solitarios son, ¿por qué son tantos?
¿Y quién es, siendo tantos, solitario?
¡Oh multitud de solitarios todos
Que hacen de la soledad un nombre vano!

Los espías y los espejos

HE TRATADO DE ENCONTRAR AL AUTOR DEL POEMA, antes de adjudicárselo a una impetuosa inspiración de Hutchson. Luis Yslas, a quien consulto mis dudas literarias y otras incertidumbres bastante más graves, cree haberlo leído en una antología de antigua poesía griega que perdió en una mudanza. Cuando Luis me pregunta por qué mi búsqueda es tan afanosa, «qué está en juego», caigo en cuenta de estar rehuyendo el tema principal: mi sobrevaloración de la soledad. No solo estoy suponiendo que Hutchson es un ermitaño, también pretendo, como todo escritor que se autocompadece, que mi trabajo es penosamente solitario. Y resulta que es el propio Hutchson quien me está echando en cara: «En este lío estamos juntos». Su mirada, más que sus palabras, parecen decir: «No esté tan seguro de que mi asilamiento sea impuesto y el suyo elegido».

El poema se queda palpitando y susurrando: «Busca en el trasfondo de tus bolsillos y encontrarás lo que a muchos puede ser útil. Solo la verdadera soledad será capaz de unirnos».

Esta semana Juan Calzadilla ha aceptado una cita para tomarnos un café. Nos encontramos en el Celarg[1]. Se gana mi simpatía y afecto apenas nos sentamos. Es un hombre

---

1 Centro de Estudios Latinoamericanos Rómulo Gallegos.

de ojos tan expresivos como evasivos y un bigote que parece haberlo acompañado desde la infancia. Tiene el cuerpo delgado de los que caminan la ciudad por placer. Se le nota un rigor minucioso y que ha vivido con la intención de dejar el mundo mejor de como lo encontró. He visto algunos de sus dibujos y coincido con los críticos que los llaman «escrituras sin palabras», pues son imágenes que provoca leer con atención. Poco sé de su poesía, pero encuentro una que tiene que ver con la tarea que he emprendido:

> ¿Qué buscas en los semblantes
> perdidos entre los cuerpos de la multitud?
> A alguien que, porque nunca existió, no ha desaparecido.
> O a alguien que, porque no ha desaparecido, nunca existió.
> O a nadie.

Esta relación entre «existir» y «desaparecer» se inspira en las búsquedas de cuerpos después del deslave de 1999, cuando grandes porciones de El Ávila, sometido a quince días de aguaceros continuos, se precipitaron hacia la costa del litoral central. Un cataclismo en el que desaparecieron decenas de miles de personas. El Castillete de Reverón también fue arrasado. Desde entonces nada se ha hecho con los vestigios de los muros de piedra que hoy se asoman por entre un alud de tierra ya seca y endurecida.

¿De qué hablamos esa tarde? Nunca lo sabré. El café del Celarg es una caja de resonancia ideal para quien no está interesado en escuchar a su prójimo. Pero todo lo que Juan decía me interesaba y permanecí alerta, enfocando más que oyendo, mientras mis aisladas preguntas se iban convirtiendo en gritos cada vez más fuertes, porque además Calzadilla es algo sordo. Acerqué la silla hasta donde lo permite la cortesía y aún seguía sin lograr escuchar lo que decía mi compañero de mesa. Me limité a poner una expresión de inteligente interés y me llevé tan solo una impresión visual.

Sí pude advertir una actitud amable, humana, dedicada a quitarle a Reverón la inclemente carga de interpretaciones que le ha sido impuesta. «Todo es más sencillo, más franco», parecía decirme Juan con su mirada, con su cuerpo apoyado amistosamente en la mesa. No creo que se oponga a mi obsesión por saber qué sucedió durante los once meses finales en San Jorge, tema en el que insistí mediante unas argumentaciones que me dejaron ronco y apoyadas en abundante mímica. Juan entiende la importancia de ese último trecho y lo entristece. Sin haber conocido personalmente a Armando, llegó a ser su amigo.

Días después lo encuentro en una calle de Los Palos Grandes. Viene caminando por una acera mientras yo avanzo lentamente en mi carro. No encuentro dónde estacionarme y hablamos solo durante unos pocos minutos. Esta vez voy directo al tema y resumo la impresión que me ha causado la lectura de la conferencia de Báez Finol en 1955. Calzadilla no contesta, solo me mira con su cordial cansancio. Parece decirme que ya peleó esas batallas, fijó posición y entregó cuanto tenía para dar. Cuando estoy por despedirme me da un consejo:

—Trata de hablar con la hija de Báez Finol. Ella debe tener las anotaciones de las conversaciones de su padre con Reverón.

—María José está de cónsul en Praga –le contesto, liberándome de toda responsabilidad.

Calzadilla comenta apartándose de la ventana:

—Hoy en día Praga está más cerca que Castillete.

Tiene razón. No sé por qué lo he ido postergando. Quizás se debe a que me estoy divirtiendo con la jornada.

Nos despedimos. Cuando estoy a punto de arrancar, Calzadilla se devuelve, se apoya de nuevo en la ventana del carro para estar bien seguro de que esta vez oiré cada una de sus palabras:

—Lo que Reverón necesita es respeto.

Se ha sellado un pacto entre los dos y avanzo contento, creyendo que mi búsqueda ha recibido su bendición. Pocas cuadras después caigo en el tráfico solidificado de la Francisco de Miranda y comienzo a preguntarme qué significa «respetar».

Estar metido en un carro inmóvil puede ser el infierno o el lugar ideal para pensar en un problema sin solución.

La palabra «respeto» comienza a agigantarse y se convierte en un juez que me intimida, que insiste en señalarme con el dedo y acusarme de ambigüedad. Al llegar a la casa encuentro en los diccionarios que proviene de «*respectus*» y tiene relación con «*spectrum*»: «aparición», y con «*specere*»: «mirar». De aquí vendrá la sensación de que el espíritu de Armando Reverón nos observa con recelo.

El prefijo «re» indica que debemos volver a mirar cada vez con mayor atención esa aparición que tanto nos conmueve. No basta con quedarnos en la primera ojeada, debemos revisar una y otra vez las ideas que vamos haciendo y deshaciendo. El respeto es una tenaz relectura enfrascada en arrancarle a los dioses sus secretos.

Me emociono cuando descubro que «respetar» también comparte sus raíces con «espiar». Un día le pregunté a Oscar Marcano cuál era la música que más le gustaba al poeta Eugenio Montejo y me respondió:

—El fado *Extraña forma de vida*, cantado por Amalia Rodrigues.

Extraña forma de vida es también el título de una novela de Vila Matas. Decía el propio Vila Matas que el título de esa canción sintetiza bien la vida reservada y solitaria que llevan los espías y los escritores. Pessoa decía que él era su propio espía en sus atentos recorridos por Lisboa. Se refiere a ese espionaje agotador que incluye el territorio inmensurable de nuestro propio cuerpo. Amália Rodrigues canta en su fado sobre la ansiedad de un corazón que vive perdido entre la gente: «Si no sabes dónde vas, ¿por qué insistes en correr? ¡No te acompaño más!».

Convertirme en un espía leal y justiciero de Castillete es una misión que no me esperaba. Y falta por convocar a un invitado reincidente y citado varias veces por Hutchson: el espejo. Ya estoy bien advertido sobre ese reflejarse que nos obliga a examinar nuestros miedos y obsesiones, nuestros naufragios. Si «espejo» proviene de «*speculum*», quiere decir que es un instrumento tanto para mirarnos como para especular. Sonrío para darme ánimos, mientras comienzo a asumir con incondicional seriedad que respetar a Reverón equivale a contemplarse en el espejo fracturado de Castillete que Milagros colocó en el espejo de sus severas revisiones mañaneras.

VI
22 de diciembre del 2004

Creo que a Hutchson le afectó mi pregunta sobre su soledad, pues hoy me recibe en la casa de Sebucán una mujer alta y delgada con el pelo crespo y corto. Tiene un cuerpo fuerte, de esos que se van asentando con gratitud hacia la vida. Andará por los cincuenta y su belleza sigue enviando claras señales aderezadas con llamados al orden. Me dice que es de Cartagena y que tiene ya tiempo cocinándole al doctor Hutchson. Eso explica, entre otras cosas, los suculentos desayunos. Le pregunto su nombre y es Hutchson quien contesta:

—Se llama Gaviota.

No puedo evitar verla fijamente. Me pregunto si ella estará de acuerdo con ese nombre y si se ajusta a su figura, a su estilo. La veo marcharse y hay un momento en el que parece a punto de levantar vuelo.

Ya solos, insisto con la pregunta de siempre.

* * *

—¿No cree que hoy podremos entrar en la Clínica San Jorge?

—Le prometo que hoy llegaremos a San Jorge, pero antes quisiera hablar un poco más de Milagros… ¿Usted no tiene nada en contra de ella?

Ya no temo sus desplantes y él parece disfrutar con mis esfuerzos por demostrar interés. Vamos siendo un poco amigos.

—Hablaremos del tema que usted quiera, doctor Hutchson.

—¿Recuerda el símbolo de la araña? Milagros era una hilandera que escogía bien sus hilos narrativos para ajustarlos a un tejido con un propósito definido. Yo era más dado al cuento por el cuento, sin sentido ni dirección, lo cual formaba parte de mi constante plan de evasión. Me dedicaba a buscar esos personajes ideales para explorar todo lo que la psiquiatría tiene de estrafalario, de inútil. Quería entretenerla y arrullarla entre mis brazos. Le hablaba de Mesmer y sus escándalos, como cuando curó a la concertista de piano, María Teresa von Paradis, ciega desde niña. Cuando Mesmer logró que la pianista recuperara la vista, María Teresa ya no pudo tocar más. Le maravillaba tanto el movimiento de sus propios dedos que no podía concentrarse en las teclas del piano. Fue un gran escándalo y votaron a Mesmer de Viena; solo así la pianista pudo retornar a su ceguera y a sus extraordinarios conciertos. ¿No le parece una entretenida historia? Pues a Milagros le entristecía y miraba sus manos como si ella también las estuviera descubriendo.

—¿Y no bastaba con que María Teresa cerrara los ojos durante los conciertos?

Hutchson se enoja:

—¿Usted cree que es tan simple recuperar la visión y volverla a perder?

Luego cambia de expresión y ofrece otro aspecto del asunto:

—Algunos dicen que la verdadera preocupación de la pianista era perder su jugosa pensión de discapacitada.

Empiezo a entender que sus enfados son pura comedia.

—¿Cuál era ese constante plan de evasión?

—Desde que salí de Londres empecé a preguntarme: «¿Qué debo hacer este año mientras soy mi propio paciente?». Esa pregunta fue socavando el propósito del viaje: pasear gratamente por mi infancia. El afán de trabajar se devoró las dosis de ocio que debían encaminarme. Me inventé el pretexto de que no podría ir de un lugar a otro lanzando preguntas sobre las zonas oscuras de mi alma, y me obcequé en hacer algo, trabajar, pero, ¿dónde, para quién?

—*¿Qué pasó con su tratado sobre Juvenal y Groddeck?*

—Quedó en remojo, suspendido en la esfera íntima de Milagros y apoyado en su regazo. Yo quería algo que me sacara seudópodos más nacionales y decidí revisar en qué estado se encontraba la psiquiatría en Venezuela. No me interesaban sus «adelantos», pues suponía que estos no tendrían ninguna significación con respecto a Europa, pero sí sus retrasos, sus divertidas taras y lacras.

Ese mismo año había sido creada la Sociedad Venezolana de Psiquiatría y asistí a varias reuniones donde conocí a Mata de Gregorio y Abel Sánchez Peláez, pero no lograba conversar con la autoridad que tenía más cerca: Báez Finol. La tesis que Báez había publicado, *Tratamiento de las enfermedades mentales por la terapéutica convulsivante*, no era un tema en el que me apetecía adentrarme. Me parecía sospechoso un tratamiento que no funciona cuando se va la electricidad.

A Mata de Gregorio le gustaba echar cuentos sobre sus inicios en los tiempos legendarios del asilo de Los Teques. Una vez me contó la historia de un guardián que está haciendo su ronda y encuentra a un paciente con la oreja pegada a un muro. Dos horas después el hombre sigue en la misma posición y con la misma expresión de absoluto interés. El guardián lo aparta y pega el oído en el mismo lugar, escucha con atención y a los pocos segundos exclama disgustado: «¡Aquí no se oye nada!». A lo que el paciente responde emocionado: «Y así está desde hace tres días».

Me encantó esta inversión al célebre dicho: «Las paredes tienen oídos». Sugería que los muros pueden hablar, una posibilidad que tiene sentido cuando pensamos en nuestra angustiosa necesidad de palabras, tanto de pronunciarlas como de escucharlas.

Cuando fui a la siguiente reunión de la Sociedad encontré a Mata de Gregorio, con la nariz partida y un ojo a punto de salirse de su órbita. Me contaron que un paciente lo había agredido. «Casi mata a de Gregorio», era el chiste del día. Semejante puñetazo en aquel rostro tan conciliador me llevó a pensar que en estas tierras convenía ser prudente. El clima influye en los métodos y las teorías más que en las especies vegetales.

Yo provenía del sistema inglés justo cuando este se recuperaba de una inesperada omnipotencia servida en la bandeja de una guerra que sirvió para iniciativas humanistas y procedimientos de carnicero. En Tavistock coincidían la libre creatividad con la imposición de dogmas, las búsquedas emocionantes con un recalentado horror. Esa misma variedad haría evidente las endebles bases de las instituciones mentales y comenzó un espíritu de profunda revisión. Pero a veces había muy poca sustancia en las innovaciones y se terminaba llenando ese vacío a punta de poses altruistas. Fue un valeroso intento de encontrar la razón de la sinrazón, pero tratando de poner las cosas patas arriba. Algo así vendría a ser la antipsiquiatría, un término tan absurdo como prepotente. Nadie se atrevería a hablar de antioftalmología, o antigastroenterología.

También me había hartado de los terribles pleitos entre la monarquía de Melanie Klein y el nepotismo de Ana Freud. Eran conflictos londinenses alimentados por un guiso gestado en Viena y una demostración de que las mentes mientras más se parecen más se detestan.

Huyendo de esas rencillas llegué a un país sumamente afectuoso, de inmensas familias protegiéndose y detestándose, con mucho roce y muy poco del aislamiento que requiere la meditación. Encontré a los psiquiatras venezolanos más pendientes de defender su nueva profesión que de comprender la particular psiquis de su país...

—*¿Cuál es esa particular psiquis?*

—Básicamente la vernácula manía de evitar esa pregunta clave. Las preguntas pueden ser semillas y a esta tierra pretendemos sacarle más que sembrarle, y quien logra extraer no suele dar nada a cambio. Así no puede darse un verdadero diálogo y conversar con nuestra tierra. Añada en actas lo que el petróleo ha hecho a nuestra psiquis grasienta: todo se le pega y todo le resbala.

Cambia de posición en la silla, me mira como si yo no estuviera prestando la atención que merece el tema, y pregunta:

—¿Y a usted cómo le va con su gente, con sus colegas? ¿No ha tenido dudas sobre su peregrina profesión? ¿Siempre quiso ser un escritor?

No caigo en la tentación de ablandarme dando explicaciones y voy directo a mi coto de caza:

—Me pregunto si alguna vez Reverón tuvo dudas de su vocación, de su trabajo en Castillete.

Hutchson no parece escucharme y continúa su anterior explicación:

—Preguntando qué se había escrito sobre la historia psiquiátrica nacional conocí a Ricardo Álvarez. Como todo el que comienza a explorar un vacío, Álvarez no se impuso ningún límite y titularía su libro: *La psiquiatría en Venezuela desde la época precolombina hasta nuestros días.* Me divertía la idea de una psiquiatría «poscolombina». Conversando con él sobre los temas que no se había atrevido a escribir encontré más información que leyendo lo que sí había escrito. En nuestra primera tertulia habló de Telmo Romero y ya no me hizo falta buscar más, con ese solo personaje pensé que tendría municiones para divertir a Milagros por varios meses.

—*¿Quién es Telmo Romero?*

—Lea lo escrito por Ramón J. Velázquez sobre los tiempos de Joaquín Crespo y encontrará suficiente información.

—*¿Podría hacer un resumen?*

—Mientras Telmo Romero comerciaba con ganado por la Guajira, recopiló las recetas medicinales de los curanderos y publicó un libro llamado *El bien general. Colección de secretos indígenas*. Poco más tarde se convirtió en el Rasputín de la familia Crespo cuando salvó a un hijo del Presidente de una enfermedad incurable. Como premio le dieron la dirección del asilo de Los Teques. Fundado en el siglo XIX, más que un asilo era un depósito de desgracias.

A los dos meses de la llegada de Telmo, veinte de los ochenta pacientes ya estaban curados con la consigna de «cal y carne»: una lechada a los salones y una buena dieta de proteínas a los enfermos. Otros dicen que a los agitados les sacaba un diente para calmarlos y a los casos más graves les cortaba el pelo al rape, les rajaba el cuero cabelludo y los ponía a desangrar bajo un chorro de agua. La cura final era una aguja de acero candente que les insertaba en el cráneo y acababa «con todo pánico y toda voluptuosidad».

Cuando fue superada la meta de las cuarenta curaciones, se dio una fiesta pública para mostrar en vivo el milagro. El caso más notable fue el discurso que dio Teo Montero, un joven paciente que andaba en cuatro patas y tuvo una mejoría tan notable que logró erguirse, casarse y montar una empresa de cigarrillos.

A Milagros no le interesaban las aventuras y desventuras de Telmo Romero. Me dijo que mi interés por ese curandero confirmaba que jamás escribiría un trabajo serio: «Solo te interesan los personajes divertidos, no la evolución de las ideas».

A los pocos días me mostró un viejo fotograbado sobre la gran celebración de Los Teques. Al centro del afiche, Telmo

Romero reina con el pecho lleno de medallas, orejas de murciélago y un cuello tenso y largo de garza. Lo rodean veintitrés óvalos con las fotografías de los recién curados. Todos lucen muy serios, como si fueran próceres de la independencia, y un sombrero de cogollo cubre sus cabezas vendadas. Esa era la prueba de que Telmo los había trepanado.

Milagros tenía razón, pero a mí me fascinaba el discurso de Teo Montero, quien aprovechó la ocasión para promocionar sus cigarrillos marca Guaicaipuro celebrando las hazañas del cacique y soltando la verborrea de siempre contra los conquistadores españoles, una divertida parodia de nuestros políticos patrioteros que aún pululan. Todo sonaba tan exquisitamente medieval e inmerso en algún remoto acierto perdido para siempre en el marasmo de nuestras patrañas y embustes.

—*¿Cómo enfrentó Milagros esa situación?*

—Ya le he dicho que yo solo quería verla sonreír con mis quimeras, conquistar esa seriedad inmensurable y entrar de lleno en el mejor de los mundos...

Se detiene, respira hondo y continúa:

—A usted le consta que no soy un hombre gracioso. Mis rodillas estaban tensas incluso acostado al lado de la mujer que amaba mientras observábamos a la luz de la tarde inundar la alfombra con nuestros desollamientos. Tenía mucho más sentido callarme y buscar la patria extraviada entre sus piernas, encontrar en su cuerpo esa verdad agridulce e inequívoca que nos hacía tanto bien.

Ahora se frota los ojos, no sé si hurgando o calmando un dolor, y habla desde esa oscuridad:

—Logré alcanzar en ella una serena mansedumbre, llena de pucheros y remilgos, de esas palabras castizas y remotas, como solaz, regocijo, alborozo, y otras más unidas a mi niñez, como zaperoco, apurruños y cosquillas.

Abre los ojos.

—¿Cuánto duraban esos momentos? Muy poco tiempo, porque pronto yo echaba todo a perder hablándole sin parar de Palmira, como si la paz de nuestros cuerpos fuera solo una preparación para recuperar la infancia perdida. He debido quedarme callado, dejando que se colaran por entre nuestros silencios los lejanísimos murmullos de la infancia.

No es fácil manejar los enrevesados brotes eróticos de Hutchson. «¿Cómo afrontar las patéticas bocanadas de un viejo que se aferra a una pasión perdida?», me pregunto, evitando que la interrogación aflore en mis ojos.

—Milagros me reclamaba que estuviera convirtiendo a Romero en el epicentro de mi reconexión con lo venezolano, pero sí estaba de acuerdo en que esa corte orquestada y trepanada era un ejemplo insigne de nuestra conciencia política. El mismo Romero aseguraba que los políticos venezolanos estaban amenazados por una polilla que se metía en el cerebro e impulsaba un incontrolable onanismo que proclamó «el futuro gran peligro nacional».

—Han podido llegar a un acuerdo, a un punto medio.

—Yo era muy terco, muy exagerado, y continuaba insistiendo en el tema, hasta que Milagros lo clausuró con otro de sus dictámenes finales: «Esa fascinación por Telmo solo refleja tu desprecio por este país. Si quieres entender esta tierra concéntrate en Reverón. Si no lo haces, te arrepentirás de haberlo tenido al lado y no...».

Hutchson no llega a terminar la frase y me mira con tristeza. Quizás acaba de caer en cuenta de que Milagros tampoco fue capaz de encontrar el verbo adecuado.

—¿Alguna vez le propuso a Milagros acompañarlo a Palmira?

—Era imposible. El nuestro, ya le expliqué, fue un amor de consultorio. La única variante que mi amada introdujo fue un resplandeciente mantón de Manila sobre la alfombra.

Aparte de la fijación por la Alemania de sus estudios, ella adoraba a España, sobre todo lo taurino, otra pasión que la unía a Reverón.

—*¿Por qué a Reverón?*

—Parece que el hombre toreaba bastante bien en su juventud.

—*¿Cuándo conoció Milagros a Armando Reverón?*

—No sé cuándo fue a Castillete por primera vez. Ella ya había visto sus cuadros en casa de Armando Planchart, un coleccionista de arte y un hombre de bien. Él fue quien trasladó a Reverón de Castillete a San Jorge en 1953.

Como a los dos meses de mi llegada a Venezuela, Milagros me llevó a un almuerzo donde los Planchart en una casa por La Florida[1]. No me presentó como su pareja, sino como un joven médico escocés interesado en conocer al escritor Arturo Uslar Pietri, invitado permanente a los almuerzos de los domingos.

La tarde de mi visita ha podido ser más provechosa si no existiera la silenciosa tradición del dominó. Alguien haría una broma de mal gusto gritando: «¡Pásenme el escocés!», dejando la duda de si se trataba del *whisky* o del tímido recién llegado.

Cuando los convidados se entregaron a sus silentes partidas, Milagros me llevó de gira a ver unas grandes peceras y una colección exquisita de orquídeas, como preparación para la gran atracción de la tarde: un autorretrato de Reverón[2]. Nuestro principal paciente reinaba en el mejor lugar de aquella casa con el mismo aspecto que tenía el día que llegó a San Jorge. Me resultó inquietante encontrármelo de frente en un elegante salón.

Milagros no dijo una palabra mientras me colocaba frente al cuadro sujetándome por la espalda. Supuse que los minu-

---

1 En diciembre de 1957, los Planchart se mudarán a la célebre quinta «El Cerrito», diseñada por el arquitecto italiano Gio Ponti.

2 *Autorretrato con muñecas*, de 1950. Carboncillo, tiza y pastel sobre papel. La obra continúa en la colección de la Fundación Planchart.

tos de observación que exigía eran para comprender el efecto impresionista de los rojos, blancos y sepias, y cumplí con ese acercarse y alejarse de quien pretende ser un buen entendedor.

—*¿Qué le pareció ese autorretrato?*

—Observé el cuadro con la frialdad de un patólogo ante un corte de hígado. Le confieso que estaba tratando de permanecer indiferente, imperturbable. Retrocedamos un poco: Milagros me lleva a una casa para que conozca al hombre más culto del país y a uno de los más ricos; un chistoso me usa de sopa mientras yo debo demostrar que apenas conozco a una mujer que todos desean. Comprenderá que tenía que defenderme de alguna manera; no podía hacer de turista estupefacto en aquel templo a la caraqueñidad. Quería lucir como si viniera de ver un Rubens en el palacio de Buckingham, pero mis rodillas estaban esa tarde más rígidas que nunca y poco ayudaban a mostrar un interés sosegado, de espalda erecta, cuello inclinado y mirada condescendiente.

—*¿Eso fue todo?*

—Le estoy hablando de los filtros, no de los sentimientos que se colaron. Si Milagros me hubiera explicado algunos aspectos del cuadro le hubiera dado mi opinión y habríamos avanzado bastante. Pero me limité a usar mi criollismo favorito: «Caramba... caramba...».

Logré decirlo con la seriedad de un crítico escéptico que quiere pasar a ver otras obras. Milagros exigió unos minutos más de contemplación que me parecieron una eternidad. Para colmo, ella me miraba fijamente esperando mi reacción y añadiendo cada tanto: «¡Aquí tienes al verdadero Armando!».

La mirada de Reverón era ligeramente más altiva y desafiante que en San Jorge. Eso le dije a la bella guía. Desde la estrechez de mis reticencias no había otra cualidad en el cuadro que pudiera alabar. Peor aún, tenía serias críticas que no me atreví a ventilar frente a ella. ¿Sabe cuál era la principal? Que las dos mujeres paradas a la espalda del artista parecían unas muñecas. ¿Parecían? ¡Era justo al revés! Se trataba de muñecas de trapo que pretendían ser mujeres de carne y hueso.

También supuse que la utilización del rojo alrededor de los ojos y la nariz se debía a la seria dermatitis que tenía Armando cuando llegó a San Jorge, pero tuve el tino de no hacer ese comentario. Me marché sin haber entendido a Reverón, y sin Milagros, quien había dispuesto que me fuera una hora antes que ella para despistar a los celosos, cuando era yo el que se estaba muriendo de celos.

Cuando me llamó esa misma noche para ver cómo había digerido la experiencia, le solté una observación bastante insensible: «En San Jorge ya no está el hombre del autorretrato. Le cortaron la barba y el pelo y no se parece en nada a...».

Milagros me interrumpió con un fervor que aún no le conocía: «¿Cómo que no se parece? ¿Acaso no sabes que en ese autorretrato está quien él quiere ser?».

Le faltó decir como Fernando Rey en *Tristana*: «¡Qué medicina es esa que debe cortar para curar!». En vez de atender su reclamo me fui a un extremo bastante cínico: «Empezamos por combatir los piojos y ahora está tan pelón como en un campo de concentración».

«¡Ahí es donde lo tienen!», atacó ella de vuelta. Esa fue nuestra segunda pelea de envergadura, si contamos el asunto del frijol mágico.

Tarde en la noche volví a llamarla. Comencé con una larga y amorosa explicación, diez por ciento de reclamo y noventa por ciento de edulcoradas disculpas y sumisas promesas. Le dije que me estaba tratando con una superioridad a la que solo podía acceder un alpinista consumado, no un hombre enamorado. Reconocía cuánto me había ayudado a ubicarme en Caracas, pero no tenía porqué ser tan exigente, tan displicente. Apreté un poco las tuercas hacia el final: «Ya sé que no entiendo lo que está pasando en este país, pero te aseguro que no estoy buscando una guía espiritual. Solo quiero compartir contigo mis errores, mis aciertos. Dame algo de crédito, el derecho a equivocarme».

También le di una buena noticia: «El paciente ha tenido una mejoría sorprendente con el reposo y la buena comida».

Este asunto de los beneficios del buen comer y el debido descanso se convertirían en una tesis que luego yo no sabría defender. Milagros no le prestó atención al asunto de la dieta sana y solo preguntó: «¿Está pintando otra vez?».

En el confuso panorama de mis distraídas ofuscaciones busqué algún episodio que me permitiera responderle afirmativamente, y logré encontrar algo: «Por supuesto que está pintando».

«Eso es algo que quiero ir a ver», fue su única respuesta.

—*¿Cuál fue ese episodio?*

—No me resultó fácil recordarlo bajo la presión de nuestra incipiente reconciliación, pues sería bastante después de la visita a Planchart cuando comencé a ver a Reverón con ojos más atentos, plenamente consciente de que era un gran pintor. Ya le dije que me encargaba de evaluar clínicamente a los recién llegados, pero mi oficio más importante era no molestar a Báez Finol y sus pacientes favoritos.

Una mañana me llamó uno de los enfermeros para decirme que Armando estaba incendiando el jardín. Al llegar al patio lo vi en una esquina, agachado frente a una pequeña fogata bajo un sauce. Parecía un sacerdote presidiendo un rito mágico y me preocupé mucho. Yo había visto su adaptación, su capacidad de interactuar, de hacer amigos, y cada día lucía menos desencajado, menos cetrino, pero jugar con fuego nunca es un buen síntoma. «Estos casos de brujería», pensé en ese momento, «casi siempre son fruto de la imposibilidad de establecer una diáfana relación con el mundo». Me acerqué con discreción a ver la naturaleza de aquella ceremonia. Atropellarlo hubiera impedido que el sujeto explicara sus verdaderos motivos. Debía aproximarme sin presiones para entender qué diablos intentaba hacer. Sobre la pequeña fogata había colocado una lata de la que salía bastante humo. Lo acompañaban varios acólitos que observaban con recogimiento. Me agaché entre ellos como uno más y pude ver unas varitas quemadas dentro de la lata. Con ese detalle llegué a la conclusión más fácil y tonta: «¡Magia negra!». Era hora de intervenir y preguntarle qué estaba haciendo.

«Carboncillos», fue la escueta respuesta de Armando.

Siguiendo el camino de la absoluta estupidez que ya me había diagnosticado Milagros, continué: «¿Y para qué sirven los carboncillos?».

Uno de los observadores se molestó con mi tonta pregunta y contestó disgustado: «¿Usted acaso no sabe que este señor es nuestro pintor?».

Me levanté para marcharme de aquel círculo donde no merecía participar y Armando notó mi embarazo, pues me explicó con mucha dulzura: «Las ramitas secas de sauce se quiebran en trocitos de diferentes grosores sin corteza. Se colocan dentro de una lata de aceite vacía a la que se abren orificios con un clavo. A fuego lento se va girando la lata para que se quemen uniformes. Cuando estén como un carboncito ya solo falta dejarlos enfriar».

Dicho esto, se apoyó en el árbol y remató científicamente su explicación: «Los mejores carboncillos los da este sauce llorón: la Salix Babilónica».

Con esa sola receta ya tenía suficientes pruebas para asegurarle a Milagros que Armando sí estaba pintando. Antes de trancar el teléfono, ella puso las condiciones de su próxima visita a San Jorge.

—¿A qué se refiere con condiciones?

—Libertad de acción. Ella no quería pertenecer a nada ni a nadie. Su trabajo consistía en recibir damas descalabradas hasta las cinco de la tarde en su discreto consultorio. Con el ocaso se iba a su casa y a sus libros. Nada de congresos y simposios, a los que llamaba «soponcios». En esos días yo aún no sabía que una de sus especialidades era esa hiperventilada relación entre el genio, la locura y el arte. La genialidad es algo muy relativo, se trata de un estado de gracia que solo puede ser juzgado por el tiempo y el consenso. En cambio, definir en qué consiste la locura y el arte es una absurda pretensión que sí le adjudicamos al presente.

El punto de partida de los análisis que hacía Milagros se basaba en Karl Jaspers, su maestro, quien escribió un tratado sobre Holderlin, Strindberg y Van Gogh, donde propone que las enfermedades mentales influyen en el espíritu creador. Esta relación entre el arte y la locura había estado sometida al imperio de la enfermedad como un castigo. Jaspers introdujo una variante ideal para todo neurótico que quiera considerarse artista: «así como el molusco enfermo engendra una perla, la esquizofrenia puede engendrar grandes obras de arte».

Hasta donde sé, las perlas provenían de la reacción ante una partícula extraña que se enquista dentro del cuerpo blando de un molusco sano y ávido de dar respuestas redondas, brillantes. Lo cierto es que Jaspers fue el primero que se dedicó a registrar cómo se sentían los pacientes con respecto a sus propios síntomas, pues creía que solo así era posible comprender tanto la forma como el contenido de sus neurosis. En una alucinación son tan importantes las condiciones en que esta se da como lo que el paciente dice haber sentido. «¿A qué estímulos cree usted que obedece su alucinación?», preguntaba Jaspers, y de las respuestas surgía una clasificación cuyo tope eran los episodios «incomprensibles». Yo resentía esa etiqueta de «incomprensibilidad» por considerarla un comodín para abortar con honra los intentos de comprender al paciente. La alumna de Jaspers también rechazaba ese término, pero por una razón más íntima: una fuerza delirante e incomprensible la estaba destruyendo. Esa era la causa de su deterioro, de su aislamiento.

Este largo giro es solo para explicarle que Milagros ha podido trabajar en San Jorge, o en donde hubiese querido, si no hubiera optado por ejercer una psiquiatría de clausura.

—*¿Cuáles fueron entonces las condiciones de su visita a San Jorge?*

—Aparecerse el día y a la hora que ella quisiera, sin avisar.

—*¿Y lo hizo?*

—Solo después de mantenerme por un par de semanas bajo la amenaza de su llegada inminente. Yo rogaba que a Reverón volviera a crecerle la potente pelambre y vigilaba a toda hora que su pantalón y camisa gris estuvieran en óptimas condiciones. Milagros elegiría el día y la hora ideal para visitarnos: un martes por la mañana.

—*¿Por qué eran ideales los martes en la mañana?*

—Porque no era lunes. Los domingos son tan melancólicos y vacíos que la Clínica amanecía los lunes de mal humor, como si todos estuvieran aterrizando después de un largo vuelo y lo que predominaba en San Jorge eran los letargos, la lentitud. Milagros llegó el martes como a las diez, una de las horas más tranquilas, y encontró lo que deseaba: Armando arrodillado en el jardín dibujando las copas de los sauces con los carboncillos que esos mismos sauces le entregaban. Una cadena biológica bien cerrada y complementaria.

Si a Milagros le costaba trabajar ante un público era por el impacto que causaba su belleza. Mientras más se cubría, mientras más se contenía, más atractivos lucían sus movimientos. Caminó hasta sentarse en el banco más cercano adonde estaba Armando y se dedicó a verlo dibujar.

¿Cómo debería sentarse una mujer para no tentar al prójimo? ¿Cómo puede cruzar las piernas sin ser despiadadamente femenina? Esa mañana tuve una prueba de la absoluta concentración de Reverón: él fue el único que seguía concentrado en su trabajo mientras todos los demás observábamos a la posible modelo.

Cuando terminó el dibujo que había estado haciendo, Armando giró el cuerpo buscando un nuevo ángulo de luz y vio a una mujer de blanco. Un segundo después ya había decidido cómo y desde dónde la iba a dibujar, el grado de esplendor que tendrían los vacíos, la penetración de cada línea y de cada sombra. Todo fue vertiginoso y a la vez acompasado. Se acercó decidido mientras ella lo esperaba con un gesto de incondicional disposición. Presencié la unión de dos seres que ya nada sabían de barreras o de otras existencias. Quisiera encontrar algo que me diera un lugar en ese recuerdo, pero debo aceptar que fui un espectador mudo, inexistente. ¡Qué manera de poseer y ser poseído es pintar y ser pintado!

Armando le preguntó a la mujer: «¿A qué has venido hoy?».

«A que me pintes», contestó ella, y era como si desde niños representaran el mismo ritual y ambos quisieran sentir otra vez el cariño de los dedos trazando el dibujo.

Con esa sola respuesta sellaron el pacto. El pintor puso otra vez una rodilla en tierra y el papel pareció cubrir como un manto el jardín del sanatorio. Sus trazos nerviosos aprovechaban hasta el temblor que le causaban los medicamentos para generar mínimas serpentinas y tirabuzones que representaban el paso de la brisa a través de la falda y la blusa.

El pintor advirtió antes que nadie cuando la mujer comenzó a llorar. ¿Qué le sucedía? ¿Por qué brillaban tanto sus lágrimas? Desde esa mañana he tratado de responder a esas preguntas. ¿Era por ver rapado y uniformado al hombre que admiraba? ¿Acaso reconoció en Reverón su misma tristeza y falta de esperanza?

Justo cuando ella sacaba un pañuelo, Armando le dijo: «Puedes llorar… pero, por favor, con calma».

Lo dijo como si el dibujo fuera el encargado de darle curso y paz a las lágrimas. Fue un pacto secreto entre los dos y Milagros nunca me lo mostró. Alguna vez le comenté señalando la carpeta donde ella lo guardaba: «Si vuelvo a Escocia, ese dibujo será mi recuerdo».

Me miró como a los tontos que piden sin mesura. Yo no podía saber que ya se había iniciado nuestra separación.

—Imagino que usted y Milagros hablarían mucho sobre el tema Reverón.

—Yo trataba de entender a Armando, pero no me atrevía a poner en juego mi prepotente papel, a despojarme de mis doctas confusiones. ¿Recuerda el viejo dicho: «El que mucho abarca poco aprieta»? Yo lo ejercía al revés: «El que mucho aprieta poco abarca». Quería saberlo todo sin comprometerme y así es imposible tocar fondo.

Milagros, como buena discípula de Jaspers, se remontaba a los griegos para demostrar que no todas las sociedades sospechan de sus seres más sensibles y esconden su temor en el desprecio y la compasión. En *Fedro* se nos propone que los bienes más grandes nos llegan por la locura, un regalo de las divinidades; de esa fuente bebían las «adivinas», capaces de predecir y señalar a su pueblo el porvenir[3]. ¿Quién puede negarle hoy a Reverón el haber señalado un camino?

---

3 Repaso los razonamientos de Sócrates en *Fedro* y me pregunto si Armando alguna vez los leyó: «La tercera forma de posesión y de locura, la que procede de las Musas, al ocupar un alma tierna y pura, la despierta y lanza a transportes báquicos que se expresan en odas y en todas las formas de la poesía, y, celebrando miles de gestas antiguas, educa a la posteridad. Pero cualquiera que sin la divina locura, acuda a las puertas de las Musas, confiando en que su habilidad bastará para convertirlo en poeta, las encontrará cerradas, de la misma manera que la inspiración de los locos eclipsa a la de los sensatos».

Pero Milagros ya no estaba entre griegos. Para sus contemporáneos, Armando no era un artista trazando el porvenir, sino un poseído por una fuerza entre animal e indígena que los caraqueños relacionaban con un pasado que les resultaba abyecto. Da mucho miedo, incluso el asco que señala Milagros, enfrentar nuestros propios orígenes.

El problema es que los caraqueños que veían en Armando un alma primitiva que desvariaba, tenían tanta razón como los pocos que supieron comprender el alma genial que predecía. Es difícil lograr el estirón que hace falta para conectar las fuerzas arcaicas del buen salvaje con las profecías escritas en los lienzos de un artista. Estamos hablando de un espíritu profético que se emparenta con lo ancestral y de una originalidad basada en el «volver a los orígenes» que proponía Gaudí. Esta búsqueda de lo esencial y lo permanente como el único camino que conduce al futuro, lo llevó a vivir una vida que la sociedad de su tiempo, sedienta de ese presente llamado actualidad, no tenía fuerzas para comprender.

La mejor explicación que he encontrado a este drama la ofrece de nuevo Rimbaud cuando le cuenta a su profesor de bachillerato que ha decidido hacerse vidente, aunque le requiera convertirse en un maldito y un enfermo. No importa que en el camino enloquezca, ya vendrán otros a continuar la tarea a partir del punto donde él ya no aguante más[4].

---

4 Hutchson se refiere esta vez a la segunda parte de *Carta del vidente*, enviada por Rimbaud a Paul Demeny en mayo de 1871: «El poeta se hace vidente por un largo, inmenso y razonado desarreglo de todos los sentidos, de todas las formas de amor, de sufrimiento, de locura. Busca por sí mismo, agota en sí todos los venenos, para no quedarse sino con sus quintaesencias. Inefable tortura en la que necesita de toda la fe, de toda la fuerza sobrehumana, por la que se convierte en el enfermo grave, el gran criminal, el gran maldito –¡y el supremo Sabio!–. ¡Porque alcanza lo desconocido! ¡Porque ha cultivado su alma, ya rica, más que ningún otro! Así alcanza lo desconocido y, aunque, acabara enloquecido perdiendo la inteligencia de sus visiones, ¡no dejará de haberlas visto! Que reviente saltando hacia cosas inauditas o innombrables: ya vendrán otros y empezarán a partir de los horizontes en que el otro se haya desplomado».

Esa es una tarea muy dolorosa y Armando se preparó construyendo un castillo, pero tuvo que dejar la puerta abierta pues necesitaba a los invasores que visitaban Macuto. Edificó unos muros de piedra y los promocionó como una fortaleza graciosamente expugnable. Era baluarte y teatro, refugio y vitrina, taller y museo, guarida de lo más secreto y destino turístico. Supo construir un mundo a la medida de su sensibilidad, pero resultó demasiado costoso mantener esa armonía apartada de un mundo hostil. Por hostilidad no me refiero solo a la incomprensión y la curiosidad malsana; aquí debemos incluir las agresiones verbales, las niñas que huían al verlo acercarse por la playa, a los mirones que se subían en los muros para ver a las modelos desnudas[5].

Ningún artista venezolano ha cruzado tantas fronteras a la vez. La carga de sus transgresiones fue extenuante.

—*¿Cuáles eran esas trasgresiones?*

—Milagros las recitaba en un decálogo que incluía la posición de Armando ante lo infantil, ante la basura, los animales, la locura, el ridículo, la castidad, la desnudez, los vacíos, la pobreza... Solo recuerdo nueve. Digamos que la décima fue orientarse hacia el mar, hacerse plenamente caribe.

—*¿A qué se refiere con lo infantil?*

—San Pablo le decía a los corintios: «Mientras yo era niño, hablaba como un niño, sentía como un niño, razonaba como un niño, pero cuando me hice hombre, dejé a un lado las cosas de niño». ¡Cómo celebrar semejante abandono! A veces veo a los corintios como pacientes de un manicomio donde un doctor los asusta con la consigna: «¡La sabiduría de este mundo es locura para Dios!». No creo que en Corinto fuera muy popular esa prédica contra los sabios y los niños.

---

5 En «Historia natural de Armando Reverón», ensayo que abre el libro publicado para la exposición de Reverón en el MOMA del 2007, el crítico John Elderfield propone que Reverón era tratado como «una especie de espectáculo antropológico», una «curiosidad etnográfica», un «Indio Blanco». Espero nunca encontrar una obra de Reverón en un Museo de Historia Natural.

Según Groddeck, nuestras confusiones comienzan cuando intentamos abandonar nuestra infancia, por eso le aconsejaba a los jóvenes médicos: «Miren cómo los niños revuelven la suciedad con deleite. Observen cómo rechazan con indiferencia los deberes más sagrados, cómo se enfrentan a los dioses. Son grandes y tú los crees pequeños. ¡Vuélvete un niño!». A Armando no le hizo falta, nunca dejó de serlo.

Ese «revolver la suciedad con deleite» nos lleva a su posición ante lo escatológico[6]. Armando no le tenía miedo a ese abismo y decía que de la basura también puede salir la luz[7]. Cuando le preguntaba a un caraqueño si había visitado Castillete, muchos comenzaban diciendo «eso es un basurero»; esa era la primera reacción, el abrebocas[8]. Son muy pocos los que hablan de un lugar limpio, bucólico.

---

6 En un simposio sobre Reverón, organizado por el Proyecto Armando Reverón en el 2001, Michel Weemans presentó su ensayo *Paisajes riparográficos*. Comienza recordando el pasaje del *Parménides* donde Sócrates es interrogado sobre lo sucio. Incluyo aquí la pregunta de Parménides y la respuesta de Sócrates:

«—Con respecto a éstas otras cosas que podrían parecerte ridículas, como pelo, fango, basura, en fin, todo lo más abyecto y vil que quieras, ¿crees que hay que admitir o que no hay que admitir para cada una de estas cosas unas ideas separadas de lo que tocamos con nuestras manos?

—De ningún modo, respondió Sócrates. Estos objetos no son nada más que lo que vemos; suponerles una idea sería una cosa demasiado extraña. Sin embargo, a veces me acude a la mente el que toda cosa podría muy bien tener igualmente su idea. Pero cuando me asalta este pensamiento me apresuro a huir de él, por miedo de ir a caer en un abismo sin fondo. Me refugio pues junto a estas otras cosas cuyas ideas hemos reconocido que existen, y me entrego enteramente a su estudio».

7 Pascual Navarro nos ofrece una cita de Delacroix que viene al caso: «Dadme barro o fango sucio y haré las coloraciones bellísimas de las carnes de las mujeres».

8 En el mismo ensayo sobre lo riparográfico, Weemans habla del «carácter fundamentalmente marginal del desecho» como algo «que amenaza el orden simbólico por el cual el individuo y la sociedad constituyen su identidad». Ofrece como ejemplo al pintor Patinir, cuya «rúbrica emblemática» era colocar en alguna parte del cuadro un hombre defecando, «de allí el sobrenombre de pequeño kaker que se le dio».

La idea más extrema y elocuente sobre el desecho es de Artaud: «Donde huele a mierda huele a ser». La frase aparece en un ensayo que tiene que ver con la amenaza al orden simbólico: *Para acabar de una vez por todas con el Juicio de Dios.*

¿Quiénes tenían razón? Quizás todos. La verdadera belleza suele estar al borde de un límite donde se convierte en fealdad. Y, además, los días y las horas a lo largo de treinta y cinco años no pueden ser iguales. Hay tiempos de esmero y de abandono, de orden y de caos, de creatividad y de desaliento. Castillete no puede haber sido siempre igual.

—*¿Y con respecto a lo animal?*

—Durante mi formación profesional presencié terribles torturas a los animales. Uno de mis compañeros medía hasta qué temperatura las ratas eran capaces de copular, e insistía en mostrarnos las películas de sus temblorosos roedores decidiendo si el sexo vale la pena cuando se están congelando. Su tratado final lo tituló: *Historia de las ratas, su impacto sobre nosotros, y nuestro impacto sobre ellas*. Esa reciprocidad fue su manera de disculparse por todas sus maldades.

Mientras estábamos en el Army Psychiatric Unit, un miembro de la British Intelligence nos explicó que los químicos alemanes habían inoculado virus de todo tipo en murciélagos que tenían guardados en las afueras de Berlín. Al final de la guerra, los animalitos estaban muy mal alimentados y estuvo a punto de generarse una desbandada que podría haber acabado con la población de todo el planeta. «Pero no deben preocuparse», nos dijo guiñando el ojo, «el secreto más peligroso de la guerra está sellado y sepultado». A partir de ese día temíamos más a los murciélagos que a la bomba atómica.

Como puede ver, mi entrenamiento no era el más apropiado para relacionarme con el alma animal. Yo era igual que los turistas que visitaban Castillete en busca de un zoológico, cuando allí no existían esas barreras entre los animales y las personas. Armando se bañaba en el pozo de los gansos sin espantarlos, más bien se ponían muy querendones mientras el pintor exclamaba: «¡Este baño sabe a Grecia!».

Armando era muy gracioso cuando decía envidiar la felicidad del burro por no tener que usar pantalones, teniendo tanto que mostrar, pero no cuando creía tener gusanos o caracoles dentro del cuerpo. La frontera se hizo tan permisiva que terminó creyendo que habían invadido sus vísceras.

—*¿Qué puede decirnos sobre su posición ante el vacío?*

—La mayor resistencia hacia la obra de Reverón es decir: «Yo no veo nada». Una exclamación muy reveladora, pues el vacío suele confundirse con la pobreza y la locura[9].

—*Hablemos entonces de la locura.*

—¿Por qué no me da una mano?

Estos acosos ya parecen trucos de feria, teatrales llamados al orden. Hutchson debe haber advertido alguna vacilación en mi manera de pronunciar la palabra «locura» y ha decidido embestir. Debo estar hipnotizado, pues empiezo a recitar sin poder controlarme:

—La locura era como un club donde quizás encontraría un cierto compañerismo, un descanso entre iguales. Solo tenía que tirar la toalla y dejar que me internaran. No di el paso y terminé siendo escritor, otra manera de tocar fondo y dejar de aparentar.

—¿De aparentar qué?

—De aparentar que estoy bien.

Hutchson hace el gesto resignado del profesor ante el alumno que ha ido mejorando con excesiva lentitud y agrega:

—Veo que para usted no ha cesado la tentación y la amenaza. Todos alguna vez nos cansamos de la exigente relatividad de la cordura y optamos por elogiarla. Esa era otra frontera que Armando cruzaba sin preguntarse: «¿Dónde está el límite?», sin medir si se trataba de un amable y alegre

---

9 Palenzuela da un ejemplo de esta trilogía contenida en la típica reacción: «No chico, pero ¿tú ves algo ahí? ¡Ese hombre lo que está es loco! ¡Arruinado!».

extravío o de esas dolorosas pretensiones de unir el agua con el fuego[10].

El personaje de Karin confiesa al final de la película de Bergman que ya no está en condiciones de ir y venir de un mundo a otro. Armando tenía un pasaporte con bastantes más sellos. Era generoso hasta con sus demonios, por eso las murallas de Castillete eran tan penetrables y atractivas para esas personalidades cuyo rasgo más notable es su incapacidad de comprender el sufrimiento psíquico. Los «normópatas» exhiben una voluntariosa ignorancia y jamás aceptarán que uno de los requisitos para estar cuerdo es no estar demasiado seguro de estarlo. Quiero creer que para no perder la razón hay que coquetear de vez en cuando con la posibilidad de su extravío. ¿Cómo encontrar lo que jamás se pierde?

Mi amigo Robert Lyle sostenía que le tememos a tres posibilidades: una petrificación, una implosión de las paredes que nos protegen o una división de nuestro ser. Cuando le expliqué esta trilogía a Milagros, parecía tener una empatía natural con estos conceptos, porque apenas enumeré las tres variantes ella las resumió como «Piedra, papel o tijera». Son tres símbolos que interactúan bastante bien: el papel envuelve a la piedra, la cual a su vez mella la tijera, la cual a su vez corta el papel. ¿Usted conoce ese juego de niños?

Sin permitirme responder, representa las tres posibilidades con una mano.

—O te conviertes en una piedra impenetrable, o en una bolsa de papel que inflas demasiado y explota de adentro hacia afuera, o eres como la tijera, dividida y dedicada a dividir. Algunos creen que el antídoto para evitar la petrificación,

10 Debo otra vez recurrir a una frase de Pérez Oramas: «Una espontaneidad que se avecina a los riesgos de la dispersión». Esta actitud define la naturalidad con que Reverón cruza las más terribles fronteras.

la implosión y la división, es dedicarte a aplastar, a envolver y a asfixiar, a cortar.

Milagros tenía una gran capacidad para sintetizar las ideas con ingenio y gracia, utilizando imágenes inolvidables. ¿Sabe cuál fue mi reacción a su ejemplo?

Es evidente que Hutchson está por entrar en la zona amada y peligrosa, pues de nuevo ha cambiado el tono e inclina el torso hacia delante.

—En nuestra segunda cita desafié ese mito de la tijera como representación de la separación, de la ruptura, y le regalé la mejor tijera Solingen que encontré en un comercio cerca de la plaza San Jacinto. ¡Qué ofrenda tan poco galante! Pero a mi amor amado le gustó mucho mi ocurrencia y lo primero que hizo, esa misma tarde, fue cortarme el pelo. Era tan grato estar los dos en el baño de su consultorio, observando en el pequeño espejo entre serios y sonrientes, mientras dejábamos el piso cundido de pelos. Ella decía que yo lo tenía demasiado largo y eso no favorecía mi adaptación a Caracas. Lo cortaba extraordinariamente bien y siguió haciéndolo por varios meses.

A raíz de mi regalo, hablamos de esas parejas que son como dos hojas que cortan cuanto se les atreviese y van causando estragos mientras ambas cuchillas siguen razonablemente afiladas y sin tener mayores roces. Intentamos convivir manteniéndonos alejados de nuestros filos, pero, a la larga, los objetos terminan imponiendo su tradición. Anote bien este juramento: ¡Nunca regalar una tijera a la mujer amada!

Nuestra relación comenzó y terminó con esa reluciente Solingen. Milagros se fue convirtiendo en una piedra dividida en gajos de papel que explotaban sin orden ni concierto. Y así llegó el día en que no dejé que me cortara el pelo. La amaba, pero no estaba dispuesto a exponer el cuello mientras ella blandía un par de hojas magníficamente afiladas. Esa tarde le dije: «Creo que voy a dejarme otra vez el pelo algo más largo».

Ella me miró como a un niño que planea una tremendura. Milagros sabía demasiadas cosas. Su cabeza estaba a punto de explotar de tanta información y esa presión la podía convertir en un ser muy violento, o de una inercia cercana a la muerte.

Siento un inesperado pudor, y me atrevo a decirle, quizás en tono de reclamo:

—Ya no podré escribir sobre Reverón sin hablar de su relación con Milagros.

—¿Entonces por qué no continuó visitando a Artiles? Seguro que el hombre no se andaba por las ramas; en cambio a mí me encanta pasearme por ellas, ninguna me parece lo suficientemente seca o quebradiza. Pero si quiere podemos establecer que usted es el verdadero tema de nuestras entrevistas y está aprovechando la vida de Armando para llenar los insoportables vacíos en su propio tablero de juego. Así podrá separar con tranquilidad lo que estamos hablando de lo que piensa escribir…

Además, ¿qué daño le podemos hacer a Milagros o a Armando? Esconder una parte de una vida es esconderla toda. Si alguien le dice que no le interesa el Reverón enfermo sino el Reverón pintor, contéstele que a usted no le interesa su pintura, sino solo en la medida en que ayude a explicar su enfermedad; así no lo molestarán más. Por Milagros no se preocupe tanto. Muy pocos la recuerdan; no tuvo tiempo de entregar todo lo que tenía para darnos. Yo sí debo recordarla, alguna explicación debo dar a las huellas de mis despellejamientos. Usted parece estar ileso. Sea todo lo traidor o leal que le provoque.

Se levanta de la silla. Fin de la sesión y hora de marcharme. Vienen las vacaciones de diciembre y Hutchson insiste en su invitación a Palmira:

—Puede pasarse unos días conmigo en la finca y aprovechar para darse una vuelta por los páramos del Batallón y la

Negra. No tiene que avisar, venga cuando quiera, con tal que no sea un lunes.

—*Voy a tratar de ir.*

—Cuando un caraqueño dice que va a ir, es que quizás irá; si dice que va a tratar de ir, es que no irá; si dice que no puede ir es que no es caraqueño. No se esfuerce demasiado en ser amable.

Trato de darle algo de ceremonia a nuestra despedida e insisto, como un tonto, en la posibilidad de una visita. Pero tiene razón Hutchson, sé bien que no iré en diciembre a los páramos. Me gusta pasar las navidades en Caracas. Mientras más tristes y vacías, mejor.

Una forma de retornar a la tierra

HAY DOS POSIBILIDADES QUE DEBO ACEPTAR y soportar con dignidad: Hutchson es el tema que me ocupa, Hutchson me conoce y me manipula.

Ayer me ofrecieron visitar una casa en San Bernardino donde conviven unos cuarenta pacientes. Es una clínica de una escala similar a San Jorge, ideal para hacerme una idea de la atmósfera que reina en ese tipo de recinto (aunque han transcurrido cincuenta años y supongo que han cambiado algunos métodos y químicos). El amigo que se ofreció a acompañarme es un arquitecto que está haciendo una remodelación en las instalaciones y me advirtió que el lugar parece un taller para la reparación de robots, «a los que les faltan algunas piezas».

Nunca llegué a la cita. Le dije a mi amigo que se me había accidentado el carro y no quería entrar con las manos llenas de grasa. De manera que disfruté convirtiendo la llegada de Hutchson a San Jorge en mi excusa, mi mentira, o una ficción para evitar enfrentar una dosis excesiva de realismo.

La verdadera razón de no haber entrado (pues sí llegué a acercarme y divisar de lejos la casa de San Bernardino) es otra: siento que tengo una deuda pendiente con el encierro y el aislamiento que implica entregarse en manos de otros. Es como una asignatura pendiente, un lance que podría darle abolengo a mi perfil de escritor con una dosis justa de maldición y enfermedad. Hutchson ha descubierto ese sustrato latente, aprensivo, irresuelto, letárgico, y juega conmigo como un gato observando a un ratón que pretende dárselas de valiente.

Con respecto a aceptar que estoy a su servicio, y sin cobrar, he entrado en una fase de revisión (no quiero decir remisión) para ajustarme a sus designios con una decorosa apariencia de direccionalidad. Decido ver qué sucede al transcribir a blanco y negro las entrevistas, leerlas en vez de oírlas, y le pido ayuda a una amiga que ha colaborado conmigo en otros trabajos. Una transcripción es un trabajo mecánico, tedioso, y ella solo está dispuesta a ayudarme si le interesa lo que viene en camino.

Cometo el error de hablarle de Reverón antes de sentarnos a escuchar lo que llevo grabado y al final de la sesión no parece estar muy entusiasmada.

—¿Que tiene que ver todo esto con Reverón? –me pregunta.

Pongo cara de ser solo un testigo pasajero, casual, y me atrevo a responder en tono desafiante:

—¿Qué puedo hacer?

Me doy cuenta de mi desfachatez. No le estoy pidiendo ayuda, sugerencias, sino presentándole un hecho que ya no se puede modificar. Ella utiliza la misma mirada de quien no quiere tener ninguna responsabilidad en el asunto, y responde:

—Te voy a ser sincera. No me interesa el tema.

Quizás haya tenido razón María Elena Huizi y Hutchson sea poco confiable, incluso exasperante. Lo que me asombra es ser tan dependiente y a la vez tan inmune a las críticas de mi amiga. Poco ha faltado para ponerme a llorar tras su rechazo y, al mismo tiempo, tengo la absoluta seguridad de que seguiré volviendo a Sebucán hasta que mi psiquiatra quede seco como una esponja bajo el sol.

En medio de esta crisis de pilotaje, mi asidero con Reverón seguirá siendo el segundo a bordo en la lista de María Elena. En 1975 Calzadilla recopiló y publicó *Armando Reverón, 10 ensayos*, un testimonio más de su disposición a compartir puntos de vista con otros críticos y escritores. El libro incluye textos de Alfredo Boulton, Mariano Picón Salas, Miguel Otero Silva, Juan Liscano y Guillermo Meneses, del pintor Pascual Navarro y de los psiquiatras Báez Finol y Moisés Feldman.

Ya en el prólogo de Calzadilla constatamos su propósito de integrar la persona y el personaje sin restarle nada a las dos opciones. Su texto avanza a través de una brevísima biografía y algunos hechos que le señalaron un norte a Reverón, como el mandato de Ferdinandov: «busca la comunión con la naturaleza y el aislamiento». No es fácil congeniar la soledad y el retiro con la comunicación absoluta y profunda que exige el arte, por eso ha sido un clásico el artista que pasa en solo veinticuatro horas del santo al sátiro, de un trabajo monástico al hervidero de los bares y burdeles. Quizás Reverón intentó por demasiados años congeniar dentro de sus muros estos extremos diurnos y nocturnos y sus predios se fueron llenando de bizarras representaciones de lo profano. En el plano de Castillete que levantó el arquitecto Graziano Gasparini, y Gio Ponti publicó en la revista *Domus*, aparece el llamado «Bar de las muñecas» adosado al muro oeste del cuadrado.

Al principio de este ensayo introductorio, Calzadilla nos ofrece la visión más conmovedora que he leído sobre la obra de Reverón:

> Pareciera como si una oscura voluntad de desaparecer físicamente actuara en este artista que practicó toda clase de ocultamientos y que, finalmente, en su obra misma, lleva a cabo un despojo de la materia a favor de la luz blanca y la evanescencia en que él mismo se borra. Reverón persiguió el misterio con el cual quizás pretendía encontrar la nada en que se expresa su sentimiento de separación del mundo.

Pocas líneas después, nos asoma al drama de la niñez del pintor y llega al adulto, al momento supremo en que «comprueba que vivir no es más que una forma de retornar a la tierra». Ya solo le falta presentarnos los escenarios de su esfumación: «El mar, la luz, la naturaleza, se llenan para él de significación humana; por eso tienen valor de personajes; Reverón se identifica con esos elementos; hará del paisaje el espejo en el cual, tras recobrar su imagen, la pierde».

Los sucesivos ensayos de Meneses, Boulton, Otero Silva y Picón Salas recurren a un mismo resumen de la vida del pintor. Al no existir una biografía que les sirva de referencia, todos se sienten obligados a reiniciar un mismo cuento.

En el texto *Tras la experiencia de Armando Reverón*, Juan Liscano incursiona en dos temas que los demás escurren: la castidad y la magia. El tema de la supuesta castidad de Reverón lo inicia Liscano con una pregunta: «¿Esa continencia procedía de una indiferencia, de una escogencia o de una impotencia?». Los permisivos confines entre estas tres posiciones llena la pregunta de trampas. La continencia puede abarcar desde una relativa moderación hasta la absoluta abstinencia. Añádase que, según Groddeck, hasta las escogencias pueden ser impuestas al «ser vividos por la vida».

En otro de sus ensayos, titulado *El erotismo creador de Armando Reverón*, Liscano examina los extremos del santo y del sátiro. Primero propone un comienzo muy poco casto a la historia de amor más duradera en la vida de Armando, al plantear que el pintor conoció a Juanita como sirvienta de adentro durante una cena en casa de la familia Castillo Lara. Le gustó «al verla, y mientras ella le servía le agarró la pierna y le susurró: 'Esta noche me meto en tu cuarto'. Dicho y hecho. En la madrugada se la llevó para un hotel en Villa de Cura, de allí a La Guaira y eventualmente a Castillete».

El mismo Liscano entrevista a Juanita en 1964, quien nos describe una personalidad totalmente distinta a la del tenorio arrebatador y desatado:

> Armando era un santo vivo, un hombre casto. Yo creo que era más puro que José Gregorio Hernández. Creo que debe estar entero. Si tuviera dinero lo desenterraría. ¿Y qué muchachito íbamos a tener, si no me buscó ni cuando joven? Porque él fue un hombre puro, y cómo no lo iba a saber yo.

Más adelante, en ese mismo ensayo sobre el «erotismo creador», Liscano retorna a los episodios procaces al relatarnos sus visitas a Reverón, cuando el pintor «tocaba las muñecas en las partes pudendas y me decía: 'Mira, tienen la piel y la pelusa como las mujeres'». O cuando, metidos en la cueva del sótano, le decía que volteara para arriba y mirara las «pelusitas» de las señoritas, a quienes les había quitado las pantaletas. Quizás la alternancia de estas diferentes versiones sirva para analizar la sexualidad de Liscano más que la de Reverón, y la mía al incluirlas aquí con cierta fruición.

Perturbado por los recuentos de Liscano, acudo a las *Confesiones inconfesables* de Salvador Dalí. En el capítulo: «Cómo ser erótico y permanecer casto», relata su primer amor, una relación de cinco años en la que consigue alcanzar «una especie de exaltación mística», acompañada de la imposición de «mi cinismo, mi violencia y mis mentiras», todo regido por un sistema de su propia invención: «La plenitud del placer amoroso mediante la 'insaciedad' voluntaria y la servidumbre de la compañera». Dalí termina ese recuento con un breve colofón: «Nos separamos vírgenes». Más tarde, al terminar el capítulo, diagnostica la histeria de sus risas incontenibles después de cinco años de virginidad con la solución que encontró: «Era tiempo de encontrar a Gala».

¿Cómo podemos relacionar este fragmento con Reverón? Los términos «insaciedad voluntaria» y «servidumbre» son tentadores, pero hay una analogía irrevocable: para Armando también llegó un tiempo de encontrar a Juanita y permanecer a su lado hasta su muerte.

La disquisición de Liscano sobre la magia, en *Tras la experiencia de Armando Reverón*, es menos vacilante que sus planteamientos sobre el erotismo. Nos propone que «toda liberación de la conciencia crítica, toda inmersión en lo telúrico, toda ruptura con las asociaciones psicológicas de la vida en sociedad, todo olvido de la Historia, toda búsqueda dionisíaca de la inspiración, implican el despertar de una conciencia mágica». Liscano está partiendo de un pensamiento de Castiglioni, quien describe la magia como un universo donde «no existen los límites entre lo real y lo irreal: todo parece igualmente posible, temible o adorable»[1]. Esta ausencia de límites nos asoma a por qué para Reverón todo tenía vida propia, voz y respiración, tanto la luz y las sombras como el lienzo y el trazo, las muñecas y sus mismos instrumentos de trabajo.

El llegar a comulgar con un derredor que se convierte en un coro de voces puede ser tan enriquecedor como peligroso. Ya lo dice el Evangelio: «quien busca su alma suele perderla»[2]. Pintar rodeado de un reino omnisciente, en el que participa hasta la materia que el artista transforma, ha debido ser tan fructífero como agotador.

Armonizar esas señales requiere una conciencia profunda del propio ser y una vitalidad muy distinta a la del hom-

---

1 *Encantamiento y magia*, Fondo de Cultura Económica, 1947.

2 No he encontrado en qué parte de los Evangelios aparece esta frase. Espero que no sea también de san Pablo.

bre que, entregado a sus quehaceres cotidianos, se olvida de sí mismo y va adormeciendo sus labores de sujeto hasta terminar reaccionando como una cosa más. Liscano desarrolla con entusiasmo esta idea tan cercana a Groddeck y Rimbaud: «En lugar de pensar, de irradiar imágenes, somos pensados. La realidad exterior nos determina y determina nuestras acciones. El hombre no actúa de adentro hacia afuera, sino de afuera hacia adentro». Contra esta imposición se va a librar la gesta de Reverón, quien por la vía de la entrega absoluta al arte «hizo su vida». Insiste Liscano: «Reverón pensó y vivió en su interior la pintura, no fue pensado por ella. Proyectó las imágenes de su interioridad sobre el mundo, no se limitó a registrarlas». Dicho esto, termina opinando como Calzadilla: «Reverón era acción pura de pintar, no reflexión sobre la pintura».

No puedo estar de acuerdo con estos absolutismos. ¿Por qué esa obsesión de negarle a Reverón el don de la reflexión? No creo que actuar de adentro hacia afuera esté reñido con los beneficios de reflexionar. Creo que a partir de esta separación entre la reflexión y la acción de pintar, planteada por Liscano y tantos otros, la locura surge como un refugio y una tentación, tanto para el pintor como para el crítico que intenta comprenderlo.

El texto del psiquiatra Báez Finol, titulado «Los Psiquiatras», está hecho de fragmentos inconexos. Alguien organizó algunos de sus recuerdos y conferencias en apartados como «El complejo de castración», «Crisis religiosa», «Cuerpo y espíritu», «Alteridad», «Contemplación y experimentos». Estos títulos ostentosos dan paso a simplistas elaboraciones. Cuando habla sobre «La castidad», Báez Finol se limita a decirnos: «Era muy casto. Pero creo que tuvo contactos sexuales muy esporádicos. Sí puedo afirmar categóricamente que Reverón no fue mujeriego ni en su juventud ni en su vejez». Evidentemente toma menos riesgos que Liscano. Seamos ingenuos y digamos a su favor que no podía revelar secretos profesionales.

Con el drástico título: «Aspectos psicopatológicos de Reverón», Moisés Feldman comienza su análisis apoyándose en ejemplos clásicos y en las machacadas anécdotas sobre el pintor. Nos habla de «El caso Van Gogh», de «Un estudio de Freud», y hace una comparación entre «Armando Reverón y Simón Rodríguez». Cubre tantas áreas que Reverón queda desvaído entre múltiples personajes.

Al final de su ensayo, Feldman explora un tema que titula «La enfermedad» y cita a James Cooper y Ronald Laing (quien trabajó en Tavistock, donde Hutchson pasó unos años), dos ingleses que consideraron a la conducta esquizofrénica como «una estrategia especial que una persona inventa a fin de sobrevivir en medio de una situación imposible». Según Cooper y Laing, la esquizofrenia es una experiencia que valoriza excesivamente el mundo interior, cuando estamos socialmente condicionados a considerar la inmersión total en lo exterior como lo normal y lo sano. En cambio, el viaje hacia nuestro interior suele ser visto como una retirada antisocial, patológica, y no se advierte su caudal de retorno a las experiencias esenciales del hombre. En lugar de un proceso de degradación, este tipo de exploración debería considerarse como una iniciación que merece ayuda y comprensión. Ya Garcilaso planteaba los necesarios acuerdos entre nuestro interior y exterior:

> Con ansia extrema de mirar qué tiene
> vuestro pecho escondido allá en su centro,
> y ver si a lo de fuera lo de dentro
> en apariencia y ser igual conviene.

Una de las propuestas de Feldman es que Reverón pudo haber estado preparándose para ese viaje hacia lo interior al escoger un guía que fue Ferdinandov, una compañera llamada Juanita y el escenario de Castillete:

> El Castillete defendió a Reverón contra los demonios malignos y otras calamidades. Así su arte se pudo conservar y purificar. Reverón organizó todo en plena salud mental, porque sabía que podía zozobrar. Conocía los límites de su sensibilidad y defendió muy bien su meta artística y humana.

Solo le faltó agregar que toda fortaleza es también una prisión.

Calzadilla hace bien en cerrar su recopilación con la última idea que Feldman nos propone: «A mayor retorno al mundo interno, más altura tenía su pintura y cuando había llegado a la mayor oscuridad ya había producido toda su luz».

VII
12 de enero del 2005

TRES SEMANAS SIN VER A JOSÉ RAFAEL HUTCHSON ha sido mucho tiempo. Durante la navidad pude darme cuenta de cuánto me preocupa su salud; aunque sea por la más egoísta de las razones: no quiero quedarme a mitad de camino.

Comienzo por la pregunta que no debe hacérsele a un viejo después de una vacación:

—¿Cómo se siente?

—Bien por lo conforme. Ahora descubrieron que tengo un aneurisma cerca de aquí...

Se suelta un par de botones de la camisa y señala la zona del ombligo de la escandalosa escena con Miss Papiloma mientras explica:

—Es un abombado en la arteria ... Será un final rápido. Con el primer dolor ya tendré el diagnóstico y la conclusión.

Hace el gesto de una explosión con sus grandes dedos y casi puedo verlos llenos de sangre.

Es un buen momento para comenzar.

* * *

—¿Podemos hablar ahora de su relación con Reverón en San Jorge?

—Ya le dije que Armando no era mi caso. Báez Finol mantenía un férreo control sobre su paciente. Él se encargaba de la psicoterapia, una larga sesión vespertina que era más bien una culta conversación a puerta cerrada.

—¿Cuánto duraban esas sesiones?

—Cuanto hiciera falta, entre una y cuatro horas... Eran bastante más largas que las nuestras.

Sonrío, ¿qué más puedo hacer? Hutchson continúa:

—Báez no veía con buenos ojos que yo estuviera soltando juicios que nadie me había pedido. Mis contactos con su paciente debían ser breves, entre cinco y diez minutos. Sin darme cuenta, esos fragmentos se tejieron en una larga conversación intermitente y Armando se fue convirtiendo en el centro de la búsqueda que Milagros había previsto y aconsejado.

—Pero usted fue el encargado de recibirlo, de dar el primer diagnóstico.

—No anoté mucho, solo la tensión alta, muy alta, más una conjuntivitis y una dermatitis... y los agudos dolores en el abdomen. Me dijo que tenía la barriga llena de caracoles. Supuse que era una colitis, una simple indigestión, pero me explicó que eran unas conchas que tenían años rondando, mandando señales acústicas y gaseosas. Era un caso grave. Ya no eran animales, sino restos de criaturas muertas.

Vuelvo a hacer una pregunta que ya he hecho, a ver si tengo mejor suerte:

—¿Cómo influyeron sus estudios en Tavistock en su visión de Reverón?

—Ciertamente Armando parecía ser el paciente perfecto para las teorías que yo traía en la maleta. Respondía al buen trato y traducía su mejoría en oleadas de creación. Pero nada se presta más a los errores que los pacientes supuestamente ideales, aquellos que parecen calzar tan bien en nuestras preconcepciones que no llegamos a percibir su verdadera esencia. Si las soluciones obvias nos impiden ver posibilidades más profundas, imagine usted las etiquetas, los estereotipos, las convicciones.

—Perdone que insista, pero tiene que haber existido un aspecto en el que usted pensó que podía aportar algo.

—Al contrario, Armando fue quien me enseñó muchas cosas. Cuando pensaba en él no podía evitar pensar en mi propia infancia americana. Milagros fue quien me contó que siendo Armando apenas un niño fue separado de sus padres y entregado a otra familia en otra ciudad, sin que nadie supiera cuál fue la razón. Ya hemos hablado de este tema y la exactitud con que calzaba en las teorías de Bowlby sobre el apego, la pérdida y la separación.

Bowlby sostenía que sin la disposición a mantener la proximidad y el contacto con una figura protectora, no lograríamos defendernos de los depredadores ni constituir parejas y familias, mantener hogares y consolidar pueblos, y lo mejor del conocimiento se transmitiría sin el necesario trasfondo emocional. Por eso es tan angustiosa la pérdida de las figuras de apego. Está en juego nada menos que la supervivencia de nuestra especie.

Para su investigación, Bowlby contaba con el triste laboratorio de la Inglaterra de posguerra, y el caso de Reverón parecía el de una familia que envía al niño fuera de Londres ante los bombardeos, pero solo podemos intuir cuáles bombas cayeron en el hogar de los Reverón Travieso.

El estado de seguridad o ansiedad de un niño depende de cuán accesible le resulte su principal figura de afecto y protección. A partir de estas experiencias se forman diferentes expectativas de cariño. Fíjese que estamos hablando de evidencias constatables y abrumadoras, no de las oscuras pulsiones de Freud.

Existe un experimento llamado «La situación del extraño». Consiste en juntar a una madre y a su hijo en un cuarto con juguetes. De pronto, entra una desconocida y, poco más tarde, la madre sale de la habitación y deja al niño jugando con esa persona extraña. Los niños juegan tranquilos cuando está la madre, un poco menos cuando entra la desconocida, y menos aún cuando sale la madre. Conclusión: cualquier amenaza exterior activa las conductas de apego y disminuye las conductas exploratorias.

Reverón pareciera haberse formado bajo el patrón del tipo «Apego inseguro-evitativo». Se trata de niños que se muestran bastante independientes y creativos cuando aparece un extraño y la madre se retira. No aparentan verse afectados, son capaces de continuar jugando y no buscan acercarse a la madre cuando regresa. ¿Por qué? Porque ya han aprendido que no cuentan con el apoyo materno. Al haber sufrido varios rechazos, niegan la necesidad que tienen de la madre para evitarse aún más frustraciones. Son niños que desarrollan hábiles estrategias, a veces desesperadas, para ganarse la atención de ese «extraño», pues llegan a sentir una ansiosa dependencia. Los esfuerzos por mantener la proximidad de estas nuevas figuras de apego suelen ser biológicos e inmaduros, más que psicológicos y estructurados. Allí radica la falla: a nivel psíquico no se da una verdadera integración; se trata más bien de una adaptación, una representación de la relación materna que nunca se dio, lograda gracias a una actuación que le permite al niño sobrevivir.

Es lógico suponer que ese niño se transformará en un actor, a veces de una manera patológica, indetenible. A esta tendencia debemos añadir que la relación con los juguetes del cuarto son parte importante de esta supervivencia, tanto, que la vida pasa a tener mucho de juego, a veces en dosis incontrolables. Fíjese que Armando fue toda su vida un juglar al que le encantaba la actuación, una estrategia a la que incorporó los juguetes que fabricó en Castillete, como un piano sin cuerdas o un teléfono para hablar consigo mismo[1].

---

1 Gumersindo Villasana cuenta un buen ejemplo: Armando de pronto se levanta porque suena el teléfono. Atiende y contesta: «Aló, Mussolini, ¿cómo va la campaña?». Luego de darle

Acabo de recordar algo que quizás viene al caso: a mi amigo Robert su madre le rompía su juguete preferido cuando pensaba que se había encariñado demasiado. Esa sí que era una madre temible. Una vez, cuando ya era un adulto, Robert le reclamó a su mamá: «Me dijeron que tienes una muñeca a la que clavas agujas… y que esa muñeca soy yo. ¡Por favor! Al menos cómprate un muñeco decente».

La mamá le respondió con un regaño: «¡Hijo, en este hogar no se habla de supersticiones!».

Y este diálogo ocurría mientras tomaban el té en la terraza. La última vez que Robert la visitó, la señora Lyle le entregó una nota en un sobre bien cerrado con una advertencia: «Léela cuando llegues a tu casa». Robert insistió en hacerlo frente a ella y en voz alta: «Quiero que me prometas que no me volverás a visitar, ni antes ni después de mi muerte». Aún no sé cómo clasificar este tipo de apego.

—*¿Cuáles son las otras posibilidades de esa clasificación?*

—Infinitas, pero los resultados del experimento se limitaron a tres posibilidades. Ya hablamos de los «apegos inseguros evitativos». Los niños de un «apego seguro», dejan de jugar cuando la madre sale de la habitación y cuando regresa se alegran mucho; se acercan, la tocan y entonces siguen explorando. El tercer grupo, «Apego inseguro-ambivalente», incluye al niño que no sabe qué hacer cuando la madre regresa, si acercarse o alejarse. Son hijos de madres inconsistentes que un día son cálidas y sensibles, y otro frías y distantes. Aquí me gustaría ubicarme, pero quizás exagero al encasillarme y la señora Sánchez de Hutchson no sea la única causa de mis ambivalencias…

---

unos consejos al líder italiano, le comenta: «Por aquí está Gumersindo, ¿quieres hablar con él?». La actuación es tan perfecta que Gumersindo se levanta, agarra el teléfono e insiste: «Aló, aló, aló…».

Le insisto en que estamos hablando solo de tendencias. Dios maldiga a quien imponga a una criatura una de estas etiquetas. Se imagina a un niño leyendo un reporte sobre sí mismo: «José Rafael Hutchson Sánchez. 11 años de edad. Educado entre Palmira, Caracas y Glasgow. Personalidad insegura ambivalente».

Todo esto le sonará muy teórico, pero podría serle muy útil. ¿Cómo era la relación con su madre? Tiene que haber existido alguna habitación vacía, algún juguete con el que se encariñó más de la cuenta, algún momento en que estuvo solo y su madre nunca llegó, alguna extraña que pretendió suplantarla. Le recomiendo que explore el tema. No solo de Reverón tenemos que llenar nuestras carencias, a veces hay que poner nuestra propia carne en el asador.

Elijo la reacción más civilizada:

—¿Le planteó este tema a Báez Finol?

—¡Imposible! «La situación del extraño» es un experimento de 1970[2]. Pero puedo asegurarle que discutiendo con Milagros nos acercamos bastante a esa tipología del «Apego inseguro evitativo». Claro que utilizando otros términos, otros razonamientos y evidencias. Incluso bautizamos como «síndrome Reverón» la tendencia a convertir el juego en un instrumento para enfrentar extraños y conflictos sociales.

Recuerdo que cuando Juanita se fue a vivir a San Jorge, clasifiqué su relación con Armando de «biológica», una visión muy superficial, muy juguetona, que fundamenté en que ella lo atendía de una manera silenciosa y sumisa, como alguien que viene a recoger los juguetes del cuarto y guardarlos en su sitio, cuando en realidad ella era parte integral de su proceso creativo.

---

2 Mary Ainsworth y Sylvia Bell diseñaron el experimento «La situación del extraño» para examinar el equilibrio entre las conductas de apego y de exploración bajo condiciones de alto estrés.

Al principio no la tomaba mucho en cuenta, me atraía más la relación de Armando con Josefina, esa linda niña que nunca pudo ser su hermana ni su amor. Los juegos con las muñecas deben haber tenido un papel importantísimo, pues fueron el refugio del niño cuando se enfermó de fiebre tifoidea y lo dejaron aislado en la habitación de una casona en Valencia. Esas mismas muñecas, agigantadas y deformadas por el paso del tiempo, van a reaparecer cuando el pintor comience a sentirse inseguro y enfermo en su Castillete[3].

Siempre me han parecido repugnantes esas figuras «hipermaquilladas» y monstruosas con que Armando intentó representar sus acercamientos a Josefina. Jugando con esas primeras muñecas fue como pudo rozar las manos de la hermana y compartir una misma fantasía. También representaban a su madre, la emperifollada reina de los afeites. Las percibo como unos repugnantes espectros de espectros[4], una repugnancia que se me ha exacerbado gracias a la juiciosa labor de los críticos y curadores. Hay quien asegura que Reverón tenía relaciones con esos seres de trapo y ofrece como prue-

---

3 Veamos dos versiones del propio Reverón sobre por qué había muñecas en Castillete:
«Es imposible traer todas las modelos que quisiera. Animo mi soledad con esta ficción de vida, así me siento rodeado de gente amiga. A veces las uso para esas telas en que aparecen mujeres en segundo término». *Memorias*, de Mary de Pérez Matos.
«Yo prefiero las muñecas a las modelos de carne y hueso porque estas no se dejan acomodar como yo quiero. Además, cuando la mujer está natural asusta». *Reverón y su palabra*, Reyna Rivas de Barrios.
Y una versión de Juanita: «Yo le posaba desnuda, y después pintaba las muñecas con las calidades de mi piel». *Tras la experiencia de Armando Reverón*, Juan Liscano.
Debo decir que he visto fotografías de hermosas modelos «de carne y hueso». Está la bella Otilia, «la niña con facciones balinesas», y Mara, «la estoniana deslumbrante», según Boulton.
4 Guillermo Meneses las ve con mejores ojos: «Las muñecas toman el sitio de los seres humanos, tienen nombres, se agrupan de acuerdo con las líneas de la composición. Hay rubias, morenas, reinas; se hacen apóstoles, sostienen en sus manos de trapo cetros o bastones, se engalanan de pedrerías, marcan gestos de baile, repiten escenas eclesiásticas, mienten risas y encienden las pupilas en juegos de pasión, se cubren con mantillas. Ante ellas el artista quema sus sueños». Prólogo al libro *Reverón*, de Alfredo Boulton, 1979.

ba lo corroído que tienen el tejido entre las piernas, adjudicándole al semen de Reverón las propiedades del cloro y el agua de batería[5].

—¿Cuando las vio por primera vez?

—En el cuadro que estaba en la casa de Planchart, cuando me parecieron unas mujeres tan mal pintadas que parecían muñecas. Ya hablamos de esto.

—Quiero decir en persona.

Hutchson se ríe de mi cándido «en persona» y comenta:

—¡Me alegra que usted también crea en los espectros! Las conocí personalmente cuando visité Castillete.

—¿Estando vivo Reverón?

—Mi visita fue con Reverón. Pero ya llegaremos a eso.

Se detiene en seco y se calla por un minuto, lo que suele ser la antesala para volver a sus más graves nostalgias.

—Conversando con Milagros intentaba darle forma a mis exaltadas teorías sobre el juego y el arte como una estrategia ideal para atraer a los extraños, o para alejarlos. Con su atractiva suspicacia, era una compañía ideal para teorizar sobre esas dramatizaciones.

—¿Y ella qué opinaba?

—Había momentos en que parecíamos estar escribiendo una pieza teatral sobre la necesidad y la voluntad de representación de Reverón a partir de ese primer episodio de abandono que tanto hemos remachado. Yo estaba convencido de mis aciertos, de mi intachable puntería analítica, pero llegó un momento en que mi colega ya no parecía estar tan de acuerdo, o quizás comenzaba a alejarse hacia su abismo personal y no podía dedicarme toda su atención. Fue muy duro darse

---

5 En las notas a su ensayo *Irredentas*, John Elderfield llega a decir: «En el caso de Reverón es presumible que la realidad de los hechos se pueda establecer por medio de un análisis de ADN». No puedo dejar de imaginar una demanda de adulterio por parte de Juanita presentando pruebas tan determinantes como científicas.

cuenta que todo empezaba a cambiar, y que nuestras lúdicas meditaciones habían comenzado a perder la gracia.

Sé que no es el momento propicio para asomarme a ese abismo y paso al presente:

—Y ahora, ¿qué piensa?

—Ya no creo tanto en las clasificaciones ni en las teorías. Ahora estoy sumergido en el mismo mar de todos los hombres. Cuando trato de reposar y dejarme llevar por el flujo de alguna corriente que supongo pasajera, me sorprende su constancia y cuántos cuerpos me acompañan.

—Tenemos un tema pendiente. En la primera entrevista usted dijo que se preguntaba frente a los cuadros de Reverón: «¿Por qué pinta tan mal las manos, qué tendrá contra ellas?», y que creía tener una respuesta.

—Sí existe una cruenta devastación de las extremidades. Hay manos cercenadas, machacadas, borrosas, extrañamente dobladas, escondidas y francamente mal pintadas. Uno de sus primeros cuadros es un retrato de la familia Rodríguez Zocca cuando Armando era un joven miembro a punto de ser removido, extraído. Es un cuadro muy rígido y de colores lúgubres. Josefina, quien tiene los ojos más penetrantes de toda Valencia, está levemente apoyada en la silla donde se sienta su padre y, casualmente, su mano se superpone a los genitales de su hermano postizo. Parece señalarlos, rozarlos. A Armandito, en cambio, solo le vemos la derecha y está metida detrás de la solapa, a lo Bonaparte[6]. Es un cuadro de incitante tensión. Podría ser guindado en la antesala de un consultorio para ayudar a los pacientes a ir entrando en calor.

—¿Cuál es su conclusión?

---

6 El cuadro *La familia* fue pintado en 1919, a partir de una fotografía de la familia Rodríguez Zocca. Elderfield plantea que fue tomada en el momento que Reverón abandona su hogar adoptivo, alrededor de 1904, cuando tenía unos 15 años.

—No me venga a esta hora de la mañana a pedir conclusiones.

Se ha enojado, como si fuera el señor Rodríguez defendiendo la reputación de Josefina. Luego se calma y continúa su disertación:

—Al ver la reproducción de ese cuadro sentí algo en mis propias manos, en la historia de mis propias manipulaciones. Las manos son un reto mayor que los rostros; nunca mienten; no pueden disimular sus pecados, sus intenciones, sus manchas.

—¿Por eso las escondía?

—Por eso las maltrataba. Algo en ellas le resultaba a Armando doloroso, incómodo, algo que no lograba resolver, satisfacer.

Se levanta, camina hacia el jardín y acomoda las ramas de unos helechos como si enderezara un cuadro torcido. Regresa y me explica que las plantas de su jardín son traídas de Palmira. Continuamos.

—Hablemos de Juanita. Yo no sabía que se había instalado en San Jorge. Solo había oído de sus visitas.

—Primero se aparecía una vez por semana, pero subir de Macuto a Catia era costoso y Reverón la necesitaba a su lado. Ella lo cuidaba con mucho esmero. Me tomó tiempo percibir todo el amor que había en esa relación. Creo que ella también se pasaba temporadas en la casa de Báez Finol, en la avenida Páez de El Paraíso.

—¿Dónde dormía en San Jorge?

—Imagine una gran casa donde habita una familia excéntrica dominada por un padre autoritario. Así era fácil encontrarle un lugar a Juanita. Había un pequeño cuarto con uno de esos congeladores horizontales donde cabría una res completa. Al abrirlo salía una neblina que invadía los pasillos. Allí dormía Juanita. Solo tenía un colchón, una silla y un gancho de ropa. El motor del congelador calentaba el cuarto por las noches, pero a costa de un runruneo tan insoportable como el que brotaba del interior de Armando la primera vez que lo vi en el jardín.

—*¿Y cuáles eran las tareas de Juanita?*

—Cuidar a su hombre y callar. Ella ha podido guiarme a vetas más profundas que el jefe supremo de San Jorge.

—*Podemos decir entonces que usted nunca pudo compartir sus ideas con Báez Finol.*

—Tuve muchas oportunidades de conocerlo a fondo, pero las desperdicié. Partimos de un mal comienzo que ya nunca pudimos enmendar. Estaba convencido de que no íbamos a entendernos y lo logré.

Báez era un excelente organizador, de buen trato, generoso. Dispuesto a pelear fieramente por lo que consideraba justo, pero podía también ser comprensivo y deferente; de hecho me dio trabajo y me aguantó. Yo fui quien se fue de San Jorge. El día que le anuncié mi partida me dijo: «No se imagina cuánto se lo agradezco».

Nunca supe si se refería a que le avisé con la debida anticipación, a los servicios prestados o al simple hecho de marcharme.

Báez amaba la pintura y llegó a tratar a varios pintores sin cobrarles nada. Pero ninguno le significó tanto como Reverón. Puedo asegurarle que primero fue su amigo y luego su médico. ¿Hasta qué punto esto es bueno? Báez Finol sentía afecto por Armando y comprendía bien el valor de su obra. Alguien podría pensar que predominó lo segundo, pero no puedo asegurar que se preocupó más del pintor que del enfermo. ¿Recuerda la reflexión que me leyó sobre la relación entre la construcción del personaje Reverón y el desmoronamiento de su persona? Hay médicos que confunden estas dos caras, las enfrentan, o se olvidan de una al fascinarse por la otra. Nunca he llegado a juzgar el apasionado afán de Báez Finol por la obra de Armando como una falta de ética. Aprovecho para confesarle que creo más en la estética que en la ética, me parece más útil para sobrevivir. Y otro asunto que debemos tomar en cuenta: cuando el amor y el interés se fueron al campo un día, la pasaron de lo más bien[7].

—*Hablemos entonces de las pinturas de Reverón en el sanatorio.*

—Le recomiendo que hable con Ramona Pérez, una enfermera que trabajaba en San Jorge. Creo que aún está muy lúcida y vive por La Pastora. Ella fue la modelo de un cuadro que nunca llegó a ver terminado. Armando estaba tan encantado con su propio renacimiento que continuamente experimentaba a la búsqueda de una pintura más acabada, más saturada, más minuciosa. Ramona tuvo que posar durante varias sesiones. Se ponía un fino vestido azul pálido y joyas que le prestaba Nieves Rolando, la paciente más elegante y permanente de San Jorge. Era toda una ceremonia ver a Ramona entrar al jardín convertida en una joven actriz del cine argentino. Le tomó tiempo entender que el enfermo se había convertido en un pintor. Al final de las sesiones describía la metamorfosis del paciente como si ella fuera la que estuviera pintando el cuadro: «¡Está tan bonito, gordo, rosado! Y pensar que llegó mugre, infecto, con unos pantalones grasientos que caminaban solos».

---

7 Quizás la relación más famosa entre un pintor y su psiquiatra sea la de Van Gogh y el doctor Gachet, quien conocía bien a Courbet y Cezanne, y hasta pintaba con cierta gracia. Theo, el hermano de Van Gogh, pensó que por simple afinidad sería el médico ideal para Vincent y le recomendó que fuera a Auvers cuando salió del manicomio en Saint-Rémy. Pronto Vincent le escribió a Theo asegurándole: «Este Gachet está diez veces más enfermo que yo». Después de unas ocho semanas de consulta, Van Gogh se suicida.
Van Gogh había pintado varios cuadros en el jardín del médico, quien los recibió como pago por sus servicios. Algunos suponen que durante el par de días que duró la agonía de Van Gogh, Gachet se encontraba recogiendo los cuadros que quedaban y fue llevándolos a su casa como si los hubiera recibido antes. Otros, más maliciosos, aseguran que se dedicó a falsificar pinturas que luego atribuyó al muerto, incluyendo su propio retrato. ¿Para qué tanto atafago por obras que en ese momento valían tan poco?

Pasar de enfermera a modelo era algo tan fuera de sus funciones que siempre le pedía autorización a Báez Finol antes de posar. Báez le decía: «Vaya tranquila, Ramona, mire que lo estamos curando».

Yo me perdí la obra inaugural de Armando, un inmenso mural en una de las paredes del jardín. Llegué cuando lo estaban borrando con cal. Esa mañana había estado en la facultad de Medicina hablando sobre nuevas tendencias, un seminario que inventó Milagros. Ramona sí vio la escena y quedó tan desconcertada que le tomó tiempo armar su relato. Nunca había visto algo semejante, solo conocía los comportamientos clásicos en un sanatorio: la santa recién bajada del cielo donde tiene buenos contactos, la Virgen a punto de ascender que teme que alguien la desvirgue y le arruine el viaje... Recuerdo a un paciente que andaba con un palito en la mano que ponía a girar como una hélice, y en verdad lograba una graciosa levitación de segundos que terminaba en una aparatosa caída.

Esa mañana Armando había estado muy inquieto, caminando de un extremo al otro del patio como un desesperado. Había unos caminos con lajas de piedra entre los árboles que formaban el dibujo de una bandera inglesa y él seguía la ruta de esos ángulos como si fuera un laberinto del que quisiera escapar. De pronto, encontró medio ladrillo y empezó a lanzarlo contra la acera de piedra hasta convertirlo en fragmentos del tamaño de una tiza. Luego, con la misma ansiedad, tomó un trozo y empezó a marcar puntos rojos a lo largo del muro norte. A Ramona le pasó como a mí con los carboncillos: ante aquella profanación tan llena de aspavientos creyó que el hombre tenía un ataque de locura. Era un sacrilegio ensuciar las impecables paredes del sanatorio, pues Báez Finol insistía en que había una estrecha equivalencia entre la suciedad y las enfermedades mentales.

Esa fue la primera vez que los habitantes de San Jorge presenciaron la vigorosa danza de Armando, el ir y venir, las embestidas, los brincos para llegar al tope y un jadeo que sonaba como las ventosas de una máquina tipográfica, y eso que ya tenía más de 60 años cumplidos y bien gastados[8]. Entonces aparecieron Pedro y César e intentaron detenerlo. Armando se les escurría mientras los demás pacientes reían nerviosos, con ganas de sumarse a aquella inesperada diversión. Cuando por fin lograron sujetarlo, apareció Báez Finol en el segundo piso, levantó la mano con la parsimonia de un jefe civil y dio una orden: «¡Déjenlo tranquilo!». Y el mandato soberano llegó al ala de las mujeres, a la cocina, a la casita del «tratamiento», a las celdas de los más agresivos, al portero en la recepción, y todos se paralizaron. Solo Reverón siguió libre, blandiendo feliz su astilla de arcilla y uniendo con líneas las decenas de puntos regados en la inmensidad de aquella blancura. Ramona formaba parte del auditorio que observó cuando la imagen comenzó a tomar forma.

«Era como si en la plaza de un pueblo pasaran una película en pleno mediodía», me contó, «o como esos dibujos que van uniendo con líneas unos números hasta que surge un elefante o un avión»[9].

—*¿Y qué pintó esa primera vez?*

—Ramona estaba muy encandilada y no recordó si había visto árboles, gente, edificios, o «todo junto como en un mercado». Cuando llegué en la tarde ya Pedro y César habían cubierto el muro otra vez con cal. Fue como cuando un niño pinta una pared: por hermoso que sea el dibujo, no puedes dejarla rayada para siempre, sería un mal ejemplo para sus hermanitos.

---

8 Después de haber visto el documental de Margot Benacerraf, filmado un par de años antes, me cuesta creer en estas proezas atléticas.

9 El propio Reverón decía: «Para comenzar un dibujo deben marcarse los puntos casi geométricamente y después rayar para que salga la figura». *Reverón, voces y demonios*, Juan Calzadilla.

Báez Finol llamó a Reverón y le explicó que había llegado la hora de volver a pintar en serio, y al día siguiente se apareció como un Rey Mago, con todas las pinturas y pinceles que Armando le pidió.

—¿No volvió a pintar en las paredes?

—Armando podía hacer lo que quisiera. Había cal de sobra.

—¿Y a Ramona? ¿Le entregaron ese último cuadro?

—Ni se lo dieron ni lo pidió. Al principio, ella no entendía que esas pinturas valían dinero y eran cuadros que se podían colgar en la pared de un salón. Las concebía como un rito entre la locura y la magia. Años más tarde diría lo mismo que quienes vieron a Reverón vagar por las playas de Macuto: «Cuando murió se hizo famoso y supimos que sus cuadros valían un dineral». Ella se ha pasado la vida buscando un retrato que se convirtió en el tesoro perdido de la familia Pérez, en esa herencia de un pariente lejano que jamás llega. Iba con su marido a las exposiciones y nunca aparecía la mujer con el vestido azul de Nieves Rolando. No lo estaba buscando por lo que valía, sino para demostrarle a sus hijos y nietos que sí había sido la modelo de Armando Reverón[10].

—Por lo visto, Ramona era todo un personaje en San Jorge.

—Siempre hay un alma buena que hace todo más llevadero. Ya le hablé de las «*nightingales*» que salvaron de una mortandad a los bellos durmientes de Sargant. Ellas no solo salvaron vidas con sus cuidados, sino almas con su ternura. Nada más letal que una enfermera cruel, nada más curativo que una amorosa. La feminidad multiplica todas las sensaciones, desde la angustia del abandono hasta la paz que nos

---

10 En el libro de Juan Calzadilla, *Reverón*, editado por Ernesto Armitano, aparece una obra en carboncillo, pastel y tiza sobre papel, ejecutada en 1954. Se titula *La enfermera*, aunque vemos a una mujer vestida para una fiesta elegante.

trae el consuelo. ¿Cómo no rememorar a la madre cuando una mujer te coloca un termómetro en la boca y una mano en la frente? Ramona era bonita, delgada, afable, decente al hablar y con una risa muy pura. Venía de una hacienda cerca de Tovar. Del páramo y los animales pasó a los enfermos de San Jorge. Cuidar vacas y gallinas había sido un buen entrenamiento... Y quizás el secreto de su humanidad. Su único vicio era el café aguado con papelón. Recuerdo que decía: «Me voy a apuntalar», antes de ir a la cocina a llenar por octava vez su pocillo. Tenía el don de apaciguar los delirios con dulzura. Ella era la única que podía afeitar a Reverón. Se encargaba de las pacientes del ala femenina, pero la traíamos a la de los hombres en casos difíciles donde la fuerza de nada servía. Con quien se llevó muy bien fue con Juanita.

—Juanita... hemos hablado tan poco de ella.

—Ella hablaba muy poco de sí misma. Creo que se descubrió la lengua a la muerte de Reverón[11]. Ese es un síndrome de las viudas: se quitan un peso de encima cuando el marido, por fin, se convierte en un verdadero ausente. Armando una vez me dijo: «Yo a los lienzos y ella al fogón», pero cómo saber en qué fogón se cocina el arte.

Usted me está obligando a hablar muy mal de mí mismo, pues la verdad es que al principio no la tomé en cuenta. El maldito racismo de escocés, aderezado con el chauvinismo gocho y caraqueño, insistía en atravesarse. Milagros fue quien me ayudó a asumir sin tapujos esa tara. Ella era muy poco compasiva consigo misma. No se perdonaba ningún desliz y decía que el racismo es una profesión vitalicia y a tiempo completo.

---

11 Juanita podía ser muy coherente. Poco antes de que Reverón entrara en San Jorge, un periodista anota una de sus declaraciones: «Armando se dedica ahora a preparar pinturas venezolanas. Es su obsesión, su dicha y su calvario. El pobre ha sido objeto de una serie de calumnias y burlas. Los ofrecimientos llueven por todos lados, pero la verdad es que nunca cuajan. Hasta ahora, siempre han resultado un engaño, y Armando no merece ese trato».

—*¿Qué nos puede contar de Juanita?*

—Yo la veía como una india que logró salir de la selva.

—*He oído decir que era de San Casimiro.*

—Entonces Armando la convirtió en india de tanto llenarle la cabeza de plumas. Al principio pensé que no hablaba español, así era de callada y yo de necio. Si quiere una imagen más cultivada escriba que la vi como un personaje recién salido de *Canaima*, mi novela favorita de Gallegos.

Supe que había tenido un novio que le pegaba tanto que se lo llevaron preso. Si nos guiamos por los estándares del campo, debe haber sido una golpiza monstruosa. Al año, sale el novio de la prisión y jura matarla. Juanita Mota huye a Caracas y un buen día conoce a Reverón durante un carnaval en La Guaira. Para entonces tenía solo 14 años, dos más que la Lolita de Nabokov. Esa es la parte de la historia que todos conocen, el famoso encuentro entre un Reverón vestido de torero y una Juanita disfrazada de ficha de dominó.

Las circunstancias de ese primer encuentro son muy reveladoras y consistentes con la teoría del juego. Armando necesitaba un disfraz para enamorarse, para jugar y convertirse en lo que tanto le costaba ser. Ese niño que se muestra independiente cuando la madre se retira y es capaz de aceptar la llegada de un «extraño», solo lo logra mediante la ayuda de sus juguetes. Le hace falta la representación a través de la cual aprendió a relacionarse con el mundo, y vestido de torero es un seductor bien dispuesto a lidiar con una novilla. Él mismo lo dijo: «Hay que pararse frente a la tela como el torero ante el toro». Por las mismas razones hacía falta que Juanita también vistiera un disfraz. El romance comienza cuando Armando le quita uno de sus guantes. Ella misma cuenta cómo describió su mano de Virgen y su cara de angelito asustado. Lo importante no es el guante ni la mano, sino la ceremonia de quitárselo. Armando fabrica con el guante una muñeca y acostándola en diferentes posiciones le ilustra a su futura modelo qué significa posar[12]. Esa pequeña muñeca es el pasaporte para entrar en la intimidad de la mujer, el medio para poseerla, la representación de qué se propone hacer con ella.

Acuerdan una cita para el día siguiente a la que Armando no acude. Podemos suponer que ya no contaba con la estrategia del disfraz. Pero Juanita es más decidida; el torero le ha dibujado un pequeño retrato y ha puesto en el reverso la dirección de su madre; allí va a buscarlo. La madre de Armando la recibe con una fuerte gripe y le dice que espere a su hijo. La diligente Juanita prepara un caldo con patas de gallina y cuando Armando llega a su casa se encuentra dos sorpresas, a Juanita y a la madre bastante repuesta. Ya no tiene escapatoria. En ese entonces la madre estaba dispuesta a cualquier sacrificio con tal de ver a su hijo trabajando, acompañado, feliz[13].

Cuando Juanita se va a vivir a San Jorge, la consideré una de esas cocineras que acompañan a viejos achacosos que solo comen los atoles que su enfermera les prepara. No sabía que estaba presenciando el último capítulo de una historia de amor que duró treinta y cinco años.

Cada veintidós días Báez Finol mandaba a Juanita y Ramona en un carro hasta Castillete para que vieran como estaban siendo atendidos los animales y sacudieran las cucarachas de las muñecas y los lienzos. Esos viajes por la carretera vieja duraban horas y Ramona podía sacarle conversación a una nube. De esos diálogos vendrá el chisme legendario: «Ella sí estaba enamorada de Reverón, pero él de ella no». Juanita se le ofrecía a Armando con la misma naturalidad y constancia que sale el sol por las mañanas. La leyenda establece que

12 Juanita creía que «posar» significaba «trabajar en una posada».

13 Según Luis Buitrago Segura, la madre exclamó más de una vez: «La pintura va a enloquecer a mi muchacho».

cuando ella se le acercaba en la noche, él la regañaba: «¡Váyase de aquí! Dormir con mujeres es pecado». Un principio que también seguía el general Gómez, un hombre nada casto. Treinta años tratando de dormir con un hombre es mucho tiempo y a Juanita se le sentía ese cansancio en la gordura[14].

—*¿Cómo en la gordura?*

—Era una corpulencia abnegada... de carnes rechazadas. Pero de ahí a la perversión de la castidad absoluta, hay mucho trecho.

—*¿Qué pensaba Juanita de la enfermedad de Reverón?*

—Recuerdo que repetía todos los días: «Armando ya quiere volver a su casa», pero el paciente no parecía tener muchas ganas. La había pasado muy mal en los días previos a su reclusión. Juanita tuvo que pedirle ayuda a Planchart porque temía que el hombre se le ahogara: «Se la pasaba diciendo que iba a irse más allá de las olas. El mar lo salva cuando lo pinta, pero me lo mata si lo desafía».

Ahora estaba a gusto con la buena comida, el amplio espacio que le había dado Báez en el segundo piso, tantas pinturas como quisiera, las visitas de colegas y buenos amigos, la exposición que venía en camino en el Bellas Artes, las afeitadas de Ramona. Lo único que le faltaba era su Castillete, el universo que construyó a su imagen y semejanza, y del que quizás estaba un poco harto. No digamos que fue feliz en San Jorge, pero sí estaba complacido, estimulado, bien cuidado, que ya es bastante para el estado en que nos llegó. Recuerde que en 1953 le dieron el Premio Nacional de Pintura. Era un buen momento para salir de una depresión.

---

14 Un comentario de Raúl Nass ofrece algunas pistas sobre esta relación: «Se casaron en el 47. Reverón más nunca la llamó Juanita sino 'señora Reverón', y ella empezó a usar medias de *nylon*».

Yo me preguntaba: «Hasta dónde irá a llegar esta situación». En las mañanas el hombre bajaba a pintar al jardín. A veces la angustia lo obligaba a esas caminatas de enjaulado por las diagonales con lajas de piedra, pero ya los caracoles no le rasgaban las tripas y se alimentaba bien. Hubo que hacerle una gastroscopia, que entonces se hacía con un tubo rígido como si estuvieras empalando a un condenado por la inquisición, y no se encontró qué rayos generaba el «gas parlante». Esa molestia se le quitó un buen día, sin ninguna explicación, pero después de exámenes muy costosos.

—*¿Cómo se mantenía la Clínica?*

—Era una especie de milagro pues había más pacientes pobres que ricos. Báez Finol había estudiado en Nueva York, no recuerdo en cuál hospital, especializándose en la técnica del *electroshock*. Él fue quien trajo a Venezuela la franquicia. Menos mal que era un hombre razonable y competente. Un pionero con algo tan peligroso en las manos y en plan de novedad ha podido causar estragos, un ejército de autómatas.

Cuando estuve en la Army Psychiatric Unit en Netley, los psiquiatras de más de 60 años se oponían a ese método, pero no por razones humanitarias, sino porque las certeras lobotomías les parecían más aconsejables. La oposición al empleo de electricidad era la última trinchera de los viejos doctores contra unas innovaciones que ellos llamaban un «asunto de romanos», pues la técnica fue inventada en Roma, no la imperial sino la fascista. Los jóvenes, en cambio, eran los que impulsaban el tratamiento. Los especialistas jamás se equivocan mientras cocinan una gran torta.

Una buena parte de los pacientes venía de las petroleras. Báez Finol era maracucho y tenía buenas conexiones en esa área. ¡Petróleo! Una sustancia que se le mete a una máquina llamada Venezuela por delante y expulsa miseria por detrás. Esa materia ha enloquecido a este país y los campos petroleros eran ya una fuente constante de neurosis. El aislamiento genera mucho alcoholismo y una epidémica sensación de irrealidad, sobre todo entre las esposas de los ingenieros.

—¿Qué les pasaba a las esposas de los ingenieros?

—Para los problemas de las esposas tendremos que volver a Ramona Pérez. Ella transformaba las patologías en historias de amores o de fantasmas. A las de amor les añadía un ingrediente fantástico y fuertes dosis de romanticismo a los cuentos de aparecidos.

—Puede darme un ejemplo.

—Nieves Rolando es una joven muy bella. Cuando está a punto de casarse le advierten que el novio tiene una amante que ha jurado impedir el matrimonio mediante sus conocimientos de magia negra. Nieves no cree en la infidelidad del novio ni en brujerías. Se va a acostar temprano, pues al día siguiente es la ceremonia y quiere estar bien descansada. Sueña con su entrada en la catedral llevando un velo que cubre toda la plaza de La Candelaria. Apenas se despierta, contempla su vestido en una esquina de la habitación recibiendo la luz de la mañana. Pero, ¡qué extraño! Ahora el blanco de la seda no la encandila. Se levanta, se acerca a la tela que parece llena de encajes negros, como si estuviera cubierta por una mantilla. Ya con el vestido en las manos descubre que el tejido está cundido de garrapatas.

«Nievecita», como la llamaban en San Jorge, tardará mucho en curarse. Cuando ya parece estar mejor se acerca una mañana a un grupo de mujeres. Ramona les está enseñando un pequeño pesebre blanco donde está la foto del hijo que acaba de tener. Todas hacen sus tiernos comentarios, menos Nievecita, quien comienza a pegar alaridos: «¡Cuidado con el pajarito en su nido! ¡Se va a ir volando!». Trata de impedir que el pájaro se escape y destroza el pesebre y la foto de la criatura. Se la llevan a una de las celdas y comienza una vez más el duro y largo tratamiento. Cuando una tarde vuelve al jardín solo logra decir: «¡Fuchi para el diablo! ¡Besitos para Dios!». Lo repite sin cesar y desespera a todos. Pero hay un instante, justo cuando lanza uno de sus besitos al aire, en que aún es linda y podemos imaginarla vestida de novia y feliz. La gran pregunta entre los pacientes es si llegó virgen a San Jorge.

El segundo caso se inicia en un campamento petrolero. La esposa de un ingeniero está sentada en el *water* cuando siente ruidos en el pequeño tanque de agua; levanta la tapa y encuentra una culebra inmensa que abre la boca y suelta una pestífera bocanada de selva. A la pobre mujer le tomó meses recuperar el habla, además de ponerse bastante estítica.

Cuando le conté a Milagros las historias de Ramona, le señalé que siempre había en ellas una fuerte presencia de la naturaleza: garrapatas, culebras...

«Conozco el caso de esas dos mujeres», me interrumpió, «Báez Finol me supone especialista en la psiquis femenina y siempre me consulta».

Esa vez me explicó que las impresiones relacionadas con la oscuridad no son tan graves. Las precede un consenso, una preparación colectiva, pues todos los cuentos infantiles nos enseñan que los fantasmas aparecen en la noche. Es el mundo de las tumbas, de los calabozos, las cavernas, los túneles. Grave es el caso de Nieves Rolando y la esposa del petrolero, porque sus impresiones se dan a plena luz del día y en medio de una absoluta blancura. ¿Qué puede ser más blanco que la cerámica de una poceta o la seda de un vestido de novia? La memoria no tiene antecedentes para las revelaciones que se dan bajo una fuerte luminosidad. Si Pablo de Tarso se volvió intolerante fue por presenciar la aparición de Cristo a pleno sol. Milagros me dio otro ejemplo bastante sencillo: «Piensa que cierras los ojos y ves un escenario cada vez más negro, donde aparecen esas amebas fosforescentes que vibran con la luz que se queda dentro de nosotros... No creo que te asustes. Ahora imagina que al cerrar los ojos todo se va haciendo cada vez más blanco, hasta llegar a la absoluta luminosidad. ¿No sería aterrador?».

Ahí tiene usted una clave para estudiar a Reverón. Mientras sus visiones fueron sumergidas, sombreadas con azules y negros, pudo aguantar el peso de sus creaciones. En cambio, ante la plenitud de la luz, carecía de un precedente que lo ayudara a enfrentar revelaciones inusitadamente deslumbrantes.

Se levanta de su silla y se aleja. Veo que abre la puerta de un estudio atiborrado, pero no me invita a pasar y apenas logro asomarme. Ahora sé dónde está su biblioteca y su caos más íntimo. Emerge con un diccionario y me pregunta:

—¿Vamos bien?

—Perfecto –respondo con un ademán tan asertivo que servirá para cerrar nuestra séptima sesión.

Ya es hora de irme, pero me quedo varado contemplando a Hutchson. ¿Qué buscará en el diccionario? Vuelve a su silla de hierro y actúa como si yo no existiera. Solo me falta hacer una venia de paje y retroceder caminando de espaldas.

¿Por qué todo lo que hace mi entrevistado tiene que tener un sentido, encajar en una secuencia? ¡Que haga lo que quiera con su vida cuando salgo de esta casa!

Ya solo en el carro, me siento en un confesionario sin cura ni penitencias. ¿Qué voy a escribir, lo que sé, lo que imagino que sé, lo que quiero que suceda o, mansamente, lo que me van contando?

Pienso en el estudio de Hutchson y caigo en cuenta, por una simple ley de compensación, de que el resto de su casa está algo despoblada, por no decir absolutamente vacía. Me agrada que la vejez vaya creando ausencias y no, como suele suceder, amontonamientos. Pero su caso es algo extremo. Cierro los ojos y solo puedo recordar las dos sillas en el corredor, frente a frente. No debo ser mezquino, también está la mesa y la comida. Aunque, ahora que lo pienso, el desayuno se ha ido haciendo cada vez más escaso.

La puntualidad es una virtud que se disfruta a solas

Estos breves ensayos que comienzo y termino durante el fin de semana son mi coto privado. Hoy estoy sumergido en Alejandro Otero, quien no se encontraba en la primera lista de autores asignados por María Elena Huizi. He llegado a él por la más simple de las razones: es el pintor venezolano que más admiro.

Alejandro realizó sus primeros coloritmos en Lampolux, la fábrica de dos hermanos de mi padre. Los tíos habían conseguido el contrato de unas grandes luminarias para los túneles de la autopista Caracas-La Guaira y compraron unos hornos de dos metros de alto para el secado de la pintura. Nada costaba añadir entre las cientos de lámparas las bases para los coloritmos y hacerle el favor a un buen amigo.

Alguna vez hice a mi padre responsable de no haber comprado una de las obras que salieron de aquel horno familiar. Esta arbitraria dosis de culpa sigue siendo mi principal vínculo con los coloritmos. Ahora solo me falta elegir el que quisiera haber heredado.

Hoy es el número 41. Lo observo fijamente. Quiero que me hipnotice y vaya apoderándose de mis sensaciones, al punto de predecirlas, hasta encontrar un lugar permanente en esa gran casa difuminada que se irá asentando con el sedimento de los naufragios y la proximidad de la muerte.

Un primo que sí tiene la dicha de poseer un original, me advierte que el diálogo entre el rigor apolíneo de las severas líneas negras y el azar dionisíaco de unos colores intensos, te va atrapando como a un insecto en una telaraña donde serás tan feliz que ya no querrás salir. Está describiendo la extraordinaria integración de una red vibrante e imprevisible con una trama geométrica, uniforme, tan legible como permanente.

Alejandro se apoderó del primer lugar de mi santoral cuando leí el último ensayo que envió a la prensa, «Sólo quisiera ser puntual», publicado en *El Nacional* el 11 de julio de 1990, un mes antes de su muerte. El texto termina anunciando: «Siento que me voy acercando al momento en que mi deuda mayor tiende a aproximarse... Lo que rechazaría son esas prolongaciones artificiosas de la salud, capaces de llevarme a una impuntualidad innecesaria».

El artista debe ser puntual, esa es la esencia de su compromiso. Tiene una cita con su tiempo a la cual debe acudir con valentía, aunque nadie lo entienda cuando se adentra en el futuro o se remonta a un nuevo génesis. Dicen que la puntualidad es una virtud que se disfruta solo, y en el arte suele darse la condena de ese placer solitario.

Otero escribió varias veces sobre Reverón –una prueba más de su puntual fidelidad–. Cuando un artista escribe sobre otro artista suele estar buscando la comprensión de su propia obra, o presagiándola. Las palabras de Alejandro sobre Reverón son ejemplo de la sentencia, creo que de Valéry: «Todo juicio estético es un recuento autobiográfico». En su ensayo «Notas sobre la pintura de Reverón», Otero se centra en el óleo *El puerto de La Guaira*, y alaba cualidades que han sido y le serán fundamentales: «Estructurada con tino, se organiza en rigurosos ritmos horizontales y verticales ... Todo es allí preciso, minucioso, cumplido, como en estricta y a la vez apasionada disección ... Todo ha sido transpuesto a un lenguaje de anotaciones exactas ... logra su máxima vibración visual». Así podría también haber descrito uno de sus propios coloritmos (como el que ahora logro ver cuando cierro los ojos).

En otro de sus textos, Otero nos propone que Armando es «un pintor que se busca», no «un pintor que se hace», que se «va dando a un ritmo», que sigue «una trayectoria que le viene, más que de una idea preconcebida, de sus propias y variables necesidades», que «modifica, según ellas, hasta el ámbito en que vive y trabaja».

Estas ideas de Otero están emparentadas con la propuesta de Liscano: «Reverón pensó y vivió la pintura a partir de su interior». Su proceder no respondía a los conceptos vigentes en su época, sino a una honda esencia terrestre que desde siempre aguardaba el momento de reconectarse con sus hijos y volver a nutrirlos. De aquí que su meta consistiera en responder, dice Alejandro, «del modo más despejado y directo», como todo el que deja atrás marañas y patrañas y nos despeja el camino hacia lo fundamental.

Alejandro también asumió el reto de ese transitar buscándose y llegó a la abstracción explorando la «trama infinita de signos únicos» que le había legado su amigo y maestro. Sus palabras sobre Armando presagian y sustentan su propio llamado a encarnar «la naturaleza que nos sostiene y enseña, y de nosotros mismos, como modelos en tránsito de nuestro propio devenir».

Esta visión no fue tan generosa cuando Alejandro aún estaba luchando por encontrar su lugar en el mundo. En marzo de 1950 escribe en el primer número de *Los Disidentes* su posición ante Reverón: «Su pintura es impresionista, y como tal no nos propone más que una estética del ojo que a esta altura del tiempo lleva 67 años de retraso». Me impresiona ese «67», tan exacto como un número en la ruleta de un casino.

El relato de Otero, «Una visita a Reverón (un texto escrito para mi hija Carolina en 1968)», pertenece a una época distinta. Es un homenaje de reconocimiento escrito por un discípulo que ya ha madurado. Extraigo algunos fragmentos donde el cariño deja atrás las pedantes calificaciones:

> En 1945, cuando salía para Francia, me quedaban algunas horas libres en La Guaira y se me ocurrió pasar a ver a Reverón. Él siempre fue muy cordial conmigo (con todo el mundo) y no se necesitaba mucho para hacerlo hablar. Sus conversaciones, monólogos, más bien, casi siempre fueron sobre arte. Cuando su interlocutor intervenía, apenas podía cambiar de curso y su discurso proseguía al ritmo de su imaginación.
> ... No se «sentaba» a conversar. Saludaba y continuaba la actividad en que estuviera moviéndose siempre mucho, arreglando siempre algo, yendo de un lugar a otro sin abandonar su «responso» interminable.
> ... No le hacía caso a la comida. Una vez me dijo: «uno debería tener dos bocas, la de la cara para cantar, decir poesía, y otra más abajo para comer».
> ... Algunas veces, me lo llevaba de la Escuela para mi casa, donde yo vivía con mi madre y el primero de mis hijos. Le encantaba conversar con ella y pasaban horas en ello. Mamá me contaba después las historias, que siempre fueron excepcionales.
> ... En una ocasión «me echó una vaina». Veníamos bajando por uno de los costados de la iglesia de Las Mercedes, y él, enfrascado en su «conversación», no me dejaba caminar. De pronto me agarró por los brazos y me fijó contra la pared. «Sigue tu historia Armando, pero continuemos porque tengo algo que hacer», le decía, y no me hacía caso. Yo estaba apenas soltando mi cáscara provinciana y no me sentía muy a gusto cuando se me ponía en evidencia. Hablaba durísimo acompañándose con gestos y ademanes que asombraban a cuantos pasaban. Llegó un momento en que, para subrayar una de sus historias, se acostó en la acera y montó los pies en una de las ventanas que

estaban cerca. Todo esto entre risas incontenibles que yo no hallaba como aplacar.

No hay tanta diferencia entre las descripciones que Boulton y Otero hacen sobre el conversar de Reverón, pero sí en cómo se sitúan ante ellas. Otero no establece una división entre el hablar y el crear, y se aproxima más cálidamente al incontrolable torrente de Armando. Es una unión de creador a creador, no de un crítico que constantemente escinde al artista entre lo esencial y lo accesorio. Para Otero, toda limitación es un recurso hacia una visión más amplia y estimulante:

> ... Quizás con impertinencia de muchacho, le pregunté:
> —Reverón, ¿tú lees mucho?
> Y me dijo:
> —No. Si uno pudiera leer un libro como se lee un cuadro, abarcándolo de una vez con la mirada, yo leería mucho, pero eso de tener que empezar fijando la vista en el comienzo de una línea, seguirla hasta el final para luego devolverse y repetir lo mismo, eso no; se vuelve uno loco.

Estoy cayendo en esa misma trampa y no hago más que retornar sobre nuestra locura colectiva una y otra vez, hasta convertirla en una mansa amnesia llena de inútiles reflexiones y reiteradas anécdotas, en vez de asumir con valentía su apremiante incurabilidad.

VIII
19 de enero del 2005

La semana hace su labor de distensión y llego a Sebucán muy animado. En cambio Hutchson luce hoy disminuido. Le noto las manos más grandes y más frágiles, quizás demasiado expresivas y cercanas, como si estuvieran a punto de rozarme. A veces forma una suave concavidad con la palma derecha y parece pasear sus ideas por el aire antes de entregármelas. Rara vez se toca el rostro. Cuando está cansado, apenas se coloca el dedo índice a un lado del pómulo y apoya allí la cabeza. Hoy ha hecho un par de veces ese gesto y aún no hemos comenzado la entrevista, así que entro en el meollo para ahorrar tiempo.

* * *

—*Ya hemos hablado de Reverón en la Clínica San Jorge, pero, hasta ahora, solo me ha relatado el recibimiento en el patio. Usted no está presente cuando pinta el mural con el trozo de arcilla. Mientras dibuja a Milagros usted observa la escena desde una oficina. Nunca participa directamente, salvo cuando lo vio hornear los carboncillos. Sabemos que tuvo encuentros breves, de cinco o diez minutos. ¿Llegó a tener alguna vez un encuentro por más tiempo?*

—Yo temía que mis acercamientos infringieran el más posesivo de los mandamientos: «No desearás el paciente de tu prójimo». Hasta que me resultó imposible resistir la tentación.

Pero había un escollo, para cometer ese acto de infidelidad, Armando tenía que elegirme a mí.

—Su visión del caso era distinta a la de Báez Finol.

—Al principio, Báez intentó convencerme... tenerme vencido y convicto. Su versión establecía que Reverón contrajo fiebre tifoidea a los 11 años y fue retirado del colegio y aislado, y que entonces su carácter se tornó melancólico e irascible y se refugió en las muñecas de Josefina[1]. Algunos ven en este evento el origen de su enfermedad. Yo lo considero la confirmación de un alma prodigiosamente introspectiva. Gracias a la fiebre es apartado lo que ya está aparte. Ahora se puede proclamar, con la autoridad de los diagnósticos médicos, lo que antes se suponía y se callaba. El niño habrá escuchado tantas veces que era «irascible y melancólico», que ha debido ser un descanso parecerse oficialmente a los juicios que lo acosaban[2].

Báez Finol consideraba que esa fiebre cambió el curso de su vida, porque luego de haberla superado comenzó a mostrar una conducta extraña. Queda así relegada a un segundo plano la inexplicable separación de la madre. Aquí tiene las dos vertientes: la que parte de la fiebre establece que debe ser medicado; la que parte de un abandono propone que necesita comprensión, lealtad.

Yo sabía muy poco de cómo el paciente reaccionaba a sus propios recuerdos y a las fabulaciones que otros hacían de

---

1 John Elderfield explora la relación de Reverón con las muñecas en su ensayo *Las irredentas*: «Es bien sabido que el artista se ataba la cintura bien apretada, al parecer, para separar la parte superior de su cuerpo de la inferior, la espiritual de la física. Ahora bien, un estudio pionero de finales del siglo XIX nos explica que uno de los métodos favoritos que tenían los niños para hacer un sustituto de una muñeca era amarrar una almohada por el medio con una cuerda».

2 Al referirse al episodio de la fiebre tifoidea, el mismo Reverón nos dice: «La gente dice que eso afectó mi carácter. Yo no sé, pero desde entonces me ha gustado el mundo de lo fantástico, de las muñecas que son como personajes vivos, pero que no hablan. Solamente miran. Soy yo quien les habla». Entrevista realizada por Carlos Morantes y publicada en *El Nacional* el 16 de marzo de 1953.

su vida. Para profundizar dependía de Milagros, la intermediaria entre Reverón y mis especulaciones. Hasta que un buen día a ella le dio por detestar ese papel y comenzó a contestar a mis preguntas de una manera cada vez más escueta. Llegó a ser telegráfica y definitivamente hostil… Eso pensé entonces, y lo peor apenas comenzaba.

No quiero volver a la áspera evolución de Milagros y retomo el hilo perdido:

—¿Puede darme un ejemplo de esas breves conversaciones con Reverón?

—No podría llamarlas conversaciones. Armando soltaba frases que tenían mucho de prédica, no de apertura a un diálogo. Podía invertir un verso infantil al celebrar un fuerte aguacero: «La luna canta, los pajaritos se levantan», para luego exclamar: «Los cuadros no viven por sus acometidas, ni por sus sorpresas, sino por su reposo», y uno se quedaba tratando de encontrar una relación entre los cuadros, la luna y los pájaros. Ya no vivía alucinando y estaba cada vez más concentrado en su arte. Era extraordinariamente trabajador. ¿Usted no ha leído sus pensamientos en el libro de Juan Calzadilla?

Ahora sí puedo exagerar y remachar:

—Sí, muchas veces. Me encanta ese libro.

—Es delicioso por su humildad. Menos mal que alguien recordó las sentencias de Armando y se las repitió a Calzadilla. La primera vez que las leí empecé a recitarlas en voz alta imitando la voz de Reverón.

—¿Cómo era la voz de Reverón?

—Veloz y algo ronca por el cigarrillo. Margot Benacerraf, quien lo filmó en los años cincuenta, ha podido grabarlo en la acústica de su Castillete. Ahí se perdió una gran oportunidad, una dimensión clave del personaje[3]. Es difícil encontrar

---

3 Palenzuela toma posición frente a la opinión de Boulton, quien reniega de los que presentan a Reverón «como si la locura que padeció y las estrafalarias frases que pronunciaba hubiesen

a un protagonista más consciente de lo teatral. Él mismo se lo explicó claramente a alguien que fue a entrevistarlo: «La vida es un gran teatro. Nosotros, ustedes, periodistas y fotógrafos, somos personajes que representamos escenas que hay que llevar a la pintura, al cine, al teatro». Era tal su voluntad de representación que únicamente creía en lo representado, bien fuera al pintarlo, al esculpirlo o al actuarlo. Solo en la luz encontraba una realidad que se presentaba siempre por primera vez, un puro y constante inicio.

—*Creo que esa reflexión sobre el teatro es parte de una entrevista que en 1954 le hizo el periodista José Ratto Ciarlo.*

—Es posible… Hubo un periodista que lo visitó en el propio San Jorge. No recuerdo su nombre, pero sí lo bien que se entendió con Armando. Estuvieron posando para el fotógrafo mientras hacían payasadas. Fue una verdadera sesión de mímica, de teatro.

—*Ese es el periodista, no hay duda. Ratto Ciarlo relata que incluso se montó con Armando en un sofá y dieron saltos.*

—Así fue. Me extrañó que luego publicara un artículo muy serio que no tenía nada que ver con lo mucho que disfrutaron. Armando estaba bastante desilusionado con lo que salió en el periódico. Yo mismo se lo leí.

—*Le cuento que Ratto Ciarlo volvió a publicar la noticia en 1964, titulándola: «Hoy a los diez años de su muerte, completamos la última entrevista que nos concedió el pintor Reverón». Está muy bien escrita. El periodista explica que en 1954 no se atrevió a publicar todo, porque temía quedar como alguien que estaba explotando las locuras del pintor.*

—¿Cuáles locuras? Aquello fue pura diversión.

---

sido más interesantes que sus lienzos». Escribe Palenzuela: «Seguramente 'sus frases' no pasaban de ocurrencias, pero, en cambio, sus pensamientos podrían conducirnos a un discurso crítico propio que no debió ser descartado. Al no ser rescatado a tiempo, simplemente, su palabra se perdió». Estoy de acuerdo, pero, ¿cómo diferenciar sus «ocurrencias» de sus «pensamientos»?

—Según Ratto Ciarlo la entrevista se convirtió en una sesión de teatro dirigida por Armando, e hicieron de Nerón, de mosqueteros, de Mussolini. Parece que el fotógrafo estaba desconcertado.

—El fotógrafo era un imbécil que no hacía sino reírse y mascullar: «tronco de loco», y no supo aprovechar la puesta en escena. Ese periodista ha debido ser más valiente y ofrecer la versión completa desde un principio.

—La verdad es que lo que publicó en 1964 no suena tan exacerbado. Puede que se deba a que ya habían pasado diez años y, ahora, cuarenta más. Sí puedo asegurarle que Ratto Ciarlo sabía de qué estaba hablando. En la entrevista parte de la célebre frase de Schopenhauer, «El mundo es mi representación», para explicar que si uno se aferra demasiado a su propia y exclusiva manera de representar tiende a alejarse de esa gran representación compartida que llamamos «realidad». Quizás no era una reflexión fácil de explicar a los lectores de El Nacional *en 1954.*

—Ese libro de Schopenhauer, *El mundo como representación y voluntad*, asusta con sus prédicas terribles, como «La vida es un anhelo opaco y un tormento». También nos plantea que el arte y la santidad son las únicas alternativas ante esa tormentosa opacidad. No sé si el periodista vio al santo o al artista cuando hizo su visita a San Jorge, pero sí puedo asegurarle que tuvo una admirable empatía con Armando, a quien le hizo mucho bien ese encuentro. Recuerdo que estaba eufórico por haber encontrado a un actor de su calibre…

—No creo que Ratto Ciarlo tuviera las mismas experiencias que Reverón.

—Armando era insaciable, tenía que serlo. Como todo niño, fue construyendo un modelo del mundo que luego trataría de insertar en esa gran representación colectiva que se basa en un desalmado toma y dame. La pintura debe haber sido una ayuda indispensable para intentar construir ese modelo desde un hogar prestado, pero un exceso de sensibilidad lo obligó a procesar demasiada información y su incipiente estructura tendría nodos y piezas que nunca lograron formar parte de la gran armazón social. Esa misma excentricidad tiende a crear una nueva cosmología, otras órbitas, vuelos fuera de formación que hacen más estimulante el cielo.

Pero ya hemos hablado hasta hartarnos de unas muñecas que representan a una hermana ficticia y a una madre ausente, vamos ahora a trasladarnos a un importantísimo acto público. A finales de 1909 los compañeros de Armando en la Academia de Bellas Artes organizaron una huelga exigiendo reformas y el reemplazo del director, Herrera Toro, quien domina el conflicto y expulsa a los rebeldes. Reverón no se unió a sus camaradas y en 1911 se termina graduando solo. Su óleo es el único en la sala donde se exponen los trabajos de la Academia. Imagine usted la escena. ¿Cómo cree que el graduado se habrá sentido durante esa pomposa ceremonia? ¿Estaba traicionando a sus amigos o confirmando su aislada relación con el mundo? Ese acto solitario fue su entrada oficial en la sociedad de su época, esa encargada de obligar y prohibir, de crear una serie de limitaciones que llamamos «sentido común».

—*¿Qué tiene contra el sentido común?*

—Es solo una manera de disfrazar las normas, de acorralar la individualidad.

—*En un ensayo titulado* Ritual, locura y sociedad, *Juan Calzadilla presenta una descripción que hace el novelista Julián Padrón del procedimiento que seguía Reverón al pintar: el guayuco fuertemente atado a la cintura, los hisopos en los oídos, la primera invocación a los espíritus acostándose en el suelo y mirando el cielo, las caricias a sus diferentes implementos. Boulton describe la misma faena e incluye la imitación de un pintor que pinta haciendo gestos en el aire hasta adquirir suficiente calor y velocidad, y es entonces cuando comienza realmente a pintar. Después de ofrecernos todos estos detalles, Calzadilla introduce una inquietante pregunta: ¿En qué medida el ritual de Reverón exigía la presencia de un público? ¿Ejecutaba el mismo ritual cuando pintaba en lugares apartados?*

—La posibilidad de que ese ritual necesite la presencia de un público lo hace aun más interesante al asomarnos a la otra cara de la moneda: ¿En qué medida la sociedad necesitaba los rituales del pintor como una referencia, como el extremo y el reverso que le da una cierta identidad? Ya sabemos que Armando no calzó en los convencionalismos caraqueños, pero, ¿en qué medida él también fue convertido en un convencionalismo? Pareciera que medio siglo después los rituales de nuestra sociedad aún necesitan el horizonte y la perspectiva que ofrece su tangencia, su marginación. Al inicio de los años cincuenta esa necesidad se convirtió en una vorágine creciente y, al final, era la sociedad la que enviaba a sus emisarios para que hicieran sus representaciones dentro de los muros de Castillete.

La idea es estimulante e intento aportar algo:

—Yo podría darle un ejemplo de esos emisarios que acudieron a Castillete. En 1945 llegó a Caracas el ballet ruso del coronel Bazil. Boulton cuenta que Reverón intercambió ideas con un amigo sobre cómo vestirse para asistir al Teatro Municipal de Caracas. En esas mismas líneas propone que las bailarinas del espectáculo fueron luego la inspiración de las dichosas muñecas. Para Boulton, el solo hecho de que Reverón se disfrazara con chistera y pumpá constituía una actitud lamentable que no estaba en consonancia con su edad. Mediante este juicio pretende sustraerle al artista el niño que lleva por dentro. Las discriminaciones que establece a partir de este hecho son francamente quirúrgicas. Lo martiriza y exalta al señalar que, aunque el pintor haya caído en fantasías infantiles, su técnica permanece madura y firme. He encontrado continuamente esas castraciones en los textos de Boulton.

—No es la primera vez que se alaba a la voz que se castra. De paso le aclaro que el artista no lleva al niño por dentro, es el niño el que debe llevar a cuestas al artista.

No acuso el golpe y prosigo:

—Y falta lo más importante, pues la historia que le he contado es justo al revés. Armando no asistió al Teatro Municipal, fueron el coronel Bazil y su troupe *quienes acudieron a Castillete a admirar su despliegue de atracciones, como todos los que iban a temperar a Macuto*[4].

—Ese es un caso simpático de inversión; hay otros más dolorosos. Milagros me comentó indignada dos noticias que salieron en la prensa poco antes de que Armando llegara a San Jorge. Cuando Reverón está sufriendo tanto que se suspenden las visitas de turistas, los miembros del Concejo Municipal se trasladan a Castillete para evaluar su locura y decidir qué se debe hacer con el enfermo[5]. ¿No le parece que esta tragicomedia, celebrada entre muros por los enviados de una ciudad obsesionada por la salud de su artista más valioso, y más arrinconado, está a la altura de Marat-Sade[6]?

Si quiere un teatro más intimista lea lo que escribió Oscar Yanes por esos mismos días. Lo tituló «Reverón reconoce que

---

4 En las notas del ensayo de Pérez Oramas, *Armando Reverón, el lugar autobiográfico*, aparece un fragmento de una entrevista a Roberto Lucca sobre esta historia: «Llegó a Caracas el ballet ruso del coronel Bazil y, entonces, como todo el mundo que va a Macuto, iban todos a casa de Reverón a ver el pintor que estaba metido en una especie de cueva (...) Se emocionaron enormemente y le dijeron a Reverón que por qué no iba a verlos (...) Me dijo: 'Roberto, si nosotros descendemos de los indios ¿por qué no va el indio también a ir al Municipal a ver bailar el ballet ruso?».

5 En estas mismas notas, leo una descripción del estado de Reverón en sus últimos años tomada del llamado *Manuscrito de Fiesole*, de Alfredo Boulton: «¿Qué cosa era él, qué significaba él, cómo se miraba él mismo? ¿Cómo sentía él mismo? Creo que de ese periodo conozco por lo menos treinta autorretratos. Con pumpás, sin barba, con paños sobre la cabeza, joven, viejo. Se buscaba a él mismo. Fue aquel, debe recordarse, un período de largas enfermedades. Juanita está vieja y gorda, la luz de El Playón entraba en un ocaso precursor del fin. Fue sin duda un momento melancólico, trágico, de sufrimiento, de torturas físicas. Recuerdo que me decía que estaba lleno de gusanos que le salían por la boca».

6 Hutchson se refiere a la obra *Persecución y asesinato de Jean-Paul Marat representada por el grupo teatral de la casa de salud de Charenton bajo la dirección del Marqués de Sade*, escrita por Peter Weiss.

está loco»[7]. Es, sin duda, el reportaje más implacable y cáustico que le hicieron, un diálogo descarnado entre el artista y otro enviado de la sociedad. Yanes fue penetrando en su intimidad, confesándolo. Así conoció secretos como el «agua imaginaria» y cuánto le temía Armando a las manos de la Virgen de Coromoto.

«¡Vea! ¡Las manos están quietas!», decía, «Nadie puede tener las manos como ella, tan expuestas. La falta de movimientos de las vírgenes es lo que vuelve loco a cualquiera. Nadie puede estar tan quieto como una Virgen».

El periodista le pregunta si no le gustaría someterse a un tratamiento médico en otro lugar. Armando contesta que «ni loco» abandonaría su casa: «Aquí están mis paisajes, mis colores, mis clientes. Además, para enfermedades tengo al doctor Van Pragg».

Yanes lo precisa: «¿No has leído los periódicos?».

«No... ¿qué dicen?».

«Que tú estás loco».

Yanes escribe que el entrevistado lo mira con ojos de animal bueno, o de Chaplin, y solo logra contestar: «Yo no digo nada, ¿qué puedo decir yo? Ellos son los doctores, ellos son los que saben... pero les va a salir el Niño Jesús y les va a echar una broma».

Es conmovedor que en uno de sus últimos diálogos en Castillete, ya francamente acosado y con amenaza de desalojo, Armando invoque a la más infantil de las fuerzas divinas, la que trae a los niños los juguetes, sus únicas armas.

¿Sabe como finaliza el periodista su columna? Le resumo: «Juanita en un rincón, seguía llorando discretamente». Baja el telón[8].

---

7 «Reverón no desmiente su locura y amenaza a la municipalidad con el Niño Jesús», reportaje publicado en *Últimas Noticias*, el 29 de enero de 1953.

8 Ciertamente Yanes fue despiadado, pero sabía hurgar. De este reportaje han sido extraídas y reproducidas las mejores frases de Reverón. Presentó aquí tres:

—Pienso que Ratto Ciarlo mostró bastante más comprensión y conocimiento. En la segunda versión, la publicada en 1964, cita a la psicoanalista suiza, Margarita Sechehaye, quien escribió un libro llamado Diario de una esquizofrénica. *Es la historia de una de sus pacientes, quien revela que nunca se sintió enferma, sino viviendo en otro mundo que no coincidía con el de los demás, un país en el cual reinaba una luz implacable, cegadora que no dejaba sitio para la sombra. Esta referencia a una «luz implacable y cegadora» indica una gran sensibilidad por parte del periodista.*

—Relacionar esa luz implacable y cegadora, que no deja sitio a la sombra, con el reino de la locura, coincide con la visión de Milagros sobre las trampas de una blancura absoluta. Pero le advierto que la luz no es la misma en Macuto que en Suiza. En el Caribe la pupila siempre está emprendiendo grandes hazañas. Mire sin pestañear hacia el jardín y sentirá cómo el diminuto círculo de su visión enfrenta la luz cerrándose. Esa continua tarea está en manos de un par de pequeños músculos que realizan un esfuerzo equivalente a soportar un peso en los brazos durante horas; por eso nos cansa tanto este sol del mediodía. Para los escoceses la situación es distinta; ellos equiparan la pupila a un esfínter que se dilata a medida que la luz merma en el invierno, y es entonces cuando sienten dolor, espasmos producidos por el ansia de luminosidad[9].

—¿Usted conocía el libro de esa psicoanalista?

«La pintura es la verdadera luz. Pero la luz es ciega, vuelve loco, atormenta, porque uno no puede ver la luz».

«Yo no puedo mirar los colores porque no puedo despegar los ojos de la luz. Los colores son tremendos».

«De la naturaleza hay que sacar los colores. Prepararlos con los mismos elementos de ella. La tierra, ¡qué buen color produce!».

9 En 1933 Luisa Phelps lleva varias obras de Reverón a París y se exponen en la galería Katia Granof. Hay una reseña de un crítico cuyas pupilas parecen sufrir por falta de luz: «Lástima que la iluminación del local no sea la más indicada para captar la sutileza de sus lienzos». También habla el crítico de una «fuerza salvaje» y de «descuidos en la ejecución».

—La Sechehaye fue una promotora insoportable. Pero volvamos al periodista que usted nombró. Me hubiera gustado invitarlo a almorzar, hacerme su amigo. Supongo que me molestó leer en el periódico una versión tan expurgada. A lo mejor Ratto Ciarlo llevó a San Jorge un grabador. Sería emocionante que alguien consiguiera «la cinta perdida» de Armando haciendo de Benito Mussolini.

—¿Puede decirnos algo más sobre la voz de Armando?

—Había en el fondo de su tono y de su ritmo una sensibilidad agotadora. No sé cómo definir ese estado entre sobrio y eufórico. Claro que estoy hablando de sus meses en San Jorge, cuando su voz era la de un hombre medicado, con la noción del tiempo convertida en una nebulosa donde se colaban ecos de las obras de Calderón y Lope de Vega, parlamentos de Ferdinandov y de Quevedo, enseñanzas de sus maestros catalanes y caraqueños, caminatas sin rumbo desde las ramblas de Barcelona hasta el malecón de Macuto. En esa voz de sopores y ensueños, que iba y venía entre la primera y la tercera persona, había, sin embargo, plena conciencia de la importancia del lenguaje, de la retórica. Si lo hubiéramos grabado con cierta continuidad tendríamos lo más coherente que se ha planteado en este país sobre el arte y el compromiso del artista con la obra. Cada uno de los pensamientos que he leído en el pequeño libro de Calzadilla explica o reconstruye los episodios que presencié, o que me contaron Ramona y el mismo Armando.

Ahora Hutchson busca en su apertrechado estudio una edición del libro de Calzadilla y revisa las páginas con la prisa de un profesor que teme aburrir a sus alumnos.

—Toda su propuesta plástica se apoyaba en un proceso que se expandía continuamente, pero que con algo de paciencia ha podido organizarse. Si en vez de fotografiarlo y filmarlo tanto, alguien se hubiera tomado la molestia de grabarlo con disciplina, ese libro existiría y este país quizás sería un poco más cuerdo.

¿Quiere saber qué le significaba la cabellera y la barba que le podamos apenas llegó al sanatorio? Aquí está refrendado: «Uno no debe peinarse. Somos un espejo. Si un remolino vemos, un remolino tenemos en la cabeza. Yo dejo mi pelo como el mar y si quisiera podría pintarlo de azul, porque el mar es azul». Ahí tiene una vez más el espejo que tanto le atrae.

Y eso que Calzadilla solo ha registrado lo que otros oyeron y recordaron. Nadie acudió a Castillete con el ánimo de dejar un registro. Yo hubiera podido hacerlo, pero fui el más irresponsable de los muchos testigos que pasaron por su vida... Nada hice por anotar con seriedad sus testimonios, y eso que me la pasaba todo el día con una libreta en la mano. Llevaba la cuenta de cada funda de almohada sucia, de cada paciente con fiebre o insomnio, pero nunca anoté una sola de sus frases.

—Y, sin embargo, de ningún otro pintor venezolano se conocen tantos cuentos, desde chismes hasta aforismos.

Hutchson asiente con el torso y se queda meciendo con el impulso mientras yo continúo:

—Calzadilla propone que Reverón no tenía propósitos de investigador, que evitó esa forma de perversión de la modernidad cuando se estableció en un lugar solitario del litoral[10].

—Decir que logró huir de las perversiones de la modernidad al establecerse en un lugar solitario, ya es arriesgado.

---

10 En *Armando Reverón y el arte moderno en América Latina*, Pérez Oramas transita por una línea parecida a Calzadilla: «... No se diferencia Reverón de sus pares modernos, salvo por el hecho de que no hay en su obra ningún rasgo de la voluntad de poder que acompañó a los grandes manifiestos de la modernidad en América Latina, ni aparece allí ninguna figura mesiánica, ningún gesto profético, ningún juicio».

Es curioso que siendo la siguiente frase: «Recluido dentro de los muros frondosos de su Castillete», Pérez Oramas no asome su valor como manifiesto. Al menos podemos otorgar a Reverón el haber sido nuestro artista de aspecto más mesiánico.

Asegurar que Reverón no quiso investigar es malgastar clavos en una crucifixión que a nadie redime.

Hay un diálogo de Platón que puede ayudarnos a entender el asunto de la investigación versus la inspiración. Sócrates nos dice que los dioses inspiran a los poetas, quienes se comunican unos a otros su entusiasmo. El problema es que para funcionar los poetas necesitan entrar en un delirante fuera de sí. Antes o después de ese momento de inspiración, es imposible hacer versos conmovedores o acertar con los oráculos. Ese afán de negarle a Reverón la capacidad de investigar quizás proviene de esa paradoja: solo eres capaz de crear cuando estás demente, cuando has dejado de ser inteligente y ya no eres dueño de la razón[11].

La única posibilidad que nos queda de encontrar un tratado «De Pintura Reveroniana» nos aguarda en los apuntes de Báez Finol, quien debe haber dejado registradas y a buen resguardo las sesiones que sostuvo con Armando. Puede que su hija, María José Báez Loreto, tenga esa historia clínica. Le sugiero que no pierda más tiempo conmigo y vaya a visitarla. También debe tener los cuadros que Armando pintó en San Jorge. ¿Usted conoce su visión del patio donde las ramas de los sauces se convertían en carboncillos?

—Sí, creo que ahora está en la Galería de Arte Nacional.

—Entre las raíces de esos árboles vuelven a aparecer los rastros de aquel azul que compartió con su amigo Ferdi-

---

11 En *Ion o de la poesía* encuentro dos fragmentos muy elocuentes:

«Semejantes a los coribantes, que no danzan sino cuando están fuera de sí mismos, los poetas no están con la sangre fría cuando componen sus preciosas odas, sino que desde el momento en que toman el tono de la armonía y el ritmo, entran en furor y se ven arrastrados por un entusiasmo igual al de las bacantes, que en sus movimientos y embriaguez sacan leche y miel de los ríos, y cesan de sacarlas en el momento en que cesa su delirio».

«El objeto que Dios se propone al privarles del sentido, y servirse de ellos como ministros, a manera de los profetas y otros adivinos inspirados, es que, al oírles nosotros, sepamos que no son ellos los que dicen cosas tan maravillosas, puesto que están fuera de su buen sentido, sino que son los órganos de la divinidad que nos hablan por su boca».

nandov. Armando comenzaba una vez más a sumergirse en lo acuático y el jardín de San Jorge está anegado de algo que podría ser luz o agua cristalina... El agua le hacía tanto bien.

—*Usted habló de cuando Yanes conoció en Castillete el «Agua imaginaria». ¿A qué se refería?*

—¡Toda el agua de Reverón es imaginaria!

Ya no sé si sus súbitos aumentos de volumen provienen de estar enojado o de no poder ofrecer una explicación concreta.

—*¿Usted cree que Armando estaba harto de Castillete?*

—Al principio se entregó a los dictados de Báez Finol. Su cuerpo aún estaba muy debilitado y él solo quería dedicar todas sus fuerzas a pintar. La mayor de sus preocupaciones era qué estaría pasando con sus monos y sus muñecas. Juanita lo mantenía al tanto después de sus visitas cada veintidós días. ¿Por qué veintidós? No lo sé. Era un ciclo que se repetía comenzando siempre con la misma pregunta: «¿Cómo estarán por allá?».

Cuando le dije a Báez Finol que yo podría llevarlo me lo prohibió: «La experiencia podría ser demasiado fuerte. Ya iremos algún día juntos y verá de qué estoy hablando».

Y así llegó el día en que empecé a preocuparme en serio por ese deseo tan natural que siempre se queda en el aire. Negarle la posibilidad de una visita a su casa me parecía más contraproducente que cualquier impresión que pueda causarle Castillete. «Un hombre tiene derecho a visitar su propio hogar», me dije, y decidí que debía llevarlo como sea. No quería aceptar que el motivo real de mi empeño era tener la oportunidad de estar a solas con Armando, hablar con él sin testigos, sin intrusos.

—*¿Y llegaron a ir?*

—Planifiqué esa salida como si fuera a robarme la monja de un convento. El primer paso fue pedirle a Báez Finol que me permitiera llevar a Reverón a comerse un helado en la plaza Sucre.

—*Fue un gran adelanto.*

—Y un privilegio que requería mucha discreción, pues no se le podían conceder paseos a los demás pacientes y convertir a San Jorge en una romería. Báez Finol accedió porque no podía negarle algo tan sano como una vigorosa caminata a un hombre con problemas de sobrepeso.

—*Por fin podrían conversar.*

—No tanto, pues nos impuso de chaperón a César, el guardián, un flaco fortísimo que no comía helados porque le dolían las muelas, pero era fanático de los «tres en uno» aderezados con un ojo de buey.

—*¿Qué es eso?*

—Un asqueroso jugo de verduras del que dependía el vigor sexual de César. Se lo bebía con la seriedad de un comulgante y a las dos cuadras comenzaba a notar los efectos.

En mi primer reporte escribí que la caminata había sido equivalente al despertar de Rip van Winkle. Reverón se había quedado varado en la Caracas del centro. Algo había visto de las nuevas urbanizaciones hacia el Este, cuando se iba caminando hasta La Florida a cobrar a grito limpio lo que le adeudaban por sus cuadros, pero no había conocido otros drásticos cambios de la ciudad. La Catia de los cuarenta fue una «Nueva Caracas», así la bautizaron. Era la entrada al gran valle desde el mar y tenía la multiplicidad de un puerto enclavado en la montaña. Allí encontraron sitio los emigrantes que llegaron antes y después de la guerra.

Caminando a lo largo de esas nuevas cuadras formábamos un trío de alegres exploradores: César, nuestro guía y comentarista; Reverón, a quien César insistía en camuflar para que nadie lo reconociera, aunque, ¿quién iba a reconocerlo sin barba? Y yo, el observador silencioso. Caminábamos jornadas de unas dos o tres horas. Hacía falta que el pintor metiera barriga, pues ya se estaba planificando la gran exposición en

Bellas Artes y debía tener el aspecto de un hombre apuesto y civilizado el día de su coronación. Ese fue uno de los argumentos para sacarlo a pasear, pero lo que terminó de convencer a Báez fue la tensión arterial de Armando, cada vez más alta. Las caminatas más un trago de *whisky* en las tardes era lo aconsejable. El paciente agradeció mucho la receta a lo Groddeck que propuse y eso ayudó a que me percibiera como un doctor y ya no como un joven enfermero.

—¿Que pensaba Báez de la ración de whisky*?*

—Nada, nunca se enteró. Nuestro paseo era de dos a cinco, luego Armando entraba al despacho de Báez por un tiempo indefinido y a las siete cenaba algo ligero antes de irse a su habitación. Una vez que pasé a saludarlo me comentó: «Ese Báez tiene un alma atormentada, pero le está haciendo mucho bien hablar conmigo».

«¿Y usted de qué le habla?», le pregunté sintiendo que violaba a la inversa el secreto profesional.

«De viajes. Ese hombre lo que necesita es pasear, agarrar camino».

Sentí que era una alabanza a nuestras andanzas y le di su primera ración secreta de *whisky* con unas gotas de leche.

—¿Y la agradeció?

—Con el primer sorbo empezó a cantar una canción de puerto sobre un marinero que bebía porque el ron había matado a su padre e iba a tomar venganza acabando con todo el ron: «Gracias a ti, rencor, beber ya no me cansa».

—¿Era un alcohólico?

—Ni alcohólico ni cantante. Recuerde que eran los tiempos del ron, del brandy y el vino. Armando se tomaba el *whisky* como una deliciosa poción medicinal.

—Hablemos de los paseos por Catia.

—Hace poco leí un artículo en una revista que me recordó nuestros caminatas a través de fiestas de portugueses con ollas de bacalao y cochino frito, velorios de Cruz de Mayo de margariteños, fiestas con joropo tuyero, congregaciones de libaneses, abluciones de musulmanes, el dialecto africano de la gente de Palenque, el persignarse a la contraria de los cristianos ortodoxos, las transacciones de los judíos peleteros, la celebración del año nuevo de los chinos. Catia era un laboratorio de la modernidad con un mercado abarrotado, jardines enrejados, plazas redondas, quintas mínimas, veredas como culebras al sol y esos nuevos bloques de vivienda tan utópicos como mezquinos[12].

César iba adelante y Armando en la retaguardia, molesto porque yo no lo dejaba traer sus cuadernos y creyones, para obligarlo a moverse y sudar como Dios manda. Siempre hacíamos una parada donde «El Médico Asesino», un tipo lúgubre y corpulento vestido con bata de médico y guantes negros de goma que servía todo tipo de guarapita y un jugo de berro con sabor a tornillos. Luego venía un toque en la chicharronera La Esmeralda para nivelarnos. Al final, César siempre pasaba por un burdel de a diez bolívares llamado «El lecho de la novia», y le dejaba un regalito a una blonda argentina que tenía a su madre recluida en San Jorge. Armando señalaba el local, que en las tardes parecía una casita cualquiera de vecindad, y nos advertía: «¡Eso ahí es pura cochinada!». Pero no lo decía con una expresión santurrona, sino con la sabrosa picardía de un marinero licencioso que viene de darle la vuelta al mundo.

—*¿Cuándo lograron bajar al litoral?*

—Faltaba la segunda parte de un plan que llamé «La incitación». Armando pronto empezó a dejarnos atrás. Iba recuperando la resistencia y el fuelle de cuando recorría la costa con el caballete al hombro y empezamos a dar camina-

12 Hutchson busca la revista en su estudio y me muestra un artículo escrito por Marsolaire Quintana para la revista *Complot*.

tas cada vez más largas y empinadas[13]. Un canario que sembraba alcachofas nos subió una tarde en su camioneta hasta Los Altos de los Magallanes. Caminando otro poco llegamos a uno de esos topes de cerro que te hacen consciente de estar sobre una esfera llamada «planeta». Podíamos ver al oeste el camino hacia el mar y una profunda quebrada, al norte los sombreados pliegues de El Ávila y hacia el este retazos de colchas urbanizadas que empezaban a iluminarse. César señaló en la parte alta de La Pastora un edificio y comentó: «Por allá se encuentra El Manicomio. ¡Ahí sí que tienen el loco hereje!».

Tenía razón, en aquel centro había unos dos mil pacientes mientras que en San Jorge no pasaban de ochenta. A Reverón no pareció interesarle aquel señalamiento. Estaba concentrado en la concavidad donde comenzaba a fraguarse una grandiosa puesta de sol, y señaló: «Y por allá viene subiendo el mar».

Solo podíamos ver un pequeño triángulo azul enmarcado por las escarpadas pendientes de la quebrada de Tacagua, pero Reverón dijo «viene subiendo», como si el mar fuera el que ascendía y estaba por ocultar el sol.

César no dijo una palabra más y se puso a contemplar la vista. Yo estaba feliz. Se había producido la conexión de Reverón con lo marino y ahora sus recuerdos abarcarían ámbitos más amplios. Le cambió la expresión y la postura. Ya no parecía un artesano al que separan de sus instrumentos; ahora tenía en la mirada un apetito más planetario, a la caza de los pasmosos portentos caribeños donde una vez se adentró y creyó perderse para siempre…

---

13 Miriam Freilich cuenta que Armando llamaba a Juanita «el cirineo». «Ella lleva toda la carga: el atril, la tela que va a pintar, una cesta con las pinturas, y a veces un paragua en la cabeza, que es lo que más pesa. Luego posa por horas y de vuelta con la carga a Castillete».

Hutchson se levanta y creo que ha terminado la sesión. Pero no, aún no termina. Ha ido a buscar una botella de whisky *y dos vasos.*

—Old Parr era el trago de mi abuelo –le comento por decir algo.

—A mi padre lo atormentaba la finitud. No importaba cuántas latas de sardina o potes de crema de afeitar se comprara, tarde o temprano se terminaban, y él necesitaba algo que fuera para siempre, definitivo. De manera que consiguió una caja de un *whisky* muy barato y así obtuvo por muy poco una sensación de permanencia.

—Doce botellas no es tanto whisky.

—Era una mezcla tan asquerosa que apenas la probaba la escupía, así podía pasarse un buen tiempo sin probarlo, orgulloso de su reserva de eternidad. Esa fue la primera señal de que algo andaba mal, pues armaba situaciones que solo tenían sentido para él. En la fase más aguda le dio por orinarse encima y ofrecer largas explicaciones sobre cómo bastaba con bañarse antes de acostarse y botar la ropa a la basura. He podido perder mi única herencia.

Enfrentar sus razonamientos era imposible, pues utilizaba todo su ingenio y talento poético para celebrar los beneficios de sus nuevas costumbres.

Me he impuesto no probar alcohol antes de las seis de la tarde, pero la imagen de ese mar que asciende por entre las montañas es un buen motivo para romper la rutina. Bebemos el primer trago en silencio. El sabor seco y caliente no va bien con la mañana espléndida y me desubica. Estoy a punto de comentar que solo tomo el whisky *con hielo y soda, pero no estoy dispuesto a soportar la mirada de un escocés indignado. Con el segundo trago, Hutchson continúa:*

—¡Qué hombre tan bello era Armando! Le teníamos prohibido fumar, pero dada la ocasión lo invitamos a compartir un cigarrillo. Más tarde César le daría pastillas de cardamomo para que Báez no descubriera nuestra tremendura. A Armando no le disgustaban las prohibiciones, más bien le divertían, pues realzaban el placer de sus vicios.

Todos los caraqueños tenemos algo de andino y de caribe. El valle y las montañas de Catia le habían alborotado a mi amigo el gocho que llevamos por dentro, pero ahora el lado caribeño volvería otra vez a palpitar, a tender su trampa. No puedo decir que todo aquello fuera un plan premeditado para llevar a Reverón de vuelta a Castillete, pues nunca fui el director de nuestras expediciones. Yo no era más que un timorato novicio ante la fortaleza de César y las visiones de Armando. Para hacerles creer que tenía el mando de la tropa, les advertí: «Mucho cuidado con lo que le cuentan al doctor Báez, porque se acaban los helados y los recaditos en El lecho de la novia».

A partir de aquella tarde ya no hizo falta volver al tope de la colina con vista al mar. Reverón comenzó a mostrarse muy inquieto y cada vez que me veía en el patio o en el comedor me repetía en voz baja: «Debemos ir a Castillete».

Preparé la expedición una semana que Báez se fue a Maracaibo a dar unas charlas a los médicos de las petroleras. El problema era qué hacer con César, quien no estaba del todo ganado a nuestra causa. Yo creía que por fin había captado la inteligencia y sensibilidad de Armando, y en eso pensaba cuando bajábamos el cerro, pero en un momento que nos quedamos los dos atrás, me preguntó: «¿Usted cree en extraterrestres?».

«Me encantaría tropezarme con uno para que me echara los verdaderos cuentos del universo». Esa fue mi respuesta para evitar entrar en tediosas honduras.

César se la tomó en serio y dijo en voz baja señalando a Armando: «Pues ese se los sabe todos», sin aclarar si Armando era o sabía tanto como un marciano.

Antes de la partida hacia Macuto, le dije a César que le había prometido a nuestro compañero de caminatas llevarlo a comer golfeados a Los Dos Caminos, en el extremo este de la ciudad. Como César sabía que iríamos en mi carro, me respondió que a él lo mareaban los paseos muy largos. Esa era la respuesta que esperaba y le di diez bolívares para que se fuera a tomar unas cervezas al salir del trabajo, una manera evidente de comprar su silencio.

La mañana de nuestra escapada tomamos la carretera vieja hacia La Guaira como a las once de la mañana. Teníamos poco más de siete horas para estar de vuelta antes de que anocheciera. Había que correr.

—*Fueron varias horas de conversación.*

—Bajando a la playa Armando habló muy poco. Yo tampoco abrí mi boca. Estaba poseído por la promesa de Milagros: «Gracias a Reverón entenderás de qué se trata este país».

Empezando las curvas descubrí que mi pasajero se mareaba; menos mal que lo supe por la receta que utilizó y no por las consecuencias. Me pidió que detuviera el carro, se adentró en el monte y regresó con un par de piedras redondas. Se sentó sujetando una en cada mano y me dijo que arrancara. El método funciona[14]; algún circuito eléctrico se equilibra o asienta y el hombre viajó mirando el paisaje con mucha atención, nombrando los árboles a lo largo de la ruta como si los estuviera saludando.

Esa tarde comprendí que lo femenino y lo masculino existe en la naturaleza con una ferviente sensualidad. La quebrada es femenina y el cerro masculino. En el libro de Calzadilla aparece una frase de Armando que es un buen ejemplo:

---

14 Hay otro ejemplo: «Dos enormes piedras unidas por un cordón que le guindaba del cuello, le servían para fortalecerse e irradiarse una fuerza cósmica. Con ellas se golpeaba fuertemente los músculos de los brazos y las piernas como ejercicios de relajación del cuerpo». *Reverón, amigo de un niño*, Eyidio Moscoso.

«La luz es una señora. El señor es el Sol». Para algunos es imposible percibir la feminidad de una silla, para Armando era imposible dejar de advertir la abierta coquetería de una «uña de danta» o la virilidad de un «indio desnudo». Cada persona es un idioma y yo trataba de comprender el de Armando analizándolo, cuando más bien debía sintonizarlo. Todo paciente puede ofrecernos una nueva concepción del mundo con diferentes opciones y posibilidades de organización. Esa tarde mi actitud tenía muy poco de ese espíritu de búsqueda, pero iba a mejorar al llegar al nivel del mar.

A la una ya estábamos en la parada de Guaracarumbo. Bajamos a tomarnos un café con ron y a contemplar la vista, mucho más vasta que desde la cima de Los Magallanes. Sentados en un par de taburetes frente a un budare concluimos que lo más sabroso que existe en el mundo es una arepa en el instante de la apertura, cuando el vapor empaña nuestros ojos y la mantequilla se derrite en su cóncava blancura. Ese fue un punto a favor de las teorías de Bowlby, pues en ese momento me reconecté con el sustrato primordial de mi infancia, incluyendo el sonido del cuchillo mientras mi abuela Sánchez raspaba la costra quemada. Recordé también mi primera visión desde esa misma atalaya llena de carros recalentados.

«¿Cuál es el mar?», pregunté mientras buscaba una forma con pies y cabeza, algo como un caballo o una nube. No podía creer que algo tan esperado fuera solo una línea entre dos azules.

«Es eso que está allá... y allá», insistió mi madre señalando el horizonte de derecha a izquierda con mi propio brazo.

Me sentí obligado a decir algo y exclamé muy serio: «El mar huele a gasolina».

Continuamos el viaje. Llegamos a Macuto a las dos y paré el carro frente al restaurante Las Quince Letras, a unos cien metros de Castillete.

Hutchson hace un movimiento con todo el torso, como un camionero que ha manejado una gandola por ocho horas y finalmente llega a su destino. Quizás quiere acentuar que el único propósito de nuestras entrevistas sea llegar a ese punto, a esa meta. Para acentuar esta impresión me da una mala noticia:

—Vamos a terminar por hoy. Créame que estoy realmente cansado. Ya lo estaba cuando usted llegó esta mañana... ¿Qué hora es?

Es Hutchson quien mira su reloj y comenta:

—Son las doce. No quiero abusar de su amabilidad.

Pasaré una semana estacionado frente a la corta subida que lleva a Castillete. No soporto depender de un conductor tan lento y atrabiliario. Quisiera avanzar sin su compañía los cien metros que faltan.

Los dibujos que desaparecen

Estoy cayendo en una pereza de una vulgaridad que se ha ido haciendo corporal, epidérmica, pues con la estrategia de no permitir que mis sueños se borren acudo a mi escritorio tal como salgo de la cama. Ya sentado, escribo poco y reviso mucho, hasta que paso a refugiarme en algún libro. Leo sin mucha avidez y termino preparándome un desayuno que no se iguala a los de Sebucán.

Estoy cansado de leer los mismos milagros sobre el mismo mártir de la quebrada de El Cojo. Mi única disciplina seria es la cita de los miércoles; solo entonces salgo en la mañana de la casa bien bañado y afeitado. Es tan fácil desayunar, escuchar a Hutchson y volver a casa con aspecto de trabajador insatisfecho. Uno de los mayores afanes de los escritores es demostrar que hacemos grandes esfuerzos.

Me acerco a otras posibles lecturas disimulando mi estado de posesión. Entro a una librería y hago como si estuviera libre de propósitos y empeños, sin hacer preguntas ni pedir consejos, sin otro objetivo que ser zarandeado por algún nuevo tema. Solo me falta silbar una canción de cuna mientras reviso las novedades con desdén. Si alguien me preguntara: «¿Busca algo en particular?», me sentiría ofendido y le respondería: «¿Por qué siempre habrá que estar buscando?».

El orden de los factores es totalmente distinto en la ficción que en la realidad. En la realidad debo aceptar que nada es casualidad; en las correrías de la ficción sí podría comprar un libro y sorprenderme al encontrar pensamientos o episodios que tengan que ver con Reverón. Exclamar: «¡Qué casualidad!», cuando la verdad es que estoy rastreando, hurgando, aunque aparente hacerlo cada vez con menos tesón.

Después de varias miradas por los estantes, que pretendo sean aleatorias y desinteresadas, compro dos libros: *Cartas desde Rodez* de Antonin Artaud, y *Egon Schiele en prisión*. Los testimonios de dos artistas recluidos en instituciones no pueden haber llegado a mis manos por azar; no importa lo errático que procure ser. Artaud y Schiele son prueba de que el acoso que una vez me impuse ha tomado fuerza y es ahora tan implacable como una eruptiva.

Schiele no es quien escribe el diario de sus veinticuatro días en prisión, sino Arthur Roessler, el crítico de arte que diera a conocer su obra. Cuando Schiele comenzó a tener éxito, a aburguesarse y disfrutar de sus ganancias, Roessler decidió escribir este pequeño libro para recordar al público los días de penuria y rebelión del pintor contra la moral vienesa. La narración es en primera persona y está basada en los recuerdos del propio Schiele, quien fue excarcelado al demostrarse que eran falsas unas graves acusaciones de pedofilia, basadas solo en sus vigorosos dibujos de adolescentes desnudos.

Vamos al 16 de abril de 1912. Estamos en la prisión de Neulengbach y Schiele por fin recibe papel, lápices, colores y hasta un «peligroso» cortaplumas. Ha terminado el «tormento de esas horas grises-grises, monótonas, informes, todas parecidas, groseras, confusas y vacías», cuando «para evitar volverme loco, me puse a pintar con el dedo tembloroso, humedecido en mi amarga saliva, paisajes y rostros en las paredes de mi celda sirviéndome de las manchas en el friso. Después observaba cómo poco a poco se iban secando, palidecían y desaparecían en las profundidades de las paredes, como borrados por una mano invisible, poderosa, mágica».

Al ser absuelto y salir de la cárcel, solo le queda al artista proclamar su revancha: «¡A partir de ahora deberán avergonzarse ante mí todos los que no han sufrido como yo!».

Encuentro estas líneas de Schiele, o de Roessler, en la segunda página del diario. Suele sucederme que apenas comienzo a leer un nuevo libro me asombra la aparición de pistas, alegorías y resonancias que apuntan hacia Reverón, y quedo sacudido, un participio bastante fuerte para quien lee en la paz de un escritorio donde no logra escribir.

La experiencia de pintar con saliva un dibujo que se va evaporando viene a ser una hermana fiel a las evanescencias de Reverón. Provoca cerrar los ojos e imaginar sus primeros días en el sanatorio San Jorge, su visión de los muros vacíos y lisos –ya no de la piedra viva de Castillete– mientras los recorre con dedos desprovistos de pinceles.

Así ocurre con todo lo que pasa por mis manos. Al iniciar la lectura de un texto cualquiera, predomina el hallazgo de fragmentos que se siembran en el campo que ya tengo trillado y bajo riego constante. Tanto me estremece la fuerza de estos descubrimientos que me cuesta pasar de las primeras páginas. Luego, a medida que logro avanzar, el contenido comienza a adquirir su propia identidad y dirección, y el escritor va dejando de ofrecerme equivalencias y metáforas que vienen al caso. Al final, apenas me hace guiños a lo lejos, cansado de mis forjamientos y afán de apropiaciones.

El síntoma no es nuevo. Es la borgeana sospecha de que existe un solo libro de una infinitud tan vasta que resulta inaprensible, incluso inoperante. Si tantos textos son capaces de encontrar lugar en mi búsqueda de Reverón, quiere decir que no hay medida, límites, ni siquiera ponderación. La posibilidad más licenciosa, más peligrosa, es forzar y estirar el tejido de las alusiones hasta hacerlo incapaz de sostener, de contener, de culminar.

Pero revisemos la segunda compra. Artaud es el creador del llamado «Teatro de la crueldad», y ya usé con cruel teatralidad una de sus frases cuando relacioné la posición de Boulton con la de un poeta que se cuida de tener buena salud «mientras se suma al ser del otro».

La edición que he comprado de las *Cartas desde Rodez*, tiene en la portada una figura con algo de Botero y de Magritte, una combinación que el belga detestaría. La imagen es repelente, pero Artaud me atrae desde que descubrí su rostro de monje guardián en la película *Juana de Arco*, de Carl Theodor Dreyer.

Es paradójico que un actor que pasó tanto tiempo encerrado en sanatorios, proclamándose un perseguido, le haya tocado representar al inquisidor que vigilaba a una santa. El monje que Artaud encarna, Jean Massieu, es compasivo y mira a Juana con desquiciada ternura. Él será quien la acompañe en los últimos metros hacia la hoguera y luego testimoniará que su corazón quedó intacto y lleno de sangre.

Rodez es la última de las tres instituciones donde Artaud completó sus nueve años de reclusión. En una de sus cartas le describe al doctor Jacques Latremolière la receta ideal para su mejoría:

> Para alejar al mal y a los demonios hace falta una buena alimentación, nicotina en cantidad suficiente, y durante cierto tiempo dar heroína en dosis elevadas a un organismo viciado por infectas abyecciones, y afectado hasta su más extrema sensibilidad vital por el mal, las privaciones, las angustias, los traumatismos ocultos de toda especie y por los malos métodos curativos.

Otro de sus doctores, Gastón Ferdière, se lamentará de haberlo liberado demasiado pronto, sin «haber exigido más garantías» y sin «haber tomado mayores precauciones en la organización de la post-cura». Ferdière hace sus reclamos de antemano, pues intuye que va a pasar a la posteridad como un «psiquiatra de Gran Guiñol o de expresionismo alemán, sádico y megalómano», «empeñado en corregir a su paciente», convertirlo en lo que nunca fue ni podrá ser.

Artaud sobrevivió a Rodez y escribió un último libro: *Van Gogh, el suicidado por la sociedad*. Este largo ensayo guarda una relación tan evidente con Reverón que citar un fragmento es irrespetar a todos los demás, con iguales deberes y derechos para ser convocados. Recomiendo la lectura de las treinta páginas y copio aquí las ideas más útiles a mi búsqueda de una comunión con Armando: «¿Quién es un verdadero alienado? Es un hombre que elige volverse loco –en el sentido en que se usa socialmente la palabra– antes que traicionar un pensamiento superior de la dignidad humana».

Me conmueven las peripecias de esta propuesta. Elegir la locura equivale a salvar un obstáculo que a la vez es un abismo. También me sorprende que el propio Artaud, después de escribir «volverse loco», utilice la trillada coletilla «en el sentido en que se usa socialmente la palabra». Siempre la palabra «locura» será utilizada con demasiadas precauciones y advertencias, comillas y cursivas, cuando es tan ambigua y relativa como la bondad, la maldad o la cordura. Si en vez de «elige volverse loco», Artaud hubiera escrito «elige explorar la locura», o «desafiarla», incluso «atravesarla», ya no haría falta la aclaratoria. En cualquiera de esos verbos estaría implícita la tarea de poner en su sitio a las taras sociales. El mismo Vincent le escribió una vez a su hermano Theo: «Estoy pensando tomarme en serio la profesión de loco».

Otra de las frases de Artaud en su libro sobre Van Gogh nos presenta otra sombra en el carrusel de nuestra relación con Reverón: «hay que introducir en la luz un elemento de tenuidad, de densidad, de opacidad y sugerir así calor, frío, miedo, cólera». Cuando encaremos nuestras aprensiones al reflejarnos en Reverón, debemos confrontar también nuestra cólera íntima y colectiva, un sentimiento tan contagioso como el frío o el calor.

En el «Suicidado por la sociedad» aparece también un verbo tan sugerente como criollo. Escribe Artaud: «Van Gogh es quien más a fondo nos despoja hasta llegar a la urdimbre, pero al modo de quien se despioja de una obsesión». He leído y escrito en estos días tantas veces la palabra «despojo», «despojar», y ahora aparece el crudo «despiojar», un verbo sugerente, pues mientras más buscas más encuentras, y ciertamente le conciernen las raíces, la cabeza y la desesperación.

Ya más entonado y preparándome para la cita de los miércoles, busco en viejas lecturas con pulsaciones de biógrafo y ya no como un sonámbulo tan sospechoso que abre los ojos para no tropezarse. Con esta dosis de premeditación llego a un libro de Joseph Brodsky, *Del dolor y la razón*, y busco unas líneas de las que tengo un vago recuerdo.

La corazonada es acertada. En el ensayo «*Altra Ego*» aparece una inquietante prédica contra las biografías. Escribe Brodsky que ese «género voyeurístico» debilita el espíritu, ya que este «último bastión del realismo» se basa en «la sospechosa premisa de que la vida puede explicar el arte». Brodsky sostiene, con conocimiento de causa, que los poetas son rehenes de su inspiración y «deben pagar por sus palabras mucho más de lo que reciben por ellas». Esta injusta transacción es el alimento de las biografías, pues llega a plasmarse en situaciones, muy apetitosas para un biógrafo, que no son causa sino efecto: «el ostracismo, la cárcel, el olvido, el autorrechazo, la incertidumbre, el remordimiento o la locura».

¿Cómo no estar de acuerdo en que la biografía de Reverón será la historia de un artista que debió pagar un peaje?

Armando cumple con nobleza las ecuaciones que diagnostica Brodsky: mientras más tiempo pasa donde «nadie ha estado antes», «más particular se vuelve su conducta»; mientras más revelaciones y conocimientos alcanza, más frecuentes son «los accesos de impía soberbia» o de «humilde postración».

Termina Brodsky con el juicio que mejor le asienta al artista que nos congrega todos los miércoles en Sebucán: «Por gregaria o humilde que sea la naturaleza del poeta, ese afán biográfico le aparta aún más de un entorno social que intenta desesperadamente bajarlo a un nivel más común a través de la entrepierna».

Willem de Kooning propone lo contrario: «No es posible entender una obra de arte con solo mirarla. Hay mucho que no llega a hacerse evidente y necesita de una historia, que se converse mucho sobre ella, pues es parte de la vida entera de un hombre». ¿Estará De Kooning defendiendo las biografías? Quizás intenta decirnos que está dispuesto a hablar sobre su propia vida, pero sin más propósito que el placer de hacerlo. Nótese que el verbo que plantea para comprender al artista y su obra es «conversar».

Armando quizás disfrutó de esa posibilidad con su amigo Báez Finol, el supuesto carcelero, pero ese afán voraz de dividir la historia entre malos y buenos terminó convirtiendo a Báez en otro doctor de «Gran Guiñol» empeñado en corregir a su paciente.

Quiero creer que Báez lo ayudó a volver a crear y concentraré mis sueños en ese bellísimo cuadro que Hutchson tanto venera, *Patio del sanatorio San Jorge*, pintado con carboncillo, tiza y pastel. Esta es otra obra que quisiera guindar en la casa donde solo se entra con los ojos bien cerrados y la estadía es permanente.

IX
26 de enero del 2005

LE CUENTO A HUTCHSON LAS IDEAS DE BRODSKY contra las biografías. No parecen conmoverlo. O lo disimula comentando:

—Me recuerda un estribillo de mis primas Berroterán: «Sobre gustos y colores no han escrito los autores». La vida me ha enseñado que solo se escribe de gustos y colores. Entre esas dos tendencias están las manías biográficas.

Es mejor volver al lugar donde quedamos varados.

* * *

—La semana pasada estábamos frente a «Las Quince Letras» y ya a punto de subir a Castillete.

—Es verdad, dejamos el carro frente al restaurante y solo faltaba subir cien metros por una carretera de tierra algo empinada. Aquí estamos en un punto importante y poco explorado. Donde está ahora el restaurante había antes una pulpería… ¿Sabe cómo se llamaba el dueño? ¡Fausto! ¡Armando tenía negocios con el propio Fausto![1].

---

1 En el *Fausto* de Thomas Mann, el diablo le anuncia al protagonista un futuro semejante al del vidente de Rimbaud: «Tú señalarás la marcha hacia el futuro, los jóvenes jurarán en tu nombre y gracias a tu locura ellos ya no necesitarán estar locos».

El comerciante y el artista de la quebrada de El Cojo fueron una vez los notables de la comarca. Fausto era muy generoso y le fiaba a sus amigos hasta el día en que quebró y perdió su negocio. ¿Quién sabe? A lo mejor fue el segundo Fausto en vender su alma a Mefistófeles y este vino a cobrársela. Entonces va a suceder una penosa calamidad: Armando trata de salvar al amigo embargado y vende todo lo que ha pintado para cancelar sus deudas con la pulpería. Ese período, entre 1926 y 1927, puede ser cuando Armando vendió a precios más bajos. Siempre es triste tener que rematar a toda prisa lo realizado con tanto esfuerzo y cariño, pero lo más grave es que lo va a hacer en la mejor de sus épocas. Cuando los críticos hablan de un período en que «llevó al límite el delirio de la luz», se están refiriendo al mismo año en que su amigo Fausto fue embargado. A esos días pertenecen *Luz tras mi enramada* y *Fiesta en Caraballeda*. ¿Usted ha visto esos cuadros?

—Sí.

Es un sí apagado, sin convicción. No sé qué más agregar, y sigo con mis afanes:

—¿Subieron juntos hasta Castillete?

Hutchson no parece escucharme y continúa su interrogatorio:

—¿Y qué sintió cuando vio *Luz tras mi enramada*?

—No sé, no recuerdo ahora qué sentí... Creo que me ayudaría mucho llegar a Castillete.

—Sí, pronto vamos a subir... ¿Ya le conté lo que hablé con Armando durante la travesía?

Definitivamente Hutchson está jugando conmigo, teje y desteje y vuelve a tejer. Contesto con voz de letanía:

—No, no me lo ha contado.

—Muy poco en el descenso y mucho en el ascenso, cuando ya regresábamos a Catia. Camino a La Guaira solo me habló de su amigo Nicolás Ferdinandov. Creo que empezó a confundir la mitad que tengo de escocés con lo mucho que su amigo tenía de ruso, porque empezó a revivir la primera vez que bajaron juntos a la playa en los años veinte.

Al principio la situación en el carro era absurda: después de tanto esperar a estar solo con Armando no lograba escucharlo con la debida atención. Yo estaba extasiado mirando la inmensidad del mar y dominado por inesperadas abstracciones. Descendiendo por aquellas curvas entre precipicios iba pensando en un postulado de Aristóteles: «Cada ser tiene una finalidad que está determinada por su esencia. Esa es su potencia». Hasta los seres inorgánicos aspiran a situarse en su lugar natural, como una piedra que cae al suelo o el humo ascendiendo al cielo. Me sentía cumpliendo esos dictados mientras rodaba con Reverón desde los mil metros de altitud hasta el nivel del mar.

—*¿No recuerda qué le contó de Ferdinandov?*

—El maestro quiere ver cómo va la construcción de su discípulo en Macuto. Lo visita y encuentra en el centro del taller una enorme piedra que sirve de mesa y de cama. «¿Cómo hiciste para meter aquí semejante piedra?», le pregunta. «Muy fácil, construí el caney alrededor de la piedra», contesta Armando.

Hablar sobre el Ruso le resultaba triste y a la vez estimulante. La amistad posee una fecunda facilidad para condensar nuestras mejores épocas; siempre está llena de comienzos, de iniciaciones. En cambio el amor, tan exigente y pretencioso, tan inseguro y dependiente, tiene un solo comienzo y un solo final.

Voy a contarle cómo terminó la historia de amor de Ferdinandov. Nicolás se enamora de Solita, la mujer más bella de Caracas. Pero, también la cortejaba un hijo del general Gómez, así que la pareja decide casarse y huir hacia Curazao, donde el Ruso va a dirigir la construcción de un muelle para buques petroleros. Luego descubrirá que el contrato consiste en bajar al fondo del mar metido en su escafandra para guiar a su puesto los hondos pilotes de madera. La remuneración no es el sueldo que esperaba ni su cuerpo enfermo logrará soportar las fuertes y frías corrientes.

Un judío muy rico y refinado le pide a Nicolás que diseñe el decorado del comedor en su villa. El resultado es espléndido, pero en Curazao hay pocos clientes que puedan apreciar una obra que iría bien en San Petersburgo[2]. Con lo ganado y unos cuantos ahorros, Nicolás decide que va a construir un submarino. Ya no será la academia flotante capaz de recorrer los puertos, sino un taller de pintura al cual vendrán artistas de todo el mundo a pintar los fondos del mar Caribe.

El siguiente capítulo amerita un trago e iniciamos, antes de tiempo, nuestra celebración del final de la mañana.

—Nicolás va a construir el submarino en un taller al lado de su casa. A la agobiada Solita la tarea le parece irrealizable, pero es fácil conseguir en el puerto expertos soldadores y grandes planchas de metal. Nicolás pasa las noches trabajando y no permite visitas al taller. Su esposa lo ve feliz y espera que el nuevo invento lo ayude a curarse y les traiga algo de estabilidad económica. Ella lo cree capaz de cumplir cualquier sueño, solo le falta algo de suerte para dejar atrás la acechante miseria.

Viene la inauguración y se abre el taller. El submarino, tan gorndiflón como un zepelín, está posado sobre cuatro columnas de madera. Al lado de la hélice está escrito el nombre

---

2 Quien ha seguido con más ahínco la pista de Ferdinandov en Curazao es Konstantin Zapozhnikov, un periodista de la agencia rusa Novosti. El mecenas de Ferdinandov fue Elías Penso, consejero del gobernador de la isla. En 1988, Konstantin llega a la casa del señor Penso en Scharloo-weg, ahora convertida en el club chino de Willemstadt. Ese día no están los socios del club y el personal de limpieza lo deja pasar. Konstantin llega hasta el antiguo comedor y encuentra un depósito de muebles viejos, colchonetas y lámparas inservibles. Mueve cuanto puede y surgen en la penumbra polvorienta los óleos sobre una fábula de Pushkin, las figuras de metal repujado, los mosaicos brillantes, los vidrios con los destellos del azul que Nicolás asoció con la muerte y el mar. También están las puertas de una alacena con el dibujo de dos pájaros de fuego y dos peces de oro desplegados sobre cristales ahumados y enmarcados en paneles de madera. No habrá manera de negociar con los chinos y la obra de Ferdinandov volverá a ser sepultada.

de la nave: «Felicidad»[3]. La fiesta es de noche pero la coqueta máquina está iluminada por dentro. Cuando Solita se asoma al interior cree escuchar el sonido de un motor. «¡Buena señal!», piensa, pero al entrar descubre que es el runruneo de un gato que su esposo acaricia. Solita y cada una de las niñas tienen una cómoda silla con su nombre estampado en el cuero. Cuando las tres invitadas están en sus puestos, el capitán sale por la escotilla y les anuncia que volverá en pocos minutos. De pronto, se corre un velo que cubre el ventanal en forma de ojiva y se agitan por todos los flancos unas aguas fosforescentes sobre un manto de arena lleno de caracoles, erizos y medusas. Flotan algas y caballitos de mar demasiado erguidos. Hay una mantarraya que aletea histérica y se ven los remiendos en los tentáculos de un pulpo. Pasa un lento tiburón con una sonrisa de colmillos relucientes. Cuando un buzo triunfante saluda a las niñas desde su escafandra, ya Solita ha pasado de la ilusión a la derrota. Abatida por la ternura de la escenografía, sabe que está presenciando la última fantasía de un esposo moribundo. El submarino es tan perfecto que nada ni nadie podrá hundirlo. Nicolás Ferdinandov morirá con 39 años, sumergido en sus enfisemas y ahogado en su propia cama.

Hutchson llena otra vez los vasos, brinda por Ferdinandov y regresa a Castillete, sin que hayamos realmente llegado:

—¡Qué más se le puede pedir a la vida! Un castillo de piedras de río frente a una playa, una quebrada con camarones y cangrejos, andar en calzones todo el día rodeado de jóvenes que yacen desnudas entre hojas de plátano, ¡y ahora resulta que debemos compadecerlo por no fornicar con Juanita!

Mira a su jardín, como si allí estuviera la única conexión con un mundo perdido, y logra calmarse antes de continuar:

---

3 Según un hermoso texto de Alfredo Armas Alfonso, el nombre del submarino era «Solita - Felicidad».

—Cuando regresé a Escocia viví en Arbroath, una pequeña ciudad llamada «El espejo del mar del norte». Eran unas playas tan tristonas que no hacía sino soñar con La Guaira y esa alianza ciclópea entre una montaña colosal y las aguas profundas hacia donde se precipita. Los mares de Escocia me decían con su desaliento: «En estas costas hubo naufragios y desembarcos de enloquecidos guerreros; ahora solo hay viejecillas que coleccionan guijarros, expertos en mareas y pintores de acuarelas tan turbias como la que ensombreció tu hogar». Esta abjuración me hacía pensar en Venezuela, y Castillete se fue convirtiendo en la casa de mis sueños... Aunque quizás la hubiera colocado algo más lejos de Caracas, más allá de Naiguatá... por Caruao o Todasana. Y ciertamente hubiera dejado en Macuto a los monos peleando con la comparsa de muñecas, junto a las máscaras, los esqueletos con pelucas, las coronas de papel y la escopeta que no dispara.

Cuando le pregunté a Armando por qué había construido su castillo tan cerca de los caraqueños, le extrañó la pregunta y me contestó que los clientes nunca deben estar demasiado lejos. ¿Cuál era la extensión de su alejamiento? Para Gauguin fueron los 15.000 kilómetros entre Francia y Tahití, para Armando los 30 kilómetros entre Caracas y Macuto, algo más de dos horas antes de que hicieran la autopista. Gauguin era un errante aventurero, Reverón un sedentario crónico.

Encuentro una manera de empujarlo a entrar en el tema:

—¿Puede describir esa casa de sus sueños?

—Castillete estaba mucho mejor construido de lo que me esperaba. Era un cuadrado de unos treinta metros por lado formado por gruesos muros de piedra de unos tres metros de alto. Se entraba por una esquina bajo un arco y se pasaba a un amplio jardín. Justo en el medio del cuadrado estaba el caney donde Armando pintaba. A lo largo de los muros perimetrales fue adosando la cocina, la casa de las muñecas, los dos dormitorios, la torre con la campana. Así la mayor parte del interior del cuadrado quedaba libre para los naranjos, las matas de lechosa y un fuerte aroma a jazmín.

Cuando conocí su casa, yo había visto muy pocas obras de Armando, apenas el autorretrato y lo que había estado pintando en San Jorge, y no puedo decir que lo admirara como pintor. Más me interesaba su manera de ser, su aura, sus frases, su estampa. Sin embargo, al traspasar la puerta de su castillo, creí formar parte de un lienzo inmenso y que algo o alguien estaba a punto de pintarme. No fue solo la sensación de entrar en un cuadro, también sentí una brocha que me recorría la médula, que me ungía, desde las cejas hasta los tobillos. Era desconcertante estar en aquel reino de tantos juegos, de tanta flora y tanta fauna. Dejé de ser espectador y me convertí en el Hutchson de 11 años entrando al patio incendiado por la abuela. La fuerza de esa sacudida me obligó a dejar atrás las reflexiones y me entregué a un cosmos que imponía sus propias leyes. Sabía que si trataba de ajustarlo a mi precaria estructura mental solo vería un desorden, un caos.

Me ha tomado mucho tiempo entender por qué me atrajo tanto aquel cuadrado perfecto. Todas las civilizaciones han participado en la búsqueda de ese paraíso perdido. Eso hizo Reverón: crear una naturaleza sagrada en medio de ese Edén que una vez fue el litoral central.

—*¿Qué fue? ¿Ya no es?*

—Los alrededores de Castillete han sido destruidos mediante una masacre legislada con alevosía. Toda esa costa es un ejemplo de estupidez, de oportunidades destruidas, extraviadas, por eso no me cansaré de repetir la frase de Proust: «No hay paraíso hasta que se ha perdido»[4].

4 También viene al caso la versión de Octavio Paz: «Los expulsados del paraíso están condenados a inventarlo».

En un lugar semejante se dio la primera relación entre Dios, el hombre, la mujer, la culebra y los frutos de la naturaleza. Fue un conflicto en el que participaron las verdades y las mentiras, las seducciones y las promesas, y, sobre todo, los efímeros premios y los inevitables castigos que han conducido nuestra altiva y errática relación con la creación. Desde entonces, unos asumen a la naturaleza como algo profano y peligroso, otros como un lugar sagrado y propicio para el encuentro con Dios y sus reglas inexplicables. Reverón creó ese cercado, sembró esos árboles e inició la búsqueda de un nuevo encuentro con lo trascendental. Al final terminó consumido por su propia conquista.

—Debo hablarle otra vez del periodista Ratto Ciarlo, pues él coincide con usted. Escribió que Reverón estaba tan enamorado de su propio mundo personal que lo fue poblando de seres creados por él, como un nuevo y pequeño Dios, para que habitasen ese mágico Edén.

—Ese es un clásico error. El Edén es la geografía, el parque; el paraíso es un rectángulo ubicado en algún lugar de esa región, del cual eres expulsado y jamás podrás volver, a menos que quieras enfrentarte a un ángel con una espada en llamas. Castillete fue un jardín construido dentro de un Edén entre la montaña y el mar. Solo existe algo igual en nuestros más remotos orígenes, los que lindan con nuestra propia mitología salvaje y su legado de felicidad, tragedia y desnudez. Me estoy refiriendo a la desconocida Biblia del Caribe.

Pero dejando a un lado los errores de proporción, su periodista tiene mucha razón, Armando sí vivía como un pequeño Dios junto a sus creaciones: un teléfono con el que puedes llamar a quien quieras y a nadie, un violín y un piano que sirven para tocar el silencio, un cáliz que no puedes llenar de vino, pero tampoco vaciarlo, un espejo en el que ves lo que quieras menos a ti mismo, una escalera que asciende sin subir, muñecas que mientras más reposan más profanas se tornan. Los verdaderos símbolos son promesas que nunca llegan a cumplirse, de la misma manera que el verdadero paraíso es el perdido. Solo la radio era auténtica, parece que jamás la apagaban[5].

Pero yo no podía pensar en estas cosas cuando Reverón abrió el portón de Castillete y entramos juntos al patio. A partir de ese instante me creí dominado por una «docta ignorancia», cuando era un ignorante a secas, como pronto quedará ampliamente demostrado.

Hutchson vuelve a detenerse. Parece embelesado, o atascado en sus recuerdos, necesitado de preguntas concretas que lo ayuden a avanzar. Mi reacción es absurda, en vez de animarlo a entrar, comienzo una explicación sobre cómo la planta de Castillete es semejante a la de las bastidas francesas. Después de escucharme por varios minutos, Hutchson reacciona:

—Ya que no hay manera de detener su disquisición voy a unirme a su causa. Yo también he estado investigando. Recorrí los diccionarios hasta llegar a uno de minería donde encontré que un «castillete» es una estructura que soporta un sistema de poleas sobre la boca de un pozo para realizar las maniobras de extracción. Comprendo que no es un aporte tan arquitectónico como el suyo, pero es más alegórico y describe las incursiones de Armando hacia las profundidades[6].

—Sigamos entonces adelante… ¿Había alguien esperándolos en Castillete?

---

5 Eyidio Moscoso discrepa: «Juanita adquirió una radio y la escuchaba escondida. Un día Armando fue buscando la vocecita y la encontró. Entonces la lanzó por encima del muro, diciendo: 'Yo no quiero chismes en mi casa'». *Reverón, amigo de un niño.*

6 En las primeras escenas de la película Sed de vivir, Van Gogh desciende con varios mineros desde un castillete hacia los reinos del carbón, cuando era predicador en un miserable pueblo de Bélgica. Pobres Van Gogh y Miguel Ángel, a uno le tocó Kirk Douglas y al otro Charlton Heston.

Charles Laughton sí fue un digno Rembrandt. Especialmente cuando dice mientras bebe ginebra: «Cada hombre tiene un destino marcado. Si acaso conduce a la locura, debe recorrerlo con la cabeza en alto y una sonrisa en los labios».

—A nadie le dije que íbamos a bajar a Macuto.

—*¿Y el doctor Héctor Artiles? ¿No se enteró?*

—¡Dios mío! He olvidado por completo al gran Héctor. Báez Finol lo favorecía abiertamente. Y tenía razón, Artiles era eficiente, concentrado y admiraba sin tapujos ni dobleces a su jefe. Recuerdo su opinión sobre las sesiones de Armando con Báez Finol: «Le baja la enfermedad y le sube la realidad».

A cargo del noble Héctor quedaban los pacientes durante los escasos períodos en que Báez se ausentaba. Eso lo tenía copado. Durante las mañanas estaba ocupado en la casita del «tratamiento» con sus cables y en la tarde con algunas psicoterapias. Yo era solo una especie de administrador, de *utility*. En el caso de Reverón no teníamos conflictos. Héctor tenía tan vedado como yo el acceso a ese paciente excelso. Creo que se sentía un poco perdido ante aquella memoria que parecía infinita. A Armando a veces le daba por hablarle en francés y en un tercer idioma de su invención, otra de sus jugarretas. De manera que Héctor no me prestó mucha atención cuando le hablé de ir a comprar golfeados con Armando a Los Dos Caminos.

Pero me llevé la sorpresa de que sí había alguien esperándonos en Castillete; nada menos que Juanita. ¿Cómo pude suponer que Reverón no le iba a revelar a su compañera nuestro plan secreto? Si lo sabía Juanita, pronto lo sabría Ramona, quien se lo contaría a Báez Finol tan pronto regresara de Maracaibo. Apenas comenzaba la aventura y ya me encontraba a punto de ser despedido de San Jorge.

Y otro descubrimiento que iba a invertir el juego: cuando supe que Juanita había llegado tres días antes, para que Armando encontrara su Castillete limpio y ordenado, empecé a sospechar que yo era el utilizado, el conducido, porque tres días antes yo no tenía idea de que Báez Finol se marcharía por una semana a Maracaibo.

Aunque Juanita sabía bien que veníamos, se quedó pasmada cuando vio a su flamante esposo traspasar el portón. Ella acababa de estar con él en el sanatorio, pero otra cosa era verlo afeitado y bien vestido entrando al hogar donde vivieron por más de treinta años. Recuerdo que estaba sentada en el caney de la izquierda cosiendo una muñeca a la que se le habían salido las tripas. Le sentí en la mirada algo de orgullo y de miedo. Parecía feliz al verlo tan elegante y, a la vez, preocupada por no saber qué iba a suceder con su vida al lado de este renovado y luminoso personaje de traje blanco. Cuando el protagonista principal de una novela da un cambio tan crucial, incluso de vestuario, todos los personajes secundarios presienten que serán sometidos a un giro insospechado. Ella sabía que no era el regreso definitivo al hogar, que se trataba tan solo de una breve visita, un chequeo, el episodio de un nuevo destino desconocido para los dos. No se levantó a saludarnos. Quizás la tradición del castillo era recibir al dueño con una mirada de respeto y esperar sus órdenes, porque había otras dos mujeres y ninguna hizo nada.

Seguí al líder como a dos metros y, sin darme cuenta, imitaba cada uno de sus movimientos. Los animales también estaban a la expectativa, tratando de entender qué rayos le había sucedido a su Dios. «¿Por qué hoy lucirá tan distinto?», «¿en qué nueva divinidad se nos habrá convertido?». Hasta los muros y techos del castillo permanecían como trémulos, esperando la revisión del Señor de la villa.

Armando caminó lentamente hacia el caney central, un rectángulo cubierto con un techo de mangle y paja que dejaba libres unos cinco metros de altura. Aquel era el lugar de la creación y los asombros, de las ocurrencias y los disparates. Allí guindaban con cuerdas las telas montadas en sus bastidores para evitar que se las comieran los ratones. Parecían los telones de un proscenio al que estaban por llegar los actores.

Una vez que se ubicó justo al centro del caney, Armando se quedó estático, extendió los brazos como un Cristo, levantó la mirada, comenzó a balancearse levemente y se dedicó a contemplar. ¡Contemplar! Esa es la palabra justa, pues proviene de la palabra «templo». Así llamaban los romanos al lugar donde los sacerdotes observaban el cielo para interpretar los vuelos de los pájaros y los mensajes de los astros; allí se daban los augurios sobre cosechas y sequías, el futuro de las batallas, los amores y las traiciones. Y Reverón tenía la mirada fija en la techumbre de su taller como si allí estuviera el firmamento, mientras su cuerpo se mecía con el solemne vaivén de un obispo borracho. Pasaba el tiempo y no lograba entender cuál podía ser la razón de aquel estado catatónico. De la preocupación pasé a la angustia. Algo en su expresión estática me llevó a temer un desplome total. Presentí la humillación ante el futuro reclamo de Báez Finol: «¡Cómo pudo llevarlo al foco de sus desgarramientos! ¿Creía usted que el paciente estaba preparado para enfrentar todo lo que ha sido y dejado de ser?».

Me paré a su lado, tan cerca que su hombro rozaba el mío. Observé su perfil y luego el punto hacia donde miraba, o la línea continua de puntos, pues se mecía de izquierda a derecha con la vista fija. Fui girando alrededor de su cuerpo y busqué algo en el caney que pudiera distraerlo, ayudarme a rescatar aquella alma que parecía haber renunciado a la vida, como un santo que está esperando el llamado de Dios. Solo él mismo podía ayudarme y le susurré al oído: «Armando, ¿qué sucede?».

No hubo respuesta. Busqué palabras más optimistas, con mejores opciones: «Armando, ¿está todo bien? –dije con voz más firme mientras posaba mi mano en el centro de su espalda».

Todo bien es mucho pedir, y ni siquiera hubo un parpadeo. Le di un leve empujón para chequear su equilibrio y grado de rigidez. Escuché entonces el leve chasquido de una lengua que se separa del paladar cuando alguien, después de mucho meditar, se dispone a hablar. Esperé, pero solo se produjo un murmullo que bajaba hacia sus vísceras y retumbaba en las mías. Aquel canto no tenía la persistencia de un ronquido de motor; esta vez era una melodía de pocas notas que se repetían subiendo y bajando.

Muy pronto sabría que esa música ilustraba una duda y una conclusión, porque, justo cuando estaba por gritar pidiendo ayuda, Armando por fin pronunció unas palabras: «Sí... hay goteras... pero no es tan grave como dice Juanita».

Y entonces por fin pude ver lo que había estado siempre ante mis ojos, una mancha alargada en el tejido de palma de un tono más oscuro que el resto de la cubierta. Una mohosa humedad que, según Armando, sería fácil de reparar. El palacio de las telas y los deslumbramientos estaría a salvo de los aguaceros, pero ya nunca más tendría el nutriente que le daba sentido: el trabajo cotidiano y amoroso de su creador.

Ya lo decía Bowlby para burlarse de las maromas freudianas: «Cuando la búsqueda de lo invisible nos impide aceptar lo visible, nos convertimos en ciegos petulantes». Nada peor que olvidar lo que existe para enfrascarse en la teórica posibilidad de su conocimiento.

—*Es un episodio semejante al de los carboncillos.*

—Es diferente. El de los «carboncillos» fue inaugural, el de las goteras definitivo. Comprendí que debía huir de los melodramas prefabricados. ¡La amenaza de una convulsión en realidad era un simple problema de goteras en un techo de paja! Y algo sumamente humillante: más había sufrido preocupado por el inminente regaño de Báez que por la salud de mi nuevo amigo.

Digo «amigo», porque ya nos unía una cierta camaradería cuando emergimos juntos del caney con mi mano todavía en su espalda, como siguiendo a un lazarillo. Apenas salí de la sombra, comprendí porqué decimos «un golpe de luz». El sol me abofeteó desde el mentón hasta la frente mientras me decía: «Eres un pedante, un hinchado peorro».

A partir de ese momento retornó la alegría a Castillete. Juanita estuvo riendo y señalando la cara de susto que yo no lograba sacarme de encima, y el insoportable monito hizo su danza mientras Armando comentaba: «Pancho es el verdadero pintor de la familia. Domina el arte abstracto y es tremendo neurótico».

Solo las muñecas seguían con la misma expresión de lúgubre indiferencia. ¡Eran espantosamente lujuriosas! Puedo jurarle que había una agarrándole los senos a su vecina.

—*¿Y vio con otros ojos a Castillete?*

—A Castillete, al universo, a mis lejanos 11 años…

Juanita me presentó a sus hermanas, o quizás eran primas, sobrinas o vecinas. Todas muy lindas. Era imposible no pensar en Gauguin, algo que siempre había evitado para no encasillar más a mi paciente.

Mientras Armando ponía al sol los lienzos que habían sufrido por las goteras, llegué hasta el restaurante para tomarme un par de cervezas. Estaba muerto de hambre y de sed… muy cansado.

—*He escuchado que era un gran restaurante. Mi padre comía allí cuando iba a Macuto. Me contó que había unas grandes peceras llenas de langostas y el cliente escogía la que se iba a almorzar.*

—Eso de escoger la víctima es muy caribeño. Llegué a verlas hacinadas en sus peceras de vidrio, pero esa vez no almorcé langosta. Ya estaba cerrada la cocina y el dueño me sirvió parte de un arroz que le había preparado su esposa, una verdadera paella valenciana de conejo y judías verdes. Esa tarde me prometí traer a Milagros el sábado siguiente, y, de paso, darnos un buen baño de mar… Nunca logramos salir de Caracas y visitar juntos el mejor restaurante de todo el litoral.

El dueño era un portugués muy serio, chef voluntarioso, conocedor de los hombres y los peces. Era además culto y apreciaba la obra de Armando, pero no se decidía a tener sus cuadros en el local, en parte porque su esposa los detestaba. Me contó que durante los días de semana, cuando no había turistas, Armando venía a visitarlo como a las cuatro de la tarde, se tomaban un café en una de las mesas de la terraza y hablaban de literatura. Armando le recitaba de memoria a Quevedo. Me aseguró que nunca repitió el mismo poema; o él los olvidaba o Armando tenía en verdad una memoria prodigiosa. Fueron buenos amigos.

—*He tratado de entrevistar a la esposa. Creo que aún vive.*

—Ella era la que más quería y cuidaba a Armando. Tres veces por semana le mandaba un buen almuerzo, y estamos hablando del mejor pescado que he comido en Venezuela. Lo cuidaba y lo regañaba con palabras amables, como a un sobrino que no quiere bañarse ni cortarse el pelo. Le pregunté por qué no tenían cuadros de Reverón y me hizo un análisis que nunca olvidaré: «No me gusta que camine tanto al pintar. Se aleja del lienzo como si le temiera y luego se le va encima».

Tampoco le gustaba la gente que trabajaba de noche: «Es peligroso mover tanto el cuerpo cuando los demás duermen».

—*No era una gran crítica de arte.*

—Al contrario, ella fue la que dio el juicio más acertado, la clave del deterioro. Si un hombre se pasa años trabajando incesantemente, día y noche, y es muy bueno en lo que hace, incluso se lo ha confirmado gente que él respeta, y, sin embargo, no gana lo suficiente para vivir, ni siquiera con las limitaciones de un asceta, es muy probable que luego de unos cuantos años se encuentre algo golpeado. Esa es mi conclusión: el problema de Armando era de producción y consumo. Pasó de los 200 bolívares en los años treinta a los 2.000 después de muerto.

Eso me recuerda el caso opuesto. A mi abuelo Sánchez le gustaba alardear: «Lo primero que hice al casarme fue mandarle a hacer un retrato a la Berroterán con un pintor famoso; a medida que ella se deterioraba el cuadro subía de precio». Al final solo se dio la mitad de la ecuación, porque las obras del famoso retratista hoy no valen un centavo.

Podrán plantearlo de un punto de vista artístico, psicológico o social, pero siempre habrá que tomar en cuenta el desgaste corporal y mental, y cuánto te dan a cambio. Lo consumido está tan cerca de lo consumado. El primer participio mató a Reverón, el segundo lo hizo vivir al límite de la plenitud. ¿Ya le dije que fue un hombre inmensamente feliz? ¿Por cuántos años, por cuántas horas? Eso nadie lo puede saber, pero le aseguro que muy pocos han llegado, como él mismo decía, a «llevar a cabo de todo en solo una cosa». El problema es que Armando aplicaba esa sentencia con demasiada promiscuidad. Es cierto que la papa cruda tiene propiedades curativas, pero Armando se pasaba días a punto de papa cruda solo porque a su mono Pancho parecía hacerle bien[7]. Digamos que en gastronomía también era un aventurado investigador. Frente a esos extremos de Castillete, la dieta en San Jorge era muy balanceada.

Conviene aclarar que la vida de un asceta no es nada barata. Puede resultar muy costoso apartarse del mundo, y estamos hablando de un castillo, una vivienda, un taller de pintura, un teatro permanente y un pequeño zoológico. Quién sabe cuánto costaba mantener aquel harén de muñecas.

---

7 Julio Ramón Ribeyro nos advierte: «La locura en muchos casos no consiste en carecer de razón, sino en querer llevar la razón que uno tiene hasta sus últimas consecuencias».

—También debemos considerar que era un promotor de su arte. En su autobiografía habla de «instalaciones para los turistas y compradores»[8].

Hutchson me mira más molesto que sorprendido y pregunta:

—¿Cuál autobiografía?

—Unas siete páginas que le dictó a una secretaria en 1949. La tituló: «Datos sobre el pintor Armando Reverón».

Es obvio que no sabía de su existencia, pero enseguida Hutchson pasa a comentar sobre las instalaciones para turistas como si ambos hubiéramos leído el mismo texto:

—Esas instalaciones me recuerdan la cabaña de Henry David Thoreau, al lado de Walden Pond. Había tres sillas en su pequeña cabaña: una para la soledad, dos para la amistad y tres para las actividades sociales.

Es el momento de preguntarle por qué la casa de Sebucán está cada vez más deshabitada. Parece la de un joven que inicia su primer hogar. Pero nada pregunto. Una posible solución al enigma es que se ha llevado todo a Palmira y está por abandonar Caracas. No me arriesgo y sigo explorando nuestro tema:

—Tengo una foto de Reverón cuando aún no existían los muros de Castillete. Está sentado alrededor de una mesa con seis jóvenes asombrosamente bellas, más un joven y un niño. En esa sola imagen ya ha triplicado la oferta de Thoreau.

—Más sillas había en Las Quince Letras. Es más sencillo vender pescado que vender arte. No es fácil ofrecer un pez que debe continuar nadando libremente. El arte es esencialmente inútil. Pagar por esa exquisita inutilidad es una suerte de locura que solo es rentable cuando se hace colectiva.

Fueron muchas las cervezas heladas que bebí esa tarde.

---

8 Cito textualmente de la autobiografía de Reverón: «Instalaciones especiales en la arquitectura destinadas a la exposición de las obras; para el esparcimiento de los visitantes y recepción de turistas y de las relaciones con el vecindario».

Armando y yo hemos debido quedarnos a dormir en Castillete. Todo hubiera sido distinto con una reincorporación gradual a su hogar, pero Armando debía regresar a su entrañable prisión de Catia.

«¿Cómo es posible que ordenamientos tan absurdos puedan dirigir nuestras vidas?», pensé esa tarde. Luego sabría que Armando no se hubiera quedado en Castillete por nada del mundo.

—*Me pregunto quién manejará ahora el restaurante.*

—Ya nada es igual, ni siquiera es el mismo mar. Y nos falta el personaje más importante: el hijo de los dueños, quien entonces tenía unos 10 años. Él me acompañó a buscar a Reverón cuando llegó la hora de regresar a San Jorge. Castillete había sido su parque infantil. Imagínese las atracciones: un pintor que se columpia de mecates amarrados a las vigas del caney mientras pinta mujeres desnudas; un monito que se disfraza de empresario de circo, de pirata, de gitano, de indio apache; loros que dan discursos y cantan boleros; muñecas gigantes sentadas en un bar; una casa donde nada es lo que parece ser. ¡Qué privilegio tener de amigo al niño más viejo del mundo! Ese invitado permanente me dio el *tour* mientras Armando terminaba de dar las instrucciones para arreglar el techo de su taller: «Todo tiene que estar muy bien. Después de la gran exposición toda Caracas querrá venir a conocer este lugar y habrá otra vez muchos periodistas, muchas películas»[9].

El hijo del chef tenía además un amigo de su misma

---

9 Palenzuela da un ejemplo de cuánto ilusionaban a Reverón los escenarios cinematográficos: un día que Vicente Gerbasi lo fue a visitar con su familia, Armando los puso a participar en una breve obra de teatro con la Virgen de Coromoto y el Marqués de los Olivares. Al final les explicó: «Esto va a formar parte de una película que estoy haciendo sobre mí mismo, porque en las películas que han hecho sobre mí, no estoy yo. Yo voy a estar en la película que voy a hacer sobre mí mismo».

edad que quería ser pintor[10]. Los dos competían, como hoy los críticos, a ver quién tenía más y mejores secretos sobre Armando. Me contaron sobre las sardinas que le rondaban por el estómago peleando unas contra otras. Armando los dejaba escucharle la barriga y en verdad sonaba como una batalla naval.

También hablaron de un alcatraz que encontraron herido con un anzuelo. Hubo que ponerle un emplaste caliente para que supurara y Armando lo tuvo un tiempo echado en un rincón de Castillete. Los gansos pequineses lo rechazaban por ese pico que parece hecho con la quilla de un naufragio. Juanita le daba carite fresco que desmenuzaba y, cuando ya estaba mejor, le lanzaba los pedazos al aire para que fuera practicando. Lo llamaron Felipe por su parecido con un chofer que hacía la ruta La Guaira-Caracas.

Cuando el pájaro se curó no quería marcharse y se hacía el inválido. Armando tuvo que meterlo en una bolsa, llevarlo a una playa lejana y espantarlo lanzándole piedras. Reverón quedó muy triste, pero dijo que la vida tenía que seguir su curso y nadie podía alterar su orden.

Al día siguiente el pájaro llegó volando en la tarde y pasó la noche en la rama de un árbol, pues sabía que no le iban a dejar aterrizar en Castillete. En la mañana, apenas vio al pintor prender el cigarro después del primer café, levantó vuelo y se alejó. En eso estuvo como una semana hasta que más nunca volvió. Armando siempre se preguntaba como a las cinco de la tarde: «¿Qué habrá sido de mi amigo?».

Los niños también me hablaron del dios Toro y comprendí que ese era el único ser al que temían. Estaba formado por una estructura de alambre y trapo amarrada a unos cachos de verdad. Al caer el sol, Armando metía una vela encendida

---

10 Debe ser Eyidio Moscoso, quien años después publicó *Reverón, amigo de un niño.*

dentro del caparazón y al toro le brotaba la luz por los ojos y las narices. Entonces se ponía a rezarle y hacerle reverencias[11].

Ese cuento del dios Toro agitó lo poco que tengo de junguiano, pero no pensé en el minotauro ni en el toro primigenio que soporta el planeta; llegué, como aconsejaba Bowlby, a lo más evidente: el signo Tauro. Y resulta que Armando nació el 10 de mayo. Su signo habla de individuos muy posesivos y regidos por Venus, siempre a la búsqueda de la seguridad, de los goces y alegrías de la vida, de la satisfacción de los deseos materiales, de la buena mesa, del ocio y de la comodidad. ¿Qué le parece? Quizás a Armando solo le interesaba disfrutar de la vida y todavía no nos hemos enterado de que supo conseguirlo.

Los astrólogos se cuidan y ofrecen siempre una alternativa: «los Tauro están en contacto con la naturaleza universal, captan y absorben como raíces en la tierra y pueden llegar a ser grandes artistas». De una manera u otra aplican esa facultad a todos los signos. Todas las horas de cualquier día sirven para que nazca un artista o un imbécil.

—*¿Usted cree en los signos del zodíaco?*

—Para nada... pero ellos sí creen en mí. Quienes realmente parecían conocer estos misterios eran los dos niños. El temor puede ser una intuitiva fuente de conocimiento.

—*Hay una frase de un arquitecto llamado Louis Kahn que viene al caso: «Una ciudad es un lugar donde un niño puede saber lo que va a hacer cuando sea grande con solo caminar por sus calles». Pasear por Castillete debe haber sido una gran enseñanza para esos dos muchachos.*

—También Palmira fue una enseñanza. Solo entienden bien una ciudad los que vienen del campo. La perplejidad los

---

11 Oscar Yanes, de nuevo, es quien averigua el significado para Armando de este dios: «El toro es enemigo del movimiento. El toro observa, se mantiene con sus ojos atentos, los músculos tensos y embiste sobre todo lo que se mueve. Yo temo moverme delante del dios Toro».

ayuda a ir más allá de las apariencias, y descubren los secretos que ocultan las rutinas. Ellos me llevaron a un hueco que parecía una madriguera. La boca tendría menos de un metro de diámetro pero dentro podía entrar más de una persona. Los niños me dijeron: «Asómese para que vea todo lo que hay».

Puse un cartón en el suelo, me acosté y logré meter la cabeza. La tierra estaba alisada, como si la hubieran cubierto con cera y cemento. Logré hundirme y ver la maqueta de una gran cueva a la que habían frotado algo que olía a onoto y dejaba en los dedos un color rojizo. Tenía el olor de un caldero donde han cocinado cien sancochos de pescado y de res. Bajé un poco más la cabeza y penetró en mis bronquios aquel sudor frío y ácido de cuando Armando llegó a San Jorge. El hijo del chef me explicó: «Ahí se mete cuando tiene mucha rabia. Él sabe que en ese hueco no puede hacerle daño a nadie, ni siquiera a sí mismo, y se queda en la oscuridad hasta por dos días. Hasta el día en que Juanita supo que ya no había remedio, y fue donde papá y le dijo: '¡Armando salió del hueco peor de lo que entró!'».

¿Usted nunca ha oído decir: «Estoy metido en tremendo hueco»? En Castillete esa posibilidad estaba prevista. Con la cabeza aún suspendida cerré los ojos y casi me voy de boca hasta el fondo. Allí estaba lo más sepulcral de la tierra, del agua, del aire y del fuego. Cuando me incorporé, aún lleno de escalofríos, pensé en voz alta: «Ya es hora de volver a Escocia, Venezuela huele demasiado fuerte».

Hutchson abandona la escena abruptamente, como remedando la urgencia con que decidió salir del hueco e irse de Venezuela. Para estar en sintonía, decido marcharme con los pasos de un mensajero que solo ha venido a dejar un paquete del que ignora el contenido.

La trampa inesperada

La búsqueda de libros continúa siendo franca y propicia a los entrelazamientos. En *El alfabeto del mundo*, libro de poemas de Eugenio Montejo, leo «Mudanzas» y encuentro los espejos y los pozos que parecen perseguirnos. También una explicación al ir y venir de Hutchson entre Venezuela y Escocia, a su ilusión de ubicuidad:

> Mudanzas de uno mismo, de su sombra,
> en espejos con pozos de olvido
> que nada retienen.
> No ser nunca quien parte ni quien vuelve
> sino algo entre los dos,
> algo en el medio;
> lo que la vida arranca y no es ausencia,
> lo que entrega y no es sueño,
> el relámpago que deja entre las manos
> la grieta de una piedra.

Así me siento después de nueve entrevistas, sin arranques ni verdaderas entregas. El estar varado en un proyecto a punto de naufragar debería ser una buena señal. Los viajes que avanzan de acuerdo a lo previsto solo pueden llevarnos al puerto seguro de nuestras excusas y evasiones. Hacen falta los días sin brisa, y hasta el peligro del hundimiento, para descubrir lo que siempre ha estado presente y en verdad somos.

Y cada vez va siendo más insoportable la posibilidad de no llegar al final de estas entrevistas. Pero tengo una alternativa en caso de que Hutchson se harte de mí, o yo de él. Me dedicaré a escribir sobre la arquitectura de Castillete. Así habré recolectado algo y no todo se habrá perdido. Ya tengo el título del ensayo: «De Villa Reverón a Villa Planchart».

Armando Planchart es el amigo de Reverón que lo llevó a San Jorge y quizás pagó por su tratamiento. En los años cincuenta, junto a su esposa Anala, se planteó crear en Caracas el más exquisito ejemplo de modernidad: la Villa Planchart, diseñada por el arquitecto italiano Gio Ponti. Esta bellísima casa es un ejemplo notable de cómo un arquitecto europeo, desde una pretendida universalidad, concebía una casa en el trópico. Es un volumen esculpido y elegantemente asentado en la cima de una colina ubicada en el centro geográfico del gran valle caraqueño y mirando al norte, sur, este y oeste. Allí reina sobre la ciudad sin pertenecer a ella.

Treinta años antes, Armando Reverón y Juanita comenzaron a construir su hogar frente al mar y al borde de una quebrada. El resultado es un ejemplo fehaciente de cómo un artista caraqueño pensaba que debía vivirse en el Caribe, justo donde entonces terminaba el lugar de veraneo de los caraqueños y comenzaba la plenitud de la naturaleza.

Me divierte emprender esta quimérica comparación entre la casa de los Planchart y la de los Reverón. Es tan estimulante pensar en la pareja de Armando y Anala, y luego en la de Armando y Juanita, ambas sin hijos, ambas inseparables, ambas dadas a la creación y a la fantasía. Son dos maneras de vivir. Los Planchart en el lujo y una elegante bonanza, los Reverón en una perentoria sobriedad. Y, sin embargo, ambas parejas celebraban la vida con la misma pasión y convirtieron sus casas en dos reinos, dos referencias, dos paradigmas.

Antes de pasar a otras coincidencias, voy a dejar atrás el calificativo de «villa» y usar los nombres que los dueños le dieron a sus casas, títulos que las hacen aún más compatibles: «El Cerrito» y «El Castillete».

Graziano Gasparini fue el arquitecto encargado de interpretar, traducir y supervisar los planos que enviaba Gio Ponti desde Italia para construir El Cerrito. En una de las visitas de Ponti a Caracas, Planchart y Gasparini lo llevan a conocer a Reverón. Ponti se emociona con la casa y taller del artista y le pide a Graziano que haga un plano del lugar. Este levantamiento, única planta que conozco de Castillete, más las fotos del mismo Graziano, son publicadas en *Domus* (la revista milanesa de arquitectura y diseño que dirigía Ponti) en julio de 1954, dos meses antes de la muerte de Reverón. El reportaje de siete páginas fue titulado: *Los sueños, sueños son.* Por primera vez Castillete fue considerado como una obra con valores universales, digna de ser reseñada en una publicación que exploraba la vanguardia internacional.

Puede que Hutchson esté equivocado y el paraíso haya sido un círculo y no un rectángulo. Leo en un diccionario de símbolos que la ciudad tiende a ser representada como un cuadrado estable, pues suele ser la cristalización de un ciclo. En cambio los campamentos provisionales son circulares, una imagen más propicia al movimiento y a los comienzos. ¿Dónde queda el Paraíso Terrenal en esta oposición entre lo sedentario y lo nómada?

Pienso que Dios habría previsto su provisionalidad, pues impuso una normativa tan tentadora como difícil de cumplir. El diccionario que consulto propone que el paraíso es una construcción circular y vegetal, mientras que la Jerusalén celestial, como culminación de un largo proceso, es cuadrada y mineral.

Partiendo de esta imagen rectangular, le pregunté a Graziano si Castillete no le recordaba el *castrum* romano, esas fortalezas trazadas como un damero cuadrado en medio de un territorio recién conquistado, donde se asentaba un campamento militar del que luego nacía una ciudad. Graziano lo relacionó más bien con la planta de las bastidas francesas, unas poblaciones amuralladas y también rectangulares que solían tener un torreón en la esquina, tal como en Castillete, y el palacio del señor feudal en el centro, que vendría a ser el taller de creación en la versión de Reverón.

La conclusión de estas divagaciones es que Castillete no se trata de un simple rancho. Existe en su gesta el esbozo de una pequeña urbe en la que participan los dormitorios de los dueños, el bar de las muñecas, y también la residencia del papagayo, del mono, de las palomas y hasta la de un puercoespín.

Otro tema que conversamos es la relación de Castillete con la vivienda caribe, unidades concebidas para vivir más afuera que adentro, donde los espacios cerrados y techados son solo depósitos para guardar cosas, guarecerse de la lluvia y dormir, mientras la mayor parte del tiempo se está bajo los árboles. Allí se come, se juega, se conversa, se pinta.

Lo cierto es que la casa de Reverón ha sido una de las experiencias arquitectónicas más autóctonas que se ha dado en todo el litoral central. Y nació al lado de Macuto, donde desde finales del siglo XIX se habían estado realizando viviendas tan eclécticas como foráneas, incluyendo modelos prefabricados que venían de Europa. Frente a todo aquel despliegue, Reverón construye un conjunto absolutamente caribeño.

Existen otras opiniones, pero también describen una experiencia compleja y sofisticada. Enrique Planchart considera a Castillete una «mezcla de rancho criollo, choza tahitiana y construcción incaica», «inextricable fusión de lo lógico y lo ilógico».

Otros argumentos que nos alejan de la manera despectiva en que se califica a Castillete de «rancho» –un tipo de construcción que en Caracas se asocia a la miseria y la improvisación–, los encontramos en la breve autobiografía del propio Reverón. La mayor parte de este texto la ocupan sus «Notas sobre la construcción del inmueble», una descripción minuciosa de un proceso que comienza con «Dibujo y planos de la planta y fachadas principal y laterales», y se extiende a la compra de maderas de Carenero, cemento, piedras, rieles, cabillas, alambres, tornillos y tuercas. Igual de detallada es la lista de las herramientas empleadas. En esta extensa enumeración de materiales e instrumentos se siente que el artista está enalteciendo una etapa muy feliz de su vida.

Cuando leí la lista del personal que contrató para la obra: «Ingeniero, Mr. Keller, albañiles, carpinteros, herreros, peones», creí que existía un ingeniero de apellido Keller, pero Graziano me señala que son dos personajes distintos, de manera que había un ingeniero y un constructor, presumiblemente alemán.

En sus recuerdos tiene gran importancia la fiesta para la colocación de la primera piedra. Un domingo en la mañana invita a los amigos y vecinos, al constructor Mr. Keller y sus obreros. Después de realizar los «hoyos de un metro de profundidad para situar las columnas rústicas de araguaney y vera», y luego de «clavarlas en tierra y fijarlas con cemento y piedras», se da un gran almuerzo a las tres de la tarde. Armando enumera los platos con la misma profusión que los materiales. Una oferta aun más amplia que los desayunos de Hutchson[1].

Va a convocar a sus amigos y obreros a «otras fiestas los domingos siguientes», para celebrar la «fijación de lumbres, marcos de caja, viguetas, cumbreras, tirantes, soleras, encañado, petrolizado, trojas, andamios, construcción de la muralla

---

1 «Sancocho de pescado, hallaquitas, caraotas, carne frita, guasacaca indígena, plátano frito, pescado frito, arroz blanco, tortillas, papas rellenas, pan isleño y helados, brandy, vinos, ron, ponche crema, aguardiente de caña, café y chocolate».

exterior, pretiles del caney...». Cada jornada dominguera es seguida de otro «gran almuerzo a las tres de la tarde y, en la noche, fuegos artificiales y música, terminando con un paseo de luna».

Estas descripciones exhaustivas se llevan casi una quinta parte del resumen de su vida. ¿Se trata del simple placer de recordar o quiere insistir en la importancia de su rancho, castillo y pequeña ciudad como epicentro vital de su obra?

Aparte de esa única planta que dibujó Graziano, existen abundantes testimonios y fotografías. En 1979 Boulton describe el taller del pintor ubicado en el medio del cuadrado amurallado. Ignoro por qué escribe en pretérito, si a finales de los setenta el Castillete aún estaba en buenas condiciones. Quizás no lo consideraba como una arquitectura, sino como la escenografía de una función que había sido clausurada:

> El centro del terreno lo ocupaba un espacioso y alto caney cubierto de palmas. Las paredes eran de estacadas de caña y grandes cortinas de cañamazo que servían para tamizar la luz. El piso era de tierra pisada y muy limpio. Sobre las vigas y horcones que sostenían el techo había un cielo raso de mecates y cabuyas cruzados donde guindaban los lienzos. También pendía un trapecio para ejercicios físicos que divertía mucho a los visitantes. Colgaban de las vigas pedazos de tul y la luz penetraba por las rendijas de lo que él llamaba la enramada. De un lado estaba la tarima en que las modelos posaban recostadas en cojines multicolores y rellenos de hojas secas. La luz entraba entre el techo de los tabiques por un boquete circular recubierto con la malla de un chinchorro de pescador. Sobre aquella tarima Reverón preparaba el escenario donde iban a reposar las figuras. Cortaba ramas de onoto, hojas de palma y de lechosa que situaba alrededor para que sirvieran de referencia cromática.

El espacio que más me interesa de Castillete es ese sótano al cual Hutchson apenas llega a asomarse. Mary de Pérez Matos tiene otra visión totalmente distinta:

> Una trampa inesperada se abre, y ante los ojos asombrados del visitante aparece la escalera que da acceso a lo que Reverón llama «la cava». Está en el cauce de una quebrada, con todas sus piedras y su encanto húmedo. En el oscuro recinto, más propicio para una cueva de malhechores que para los fines estéticos y domésticos que le asigna Reverón, nos sorprende otro descubrimiento: una nevera natural hecha de piedra y empotrada en el muro, ideada por nuestro guía, cuyo cerebro es un depósito de trucos maravillosos. Casi nadie sospecha que debajo del estudio se encuentra un sitio tan grato donde se puede filosofar y beber tranquilamente.

En el libro de Robert Graves *La comida de los centauros*, encuentro un ensayo que ofrece interesantes antecedentes a esa gruta de placer y recuperación: «Lavados de cerebro en la Antigüedad».

Graves comienza comparando la consulta a los oráculos de los griegos con nuestras visitas al analista, y nos advierte que la escuela de medicina hipocrática desaprobaba las prácticas de esos «psiquiatras sacerdotales» tanto como algunos neurólogos contemporáneos desconfían hoy de ciertos «teóricos psicosomáticos». Otras prácticas griegas para las «enfermedades nerviosas», escribe Graves, eran los bailes rituales, las hierbas y hongos alucinógenos y, para algunos casos extremos, recetas como el oráculo en la cueva de Trofonio, un hijo de Apolo que intentó abrir su propio camino hasta el infierno.

Pausanias describe «la cueva de Trofonio» como una grieta en la tierra; no una hendidura natural, sino un cuidadoso trabajo de mampostería con «forma de olla para cocer pan». La sensación de estar allí era pavorosa, pues el cuerpo «es inmediatamente arrastrado hacia abajo y entra disparado, como un hombre que es atrapado por el remolino de un río poderoso». Al salir de la grieta, los sacerdotes colocaban al sujeto en la «silla de la memoria» y le hacían preguntas de todo lo que había visto y oído. Luego lo llevaban a descansar en la «Casa de la Buena Fortuna y el Buen Demonio».

Plutarco nos describe la experiencia auditiva que tuvo un tal Timarco en esa misma cueva: «le llegan desde el fondo miles de aullidos y bramidos de bestias, gritos de niños, gemidos de hombres y mujeres, pero de manera tenue, como si se tratara de algo muy distante que subía por un vasto hueco». «... Poco después una cosa invisible le habló de esta manera: 'Timarco, ¿qué deseas entender?', y él respondió: 'Todo; pues, ¿qué puede haber que no sea maravilloso y sorprendente?'».

No intento demostrar que Reverón construyó un oráculo de Trofonio en los cimientos de Castillete, pero sí quisiera asomarme a sus endógenas conexiones con algunos sacramentos ancestrales. Ese refugiarse en lo profundo de la tierra para filosofar, beber, buscar frescura o serenidad ante el miedo, o para amortiguar la cólera que señala Artaud, es sin duda un recurso tan primigenio como radical. Reverón lo logra «articular» a su vivienda. Me refiero con este verbo a «organizar diversos elementos para lograr un conjunto coherente y eficaz».

Artaud nos explica en una de sus últimas cartas qué era lo que intentaba buscar en sus propios oráculos: «Se trata de ver tanto en el pasado como en el futuro, pues ese 'algo' viene de un pasado extremadamente lejano pero creo que su futuro será próximo».

¿Qué puede ser ese «algo» que se encuentra antes y después? En esas mismas líneas Artaud describe su gozo cuando «por fin habla aquello que he llamado». Esta aparición de una respuesta nos sugiere que se trata de una voz que siempre ha estado presente, aguardando el encuentro del llamado con lo llamado.

Esa urgente sensación de futuro que parte de un pasado extremadamente lejano se va a comprender y plasmar gracias a la generación que sigue a Reverón. La irrupción de Soto, Otero y Cruz Diez fue descollante y universal, pero ciertamente se origina en nuestras más genuinas grietas, en los recónditos trofonios donde solo Reverón se atrevió a entrar.

Una vez escuché a Soto hablar de esféricos aguaceros fundiéndose con el Orinoco que contempló en su niñez. Sus imágenes parecen provenir de un trofonio abierto hacia los cielos de sus ríos y destinado a perpetuarse en sus abstracciones. El mérito de Armando no ha sido solo lograr esa unión con nuestras circunstancias, sino además augurar una conexión con el porvenir de tres jóvenes que despertarían llenos de fortaleza donde él había empezado a consumirse, a comprobar, como escribe Calzadilla, «que vivir no es más que una forma de retornar a la tierra».

X
2 de febrero del 2005

Mientras camino hacia nuestros puestos de hierro en el corredor, veo que Hutchson está leyendo un libro. Apenas me acerco se lo entrega a Gaviota para que lo guarde en el estudio. No logro ver la portada.

Debería pedirle a Hutchson que se extienda sobre sus impresiones de la gruta, tan distintas a las de Mary de Pérez Matos. Pero, ¿de qué sirve poner en duda los recuerdos de quien no pretende tener razón? Debo dejar tranquilo a mi proveedor, hacerle pasar un buen rato. A todos conviene que hoy haya paz en Sebucán.

* * *

—¿Reverón fue más conversador en el viaje de vuelta a Catia?

—Y yo menos conservador. Me encontraba más abierto y menos prejuiciado después de tantas cervezas. Disfracé mi borrachera con una camaradería locuaz, desplegada en preguntas cortas y puntuales. Cuando pasamos por el hotel Miramar, le pregunté a Armando por el matrimonio de la prima Pérez Matos. Se acordaba de un solo detalle: «¡Qué manera de desperdiciar el arroz!».

Pensé que era una metáfora, pero se refería literalmente al arroz que le lanzaron a los novios cuando se marchaban de la fiesta. Desde la soledad de su asiento en la limosina, antes de que lo sacaran a empujones, aquella costumbre debe haberle parecido un total despilfarro.

Después de felicitarlo por lo bien que Juanita cuidaba las flores y ordenaba la casa, le pregunté sobre los carnavales de La Guaira. Quería conocer su versión de cómo y cuándo se habían conocido. Ya una vez le había escuchado decir: «De no haber sido pintor habría sido torero», y pensé que rememoraría su disfraz con emocionada nostalgia al haber engordado y dejado atrás aquel traje de luces que le sentaría tan bien. Pero no, para mi sorpresa, empezó a hablar de otro carnaval y de otro disfraz.

Primero me contó de cuando se hospedaba en el colegio Santos Michelena y le daba clases de pintura a las niñas más bellas de La Guaira. He visto una foto del grupo y estoy seguro de que fueron unas sesiones fascinantes. ¿Cómo no enamorarse de una joven llamada Fifa, o Pomponette? En la foto Armando luce sonriente y feliz[1], pero no está sentado con sus alumnas, sino un poco retirado, como debe hacerlo todo docente responsable.

Todo iba bien hasta que al profesor le dio por disfrazarse para el carnaval de ese año con un traje negro de seda brillante en el que pintó los huesos de una calavera. En medio del desfile principal, por entre pajes, angelitos, violeteras y mosqueteros, apareció una figura oscura y encorvada montada en una carreta jalada por una mula. De pronto, el espectro desplegó unas erizadas alas de murciélago y brillaron sus blanquecinos huesos como si bailaran solos. La razón del escándalo no fue tanto la osamenta, sin duda realista y aterradora, como el volumen y duración de unos gritos espeluznantes que soltó al pasar frente a la tribuna de honor. Ese fue el fin de las clases a las delicadas Fifa y Pomponette.

---

1 Boulton, en cambio, nos dice que el profesor era «un hombre quieto, más bien taciturno y hermético, con cierta dificultad de expresión».

Cuando Armando empezó a contarme este cuento, ya íbamos cerro arriba por la carretera vieja. El camino se llenó de neblina y el frío me hizo cerrar las ventanas. En medio de esas pésimas condiciones de visibilidad se me ocurrió preguntarle: «Esos alaridos… ¿no serían de profesor enamorado?».

Armando me puso la mano en el hombro y exigió que lo viera de frente, justo cuando yo debía estar más atento a los bordes del camino para no irnos por un precipicio. Aminoré la marcha, pero seguí concentrado en los bordes de la ruta y apenas le presté atención a mi copiloto cuando insistió en su pregunta: «¿Usted realmente quiere saber cómo fue el grito?».

«Sí claro», contesté sin mucho interés.

«Entonces le recomiendo que abra la ventana».

Ante semejante advertencia, pensé en pararme a un lado del camino, pero no tuve tiempo. Cuando apenas comenzaba a bajar el vidrio, Armando repitió su remoto alarido frente a la tribuna y la conmoción se sintió hasta en la amortiguación. Entonces sí tuve que detenerme para calmar el temblor en mis piernas.

—Era el grito de la muerte.

—La muerte, mi querido amigo, es más bien silenciosa. Vamos con calma, pues estamos hablando de dos gritos totalmente distintos. El alarido de Armando en el carnaval de La Guaira fue inaugural, un aullido de despedida a las lindas alumnas y al mundo al que pertenecían. El grito en mi carro, en medio de la neblina y de nuestra agradable conversa, fue el inicio de una nueva etapa que iba a durar solo tres meses.

—¿Usted cree que Juanita sabía que Armando se despedía para siempre de Castillete?

—No era nada tonta y nadie conoció a Armando mejor que ella, ni Báez Finol, ni Boulton, ni todos los que están por buscar donde nada se les ha perdido… Y se lo dice alguien que perdió bastante.

Antes de salir de regreso a San Jorge, Juanita nos trajo café, preocupada porque el chofer se había bebido unas cuantas cervezas de más. Soplé el café tratando de enfriarlo mientras observaba la decadencia de Castillete, próxima a consolidarse con la ausencia definitiva de su creador. Había detalles de una gran belleza. Nunca olvidaré el pocillo que sostenía entre las manos, con su flor de cayena adornando el borde. ¡Quién sabe que secretos tendría aquella deliciosa infusión! Me hizo tanto bien.

El encuentro de Armando con la mujer de su vida debe haber ocurrido en el carnaval siguiente, pues dudo que en un mismo martes alguien se disfrace de cadáver y de torero. Sí sé que la alta sociedad guaireña calificó de «parranda con una más india que negra» aquella unión que iba a durar treinta y cinco años. Desde la perspectiva del café humeante, al inclinar mi rostro para un primer sorbo, comencé a comprender cuánto se amaban.

Al entregarle a Juanita el pocillo vacío, le pregunté por las rutinas de la casa, el día a día, y ella comenzó a contarme lo que hacía al amanecer: «A las cinco salgo a buscar el agua para cocinar. Cuando regreso, Armando ya está esperándome al pie de esa pileta que hizo él mismo. Sin ayuda de nadie se trajo esa piedra enorme y le hizo un hueco grande para el agua amanecida y uno pequeño para el jabón. Todas las noche le pongo flores y así en la madrugada el agua está perfumada. Él tiene sus caprichos, pero son caprichos buenos».

Hablaba en presente, aunque sabía que esas aguas perfumadas estaban por secarse. Quizás esa es la esencia del amor, saber que te esperan o que tu amor está por llegar, y que esa certeza le dé sentido al mundo y al tiempo, incluso cuando todo ha terminado.

En ese momento me brotó una lágrima e hice como si me hubiera caído un mosquito en el ojo. ¿Por qué esa repentina sensibilidad? En mi relación con Milagros solo existía la luz de los ocasos. Fue un amor de puros atardeceres en su consultorio. Una sola vez nos levantamos juntos al amanecer y jamás buscamos agua en un río.

Los temas del amor no son el fuerte de Hutchson. Luce desamparado.

—Con esa carga a cuestas sin resolver, durante el regreso a Catia me dediqué a parlotear sobre cosas sin importancia, como dos amigos que tratan de distraerse durante una larga travesía en barco. Pensé que después del susto al borde del precipicio, merecía resarcirme con un comentario retador, y le pregunté a mi copiloto con total desenfado: «¿Por qué esas muñecas serán tan feas?».

He podido decir «intimidantes» para achacarme algo de culpa, pero preferí ser franco y simple. Al principio Armando no pareció inmutarse. Parecía estar evaluando la situación. Cuando hubo considerado todas las circunstancias, respondió muy serio: «Es que Juanita es muy celosa y no quiere competencia».

«¡Caramba!», contesté.

En mi boca, esa expresión suena a anglicismo y es un sonido que siempre me funciona para aligerar las situaciones. Armando comenzó a reírse con gusto y picardía, como si en ese preciso momento hubiera descubierto los secretos de su complicada trama amorosa.

Habíamos entrado de lleno en la camaradería de los compañeros de viaje y empecé a hacerle preguntas sobre cómo era el regateo insufrible de los compradores. El tema le interesó y se dedicó a remedar a los clientes encopetados que le ofrecían diferentes argumentos para exigir una rebaja: «Soy primo tuyo por parte de los Travieso», «Vengo recomendado por Boulton», «Yo te conocí cuando vendías en un tarantín por la esquina de Miracielos», «Te lo cambio por un abanico para Juanita». Nos reímos bastante. Armando se sentía con un colega, al punto que me preguntó: «¿Y usted pinta?».

«No, pero mis pacientes también se inventan muchas excusas».

Luego le conté sobre una amante del arte que va a visitar un pintor: «El hombre se está muriendo y los precios están muy bajos, pues la familia se encuentra desesperada, hambrienta. La doña aprovecha la ganga y compra tres cuadros. Cuando llega a su casa exclama: '¡Dios mío, qué acabo de hacer! ¡Si ese pobre hombre está en las últimas!'. Entonces regresa a la casa del artista y arrasa con todo lo que queda».

Con esa historia terminó nuestro intercambio sobre las leyes y argucias del mercadeo. Armando se quedó pensativo y comentó: «Es verdad, un buen día uno se muere y ya no hay más nada».

—Y tenía razón. Boulton dice que al morir Reverón no dejó obras en el rancho, que todas estaban vendidas[2].

—A Boulton debemos dejarlo con sus corbatas de lazo y seguir adelante.

—¿Nunca llegó a hablar con Armando de pintura.

—¿No le parece importante el tema del regateo? No lo desprecie, mire que es una parte importante en la historia del arte.

—¿Y sobre otros pintores?

—Dicen que le gustaba hablar de Goya y de Chardin, pero no me habló de ellos; supongo que me consideraba un ignorante. Para mi nivel tenía cuentos para adolescentes sobre la antigüedad clásica, como el de Zeuxis, quien antes de pintar a Helena exigió que las cinco damas más lindas de Atenas

---

2 Leo en el libro de Palenzuela una declaración de Boulton: «Cuando Reverón muere prácticamente no dejó obras de él en el rancho, todas estaban vendidas. En veinte años aprendimos, insistimos, machacamos, le metimos a la gente en la cabeza a Reverón y cuando él muere vendía sus cuadros por 4.000 y 5.000 bolívares». ¿Cómo puede alguien morirse y vender cuadros? Nada nos dice Boulton sobre el patrimonio de la señora Juanita de Reverón. De lo expuesto en la Gran Exposición de 1954, solo pertenecía a Juanita un temple sobre tela, un dibujo en carboncillo y un par de apuntes en lápiz.

posaran desnudas. Así pudo escoger lo más bello de cada una y representar a la mujer ideal[3]. A Armando le encantaba esta historia y tuvimos una ardiente discusión dilucidando cuáles serían los cinco elementos claves para crear a una mujer perfecta.

Nuestras sesiones se daban en la noche, cuando me tocaba hacer guardia y pasaba a visitarlo. Me sentaba al lado de su cama como un padre que va a arrullar un niño, pero yo era el que se quedaba dormido en la silla gracias a sus cuentos. Un par de horas después me despertaba con los torrenciales ronquidos de Armando.

Una noche le dije en plan de consejero profesional: «Armando, la vida tiene que continuar. Algún día deberás volver a tu casa, así como Felipe regresó a su playa».

No me respondió. Varias noches después volví a tocar el tema y me paró en seco: «He debido dejar a Felipe tranquilo, reposando en su rincón. Ese animal lo que estaba era chocho. Cuando el alcatraz empieza a perder la vista, se lanza en picada en el mar solo por hacer la comedia frente a sus compañeros, pues no quiere que le pierdan el respeto. Hasta el día en que ya no ve nada y no aguanta el hambre, entonces se enfila contra las piedras. Así lo encontré a los pocos días que se fue de la casa».

«¿Y cómo sabía que era Felipe?».

«Por lo boquineto. Yo fui quien le curó la boca».

«Igual se hubiera muerto en la costa que en Castillete».

«Castillete está en la costa», me contestó sin arrogancia.

Más tarde, cuando le di las buenas noches, añadió con la misma cadencia del abuelo Sánchez: «Uno llega a una edad

---

3 El cuadro se titula *Helena en el baño* y las cinco damas no son de Atenas, sino de Crotona. Este método para la creación de una belleza ideal se convertiría en una parábola de la teoría estética. Francisco Pacheco, el maestro de Velázquez, utiliza la anécdota en su célebre tratado *El arte de la pintura*.

en que solo quiere que lo cuiden, que no lo acosen tanto, que lo dejen tranquilo haciendo lo poquito que sabe hacer».

Esa noche supe que Armando se nos iba a morir en San Jorge. Macuto se le había puesto muy cuesta arriba. Perdone lo evidente de la imagen, pero el hombre ya no podía volar sin estrellarse.

Paso al tema más sensible:

—¿Qué dijo Milagros cuando usted le contó de su viaje a Castillete.

—Ella ya no podía acompañarnos. Había dejado de interesarse en Reverón, y en mí.

Quiero adelantar el trago de las once y media, pues no encuentro otra manera de enfrentar el más largo de sus silencios. Me pregunto dónde se habrá metido Gaviota.

Cuando Hutchson por fin vuelve de su ensoñación le pregunto:

—¿Armando no habló de otros temas en el camino de vuelta a San Jorge?

—Cuando entramos en lo más fuerte de la neblina, se aferró a su par de piedras y se calló la boca por un buen trecho. Así seguimos hasta que aparecieron los bordes de la ciudad y se hizo evidente que pronto entraríamos en Catia. Por más grata que fuera su estadía en San Jorge, el hombre estaba a punto de retornar a un sanatorio, a la normativa de un encierro. Me contó que lo más detestable era el baño comunitario del mediodía, esa rutina de las doce en punto, todos desnudos bajo los mismos chorros. Había más pacientes que grifos y el agua fría apenas salpicaba a los que merodeaban en la periferia. Me conmovía esa desnudez de manada que unifica y a la vez separa. Todos eran iguales y de pieles tan distintas, tan animales y tan inútilmente pudorosos. Solo los pies se juntaban sin complicaciones en los archipiélagos que se formaban en las grietas del cemento. Las rodillas y las barrigas también lucían solidarias, pero no las manos ni los rostros. El mismo jabón corporativo que los limpiaba parecía ensuciarlos cuando pasaba de mano en mano. Esa imposición de reunir adanes en cueros era uno de los viejos métodos que Báez Finol no logró dejar atrás. Una justificación era que todos salían del baño muy obedientes, relajados, sin ínfulas, deseosos de luz y con un apetito de atletas.

Armando hubiera preferido su ponchera al aire libre o un aguacero bajo el sol. Es comprensible que ante la vuelta a ese hogar, compartido con tantos otros, iniciara un monólogo que tenía mucho de recapitulación.

Se me queda viendo con incómoda intensidad y me pregunta:

—¿Usted no ha empezado a sentirse viejo?

—Digamos que la pendiente se me está inclinando hacia abajo.

—Lo malo no es que uno se muere, sino que lo hace poco a poco. Sin darnos cuenta nos vamos alejando de cuando el alma tenía más estómagos que una vaca y para llenarla necesitábamos hurgar en lo excepcional, en lo peligroso y lo irreverente, en lo desconocido, en las urgencias. A mi edad comenzamos a disfrazar de filosofía nuestras limitaciones. Nadie nos tienta y nos suponemos virtuosos; pocas cosas nos provocan y nos creemos austeros. A la pereza la convertimos en serenidad, a la inercia en contemplación, a la abulia en una sabia espiritualidad, y así nos vamos conformando con los simples consuelos de la naturaleza, con los regalos que están al alcance de todo el que los anhele, como el sol de la tarde, la amistad de siempre, las manos de una misma mujer, los mercados, las plazas y los patios, los vasos de agua antes de dormir y al despertar, la constancia de las olas del mar, la pastosa calma de la vejez. Ese fue el tema que elaboró Armando mientras retornábamos a su manicomio particular. Yo solo agregué a su lista el placer de rascarse las nalgas cuando, acabados de levantar, caminamos hacia la cocina para calentarnos un café, rito que contó con su aprobación[4].

También me habló de por qué era tan desaforado cuando encontraba un amigo que lo comprendiera. Tenía tanto que compartir, asuntos tan fundamentales como sencillos, pero que a la gran mayoría le parecían incomprensibles, incluso aborrecibles. Pero ahora todo había empezado a cambiar. Estaba pasando de actor a observador y así era más fácil congeniar con los demás. Sabía quedarse callado, tranquilo, sin molestar ni aceptarle a nadie que lo molestara.

No supe aprovechar a fondo esos momentos con él. Es ahora cuando los atesoro, los sufro y los gozo. Tengo tanto tiempo para reconsiderar lo vivido. Aunque cada una de mis horas va ocupando más y más tiempo de lo poco que me queda bajo el sol.

¿Sabe qué contestó Armando cuando le pregunté por qué ahora vivía en San Jorge y no en su casa?

Se pone la mano en los ojos y se adentra en una exagerada concentración, como tratando de alcanzar algo que no se deja atrapar:

—«La cueva se me llenó de muñecas y tuve que abandonarla». Eso me dijo. Siempre tenía una salida inesperada. No se imagina cuánto añoro esos giros, esos vuelcos, el festín de escucharlo. Al pasar la plaza Sucre le pregunté: «¿Qué te gustaría hacer en esta nueva etapa de tu vida?».

La frase sonó forzada, excesivamente terapéutica. Armando esperó a tener al frente los muros de San Jorge para contestar: «Pasear en carro».

Aún sostenía las dos piedras en las manos y, antes de comenzar a bajarse, las metió ceremoniosamente bajo el asiento,

---

4 En su búsqueda para un poemario sobre «La serenidad», Armando Rojas Guardia llega a dos citas que lo dejan extasiado. Una es de Borges: «Antes buscaba los atardeceres, los arrabales, la desdicha; ahora busco la mañana, el centro y la serenidad». La otra de Octavio Paz: «Tiempo feliz en que no pasa nada / Sino su propio transcurrir dichoso».

como si fueran a ser sus armas en esas futuras aventuras que emprendería sin rumbo. Al verlo hacer aquel gesto, que convertía a mi carro en una parte de su vida, tuve un exabrupto que verbalicé a lo Tarzán: «Yo te acompañé a Castillete. Tú me acompañarás a Palmira».

Armando me observaba con absoluta atención mientras le hablaba de una hacienda idílica donde podíamos pasarnos unos días juntos, lejos del hacinamiento, de tanta regla inútil. Manejando toda la noche llegaríamos para almorzar después de atravesar llanos, selvas y montañas. Sería el paseo supremo y él podría dormir durante la travesía cuanto quisiera.

Ya Armando tenía medio cuerpo fuera del carro y su posición no era nada cómoda, pero la mantuvo para escucharme y aproveché para soltar con prodigalidad todas las imágenes y promesas que concebí frente a Bowlby y exageré frente a Milagros: «Vamos Armando, es cuestión de sentarte, cerrar las puertas, sostener el par de piedras y arrancar. Nada tenemos que perder. ¿Qué tanto daño puede hacernos semana y media de aventura?».

A un hombre con más de treinta años sin viajar tenía que hacerle bien un paseo por Venezuela. Todo lucía tan posible, tan fácil, tan cerca. La futura noticia en *El Nacional* me animaba: «Reverón se fuga de San Jorge. Se desconoce el paradero del artista».

Una parcial parálisis comenzó a dominar mi lengua, como si acabaran de sacarme una cordal. ¿Qué me pasaba? Descubrí con horror que había estado y seguía hablando en inglés mientras describía la ruta hacia el escenario de mi infancia. No podía detenerme e iba en aumento el dolor en mi mandíbula. Traté de explicarme con las manos y las vi hacer unos primitivos gestos de invitación, como incitando a una muchedumbre a realizar un acto de justicia.

Armando achinó los ojos y apretó los labios. Parecía estar haciendo un gran esfuerzo para lograr resistirse a una propuesta tan seductora. Eso creí, o quise creer, porque cuando mi listado ya se extendía a las caminatas hasta la Virgen de mármol, me interrumpió: «José Rafael... perdóneme, pero es que me estoy meando».

Suele suceder que el primero en tener plena conciencia de que hemos llegado a casa es el esfínter. Es lo que ya antes le dije: los planteamientos de la vejiga suelen poner orden en nuestras vidas; son tan impostergables... Ahí tiene una de mis fraudulentas principales excusas para nunca llegar a Palmira: «¡Armando Reverón no se atrevió a acompañarme!».

—¿Qué pasó cuando entraron en San Jorge después de una jornada tan intensa?

—Al llegar al sanatorio me convertí en otro ser. Con solo colocarme una bata blanca ya me juraba distinto al resto de los mortales. Esa noche no me tocaba guardia, pero decidí quedarme hasta que me volviera el alma al cuerpo. Estaba agotado. Antes de dormirme me dije para darme ánimos: «Armando ya me llama por mi nombre. Ahora soy José Rafael».

—He estado leyendo a Artaud, especialmente lo que escribió al salir del sanatorio. En su libro sobre Van Gogh se ensaña contra los psiquiatras. Dice que tienen un sórdido y repugnante atavismo que les hace ver en cada artista un enemigo.

—Siempre seremos representados como seres muy peligrosos, muy sádicos. Sobre todo en el cine tendemos a ser particularmente siniestros, pues, en el mejor de los casos, nos centramos en que el paciente entre en «sus casillas» sin saber muy bien dónde quedan.

Solo nos preocupa salvaguardar una razonable seguridad ontológica y desde esa plataforma procuramos enfrentar los azares de la vida, desde los éticos hasta los biológicos. Queremos avanzar en esa nave científica disfrazada de principios, porque juramos haberla armado a pulso y tallado a nuestra medida. Nos da miedo perder ese refugio y tener que reiniciar la lucha para darle un nuevo sentido a nuestra existencia. Sabemos que la ciencia es menos permisiva que el arte, pues no perdona esos hundimientos que pueden ser tan fructíferos y luminosos para un artista. Por eso los envidiamos. La medicina nace de la enfermedad y la combate. El arte en cambio acepta que no hay remedio ni escapatoria.

—¿El arte acepta el pecado original?

—Digamos que le interesa más la originalidad que el pecado, el estado previo a la condena. Groddeck afirmaba que la vida es tal como Cristo la describió: «No entraremos al reino de los cielos a menos que seamos como niños». Al enfrentarnos a una situación extrema, bien sea por lo feliz o lo infeliz, es inevitable referirla a ese meollo de nuestros inicios, a nuestro íntimo e intransferible embrión espiritual. ¿Usted no recuerda esos heroicos destellos, la valerosa y cálida efervescencia de tener una misión, de ser un elegido, justo antes de esos largos vacíos donde no le quedaba otro camino que jugar a ser un niño igual a los demás?

Me aturden las implicaciones de ese mandamiento infantil y trato de ser escéptico:

—Supongo que no es fácil definir eso que usted define con tantos términos: «meollo», «embrión», «imagen inaugural», «destellos».

—Es difícil al tratar de definir el alma ajena, pero puede ser terriblemente fácil cuando se trata de la nuestra... Hay un tiempo en que todos fuimos magos, actores, exploradores, guerreros, acuáticos y alados, prehistóricos, santos o asesinos. Es cuestión de saber escoger... ¿Usted siempre quiso ser escritor?

Titubeo para evitar una explicación muy larga y Hutchson pasa a otra pregunta:

—No crea que todo está resuelto con solo sentarse a engordar en su silla de escriba. Todavía le falta averiguar sobre qué quería escribir. ¿No recuerda cuál fue la primera línea escrita con entera libertad?

—*Mis padres la guardaron en un álbum:* Papá, mamá, la comida está, porque la cocinera lo dice que la comida está. *Se trata de una hoja rasgada de un cuaderno y pegada entre las fotos de la familia. Al lado del papel aparezco sosteniendo un par de brillantes revólveres.*

—Hicieron bien sus padres en acompañar ese pedazo de papel con sus armas favoritas. Léalo varias veces y seguramente podrá transportarse más allá de todo posible inicio. Espero que no tome la cómoda opción de convertirse en crítico gastronómico.

Por primera vez me río de una manera apacible, agradecida.

—Si fracasa ese primer poeta que es todo niño, la vida se nos va transformando en una gran mentira que, por un tiempo, logramos soportar con cierto decoro. Hasta que un buen día ese niño que llevamos por dentro necesita respirar, oxigenarse, y entra en erupción con tanta fuerza que ya no podemos culpar a nadie, ni siquiera a papá y mamá, por haber desobedecido el mandato y las pistas que nos ofrecía nuestro primer modelo. Para escapar a esa culpa, nos escondemos cada vez más en la enfermedad y entonces alguien tiene que ayudarnos a reencontrarnos con nuestra infancia, a entender qué ocurrió, qué sentimos, qué soñamos, qué planificamos en el silencio de nuestros juegos más íntimos y primigenios. Esto es posible gracias a que seguimos respirando por la misma nariz, tragando por la misma boca y mirando a través del mismo círculo de nuestra infancia. Ese reencuentro nos ayudará a aceptar que somos criaturas sin suficiente responsabilidad para sentirnos culpables.

En el caso de Reverón nunca hubo una traición a su primer planteamiento, solo agotamiento. Llegó un momento en que el niño no tenía energía para continuar explorando, luchando. Se ve que no aprendió muchos trucos para enfrentar a esa temible pandilla llamada sociedad y cargó con más culpas de la cuenta al ser incapaz de descargarlas en sus padres, en sus maestros o en cualquier otro tipo de autoridad.

Veamos qué sucedió en la última curva de su carrera. Sabemos que Ferdinandov le aconsejó: «Aléjate de la sociedad», y él se apartó lo suficiente para que cada tanto vinieran los clientes a visitarlo y comprarle su mercancía. Castillete se inicia con una consigna: «¡No voy a hacer concesiones a mi creación!». Esa parte la cumplió a cabalidad, pero luego le tocaba mendigar para vender lo realizado. Creaba con la dignidad de un príncipe y vendía con las payasadas de un bufón. A veces le tocaba convertirse en vendedor a domicilio, como esos que llevan el pan o la leche a la puerta de las casas.

Hay una anécdota de Mateo Manaure que es célebre. Creo que no está en el libro de Calzadilla. Armando está conversando con Mateo en Castillete cuando entran unos curiosos. Sale a recibirlos y se convierte en otra persona: hace piruetas, juega con el mono, acaricia sus muñecas. Cuando se van los visitantes, vuelve a sentarse con su amigo y le comenta: «Todo lo que hay que hacer para vender un cuadrito»[5].

Los griegos llamaban «Asty» al centro de la polis donde estaban los edificios cívicos y políticos. La «Chora» era la periferia, lo rural, lo que va dejando de ser ciudad. Reverón pertenecía a la Asty y se fue a vivir a la Chora, pero va a depender de ese centro que decidió abandonar. Allí están los pocos que le compran y los poquísimos que lo entienden[6]; o para hablar

---

5 Sofía Ímber cuenta que le abrió la puerta de Castillete haciendo extrañas piruetas, hasta que la reconoció y le dijo volviendo a su tranquila amabilidad: «Ah, eres tú».

6 Investigo sobre la «Asty» y encuentro el término «Astynomi», título que se daba a los diez funcionarios de Atenas responsables de la decencia y tranquilidad de la ciudad. Hasta los flautistas y arpistas estaban sujetos a su control. Boulton, en su ensayo con motivo de la Gran Exposición de 1955, nombra algunos de los Astynomi que poseen obras de Reverón: Lope Mendoza, Carlos Raúl Villanueva, José Herrera Uslar, Armando Planchart, Roberto Lucca, Miguel Otero Silva. La lista completa pasa de diez y todos tendrán grandes responsabilidades en el destino de Caracas.

más claro: los que lo aprecian mucho sin pagar tanto. Fíjese como Boulton cataloga los cuadros en su libro: «El Playón de Sylvia Boulton», «El Paisaje Blanco de Belén Clarisa Velutini», «El muelle de la Guaira de Jorge Bezara», y uno no sabe si Bezara es el dueño del cuadro o del muelle.

No sé quién de los dos está más cansado de tanta explicación. Yo puedo reclinarme en la silla, bajar los párpados suavemente y adoptar un aire de buen alumno; todo menos bostezar. Hutchson, en cambio, intenta encontrar las palabras justas para mantener el equilibrio entre lo docto y lo coloquial, y hay momentos en que parece detestar ambos extremos y se arrepiente del camino tomado.

Veo por su expresión que es hora de pasar a otro tema, a algo que lo despierte, así sea atormentándolo:

—También quedó pendiente por qué Milagros no podía acompañarlos.

Volvemos a quedar como paralizados, hasta que entra Gaviota y me pregunta si quiero tomar algo. Hutchson no me da tiempo de responder:

—Deja al señor tranquilo, Gaviota, ya le llegó la hora de irse a su casa.

No puedo quejarme, ha pasado bastante más de los cuarenta y cinco minutos reglamentarios que dura una cita con un psiquiatra. Se marcha Gaviota y Hutchson habla como un contendor que se rinde:

—Tengo algo importante que contarle, pero ahora necesito descansar.

Cierra los ojos como si ya me hubiera ido. Cuando los abre, emplea un tono aún más humilde, sospechosamente suplicante:

—¿Podría venir mañana? Quizás el cambio de miércoles a jueves nos hará bien.

Y entonces, tal como suele hacer, vuelve a su beligerancia:

—No creo que usted tenga inconvenientes... Quien se mete a escritor es porque no tiene nada mejor que hacer.

Solo me queda exclamar desde la puerta con aires de negociante:

—¡Trato hecho, doctor Hutchson!

Y la revancha de constatar que en verdad está exhausto.

El placer de las tangencias

DEBO AGRADECERLE A HUTCHSON la desazón que hace posible estas recapitulaciones. Siempre salgo de su casa insatisfecho, a veces tristón, pero siempre lleno de energía. Luego me toma un par de días salir de su aura y orientarme, así que ahora mismo estoy entumecido y mañana jueves volveré a verlo. No habrá tiempo para digerir.

¿Por qué Hutchson estará tan agotado y, a la vez, tan necesitado de vernos? Creo que estoy igual de ansioso. Mi curiosidad es la más grave de todas: quiero saber qué me pasa.

Milagros siempre está en el aire. Revolotea asumiendo el papel de todas las mujeres que alguna vez hemos amado y perdido. Comienzo a pensar que recrearla es el único aliciente y propósito de nuestros encuentros. Ella se ha convertido en la música de sus retiradas y en el espíritu de mis evasiones. He pensado en cambiarle el nombre por uno menos exigente.

Vuelvo a pensar en la secuencia de venezolanos que han afrontado el tema «Reverón». Pérez Oramas resalta del *Manuscrito de Fiesole* una afirmación de Boulton: «La pintura es como un cuerpo humano que tiene su morfología y ella misma dice todo lo que se quiera ver en ella del carácter del artista, de su sensibilidad y su actitud psicológica». Es evidente la semejanza con lo predicado por Brodsky contra las biografías, contra esa «sospechosa premisa de que la vida puede explicar el arte».

El «carácter», tal como lo presenta Aristóteles en su *Poética*, es lo que revela el propósito moral del protagonista, el estilo de sus elecciones, la manera de enfrentar sus dudas, los hechos que intenta evitar, lo que acepta y lo que rechaza, la voluntad de elegir y de reflejar lo elegido. Según esta definición, ¿en verdad podemos dilucidar el carácter de Reverón con solo ver sus lienzos?

Castillete nos sugiere que De Kooning también puede tener razón y debemos conversar sobre una vida que ha sido tanto efecto como causa de una obra. No será una conversación fácil, pues esa ambición biográfica nuestra, con que Brodsky nos amenaza y descalifica, y que quizás nos aparta aún más de Reverón, la estimula un doble rasgo de su carácter: un afán de espectáculo compensado (alguno podría decir refrendado) por la voluntad de apartarse.

Estos dos extremos fueron una constante en su vida y, al mismo tiempo, constituyen una cómoda explicación para nuestro excesivo voyenrismo. El álgebra que Brodsky aplica a los artistas: «mientras más tiempo pasa donde nadie ha estado antes, más particular se vuelve su conducta», debe explorarse en varios sentidos, incluyendo además de su retiro e histrionismo, a nuestra distancia y curiosidad. Tienen que darse excesos y malinterpretaciones en la relación entre un actor y varias generaciones de fisgones, así como entre un solitario y una sociedad fundamentada en el rechazo.

Creo que frente a Reverón sufrimos una especie de parafilia, un patrón de comportamiento sexual en el que la fuente predominante de placer no se encuentra en la cópula, sino en actividades tangentes, en roces y paralelismos. Armando generaba una inmensa atracción pero nadie estaba dispuesto a unirse realmente a su vida, a comulgar con él, a integrarse. El mismo Alejandro Otero nos cuenta de su incomodidad durante una simple conversación mientras caminan juntos por la calle. Solo Juanita lo acompañará y será pagando el precio de una agobiante proporción de castidad. Esta dualidad entre la atracción y el rechazo supongo que es una condición de todo artista, pero a Reverón le tocó hacerla notoria y se convirtió en su carta de presentación y representación. No es poca cosa convertir los extremos en centro, el vacío en totalidad, la ausencia de color en luz, la separación en espectáculo.

En el ensayo, *Armando Reverón y el arte moderno*, Pérez Oramas celebra: «La generosidad de un exceso que se alimenta de carencias y exponiéndose en la riqueza formal de una pobreza sin fin, desasida de oropeles porque ha tocado fondo, porque viene de un encuentro radical con el mundo, desde su circunstancia más íntima...».

El epígrafe de su ensayo es un verso de Murilo Mendes: «Para venir a serlo todo es preciso ser nada». Creo que este debe ser el tema central de nuestra conversación y la posible explicación al caudal de reflejos entre su vida y su pintura, y entre su vida y las nuestras. Al ejercer con plenitud la extenuante exigencia que propone Mendes, Armando Reverón nos entrega una hoja en blanco donde describirnos. Es como si una de sus principales tareas hubiera sido demostrarnos que existe un solo libro y una sola biografía en la que todos estamos inscritos e, inevitablemente, escribiendo.

Debería llamar a María José Báez y conseguir de una vez por todas los apuntes de su padre. Hasta ahora solo sé que se encuentra en Checoslovaquia. Una eternidad para el nivel de impaciencia que me invade esta noche, pues hoy siento que ella será por siempre nuestra cónsul en Praga. Podría escribirle una carta, pero cómo hacer la introducción que requiere una pregunta tan decisiva: «¿Dónde están los papeles de las conversaciones entre tu padre y Reverón?».

¿Qué hora será en Praga? Tardísimo, o quizás María José ya está a punto de desayunar. He oído decir que allí se come muy mal. Un buen motivo para irme a dormir.

XI
3 de febrero del 2005

ENCUENTRO A HUTCHSON con su coraza de hombre sabio y bien dispuesto a pontificar. ¿Habrá olvidado que apenas ayer estaba exigiendo comprensión, y que un segundo después me atacaba de una manera destemplada, llena de flancos y costuras?

Sin darle tiempo de hacerme perder la rígida concentración con algún inesperado preámbulo, comienzo a preguntar.

* * *

—*La semana pasada le pregunté por qué Milagros no podía acompañarlo a Castillete.*

—¿Quiere volver a ese episodio? Entonces tendremos que volver a esa araña de Bergman que tanto tiene que ver con la creación y con la muerte. La araña también representa la esencia de lo femenino. Añada sus habilidades manejando el lado oscuro del sexo y su capacidad de unir el placer con el peligro.

Milagros fue capaz de elaborar esa red y devorarme. A partir del incidente del frijol mágico, impuso sus condiciones y solo nos vimos en su consultorio. Está mal visto tener relaciones con una paciente, pero, ¿qué decir de la relación de un psiquiatra con una psiquiatra? ¿Se duplica la culpa o se anula? Creo que es doblemente inmoral y peligroso, pues se cae en un indigente laberinto de «yo sé que tú sabes que yo sé lo que sabes…».

—*¿Por qué «indigente»?*

—Porque se maneja mucha información que ni te viste ni te alimenta... Pero si lo prefiere, escriba «inclemente».

Al hablar con Milagros me costaba enfrentar la intensidad que clavaba en mis ojos y a veces me ponía a gaguear con la británica distinción que me enseñó Bowlby. Ella me hacía sentir desnudo, a la intemperie. Una tarde le dije que por culpa de su mirada me estaba convirtiendo en su paciente y contestó riéndose: «Tú y yo estamos condenados a psicoanalizarnos».

¿Era una risa cariñosa? Creo que era más bien maliciosa. Ella se sabía parte de un juego en el que iba a ganarme al reconocerse de antemano perdedora... Un enredo, pero es la única manera que tengo de explicarlo.

Solo fui un par de veces al hogar de los Iribarren Steiner en El Rosal. Milagros vivía con sus padres, unos señores muy cultos parte de un grupo al que llamaban «el sindicato de la inteligencia». Debíamos esperar como unos adolescentes a que los viejos bajaran a la playa por el fin de semana. Ella los animó a comprar un apartamento en el hotel El Palmar, justo frente al mar, para quitárselos de encima de vez en cuando y permitirse esas visitas furtivas y románticas en su propio hogar. Es tan sano e iniciático el erotismo en la cama de la infancia.

La primera vez entramos en su casa como unos ladrones, pues teníamos solo una hora para nuestra exploración. Ella solo quería mostrarme su habitación, su reino inmutable; un requisito para entenderla, pues era también la prisión que había elegido. Y en verdad había libros y discos para aguantar un asedio. Las paredes y los muebles parecían decir: «Milagros jamás se irá de aquí, solo en esta casa se siente segura». Entonces fue cuando vi la foto del espejo fracturado colocada en la esquina del espejo de su baño.

Sus fanatismos se sustentaban en una duda infinita, o en una fragilísima fe cuyas continuas renovaciones siempre partían de un mismo punto. Todos los días, cuando salía de su cama, parecía olvidar quién era y a qué se dedicaba. Aun después de una primera ojeada en el espejo seguía perdida. Era a lo largo del día y gracias al contacto con otros seres que lograba poco a poco recuperarse, entonarse. Por un tiempo fui el último de la lista, antes de que ella volviera otra vez a su casa, a su retiro. La secuencia se repetía sin cesar: mi amor se acostaba triunfante, repasando lo que había hecho y estaba por lograr hasta convertirlo en el prólogo de sus sueños. Dormía mucho y bien, pero amanecía con una crisis que abarcaba el sentido de la ciencia, de la humanidad, de su existencia, de su piel. Muy pronto comenzó a incluirme en estas debacles como testigo de cargo y máximo representante de las injusticias de la vida, señalándome como el principal causante de sus enredos, de sus recaídas, de sus extravíos.

En mi incierta condición de alma en busca de su pasado, yo no era el hombre ideal para una mujer que dependía tanto de reafirmar sus poquísimas certidumbres sobre su propio futuro, porque supongo que en su propio diagnóstico debe haber existido un margen de esperanza. Solo jugando a ser el extremo opuesto le fui de alguna utilidad y me convertí en el depositario de todas sus culpas, reo de todas sus justificaciones y medida para algunas drásticas rectificaciones de rumbo que de muy poco le sirvieron.

La segunda vez que fuimos a su casa, sus padres habían ido a pasar el fin de semana en el apartamento de la playa. La adolescente de 29 años era libre hasta el domingo. Teníamos la casa entera para jugar a las pantuflas y las meriendas, cocinar y lavar platos, beber vino y sacar gruesos tomos de la biblioteca. Si no vimos televisión es porque aún no llegaba a Caracas, pero oímos un par de óperas, que es una buena forma de desafiar el tiempo. Yo evité regar helechos y ella evitó besarme cerca de una alfombra, pues los tejidos persas me tenían el espinazo asustado.

La mañana del domingo, me despertó con una amenaza: «¡Después del mediodía llegan mis padres!».

Tenía la prisa de una temerosa quinceañera y fui conminado a bañarme. Apenas eran las diez de la mañana, pero yo debía abandonar la casa con suficiente antelación para que la brisa caraqueña se llevara la aureola de mi cuerpo. Al salir de la ducha, ella me esperaba desnuda frente al espejo. Supuse que era para resarcirme por tanto apuro. Aunque la desnudez había sido un estándar durante el fin de semana, su posición de esfinge sí era una novedad. Estaba poseída por una concentración que lucía autoritaria. Creí –como todo creyente que depende de sus creencias– que me invitaba a formar parte de la escena. La abracé por la espalda, crucé los brazos sobre sus senos y apoyé la mejilla en su hombro. Era mi segunda visita a su casa y yo solo quería ser razonablemente feliz. Pasé la mano por el espejo para borrar el vapor que lo empañaba y brotó un chirrido semejante al lamento de un cuervo. Mala señal.

Uno de nuestros juegos consistía en convertir en memorable un instante escogido al azar, preferiblemente una escena que carecía de méritos para ser recordada. Aquel chirrido inesperado resultó inolvidable.

—*¿Cuál es la clave para hacer un momento inolvidable?*

—Guardar silencio, respirar al mismo ritmo, mirarse a los ojos... ¡Por Dios! Ya no recuerdo nuestro método, solo los resultados. Sí puedo asegurarle que nunca pensé que limpiar un espejo empañado iba a ser algo tan perseverante.

Milagros seguía tan concentrada que me integré al examen de nuestra imagen plana y entrelazada en el espejo. Toma tiempo acostumbrarse al reto de una superficie tan dócil como impávida que nos imita con absorbentes y frías pretensiones de realidad. Ante un espejo, ¿quién es el seducido y quién el seductor? ¿En qué momento el que contempla se transforma en imagen y es la imagen la que nos observa?

Los señores Iribarren Steiner han podido encontrarnos en ese meticuloso análisis de nuestros cuerpos. De pronto, Milagros exclamó: «Me estoy muriendo de frío».

¡Qué frase tan apropiada para besarla y abrazarla aún más! Pero su siguiente descripción era algo más difícil de unir al beso amplio que comenzaba a deslizarse por su cuello: «Estoy tan fría. ¿No lo estás viendo? Es un frío que quema por dentro».

¿Cómo evaluar el frío mientras cubres unos senos con las manos húmedas? Intenté ser lo más sensual posible y le dije en secreto: «Fresquita por fuera y ardiente por dentro».

Cerré los ojos y traté de soñar que éramos felices, dueños de una misma y única sensualidad. Ella me despertó clavando las uñas en mi antebrazo mientras susurraba temblando: «Sí, sí… tienes razón, estoy ardiendo de frío».

A partir de ese momento me limité a seguir sus exigencias para hacerse real, tangible: «Agárrame duro… muerde».

Y hablaba en serio. Buscaba en el dolor la posibilidad de ser contenida, de sentirse real. Todo amor trae su propia dosis de veneno, de centro del mundo, de construcción y destrucción, de trampa, de telaraña que te atrapa y ya no te deja salir.

Sé que ha llegado el momento del whisky *tibio y mañanero. Ya tengo suficiente compenetración con Hutchson para escoger el momento adecuado. Me levanto a servir dos vasos y dejo que vaya cambiando la posición de su cuerpo y de su lugar en la historia. Apenas vuelvo, continúa:*

—Aracne era la hija de un tintorero famoso por usar la púrpura de Tiro. La joven demostró tanta habilidad en el arte del tejido que llegó a considerarse más diestra que la diosa Atenea. Cuando le llegan a la diosa los rumores del prodigio, se disfraza de anciana y va a visitar a la jovencita. Al ver sus tapices, la anciana no cree que sean obra de una mortal. Aracne le responde: «Mi habilidad tejiendo es comparable a la de las diosas». La anciana le advierte que no debe enfadar a la cofradía del Olimpo y la joven se burla de su consejo confesando: «Me encantaría competir con la propia Atenea». Entonces la anciana se quita su disfraz y acepta el reto.

Atenea teje un tapiz con su victoria sobre Poseidón, mientras que la joven representa los veintidós episodios de infidelidad que han ocurrido en el Olimpo. La obra de Aracne es tan perfecta como irreverente. Ante tanta habilidad y falta de respeto, Atenea se pone furiosa y destruye el tapiz de Aracne. Llena de tristeza, la joven se suicida. Atenea se apiada y la transforma en una araña.

Aquí tiene una clásica muestra de crueldad mitológica: ¡qué clase de piedad es reencarnar a una bella joven en una araña! Una mujer puede tejer como una diosa, pero nunca podrá tener el obstinado virtuosismo y la nefasta sutileza de las arañas.

Ahora debería preguntar por qué Milagros es Aracne, pero sé que es cuestión de dejarlo beber un segundo trago.

—Todo comenzó con aquella tonta broma del frijol en el fregadero. No fue tanto su pánico ante el helecho gigante, sino su rabia al sentir que su extrema debilidad había quedado al descubierto. Eso fue lo que no pudo controlar: quería abrazarme al no lograr sacarse los escalofríos del cuerpo; quería llorar al saberse aterrorizada por tan poca cosa; quería agredirme por haberla sometido a aquella inmerecida humillación. Le tomó tiempo reponerse. Primero unió los restos de vergüenza, rabia y pánico en un profundo abatimiento, luego tomó fuerzas y me dijo: «Quiero irme a mi casa».

Y tuve que llevarla en su propio carro. Estaba tan nerviosa que no podía manejar. Era una operación complicada, pues nadie debía saber con quién había estado ni de dónde venía. Añádase que después me tocaría caminar un buen trecho de vuelta a mi apartamento, pues en ese entonces los taxis eran una rareza en Caracas. Ese sería mi castigo por la tonta broma del frijol mágico.

Le doy un dato biográfico importante: le tengo fobia a los perros, no sé por qué, y los cincuenta fueron la década de los guardianes, de los Sultán y los King. En aquellas calles oscuras de El Rosal yo parecía Pedrito perseguido por cien lobos. Ahí tiene un buen ejemplo de regresión al pecado original: un niño culpable por asustar que a su vez es asustado. Un día le pregunté a mi madre si mientras estuve en su barriga la había perseguido algún perro.

«Sí, una vez», me contestó.

«¿Y qué hiciste?».

«Le caí a patadas».

Con esa respuesta quedó establecido que el perro se quedó con los golpes y yo con la fobia. Pensé mucho en la respuesta de mi madre durante aquella larga caminata nocturna y, partiendo de esa agresión a un pobre perro, traté de alcanzar otras imágenes aún más remotas, punzantes por la precipitación con que fueron sepultadas.

Avanzaba por una Caracas nueva y pulcra, con mucho espacio por llenar, ideal para representar una memoria llena de vacíos. Era una ciudad sin las muelas del juicio pero con buenos colmillos separados por dientes de leche. El momento en que tuve una mejor perspectiva fue cruzando el puente sobre el río Guaire entre El Rosal y Las Mercedes. ¡Qué río tan extraño, tan veloz, tan hundido! ¿Qué humillado debe sentirse atravesando una ciudad sin nadie que lo contemple, acompañado solo de latas, botellas y mierda? Esa noche la luna parecía ofrecerle al Guaire otros destinos, y eso lo hacía más obcecado pero menos envilecido. Seguí su curso hacia el oeste hasta una calle en Bello Monte que sube tan empinada como una cascada y por donde debía estar mi edificio.

Mientras ascendía sudoroso y jadeante, el silencio de la noche me iba apartando de mi cuerpo y de una ciudad que no lograba querer ni odiar. Me fui haciendo un engranaje de huesos que subía en automático a la búsqueda de una guarida prestada y provisional. En esos momentos de inconsecuencia son de gran ayuda los llamados fisiológicos. Después de quince años volví a orinar contra un árbol en una acera solitaria, esta vez sin el acoso civilizatorio de mi querido Robbie. A medida que vaciaba la vejiga, me volvía el alma al cuerpo en medio de suspiros y esos gratos cosquilleos de quien estaba a punto de reventar. Nada como hacerlo a cielo abierto; mejor aún sobre una superficie de asfalto en pendiente que le dé espuma y torrentera a nuestro desahogo. «Desahogarse», qué palabra tan apropiada. ¿Quién sabe en qué ha podido convertirse mi ataque de extrañeza si no acude en mi auxilio esa necesidad tan ineludible como fácil de satisfacer. La acuática franqueza de ese «¡Meo luego existo!» me sacó de la confusión y continué subiendo con mejor paso hasta llegar a mi apartamento prestado.

Ya echado en la cama y sin quitarme la ropa, pensé: «Bowlby tenía razón, me siento como de cinco años». Estaba muy cerca del núcleo, de ese ombligo que a usted le parece tan indefinible. Y eso que no había visitado Palmira. Pero esa noche no logré articular mi modelo primigenio, solo lo sentí rondar por la punta de las papilas. Quizás un cierto sabor es a lo más que podemos aspirar en nuestros reencuentros con la infancia.

—Ese fue el primer síntoma, ¿cuál fue el segundo?

Creo que he abusado de mis prerrogativas, porque la respuesta tarda en llegar:

—¿El síntoma de qué? ¿De su enfermedad? ¿Del final de nuestro amor? En nuestro romance fueron desvaneciéndose las caricias y las reacciones a las caricias cada vez más exigentes que yo le imponía. Pensaba que era debido a una pasión tan fuerte que la paralizaba, hasta que se hizo evidente que Milagros no hablaba, no contestaba, solo me miraba mientras yo me iba haciendo más insistente, más inexistente.

Es una condena la fuerza con que aún la recuerdo tejiendo con destreza admirable la figura de su propia destrucción. Añádase en esa figura a los hombres que pasaron por su vida sin poder hacer nada por salvarla. Hacia los bordes del dibujo está José Rafael Hutchson amándola por el resto de su vida.

No sé cuánta envidia hubiera sentido Atenea ante las insólitas cualidades de Milagros, pero sí puedo asegurarle que nadie mejor que ella para tejer los hilos de una vida. Ella fue quien me impulsó hacia Reverón durante el año sabático en que pretendí revisar mi infancia. Me fue guiando, impidiendo desviaciones y excusas mientras yo avanzaba hacia el más telúrico de los venezolanos. Eso debo agradecérselo, no importa cuál fue el precio que debí pagar.

—*¿Cómo podía ser tan certera y al mismo tiempo irse desvaneciendo?*

—No lo sé. Quizás no hay nada más cierto que las ausencias. No olvidemos la frase de Proust sobre el paraíso[1]; explica tantas cosas, resume tantas sensaciones. Era como si Milagros fuera saliendo de escena para que yo me concentrara en Armando. Yo soportaba su silencio, su rigidez, mientras pudiera reposar entre sus piernas por una tarde más. ¿Qué importaba si ella ya no me hablaba? Yo solo quería entrar en su consultorio y recostarme a su lado como un paciente enloquecido de amor. Estaba muy enamorado, atrapado en una red que poco a poco se iría haciendo más invisible. La amaba incluso cuando empecé a temer lo que podría hacerme con una tijera Solingen en las manos, y seguí volviendo a su regazo aun después de negarme a que me cortara el pelo. Hasta el día en que ella dejó de ir a su consultorio y la invisibilidad fue total.

---

1 Rafael Alberti ofrece una versión que confirma esta misma ansiedad: «Paraíso perdido, perdido por buscarte».

Sé cuánta falta le hacen mis ingenuas preguntas y las hago como si fueran parte de un libreto:

—¿Desapareció?

—No era difícil saber qué estaba ocurriendo, pero fue una sorpresa cuando se recluyó en su casa, un territorio inexpugnable. Sus padres eran unas personas mayores que nunca me habían visto y tenían órdenes médicas de no permitir visitas. Había que escoger entre un hospital psiquiátrico o ese encierro casero, así que los Iribarren se tomaban muy en serio las instrucciones de Báez Finol.

Estuve a punto de presentarme como alguien enviado por el propio doctor Báez, pero pensé que el enredo podía empeorar las cosas. Daba vueltas en mi carro pasando frente a la casa de los Iribarren Steiner y no podía creer que una mujer tan linda, tan maravillosa y sabia, estuviera allí, encerrada y sedada. Algo escuché de una clínica para casos perdidos que estaba de moda en New Haven, donde le embadurnarían las sienes y dejarían en sus labios un sabor a algodón de azúcar. «Dios mío», pensaba horrorizado, «una alumna de Jaspers achicharrada en Connecticut».

Mi desesperación aumentaba y decidí repetir la secuencia de la noche del frijol mágico, cuando la acompañé hasta la puerta de su casa y luego esperé a que se encendiera la luz de su habitación y una mano se asomara por la ventana en un breve adiós.

Antes de mi nueva visita aguardé en mi carro hasta las once de la noche y la luz de su habitación permanecía encendida. Me había vestido para la ocasión como un alpinista; solo me faltó una cuerda y un piolet. Era fácil llegar hasta su ventana; bastaba con montarse en el techo del garaje, una amplia plataforma desde la cual podía convertirme con calma y dignidad en el fisgón de mi legítimo amor.

Yo conocía bien esa habitación. Había observado cada uno de sus detalles, desde la cama durante aquel fin de semana, cuando estudié la escenografía con el método que inventamos para fijar recuerdos. Pasamos horas en la cama de la habitación que fue de una niña, mirando la gran ventana que abría hacia El Ávila y sus ondulaciones de gran cobija. Y ante esa única imagen enmarcada nos sentíamos tan conformes, tan viajeros... Eso quería yo creer, pero ella comenzó a hablar como si le estuviera contando un cuento a un niño, o a un anciano: «Una noche, cuando ya no pueda más, un ángel vendrá a salvarme...».

Nada respondí, solo cerré los ojos e hice como si estuviera dormido. Detesto a los ángeles y, con esa frase, todo había cambiado entre nosotros. Ella había entrado en un territorio donde no podía acompañarla. Yo sabía que ella me estaba mirando y cerré los ojos con una rigidez que me delataba. Pasaron varios minutos y Milagros agregó con la tristeza de los abandonados: «Avísame cuando estés despierto».

La noche de mi visita furtiva sabía que solo hacía falta introducir la mano por un borde, tomar la cuerda de las cortinas y abrir el telón. La encontré desnuda. «Justo como le gusta estar», pensé, y lo supuse un buen síntoma. Parecía haberme estado esperando por varios días y noches, porque se encontraba sentada en el borde de la cama mirando hacia el recuadro de mi aparición. Le temblaba el labio inferior, como si rezara. El resto de su cuerpo estaba tan inmóvil como un pollo en un congelador.

Con esa metáfora, tan inapropiada, comprendo cuánto la amaba y cuánto odiaba amarla.

—Quería que ella me viera. Quería tocarla. Quería que ella me tocara. Pegué mi cuerpo a una reja de amplios recuadros que con algo de voluntad poética podrá pasar en su escrito por una telaraña. Atravesé la reja con ambos brazos y los moví en el aire en una prosaica señal de que estaba tan presente como ausente, atrapado en ese otro lado del mundo donde intentan sobrevivir los cuerdos. Milagros se levantó atraída por aquellas manos que hacían desesperados dibujos en el aire. Caminó unos cuantos pasos, los suficientes como para dejarme volver a sentir sus senos, la golosina que calma a los niños impertinentes. Me dejó hacer como el hada madrina que entrena al príncipe en las escaramuzas del amor y, de pronto, volvió a la pregunta frente al espejo: «¿Verdad que ahora sí están heladas?».

Y sí había una fría fiebre en su piel, como el vapor que sale de un hielo seco, algo que yo había empezado a sentir mucho antes y no había querido aceptar, algo que ella confesaba llorando mientras mis dedos parecían arañarla. Solo quería calmarla. Le dije que nada en su cuerpo era frío. Se lo repetí varias veces antes de ordenarle con poca dulzura y respeto: «Acércate más».

Ella volvió a preguntar sin dar un paso: «¿Verdad que ahora sí estoy muerta?».

Solo pude mover la cabeza de un lado al otro. Ya no era su amante ferviente sino un enfermero perverso y experto en las prácticas lascivas de un hospital. Traté de buscar alguna receta en mi manual, un truco inesperado que desarme al psicótico y logre romper esa línea de pensamiento que separa dos mundos.

«Por cierto, este domingo hay una corrida de toros», le comenté, como si estuviéramos despertando de una siesta, «y Báez Finol nos invitó a los dos. Armando viene con nosotros... ¿Qué dices? ¿Quieres venir?».

En esa invitación imposible debe haber estado escondida toda la insensatez con que podía agredirla, porque ella comenzó a gritar largas vocales alemanas que terminaban en roncos aullidos. La estridencia sacudió tan fuertemente mis brazos que no lograba sacarlos de la reja. Quería huir, pero, ¿cómo abandonar sus intentos por besar y morder mis dedos en medio de maldiciones y propuestas procaces? Entonces una figura semejante a un padre abrió la puerta de la habitación y un huracán me derribó sobre el techo del garaje, y corrí como un desaforado, como un ladrón.

Hay que cometer algo muy grave para culparte por el suicidio de una paciente, pero muy poco por el final de un amor. Aunque Milagros todo lo sabía y todo lo había meditado, su recaída fue tan violenta que le negó la posibilidad del suicidio. La peor locura es la que no te permite ese único y perfecto escape.

—*Existe un mito de la viuda negra, una mujer que atrapa a los hombres en su red y los aniquila. Este es un caso totalmente distinto.*

—Todos los casos son distintos, eso se lo puedo asegurar. Cuando volví a Glasgow traté de olvidarla…

—*¿Qué ha sabido de ella?*

—Creo que aún está viva.

—*¿No volvió a verla?*

—No, no sé más nada.

Hutchson está otra vez muy cansado. Lo noto en sus gestos, parecidos a los de mi tío cuando mordía el filtro de su cigarrillo y hablaba del abyecto destino de los cuadros de Reverón en la casa de mis abuelos.

Quiero irme y me levanto, pero veo a José Rafael tan aplastado que vuelvo a sentarme. Es lo que él esperaba, porque utiliza el procedimiento a que me tiene acostumbrado: mirarme fijamente, sorprendido de encontrarme en su casa. Ahora sí tengo una buena excusa para marcharme y dejarlo solo.

Ya solo en mi carro exclamo: «¡Cuánto te convendría, Hutchson, no tener tan buena memoria!». Es entonces cuando asumo que mi tarea es poner a prueba sus pretensiones de olvidar. ¿Será el olvido el secreto de la felicidad? O, para no ser tan exigente, uno de los requisitos para conseguir las míticas y anheladas ocho horas de sueño.

El mapa que parte de un tesoro

La visión de Reverón que nos ofrece Boulton tiene un solo propósito y una sola secuencia lineal: señalarnos el camino que debemos tomar para apreciar su obra. Este suele ser el privilegio y la limitación de los pioneros.

Calzadilla abre el compás y traza un mapa donde se indican diferentes rutas. En la cartografía de Pérez Oramas nuestro artista no es solo un punto de llegada, también lo es de partida. Ya no se trata del mapa de un tesoro, sino de un territorio donde concurren y se inician múltiples búsquedas.

Un mapa no debe exigirnos una sola dirección; cualquier localidad podría ser un comienzo o un final, un descanso o una engañosa meta. Pero no apostemos demasiado a la ecuanimidad de su dibujo, pues siempre estará presente la sobrevaloración de algunas rutas y lugares. Los inevitables límites de toda imagen siempre nos sugieren un centro y una periferia.

El nuevo atlas que nos propone Pérez Oramas es una urdimbre en la que constantemente se están abriendo nuevos caminos, como él mismo lo plantea al comenzar su texto sobre *Armando Reverón y el arte moderno en América Latina*. Allí esboza la relación del pintor con una modernidad cuyo signo es «su reinvención permanente», pues «el reto del arte moderno consiste en explicarnos el enigma de su incesante reformulación».

En estos nuevos mapas se dan estas constantes «reformulaciones» y «reinvenciones» a través de senderos, zonas de acampada, áreas recreativas, pasos a nivel y a riesgo, túneles y puentes. Son trazados donde coexisten francas avenidas, un bulevar que, según Pérez Oramas, podría pasar por Reverón y llegar a Cy Twombly, y hasta ese imprevisto tipo de callejuela que Boris Vian llamó «el atajo más largo».

Hay una ruta que pensé podía unir a Reverón con Jesús Soto, pero la encuentro cruelmente clausurada. El argumento de Pérez Oramas es que la intangibilidad de Reverón «no tiene nada que ver, en absoluto, con la aspiración a la inmaterialidad» de Soto. Primero escribe que «la asociación es tentadora desde un plano puramente formal, por no decir formalista, entre obras como *Luz tras mi enramada* de Reverón y *Puntos de goma* realizada por Soto en París a inicios de los sesenta». Pocas líneas después nos advierte:

> El anacronismo implícito en la comparación entre las obras de Reverón en los años veinte y la obra cinética *Puntos de Goma* en los sesenta no porta buen consejo ni resulta pertinente, por placentera que pueda ser: más bien contribuye a deslocalizar aún más a Reverón en el contexto de aquellos años en que se troqueló la modernidad en América Latina.[1]

¿Por qué nos asoma a algo tan tentador y luego lo niega? ¿Cómo la posible influencia a un futuro pintor de los años sesenta, «deslocaliza» a Reverón en el troquel de los años veinte? Ya Eliot dio la respuesta al proponer que «el pasado es alterado por el presente, tanto como el presente está dirigido

---

1 *Armando Reverón y el arte moderno en América Latina.*

por el pasado». Y otra pregunta que hago con cierto rubor: ¿Habrá frente al arte algo más pertinente que el puro placer y la tentación?

Releyendo a Alejandro Otero he encontrado una explicación a mi atracción por los textos de Pérez Oramas. Cuando en 1968 Alejandro le relata a su hija el paseo que hace con Reverón, describe su manera de expresarse:

> ... uno tenía la impresión de estar oyendo algo descosido y disparatado, pero no era así. Simplemente una idea le sugería otra, a veces contraria o sobre un sujeto distinto, y por allí continuaba sin detenerse. Por eso, una frase suya nunca dejaba de tener sentido en cuanto a su vida, su modo de ser, su tema de elección: la pintura. Esas referencias casi nunca eran directas. Para hablar de un cuadro lo hacía desde cualquier perspectiva: los toros, el teatro, el circo. Nos hacía buscar el camino para seguirlo a donde quería.[2]

Los escritos de Pérez Oramas no tienen nada de disparatado y descosido, pero sí abundan esas referencias que se disparan desde el tema y regresan a él por caminos inesperados. Con esos nuevos hilos compone una red que se trenza en todas las direcciones e integra a Reverón a ese indetenible y universal tejido que es la reflexión sobre el arte.

Otro ejemplo notorio de estas urdimbres son los estudios de John Elderfield, compañero de Pérez Oramas en varias publicaciones sobre Reverón. En el ensayo *Las irredentas* explora el tema de «las muñecas», esos seres que desde siempre se han prestado a elucubraciones sobre «la infancia, el teatro, la identidad, los géneros, el fetichismo, la pornografía, la nostalgia y lo siniestro» (lista a la que agregaría la necrofilia y el animismo).

---

2 *Una visita a Reverón. Un texto escrito Para mi hija Carolina en 1968.*

Su caleidoscópico texto transita con arriesgadas catenarias de trapecista por lo público y lo privado, lo visible y lo invisible, la muerte y la redención, la realidad y la representación[3].

Este fragor asociativo puede convertirse en un vicio incontenible y contagioso. Por ejemplo, el título *Las irredentas*, me invita a revisar la definición de «Irredentismo»: «Movi-

---

3 Las conexiones que nos ofrece Elderfield son profusas. En su ensayo aparece el cuento de Hoffman sobre *El hombre de arena* y su muñeca Olimpia; Walter Benjamin explica cómo el valor único de la obra de arte radica «en la localización de su valor de uso original», y esta es solo la antesala para hablar del portabotellas de Duchamp. Hay también comentarios de Karl Marx sobre los medios de producción y las diferencias entre «*worth*» y «*value*», y de Hanna Arendt sobre el «*homo faber*». Está, por supuesto, el tantas veces citado ensayo de Freud sobre *Un recuerdo infantil de Leonardo da Vinci*; Théodore Jouffroy aporta su estimulante frase: «Sólo nos conmueve lo invisible»; Stanley Cavell establece que «el reconocimiento de la otredad exige estar dispuesto a la perturbadora experiencia de lo siniestro», una advertencia que podría tanto crear prejuicios como abrir ventanas a la hora de acercarse a Reverón.

En el libro para la exposición en el MOMA del 2007, Elderfield escribe «La historia natural de Armando Reverón». Aquí reformula muchos de los temas ya tratados en *Las irredentas*, y añade otra serie de invitantes referencias y abrebocas. Está Rainer María Rilke y su «famoso comentario» sobre el juego con muñecas; Sigmund Freud y su sueño de los cinco lobos; de nuevo Walter Benjamin, esta vez con el tema: «la nueva yuxtaposición en la modernidad de lo muy antiguo y lo muy nuevo»; Bertolt Brecht y su pertinente frase: «Lo Viejo entró con paso largo disfrazado de lo Nuevo, pero trajo consigo a lo Nuevo en su procesión triunfal y lo presentó como lo Viejo»; comparaciones entre los diferentes tipos de luminosidad según los grados de latitud y relación con el mar que se dan en Provenza, Tánger y Macuto, y en los agresivos tonos que T.E. Lawrence observa en las costas del Mar Rojo; reflexiones sobre el parecido de Macuto con Niza; *La tempestad* de Shakespeare; las ilustraciones del libro *White Indians of Darien* como referencia a la «pequeña tribu de modelos de Reverón vestidas supuestamente de indias»; Roger Callois y un ensayo sobre la manera en que el espacio tienta a los esquizofrénicos hasta devorarlos y hacerlos perder la noción de límite; Leo Bersani y Ulysse Dutroit discurriendo sobre cómo la desaparición de los linderos apacigua el deseo; Hans Belting describiendo una etapa previa a la «era del arte», cuando «lo que representa una persona es tratado como una persona»; Georges Bataille y su visión del arte moderno «como derivado de pulsiones destructivas y sádicas»; un comentario de Gérard de Lairesse: «Rembrandt pintaba con bosta», como apoyo para asomarse a otra leyenda: «Reverón pintaba con mierda»; Susan Stewart comparando la existencia inanimada de las muñecas con el salmo sobre los ídolos: «Tienen bocas y no hablan, orejas y no oyen, nariz y no sienten, manos y no palpan, pies y no caminan»; y la condena: «Así como ellas serán los que las hacen»; David Hume y *The Natural History of Religion*, según la cual una minoría culta está sometida a la presión ascendente de una mayoría vulgar e instintiva. Leer este ensayo, asomándose con seriedad a todas sus pistas y notas, tomaría un par de gratísimos años.

miento político que pretende la incorporación a un país de un territorio que considera suyo y que depende de otra nación», una infiltración similar a la ocupación masiva de Castillete por un batallón de muñecas. Y partiendo de estas inquietantes sustitutas me encantaría pasar por Pinocho y los Diablos de Yare, mis encarnaciones favoritas. Pero requiere mucho ingenio y cultura para que de las puntadas de nuestros gustos y aficiones resulte un tejido capaz de abrigar las legítimas conexiones que Elderfield propone.

Pérez Oramas también disfruta, insisto, lanzando esas redes a un mar donde su ensayística se entreteje con otras líneas de pensamiento. W.H. Auden, el poeta que he conocido por una sugerencia de Hutchson, compara las leyes del mar con las leyes de la tierra en *The Enchafed Flood.* Para Auden la tierra es el lugar donde nacemos, donde el paso de las estaciones crea una serie de deberes y sentimientos. El mar, en cambio, es el lugar donde no hay vínculos de hogar ni de sexo, sino deberes referidos al barco y al motivo del viaje. Este abandonar la tierra por el mar, que puede ser igual de fértil, equivale a abandonar las repeticiones uniformes de la trama por las infinitas novedades de la red, a vivir en un tiempo único y ya no en un tiempo natural y cíclico.

De manera que el pensamiento de la trama, regido por la uniformidad y la permanencia, va dando paso al pensamiento de la red, donde las conexiones son multiformes y cohabitan bajo las leyes de un mismo y mutante presente. En los coloritmos de Otero se manifiesta con vitalidad y potencia esta dualidad.

Creo que a estas corrientes nos invita Luis Enrique Pérez Oramas, una invitación que incluye un imperativo: con vientos cambiantes no se puede mantener un rumbo fijo. Y una sospecha: quizás la verdadera meta sea el tentador placer de navegar.

XII
9 de febrero del 2005

HOY NO APARECE EL DESAYUNO ni hay explicación por el cambio de programa. Quizás es una forma de enseñarme a valorarlos, o me aguardan novedades para las que Hutchson quiere tenerme hambriento y sediento.

Me sorprende otra variante que también me pone en guardia: ahora Hutchson carga una carpeta con anotaciones que a veces revisa en medio de nuestra conversación, así no tiene que ir y venir a su estudio. Supongo que el hombre se está preparando para escribir la versión definitiva de su propia historia. Tiene todo el derecho. Trato de disimular mi vista nublada por un estómago mal acostumbrado a los consentimientos y arranco con firmeza.

* * *

—¿Qué sucedió cuando volvió a San Jorge? ¿Báez Finol lo despidió al regresar de Maracaibo?

—No, ni siquiera tocó el tema de la ida a Castillete. Me llamó a su despacho y solo agradeció mi ayuda por la mejoría de Armando gracias a los paseos por Catia. Para ilustrar lo bien que estaba ahora el paciente me habló de la constancia con que estaba trabajando, mientras que en 1945 se había negado a pintar.

«Insistía en que solo había venido a curarse», explicó Báez. «Solo conservo un retrato en lápiz que me hizo como regalo de despedida. Al entregármelo me dijo: 'Usted sabrá comprender que no quiera verlo nunca más'».

El otro tema importante fue que habría una exposición de Reverón en el Museo de Bellas Artes: «Ya tenemos fecha. Está confirmado que le van a dar todo el museo, de punta a punta. Será un episodio fundamental en la historia del arte venezolano. Es hora de reconocer lo que Armando ha hecho por este país».

Ahora los paseos por Catia se extenderían a Bellas Artes para que Armando opinara sobre cómo distribuir sus obras en los diferentes salones. Yo haría el papel de edecán bilingüe dentro de la organización que recibiría a la prensa extranjera.

El futuro acontecimiento se coló en las arterias de San Jorge como por una sonda intravenosa. La institución cobraba prestigio gracias a su artista y todos los pacientes estaban orgullosos de haber sido sus vecinos de mesa, o de patio, o por haber compartido las instalaciones en la casita del tratamiento. Digo «haber sido» porque aunque Armando seguía siendo la misma persona amable y cariñosa, ahora habitaba en el segundo piso, donde lo visitaban sus amigos pintores para disertar sobre la futura exposición. San Jorge parecía un castillo y él reinaba en lo más alto.

—*¿Quiénes lo visitaban?*

—Alejandro Otero, Mateo Manaure y, sobre todo, Pascual Navarro, quien por el placer de quedarse unos días acompañando al maestro estaba dispuesto a convertirse en paciente, para lo cual tenía una asombrosa facilidad. De los tres, Otero era el más articulado y el más consciente deudor de Armando. Lo quería muchísimo, lo cuidaba, colaboró en la catalogación y exposición de su obra. Nunca cesó de expresar su amor y respeto.

—¿Cuántas veces Reverón visitó Bellas Artes?

—Varias. Se habían terminado las caminatas por los cerros de Catia, nada de tomar sol. Ahora caminábamos por los paseos sombreados del parque Los Caobos al salir del museo. César decía que lo estaban blanqueando como a una princesa guajira antes de la boda. A Bellas Artes íbamos en mi carro con Báez Finol y allí se nos sumaba Alfredo Boulton, el gran sacerdote.

—Pareciera que a usted no le simpatiza mucho Boulton.

—Entiendo que Boulton se dedicó a poner orden en el arte venezolano, y de ordenar a dar órdenes no hay mucho trecho. Imponía un control con la intención de proteger al pintor, pero también de controlarlo. Su elegancia me recordaba a un mayordomo andaluz que decía de su amo: «Mi señó es tan señó, que no usa ni reló». Alguien me dijo que peinaba a Reverón antes de tomarle fotos.

—Esas opiniones no le van a ganar muchos adeptos.

—Peor me va a ir cuando lleguemos a Margot Benacerraf.

—¿Qué tiene contra ella?

—Es una gran cineasta que cometió un solo error.

—Podría elaborar esta idea. Yo admiro mucho la obra de Benacerraf. Me molesta cuando dicen que construyó su fama gracias a dos películas. Es como reclamarle a Juan Rulfo que solo haya escrito un par de libros.

—Su honestidad creativa quizás nos ahorró tener que ver varias películas mediocres, y eso también se agradece. La conocí en agosto de 1954. Esa tarde Armando estuvo más elegante que en la boda de la Pérez Matos, o que cuando se le apareció a Juanita disfrazado de torero. Estaba algo gordo, pero lucía regio en un traje de lino color arena y con una corbata que hubiera envidiado el propio Sargant. En la entrada al museo le escuché a algún normópata exclamar: «¡Está blanquito!». Y era cierto, ya no era más el hombre a cielo abierto; lo habíamos normalizado al punto de que hubiera podido pasar desapercibido entre los ricos burgueses de la ciudad.

Pero aquellos fueron unos días buenos. Se le veía feliz, seguro de sí mismo, con ese hacerse el desentendido de los actores cuando creen que todos los miran. Estaba en el templo donde pronto se daría su consagración e irradiaba esa emoción. Hasta yo andaba de lo más orondo en mi papel de joven psiquiatra que ha rescatado a un artista para su público.

Cuando veníamos saliendo de Bellas Artes, después de lidiar con periodistas y fotógrafos, oigo que Armando grita: «¡Margocita, Margocita!». Estaba llamando a Margot Benacerraf, quien venía entrando. Supongo que ella estaría yendo a la Cinemateca, porque fue la fundadora[1]. ¿Usted ha visto el documental que hizo de Reverón? Lo hizo antes de *Araya*.

—*Sí, lo vi hace muchos años.*

—¿Y qué le pareció?

—*Me gustó, pero no tanto como* Araya.

—*Araya* es genial. El documental sobre Reverón también tuvo mucho éxito. Si quiere entender la historia que voy a contarle le sugiero que lo vea por segunda vez.

—*¿Podría adelantarme algo?*

—Margot cuenta en una entrevista que esa tarde vio al pintor con dos enfermeros. Éramos César y yo, lo cual le dará una idea de mi aspecto en esa época. Dice que le costó reconocer a Armando, pues estaba vestido convencionalmente, afeitado e hinchado a causa del tratamiento[2].

Ese «convencionalmente» es un adverbio importante. Cuando intentamos curar a alguien que andaba descalzo, en calzones, con el torso desnudo y una pelambre del hombre de las cavernas, ¿a qué período se le debe llevar, a qué convenciones? Me temo que esa era mi principal mortificación: «¿Cómo

---

1 Margot Benacerraf sí fue la fundadora de la Cinemateca Nacional, pero en 1966.

2 En *Reverón, voces y demonios*, Calzadilla recoge ese capítulo y lo titula: «Donde Reverón dirige a Margot Benacerraf y se muestra inconforme con el final de la película».

deberá vestir Armando cuando regrese a su trabajo en Castillete? ¿Será con ese flux de lino que le sienta tan bien?». Gandhi se vestía de una manera cuando vivía en Londres haciendo de abogado y de otra muy distinta cuando regresó como el líder triunfal de la India. Estaba tan seguro de sí mismo que visitó el Parlamento inglés enseñando una tetilla, cuando yo perdí una profesora escocesa solo por mostrar el ombligo.

Esa tarde Armando saludó afectuosamente a Margot y le dijo que tenía tiempo buscándola, pues quería ver lo que ella había filmado en Castillete. Era evidente que Margot tenía prisa y no estaba muy a gusto, pues evadía el tema con una amplia sonrisa; pero Armando insistía: «¿Y cómo hacemos para verla?».

Luego supe que Báez Finol ya le había pedido a Margot que les proyectara el documental, pensando que sería una experiencia reveladora tanto para la directora, quien podría observar la reacción del protagonista, como para Armando, quien comenzaba a establecer unos límites más ponderados entre «realidad» y «representación».

Días después nos convocaron en el cine Junín, que en ese entonces era la sala más grande de Caracas. Éramos solo cinco espectadores: Margot, Báez Finol, Reverón, César y yo, sentados y rodeados de cientos de sillas vacías. No creo que haya sido la directora la que insistió en esa convocatoria, porque ella misma diría que antes de la función pensó: «Reverón me va a caer a palos cuando vea las muñecas, cuando vea todo».

Al principio todo iba bien. Margot cuenta que Reverón reaccionaba como un niño; yo nunca lo vi reaccionar como un adulto. El comienzo es un vuelo magistral a un presente irrecuperable, la despedida de un mundo al que Armando ya no podría volver. Me senté a su lado y pude observar en su perfil los resplandores plateados de las imágenes. Lo noté abismado, indefenso ante una cámara que paseaba amorosamente entre sombras y bandadas de pájaros mientras se iba adentrando en el reino de una infancia reconquistada.

Hutchson se emociona y me manda a buscar el whisky. *Ya con el vaso en la mano, exclama:*

—Cuando Armando exclamaba: «¡Miren a Panchito!», parecía estar descubriendo que Pancho era un mono y no su hijo[3]. Pensé que asistía al final de un encantamiento y recordé la febril tristeza de los niños cuando ya no son capaces de creer en la magia de la navidad. No ha debido ser fácil para aquel viejo, tan semejante y tan distinto al hombre barbudo que aparecía en la pantalla, comprender toda la potestad que ese mundo, creado por él, había ejercido sobre su vida. Estaba cada vez más callado, perplejo por estar ahora en un cine, tanto que comenzó a ver a los lados para asegurarse de estar acompañado.

He visto una reacción semejante cuando un público observa por primera vez escenas de su pueblo. No les interesa qué sucede, sino dónde sucede, y exclaman: «¡Mira tal calle! ¡Mira tal edificio! ¡Esa es mi casa!». Aunque era el tercer documental que filmaban en su casa, a Armando lo dominaba la misma ingenuidad y emoción. Hacia el final le noté un agotamiento que me recordó una frase del fatídico Schopenhauer: «Es bello ver las cosas. Pero no es bello ser las cosas».

En la última escena, el documental se ensaña con las muñecas. Margot asegura que en ese momento pensó: «Ahora Reverón me va a agarrar y me va a patear», pero nada sucedió cuando se prendieron las luces y nos levantamos para aplaudir. Lo único extraño fue que Armando no se movía de su silla.

Báez Finol le dijo que ya todo había terminado, que era hora de regresar a San Jorge, pues había aparecido en la pantalla el irrebatible *FIN*. Entonces Reverón se aferró a los brazos de la silla y dijo: «Margocita sabe que esto no ha terminado».

---

3 No recuerdo que en el documental de Margot aparezca un mono.

A partir de ese momento nadie más existe en la sala, solo la directora y el pintor, quien le pregunta a Margot: «¿Y qué pasó con el perdón de las muñecas? ¿Y dónde está la plaza Bolívar? ¿Y tu gorro de obispo?».

Estuvieron hablando con mucha dulzura de parte y parte, pero también con mucha tensión, hasta que la voz de Armando se fue haciendo lenta, como espichada. Incluso comencé a sentirle ese ronquido leve y constante que tanto me impresionó la tarde que lo conocí. Báez Finol conocía ese sonido de fondo y enseguida intervino: «¿Qué es lo que está pasando?».

«No está pasando nada», aseguró Margot, y le dijo a Báez que Armando estaba totalmente lúcido, «más que usted y que yo».

Se expresó como si fuera algo que Armando no iba a escuchar, pero lo tenía justo al lado. Si yo digo refiriéndome a usted: «este tipo está bastante lúcido», es evidente que la alternativa: «este tipo está bastante chiflado», cuelga en el aire como una amenaza.

Margot trató de arreglar la situación con sus risas de mujer joven mientras los demás salíamos de una fila de butacas que parecía interminable. Todos menos Armando, que seguía derrumbado, hundido en su asiento. La directora y el artista estaban ahora más distantes uno del otro, mientras Margot seguía argumentando: «Tú sabes, Armando, que yo no pude añadir tu final porque la cámara se me atascó. No pude, de verdad que no hubo manera».

Reverón le respondió como si le negara el sacramento de la confesión, con esa misma prosopopeya: «Tú sabes mejor que nadie que esto no puede quedarse así. ¡Dios santo! Esas muñecas se van a quedar sin perdón para toda la vida. Tú, Margocita, eras la única persona que las podía perdonar… ¡Tú y nadie más que tú!».

Armando repetía y repetía lo de la falta eterna de perdón y no lograba levantarse. Se sentía condenado junto a sus muñecas. Margot cerró su parte en la discusión con una promesa: «No te preocupes, vamos a hacer juntos una segunda parte».

Ese cuento no se lo creyó ni César, quien estaba pasmado con la escena. A lo mejor creyó que era una obra de teatro sobre el final de una película, una especie de epílogo en vivo. Cuando logramos salir del cine, Armando seguía insistiendo en el mismo tema y esa noche no quiso ver a Juanita ni a nadie. Fue muy duro para él.

Ya he leído en el libro de Calzadilla los acontecimientos en la última noche de filmación[4]*, pero quiero saber más:*

---

4 La historia de lo que sucedió en Castillete el último día de filmación está tomada de una entrevista que grabó Joaquín González Guaca para la Galería de Arte Nacional en 1978. Habla Margot Benacerraf:

«Habíamos concluido. Sólo se oía el mar.

Estábamos en el caney de las muñecas, cuando me dijo:

—Bueno, Margocita, yo me he portado bien –lo dijo casi como un niño–. Hice todo lo que me dijiste. Ahora tú vas a ser como yo era antes. Yo te voy a dirigir.

—Bueno, está bien –y yo le guiñaba un ojo al camarógrafo, pues sólo nos quedaban pocos metros de película, y al día siguiente yo tenía que hacer unas tomas con las palmeras del mar. Entonces Reverón llegó con unos objetos que había estado haciendo durante el rodaje. Una estola negra hecha en papel maché, todo picado. Bellísima. Y un gorro, también negro. Y me vistió de obispo. Luego descolgó las muñecas y las puso de rodillas.

—Ésta es la Catedral –dijo.

La Catedral y la Plaza Bolívar estaban representadas en una mantilla negra que él mismo había hecho.

—Tú vas a pasar por el medio, Margocita, y vas a perdonar a estas pecadoras, una por una, porque tú eres pura, Margocita, y yo quiero que me las perdones. Porque estas mujeres son unos demonios.

Comencé a bendecirlas y perdonarlas, mientras me decía:

—A esta no la has perdonado bastante y es la más pecadora de todas.

Y agregaba:

—Manequín es la más pecadora.

Y así estuve, caminando de aquí y de allá. Y perdoné a todas las muñecas una y otra vez mientras Reverón le decía al camarógrafo:

—Ustedes me están engañando porque la maquinita no hace el ruido que hacía cuando Margocita me dirigía a mí.

La cámara, en efecto, estaba detenida porque teníamos poca película. Entonces, con lo

—*¿Qué había sucedido en Castillete?*

—En esos días no pude averiguar cuál era esa escena que no se había podido filmar. Armando no quería hablar del tema, lo mortificaba. Creo que se sentía más culpable que engañado. Las muñecas, además, no eran mi tema favorito. Yo le habría sacado el cuerpo a cualquier escena que tuviera relación con ellas. En la película de Benacerraf ellas dan vueltas y vueltas en la oscuridad. Tienen un papel muy lúgubre, pavoroso. Hay unos acercamientos muy efectistas, como en esas cintas de demonios y vampiros, y así van entrando en un paroxismo la princesa Gitana, la Lola, Emperatriz, Niza, Proserpina, la India Guajira, la Guadalupe.

Muchos años después, y gracias al libro de Calzadilla, fue cuando vine a saber qué le había propuesto Armando a Margot para el final. Su idea era de una gran belleza. No sé por qué no se filmó esa escena. Habrá que ser cineasta para entender a Margot. Estaría tan metida en su idea original que no supo apreciar el tesoro que le estaban ofreciendo. Supongo que en el cine hay que ceñirse a un libreto, y en esa época no estaría de moda eso de hacer una película sobre un pintor que representa a un pintor sobre el que hacen una película. A lo mejor hubiera sido un enredo insufrible.

Hutchson está preocupado. Siente que no ha logrado expresarse.

—La directora dice que era una indagación circular que se iba cerrando sobre sí misma, una geometría tan concéntrica como una telaraña, muy representativa del ensimismamiento y la locura. Y el pintor le estaba proponiendo un último giro: que ella misma perdonara a las muñecas, que sirviera de ofi-

---

que quedaba de ésta, tuvimos que filmar un trozo de esa ceremonia de perdonar a las muñecas. Esa escena tampoco está montada en el filme.

Se hacía evidente que para Reverón el final concluyente de la película tenía que ser el acto de perdonar los pecados de las muñecas frente a la Plaza Bolívar de la mantilla».

ciante en la redención del juego que tanto lo había atormentado y nutrido desde que era un niño y jugaba con Josefina.

A través de los años, las muñecas se fueron convirtiendo en unas mujeres hinchadas y pecadoras, en el juguete de un hombre agotado, exhausto. Hacía falta ese último perdón para que hubiera algo de paz en Castillete. Quizás Margot aún no lo sabe, pero esa noche le tocó hacer de Josefina. Margot tenía esa sensibilidad un poco ingenua que requieren esas fantasías. Además tenía los instrumentos mágicos para una cabal y absoluta representación: la cámara, los focos, las luces. Todo estaba listo para la escena final, la que cerraría el episodio que había comenzado hacía medio siglo en Valencia, la larga historia de una relación llena de erotismo, sacramentos, dolor, pecados y creatividad. Ya nunca más habría otro chance. A Reverón le quedaba muy poco tiempo en aquel castillo cuyas murallas comenzaban a colapsar. Es difícil suponer una catarsis más alegórica, más genuina, más intimista. No la impone el director sino el propio protagonista y carne de cañón. Era el sacramento de su curación, y Margot, años después, todavía insiste en que no tenía suficiente película pues al día siguiente debía filmar unas palmeras. Como si las palmeras fueran a escapar corriendo por el litoral.

Creo que ella todavía no se ha dado cuenta de lo que sucedió esa noche, o dejó de suceder. Y estamos hablando de un ser bueno y sensible, que se va a vivir a Castillete, que no está de paso, que convive con el artista, que quiere entrar en su mente, comprender su trabajo. Pero, como todo psiquiatra y todo artista, ella ya tiene un plan preestablecido de vuelo cuando aún no ha despegado, que le impedirá llegar a las verdaderas alturas y hundimientos del tema que ha elegido. Era también una mujer muy joven; apenas comenzaba su carrera de cineasta y creo que le ofrecieron mucho más de lo que esperaba, de lo que era capaz de manejar.

—*¿Qué edad tenía Margot?*

—Me estoy refiriendo a que era su primera incursión en esa creación solitaria que empieza y termina en un individuo, en un creador. El filósofo amigo de Ratto Ciarlo describe los peligros de «ese sujeto que es uno mismo, que lo conoce todo y que de nadie es conocido, que se aferra demasiado a su propia representación y no logra compartirla».

—¿Quién es el amigo de Ratto Ciarlo?

—Schopenhauer, él puede tener la clave de la magnífica oportunidad que le ofrecieron a Margot y no supo verla, o sus ojos ya habían visto tanto en Castillete que no pudo ver más. Quisiera no haberme enterado de lo que pasó esa última noche... Su documental es tan bello, tan penetrante. En 1951, Reverón había dejado de pintar. Imagínate que vas a hacer un documental sobre un pintor que ya no pinta. No parece una tarea fácil, pero Margot lo convenció de que hiciera su autorretrato[5], otro más, quizás el último[6]. No sé cómo hizo para conquistarlo y sacarlo de su depresión.

Al final de la estadía en Castillete, cuando Margot está montando en una camioneta su equipo de filmación, Reverón viene con el autorretrato y se lo regala. ¿Sabe qué hizo la directora? Lo dejó. Todavía dice que no le cabía porque los trípodes no dejaban mucho espacio. Con ese rechazo pasa a entrar en la liga de mi abuelo, del gastroenterólogo que le quitó

---

5 Boulton describe la actitud de Reverón al pintarlos: «En la mayoría de los autorretratos de aquella última serie aflora una marcada sensación de tristeza, de lasitud, de retraimiento, de nostalgia, que parecía como un deseo de reencontrarse, después de haberse perdido... El ritmo para aquel momento parecía estar ya quebrado, y el hombre se puso entonces a verse en el espejo, a verse crecer la barba y la cabellera. A verse morir».

6 Parece que sí fue el último. En el catálogo a la exposición en el MOMA del 2007, escribe Nora Lawrence: «En un autorretrato fechado en 1951 las muñecas desaparecen del fondo, y vemos a un Reverón sentado, solo. Este cuadro fue elaborado durante la filmación de la película *Reverón* de Margot Benacerraf...». «...Una nota al comienzo de la película agradece a Reverón por haber aceptado gentilmente volver a pintar, permitiendo así que la película incluyera tomas del artista trabajando; quizás sea esta la razón por la cual esta pintura tiene un sentir tan distinto».

las lombrices y hasta de Ramona Pérez, la única que no es culpable de haber perdido la oportunidad de tener un Reverón.

—¿No cree que está siendo injusto con Margot Benacerraf? Quizás está hilando después de muchos años lo que entonces no podía estar tan claro.

—¡Por supuesto que estoy siendo injusto! Es uno de los privilegios de mi soledad, de mis años más inicuos. Aunque... quizás no soy tan pérfido. Fíjese que la estoy eligiendo como uno de los seres más perceptivos que se acercó al maestro, como una demostración de nuestros pecados y una referencia de nuestra ceguera, porque no tengo dudas de que es una gran artista.

—Ella estuvo muy cerca de Armando. A lo mejor sabe cosas que usted ignora.

—Recuerdo una adivinanza que aprendí de niño: «Mientras más cerca, más lejos; mientras más lejos más cerca». Una respuesta es «la cerca», la otra podría ser la verdad: mientras más nos alejamos, más aspectos advertimos; mientras más nos acercamos, más elementos dejamos de ver.

—¿No ha pensado en escribir todo esto?

—Ya Margot lo escribió y mucho mejor de lo que yo pueda hacerlo. Es uno de los momentos más importantes de su vida... Y de la de Armando. Me hubiera encantado escuchar qué pensaba de ese último documental, pero no volvió a tocar el tema. Hablaba de otras cosas, más remotas y más presentes. A veces me parece estarlo escuchando, pero son palabras tan lejanas, apenas un rumor. Un día me dijo que fue a Macuto a buscar la sencillez y se encontró la claridad. Al siguiente día volvía a hablar del mismo tema dándole un nuevo giro: «He logrado encontrar las caricias de la sencillez». Todo parecía dar vueltas y vueltas buscando algo de paz.

—Me refería a escribir sobre los meses que usted pasó en San Jorge.

—¿Acaso no le conté que escribí cincuenta páginas?[7]. Ese texto se perdió en un naufragio semejante al de mi padre; con una diferencia: el manuscrito de Noel se perdió con la explosión de un barco, el mío se hundió en el olvido y el abandono.

Mi vano intento no es el único. He leído unos cuantos escritos sobre Reverón y no hay una sola biografía que sea proporcional a todo lo que se habla del personaje[8]. Me pregunto qué están esperando, habiendo tanta tela que cortar... Y usted, ¿qué piensa hacer finalmente? ¿Se siente capaz de escribir una biografía?

—No... No me siento capaz. Quizás escriba algunos ensayos. Gracias a usted ya hay mucho más de lo que puedo ofrecer.

Hutchson está de buen humor, pero no parece tener mucha fe en que nuestras entrevistas se transformen en un libro. Para hacer evidente esta posibilidad le hago una pregunta peligrosa:

—¿No le preocupa ventilar su vida ante los demás?

—¿Hace falta volver a esa pregunta tan ridícula? Quizás sea usted a quien le da miedo hablar de sí mismo y me usa a mí de excusa, o a ese gran *punching ball* nacional llamado Reverón. ¡Por favor! Quien cuente lo que no quiere que otro cuente es un perfecto imbécil. ¿Usted se cree capaz de cumplir con la máxima: «Cuenta el pecado pero no el pecador»? ¡Qué es un pecado sin la piel de su protagonista!

El tono es de regaño, como reclamando la debilidad de mis pretensiones. Luego agrega:

---

7 El manuscrito de Hutchson ha ido creciendo, pues primero habló de cuarenta páginas.

8 «Más allá de un improbable y profuso anecdotario en el que se condensan todos los lugares comunes sobre la excéntrica personalidad del artista, no se tiene de Reverón ningún otro escrito, ningún testimonio argumentado de su visión artística ni aun algún epistolario significativo de su mano. Abundan los comentarios de amistades y testigos, los recuerdos, las memorias, lo cual se explica obviamente por haber cultivado Reverón su propia visibilidad, por haber contribuido nuestro artista a hacer de sí, ocasionalmente, un espectáculo». Nota de Pérez Oramas a su ensayo *Armando Reverón: el lugar autobiográfico.*

—¿Usted quiere que le cuente algo que no pueda repetir? ¿Un verdadero secreto?

Hutchson espera a que yo acepte el reto para declarar cerrada la sesión:

—Pues tendrá que ser otro día. Ya son las doce y le ha llegado la hora de irse.

No me muevo de la silla.

—Lo noto preocupado. Si cree que está obligado a guardar secretos, le pido que no se preocupe, que no sufra más de la cuenta... Acérquese.

Se inclina hacia delante y roza mi frente mientras recita:

—Yo te absuelvo de tus remordimientos y falsas promesas.

Luego coloca las dos manos en mis hombros y me empuja hacia atrás. La experiencia dura segundos, pero mi cabeza se queda bamboleando como si en vez de cuello tuviera un alambre. Con tanta cercanía, he sentido el olor de su antigüedad, de un arca de Noé ya sin los animales. No me molesta, más bien tiene algo de confirmación, de sumatoria, de un tiempo que está más allá del deterioro.

Hutchson me ayuda a reponerme:

—Ahora puede hacer lo que quiera, incluso marcharse ahora mismo y no volver nunca más.

Ya he aprendido a manejar esos arranques y respondo:

—El miércoles que viene estaré aquí. No quiero que pasen otra vez tantas semanas sin trabajar juntos.

Apenas llego a mi carro, a esa cápsula que pretende estar alejada de los rigores de la ciudad, asumo cuánto me he encariñado con el viejo Hutchson. Ahora que tiene algo de abuelo debo cuidarlo, disfrutar con sus impertinencias. Los buenos amigos son cómplices de nuestros defectos.

Un actor mudo y desesperado

La «Fundación Cinemateca Nacional» ha editado un DVD con cuatro documentales sobre Armando Reverón. Voy a intentar algo que me fascinaba hacer de niño: «contar la película», convertir las imágenes en palabras.

El agua suave

El primer documental de la serie es un resumen de la vida del pintor realizado en 1992. Una voz amable nos anuncia:

> Usted está en El Castillete, hogar y taller de Reverón. Lo invitamos a iniciar un interesante viaje a través de la vida y obra de este singular hombre y artista.

Se nos está proponiendo una odisea a través de una misma casa. Ya Pérez Oramas ha explicado que el caney de Macuto es el lugar de llegada en la autobiografía de Reverón: «... el lugar 'clausurante' de la vida del artista. Una vez erigida la casa, todo se detiene, el tiempo y la vida».

Más adelante, el mismo narrador explica la técnica del pintor hasta llegar «al punto en que la luz no exalta los colores sino los anula y se convierte en una realidad material».

Uno de los pasos en esta evolución es el uso del propio lienzo como color y la aparición de instrumentos como los «cabos del pincel» y «cañas de bambú especialmente cortadas para hacer raspaduras».

Aquí quisiera detenerme. Boulton señala que cuando Armando regresó de España, se reunió con sus amigos del Círculo de Bellas Artes para enseñarles la técnica del aguafuerte, un procedimiento desconocido por sus compañeros. Si Armando es el pionero en Venezuela de la técnica del grabado, ¿dónde están entonces sus ejercicios en aguafuerte? Me atrevo a decir que inmersos en su pintura. Las condiciones de Castillete explican por qué no trabajaba directamente con planchas, ácidos y prensas. Se trata de un proceso que requiere instalaciones más urbanas y el mandato de Ferdinandov ha sido el de retirarse a los exiguos bordes de la civilización.

En estas nuevas condiciones, su entusiasmo por la técnica del grabado permaneció latente hasta que comienza a manifestarse cuando Reverón rasga la pasta blanca con las cañas de bambú y muestra la tela cruda, tal como en el aguafuerte el estilete rasga la cera que recubre la lámina de cobre para que el ácido pueda corroerla y hacer los surcos que luego impregnará la tinta.

Cómo se deben hacer las cosas

El segundo documental de la serie fue realizado en 1935, y es el primero en el que Reverón participa directamente. Lo dirige Edgar Anzola, quien presenta su trabajo leyendo unas palabras de Guillermo Meneses sobre un pintor que «se quemó en las llamas que inventaba». Al terminar de leer esta cita, Anzola nos dice bajando la mirada:

—Ese fue Armando... ese fue mi amigo...

Deja pasar un ángel que lo enmudece, y continúa con los ojos húmedos:

—Cuando hicimos esta película, debo decir con franqueza, que él mismo fue el director, pues insistía en cómo se debían hacer las cosas, cómo se debía actuar, y el resultado no puede haber sido más interesante.

Otro receso, mientras una traviesa sonrisa acompaña el peso de sus recuerdos:

—Cuánto tiempo ha pasado y la memoria de Armando y Juanita sigue viviendo en mí.

Los títulos, típicos del cine mudo, aparecen como una carta que Anzola le está escribiendo a un querido amigo:

> Tú bien conoces a Reverón y sus cuadros. Te voy a contar una visita sin entrar en detalles. Los pescadores son sus amigos y ayudantes. Él vive en Macuto en una especie de ciudadela creada por él.

Castillete aparece en plena construcción y las varas del techo del caney se confunden entre las ramas de los árboles, como en el grabado de la cabaña primitiva del jesuita Laugier[1]. En el tope de un muro que aún no llega a su máxima altura, se encuentra un albañil de mirada inteligente que debe ser el señor Antonio. Reverón lo llamaba «El Guaro». Sabemos que El Guaro quería colocar las piedras a plomada, mientras Armando insistía en una colocación asimétrica de unas sobre otras de manera natural.

---

1 En el ensayo «La gruta de los objetos y la escena satírica», Pérez Oramas presenta una foto del taller de Reverón al lado del célebre grabado de la «Cabaña primitiva», principal ilustración de un tratado de arquitectura escrito a mediados del siglo XVIII por el arquitecto y jesuita Marc-Antoine Laugier. Esta idealizada primera cabaña del «buen salvaje» consta de cuatro troncos de árboles formando un rectángulo cubierto por una estructura con ramas y hojas de los mismos árboles. Las incitantes similitudes entre una de las imágenes más influyentes en la historia de la arquitectura y un caney caribeño construido en el siglo XX, son tan estimulantes como desoladoras, cuando pensamos que la de Laugier se pierde en los orígenes de una historia arcaica y la de Reverón en nuestras más recientes desidias.

Ya estamos listos para la gran atracción. Aparece uno de los monos de una larga dinastía de Panchos y Pepes. Este ejemplar debe morder, pues tiene bozal, pero anuncia con alegría que Armando se prepara a pintar. Un nuevo letrero nos señala algo muy importante:

Utiliza medios que no usa más nadie.

Y es verdad: el joven Reverón comienza utilizando pinceles y pinturas convencionales que luego va sustituyendo por las citadas cañas de bambú, por emulsiones preparadas con la misma tierra que pisa y fibras de cocuiza enrolladas. Es un método tan creativo como la propia acción de pintar, una secuencia que se devuelve desde la obra realizada hacia su gestación, y así el producto termina moldeando el proceso. Estas concreciones de su búsqueda también deben haber moldeado otros elementos que son parte indisoluble del proceso creativo: la cordura, el carácter, la sociabilidad, la casa, los hábitos, la relación con los seres queridos. El resultado determina al artista tanto o más que el artista a su obra.

Volvamos al documental de Anzola. Ahora aparece Juanita. Tiene unos 30 años. Ya esta gorda, pero aún es apetitosa, sensual. Se desnuda como quien pela una mandarina y Armando comienza por fin a pintar. Es veloz, ágil, atlético, bello. Un buen salvaje con más de Tarzán que de Robinson que se ciñe en la cintura una faja de faquir. He escuchado que quería dividir su cuerpo. Puede que sea cierto, pero yo siento que la tensa como el cabo de una vela en un día de fuertes vientos y, al verlo pintar, recuerdo a mi padre recitando a Espronceda: «No corta el mar sino vuela un velero bergantín».

En la siguiente escena el mono del bozal anuncia que se ha terminado la travesía y Armando suelta el amarre en su cintura. Un cartel afirma:

Al terminar de pintar hay que sacarse el aire.

El final del documental se acerca cuando Armando lleva sus cuadros a Caracas. ¿Cuánto tiempo le tomaba ese trayecto entre Macuto y la ciudad? Francisco Vera Izquierdo dice que era un proceso tan laborioso como ir hoy al extranjero. «Lo normal era hacerlo en el ferrocarril, cuyos propietarios, una compañía inglesa, se esmeraban en molestar todo lo posible a los viajeros... mero sadismo inglés».

Armando va a tratar de vender sus obras y lleva unas bajo el brazo y otras sobre la cabeza, aplastándole su sombrero de paja. Nadie parece reconocerlo ni preocuparse por lo aparatoso de la carga. ¿Cuáles serán esos cuadros de 1935? Calzadilla escribe que ese año ha comenzado a trabajar «con el modelo femenino pintado sobre bastidores de coleto mayores al tamaño normal». Estas damas, cada vez más espaciosas y somnolientas, se congregan en lo que el pintor llama: *La serie de las majas*. ¿Serán estas damas de colores «terrosos y tostados» las que lo acompañan en su peregrinaje por Caracas?

Al escultor Zitman le preguntaron si las generosas formas de sus mujeres de bronce se debían a una celebración de lo materno. Zitman contestó que la razón era otra: «Hasta la mujer más delgada y pequeña se hace enorme al desnudarse... o uno empequeñece».

Con el último cartel del documental hemos llegado a la meta. Estamos ante el Museo de Bellas Artes diseñado por Carlos Raúl Villanueva. Acaba de inaugurarse y luce radiante, sublime, soberano. Un cuadro del pintor por fin ha sido colgado en uno de los salones. Nadie en la ciudad imagina que dentro de veinte años esa misma edificación albergará cuatrocientas de sus obras.

El refugio del bufón

El tercer documental es de Roberto Lucca. Fue filmado unos once años después, en 1945, y me entristece de principio a fin. Enumero algunas escenas:

Cuatro mujeres de una blancura resaltada por la gama desteñida de una vieja película a color llegan al portón de Castillete acompañadas de un joven engominado. Ya los altos muros han llegado a su tope y con algo de alevosía podrían juzgarse como la «fortaleza del demente» que anuncia Boulton.

Abre la puerta un pintor de 56 años aún alerta y lleno de vida, pero tan descuidado que hay briznas de paja seca en su pelo, como en un disfraz de espantapájaros. Se inclina, hace exageradas reverencias, mira fijamente a la cámara y actúa con descaradas poses. ¿Será que su aspecto andrajoso es parte de la actuación? El actor habla sin parar, torrencialmente, lo que resulta incómodo porque de nuevo se trata de una cinta exasperantemente muda. ¿Podrá un lector de labios revelarnos qué quería decirnos Armando con tanta vehemencia?

La mayor y más encopetada de las damas de blanco se sienta con el recogimiento de la impecabilidad, se pone los anteojos de sol y mira a su alrededor. No suelta la cartera y está atenta a los inmaculados bordes de su vestido.

Armando se acerca a una figura que parece mimetizada en un muro del caney. Es un gigante con un torso musculoso. El pintor carga una piedra y parece que va a lanzársela, pero la coloca a un lado y hace una reverencia. ¿Le teme al coloso? ¿Lo venera? Se limita a colocarle unas cintas en la cabeza. Luego se las quita con aprehensión.

Ahora el artista representa la acción de pintar un cuadro, pero ya no son los movimientos vigorosos e iniciáticos de 1936, sino muecas falsas y pantomimas ridículas, como burlándose de sí mismo. Algunas expresiones encorvadas recuerdan al

Caligari o al Nosferatu del expresionismo alemán. Cuando termina su acto, carga a una muñeca grotesca, baila con ella unos pasos de tango y la arroja al suelo con desprecio.

Juanita aparece y le hace a su hombre una especie de exorcismo. Levanta los brazos como una sacerdotisa, pero poco a poco sus ademanes se van transformando en los de una fogosa pelea doméstica. Es la mejor escena de la película. Ambos representan el clásico enfrentamiento de una agresiva pareja a punto de abofetearse. Seguro se llevan muy bien, pues se miran a los ojos disfrutando con su juego y terminan sonriendo.

Un mono, esta vez sin bozal, se dispone a pintar. Una niña vestida de gitana será la modelo. El mono usa un azul que recuerda el de Ives Klein. No pinta tan mal para estar encadenado por la cintura.

Por una narración de Mary de Pérez Matos sabemos qué ocurría tras bambalinas:

> Pancho tan obsequioso como sus amos, se presta generalmente de buena voluntad para estas representaciones. Viene un aguacero y la electricidad que hay en el aire afecta sus nervios. Está de mal humor, no quiere vestirse, se vuelve un ovillo en el suelo y chilla desesperadamente, Reverón se molesta y hay tragedia, Pancho ha tratado de morder a Armando y éste con aire de padre ofendido, le da un golpe por la cabeza.
>
> —No me le pegues –intercede Juanita.
>
> Sigue la batalla. Reverón en cuclillas hace muecas horribles. Juanita se ríe.
>
> —Mire, Misia Mary, Armando está parecido a Pancho.

En la siguiente escena aparece un par de grandes maletas. Armando está a punto de viajar. El efebo engominado trata de ayudarlo, pero no logran ponerse de acuerdo. El actor no parece estar seguro de qué quiere hacer con ese equipaje y decide suspender el viaje.

A continuación Armando muestra sus cuadros de pie y mirando a la cámara. Gracias al catálogo de Calzadilla logro ubicarlos: *Paisaje con locomotora*, dos versiones del *Taller del servicio portuario*, *Puesta de sol*, *Árbol* y *Amanecer*. Son obras en temple, óleo y carboncillo sobre coleto. Seguramente los pintó antes de los tres meses que pasó recluido en San Jorge en 1945, cuando solía visitar el fragor del puerto, tan distinto a la aislada paz de sus palmeras y uveros. A veces pintaba desde una gabarra, una reminiscencia de la «Academia Flotante» que proponía Ferdinandov.

Me sorprende la amplia oferta que está a disposición de los cinco visitantes. El último lienzo que sostiene ante nosotros es de formato grande y aparece en el catálogo de Calzadilla como «*La maja criolla*, óleo y temple sobre coleto, 1939», y estamos en 1945. Todo parece indicar que en esos años la venta de sus obras era lenta, difícil.

Armando cierra la muestra presentando dos muñecas que podrían haber sido las modelos de *La maja criolla*. Lucen desnutridas y zarrapastrosas. Armando las levanta una a una, las mece, baila un poco con ellas y de nuevo termina lanzándolas a la tierra, tal como hizo con la primera muñeca. La cámara las muestra entrelazadas y exangües en el suelo. ¿Por qué ese acto de agresión, de repulsión? ¿Quiere decirnos que una vez pintadas, representadas, carecen de valor?

Me conmueven los cambios entre el pintor del documental de 1936, un hombre atlético de unos 45 años, y el Armando de 56 años. En solo una década pasamos de un artista que gentilmente nos permite asomarnos a su obra a otro que exige escandalosamente nuestra atención. Once años pueden significar tanto en la vida de un creador que está en la plenitud de su incandescencia.

Edgar Anzola es un buen amigo que celebra la gesta del pintor cuando Castillete está erigiéndose, y se dedica a adentrarse en su intimidad creativa. Roberto Lucca acude con una *troupe* que representa la actitud de los caraqueños frente a un pintor entre payaso y loco, y filma a un hombre que no cesa de contarnos algo que no logramos entender, un artista que está ansioso de mostrar y compartir las confusas bufonadas donde se ha refugiado. Hay momentos en que parece desesperado por recuperar el hilo de su investigación. El ensayista inglés Joseph Addison decía que el alma cuando sueña es teatro, actores y auditorio. Esta misma condición, puede ser una pesadilla terrible si nos invade mientras estamos despiertos.

Un dolor de surgimiento

El último de los documentales que presenta a Reverón con vida es el de Margot Benacerraf. En este tercer intento el pintor tampoco podrá relatar con sus propias palabras qué piensa y qué siente. Ya sabemos que aunque insista «en cómo se deben hacer las cosas», no se le hará ningún caso.

En los créditos se agradece a los diversos coleccionistas que han permitido fotografiar las obras del artista: «Y a Reverón mismo, quien después de una pausa de algunos años pintó para la realización de esta película». ¡Cuánto pesa esa frase, «una pausa de algunos años», en una vida tan ferviente y fecunda!

El comienzo es sobrecogedor. Ya Hutchson describió el suave vuelo de la cámara mientras pasea por entre pájaros, hojas de palma, reflejos y sombras en el patio de Castillete. Al fondo están los muros de piedra fijando los límites de un paraíso a punto de perderse.

Cuando por fin atravesamos un umbral vemos a Juanita dormida en un chinchorro, anunciando que estamos entrando al mundo del ensueño y la languidez. Por entre sus muñecas aparece Reverón y se pone a pintar dócilmente su autorretrato. Se mira en el espejo y está viejo y cansado. Ya no hay poses, ni el brioso ir y venir frente al lienzo, ni amarres en la cintura, ni la Juanita opulenta, solo una mansa obediencia. No se ven los visitantes, tampoco hay mono. La casa ha sido tomada por las muñecas.

De pronto, arranca una voz con una porfiada resonancia nasal y hace un resumen biográfico. Siempre son los mismos episodios. Mientras la voz mantiene su desgonzada cadencia, la cámara examina las pinturas con atención, describiendo «ese mediodía único» que «quema y disuelve ferozmente», y dejará «esas figuras de mujeres impasibles, imbuidas también en esa pérdida de sustancia».

Las descripciones se van haciendo cada vez más acertadas: «Una lenta siesta como de algodón se instala entre el fresco y la sombra de los quietos interiores... En cada paisaje hay un dolor de surgimiento».

Al final de la tarde, Margot embarca a Armando en una pequeña lancha y lo lleva a pintar. La lentitud y la música sugieren que Caronte lo conduce en un último viaje hacia la noche. Pero logra volver y «entra al interior de sus murallas». Regresamos a los mismos vuelos y recorridos, pero ahora en medio de la oscuridad. «Ya se encuentra de nuevo entre sus modelos de trapo, perennes guardias que atisban con la vida que él les ha dado». Vuelve a pintar su autorretrato mientras las muñecas lo van sitiando, acosando. Algunas guindan como brujas demasiado pesadas para volar, otras son descaradas sayonas. ¿Por qué hace falta que sean tan horripilantes? Entran y salen de foco mientras comienzan a girar y bambolearse cada vez más rápido. Justo cuando Armando firma su cuadro, caen al suelo con la misma violencia que en el documental de Roberto Lucca. De nuevo una modelo exánime marca el fin de la faena. ¿Por qué una y otra vez este sacrificio de trapo?

El acto de perdonar a las muñecas ha podido haber resuelto muchos enigmas, e iniciado tantos otros. Hubiera sido fascinante usar la propia voz de Armando hablando de su obra en vez de ese locutor despechado que lee con reiterada obediencia un texto escrito por otro.

Debo reconocer que soy un pésimo juez. Por culpa de Hutchson estoy atrapado en aquella otra película con otro final: el que Armando había propuesto. También es cierto que el fervor con que aún imagino esa posibilidad se lo debo a Margot Benacerraf. Ella fue quien creó el contexto magnífico que nos permite verbalizar los anhelos y las carencias sobre qué sucedió realmente en Castillete.

XIII
16 de febrero del 2005

Hemos establecido solemnemente que hoy será nuestra última sesión. Le he traído de regalo una botella de *brandy* Cardenal Mendoza y una foto del interior de Castillete de las tomadas por Graziano Gasparini para la revista *Domus*. Hutchson no acepta la foto y me la devuelve diciendo:

—Muchas gracias, pero mi libro no debe tener ilustraciones.

Mal comienzo, pero diviso en la mesa una buena noticia: hoy sí habrá desayuno. Comienzo la entrevista con buen ánimo y la boca llena.

* * *

—*Ya solo nos falta hablar sobre la muerte de Reverón.*

—Mientras sigamos conversando en este corredor el hombre nunca se nos va a morir. Aquí está seguro, bien resguardado. ¿Para qué tanta prisa?

—*Vamos entonces a los días previos a la Gran Exposición. ¿Pudo, por fin, plantearle a Báez lo que usted pensaba sobre Armando?*

—No entiendo su insistencia, su obsesión con un diagnóstico que nunca existió. Yo no tenía idea de cómo tratar al paciente, solo reaccionaba cada vez que se alejaba o se acercaba a mis infatuaciones. Ya había aceptado que me limitaba a seguirlo. Aristóteles escribió que quien se separa de la sociedad de los hombres es una bestia o es un Dios, y yo me preguntaba constantemente: «¿Quién será este hombre ahora vestido y elegante? ¿Acaso la hojilla y la corbata no son pruebas tanto de nuestra civilizada humanidad como de nuestras vanas debilidades?». Pero nunca abrí mi boca en San Jorge. Solo desperdigado y desollado en una alfombra me atrevía a hablar, a dudar e inventar tonterías.

—Según Báez Finol, el paciente padeció de una esquizofrenia que solo afectaba su parte emocional, pero no lo perceptivo, lo cognitivo; podía percibir correctamente la naturaleza del mundo pero no el ambiente social que lo rodeaba.

—No es recomendable poner en diferentes balanzas a la naturaleza del mundo y al ambiente social. Suponer que Armando no tenía amigos íntimos ni se interesaba realmente por la gente, equivale a expandir su comportamiento en San Jorge al resto de su existencia. ¿Acaso Báez estaba presente cuando Armando conversaba con César Prieto, con Rafael Monasterios, con Ferdinandov? Detesto esa manía de tomar un fragmento de una vida y someterlo a estiramientos impúdicos.

Armando está en París y le escribe a la madre: «O me mandan a buscar o me tiro al Sena», y ya con eso el joven pintor queda etiquetado para siempre. ¿En qué circunstancias lo dijo? Después de ver la pintura de Modigliani sería de mal gusto para un pintor no considerar la posibilidad de lanzarse al Sena... ¿Usted nunca ha pensado en suicidarse?

—Alguna vez.

—¿Y cómo pensaba hacerlo?

—Para lanzarme a un río estoy en la ciudad equivocada.

Hutchson continúa como si no existieran ni la pregunta ni la respuesta:

—Yo sí creo que la relación de Armando con la sociedad era una fuente de maltratos, entre otras razones, por el peso que los clientes ejercían sobre su oficio. Recuerde que la supervivencia de un pintor depende de alguien que decide si se trata de una obra de arte o de un trapo con manchas; y ese tribunal estaba constituido por la patética y melindrosa burguesía caraqueña de donde Armando provenía.

La situación era distinta con sus vecinos de todos los días. Lea el último capítulo de *Voces y demonios*, allí encontrará qué pensaban de Reverón los vecinos de la quebrada de El Cojo, los mismos que lo ayudaron a construir Castillete, los analfabetos a quienes sirvió de escriba, las mujeres que fueron sus modelos, los amigos que participaron en las Fiestas de Mayo y en sus obras de teatro. Todos hablan de un hombre humanitario, «lo más importante que había por aquí». Él solo pide a cambio ayuda para rellenar las muñecas, y mire que esas demonias con espinazo de alambre estaban sobrealimentadas. En el último capítulo habla la costurera Ernestina Martínez, quien asegura que algún día Armando será declarado santo. Ahí tiene otro tema de investigación: «La beatificación de Reverón». Esa sería una solución a todas las polémicas entre su genio y su locura, inmortalizarlo como el «Santo Mártir de Castillete». A más de uno le ha realizado el milagro de hacerlo rico con un cuadro que encontró en el armario de una tía abuela.

Es una lástima que a partir de los años cincuenta el vecindario se echara a perder. Según Juanita la quebrada se llenó de «sancocheros», pandillas vulgares y alborotadas que cocinaban hervidos de gallina en latas de manteca, comían en tapara, vestían pantalón de pijama, se sobaban mutuamente las barrigas engrasadas y se emborrachaban hasta desmayarse. La vida alrededor de Castillete se puso muy difícil, pero solo especulamos sobre su enfermedad, tanto embistiendo el tema con sadismo como evitándolo con la hipócrita asepsia de «solo me interesa su pintura».

Esos sufrimientos físicos y psíquicos son nada si los comparamos con los de Arturo Michelena y Cristóbal Rojas. Michelena murió de una lenta tuberculosis a los 35 años y Rojas a los 32. Vivieron más o menos la mitad de Armando, quien murió de 65, un estándar para la época.

La enfermedad más terrible es no vivir los años más productivos de nuestras vidas, que suelen andar entre los 30 y los 60; a menos que usted sea nadador, poeta o matemático. Pero poco se asocia la tuberculosis de Rojas y Michelena con su pintura. Y eso que en el arte las medidas de tiempo son claves. ¿Usted conoce la frase de Warhol: «En el futuro todo el mundo será famoso por cinco minutos»? Si Warhol hubiera dicho: «será famoso por dos horas y media», nadie recordaría su sentencia[1].

¿Por qué los padecimientos de Reverón nos llaman la atención con tanto ensañamiento? Quizás porque la asociación entre genio y locura es muy atractiva para llenarse la boca, como lo demuestra nuestra docena de entrevistas... trece con esta de hoy.

—*Rojas y Michelena pintaban bajo continuas exigencias. Cuando debían buscar el sol y el mar para curarse de la tuberculosis, tuvieron que quedarse en París, donde estaban los clientes por retratar.*

—No me atrevería a asegurar que ellos no pintaron dónde y cómo les provocaba. En el arte las limitaciones suelen ser tan relativas como los recursos, pero ciertamente para un tísico hubiera sido mejor vivir en Castillete que en París. Los antibióticos hicieron menos determinante el problema de dónde pintar.

—*¿Usted diría que Reverón a los 65 años aún tenía mucho por hacer?*

---

1 Hutchson exagera, Warhol habla de «quince minutos» de fama.

—¿Usted que edad tiene?

—54.

—Planifique entonces lo que piensa hacer en los próximos once años. «Mucho por hacer» debería equivaler a «mucho por vivir», pero suele ser tan distinto. Sí puedo asegurarle que en los días anteriores a su muerte Armando estaba viviendo una época muy grata, incluso estimulante. Recuerde que su gran exposición en Bellas Artes venía en camino. Ya no tenía que andar presumiendo: «¡No me importan los premios!».

—¿No quedó muy golpeado por lo de la película?

—Golpeado sí, pero no abatido. Quizás se creyó el cuento de que filmarían una segunda parte, un epílogo; o quizás su abatimiento en el cine Junín sí era, como supuso César, la actuación magistral de un extraterrestre.

Báez Finol le temía mucho a esa veta que él mismo llamaba «místico-religiosa», y aseguraba que ya Reverón había abandonado por completo la manía de que Juanita era una Virgen y él un Padre Eterno guiado por las voces de los santos apóstoles, entre los cuales siempre figuraba su amigo Manuel Cabré, el encargado de salvarlo en situaciones extremas. Era evidente que se había producido un cambio, pues las alusiones a lo divino ya no eran egocéntricas, sino plenas de una dulce y generosa comunión plasmada en su prédica: «Cuando yo hablo soy Dios. Cuando tú hablas eres Dios. Dios está en todas partes».

Las nuevas condiciones de bienestar le daban un ritmo de calma y amorosas inclusiones a sus proverbios y sentencias. Dicen que en junio comenzó a hablar de su regreso a Castillete, pero era solo una manera de sentirse más libre, porque insisto en que no tenía muchas ganas de abandonar San Jorge, su castillo caraqueño. Siempre había una alucinación asechando que le exigía prudencia y él la dominaba con un estratégico «a eso es mejor no hacerle caso». También estaban los numerosos beneficios que lo incitaban a quedarse, como las visitas a los museos con César de guardaespaldas y Hutchson de chofer. Fue una gran distinción acompañar a su aura de sobreviviente del infierno.

—*¿Había en San Jorge buenas condiciones para pintar?*

—Excelentes. Todas las mañanas, antes de que cantaran los pájaros, Armando empezaba a prepararse con una disciplina regida solo por lo que le provocaba hacer. Si alguien le sugería que pintara algo, o que venía don Cojones de la Mancha para que le hiciera un retrato, respondía: «Ahora solo pinto cuando tengo ganas». Estaba contento, liberado del «gas parlante» y de los caracoles adheridos a sus tripas.

No solo el pintor mejoraba con su «terapéutica ocupacional», como calificó Báez aquel prodigio, muchos de los pacientes también mejoraron al transformarse en sus modelos. Posando orgullosos para el gran artista se reencontraban a sí mismos y tenían un lugar en el cosmos.

Báez Finol habla en una conferencia del enfermo catatónico marcado con tal número, de la convaleciente marcada con tal otro, la «Figura de mujer» marcada con el doscientos tanto; esa es la numeración de los cuadros que fueron expuestos en la Gran Exposición de Bellas Artes. Todos en el sanatorio pasamos a ser una armoniosa confederación de modelos y San Jorge pasó a ser un repotenciado Castillete en el mero centro de la «Nueva Caracas».

—*¡San Jorge convertido en Castillete! Esa es una idea muy bella.*

—Una permutación prodigiosa. Si Reverón hubiera vivido unos meses más se hubiera traído, además de a Juanita, a los monos y el harén completo de muñecas. Recuerdo que sí llegó a traerse un morrocoy y un loro. Todo estaba en función de su trabajo. En las mañanas los pacientes hablaban en voz baja y a un «nuevo» que llegó pegando alaridos se le pidió calma y cordura con la consigna: «¡Aquí nadie molesta al pintor!», una orden tan inesperada que tuvo efectos inmediatos.

Hasta la dieta cambió en San Jorge. Se impuso una marcada preferencia por los platos que más le gustaban, sobre todo sancocho de pescado y plátano frito. En sus predios de la planta alta se conseguía, como en las celdas de los mafiosos, exquisiteces que estaban prohibidas para los demás: chorizo carupanero, vinos, ponche crema, chocolates y otros regalos de sus amigos que pasaban la revisión sin problema. Todo menos cigarrillos, mercancía que César tenía absolutamente prohibida.

—*¿Por qué tanto empeño en prohibir los cigarrillos?*

—César era el único proveedor. Le negociaba las cajetillas de tabaco negro por unos dibujos eróticos que luego le regalaba a la novia argentina que trabajaba en El lecho de la novia. Ahí tiene un argumento contra la canonización de Armando.

—*Era una nueva vida.*

—Y los caraqueños lo sabían, pues desde Catia hasta La Florida se corrió la buena nueva que ya Boulton había anunciado: «Una cosa es el enfermo y otra el pintor». La burguesía caraqueña estaba excitada: «¡El loco va a ser famoso!», «¡Ya viene la Gran Exposición!», «¡Los precios de los cuadros se van a ir al cielo!».

—*Una vez escuché al mismo Armando explicar en una entrevista por qué se había ido hacía treinta años a un mundo donde no lo fastidiaran: «Yo no le pregunto a nadie: '¿Por qué eres tan lerdo, tan sordo y tan ciego que no escuchas las danzas de los cocoteros?'. Por eso me fui a Macuto, para saber menos de nada y que me dejaran tranquilo».*

De «saber menos de nada» a «solo sé que no sé nada», hay poco trecho. Auden, un poeta al que tendremos que volver antes de terminar esta entrevista, preguntaba: «¿Qué amante fugaz no enloquecería de amor, si pudiera ver a la Naturaleza, aunque fuera solo una vez, como en verdad es siempre?»[2]. Armando no lograba compartir ese amor con quienes visitaban Castillete; él mismo se lo dijo a un periodista: «Esa es la razón por la cual los muros del rancho los he ido subiendo poco a poco. No quiero que me llamen más el loco de Macuto. Estoy harto. ¡Que se vayan a la porra!».

Hasta que los muros se derrumbaron de adentro hacia fuera y la fortaleza se convirtió en una cueva de suplicios y demonios. Entonces lo llevan a San Jorge y comienza a mejorar, justo cuando el mundo parecía comenzar a entenderlo.

Hoy los agoreros han ido dejando de ser una especie en extinción. Cada vez existen más formas para expresarse ante la tribu. El repertorio de locuras legalizadas se ha hecho muy amplio y va encontrando nuevos ámbitos dónde y cómo dar dividendos. No tengo dudas de que los manicomios más productivos están en el mundo del arte. Si Reverón hubiera vivido unos cuantos años más, San Jorge se hubiera transformado en una escuela de arte. Báez Finol hubiera estado encantado.

—¿Alguna vez le oyó a Reverón decir que no iba a volver a Castillete?

—No era que lo decía, sino cómo reaccionaba cuando le tocaban el tema. Siempre respondía riendo: «¿Acaso me están corriendo de aquí?». El viaje que hizo conmigo no lo alteró en lo absoluto. Actuó como un hacendado que va a visitar sus posesiones e iba tranquilo mientras bajábamos y subíamos por la carretera vieja, con sus trescientas curvas, fuertes pendientes y bordes de precipicios con varias cruces.

Pero hubo otro viaje que sí fue una calamidad. Cuando Báez creyó que ya Reverón estaba mejor, lo bajaron en el Cadillac de Armando Planchart por la majestuosa y veloz autopista al litoral que recién había inaugurado la dictadura.

---

2 La siguiente línea guarda una relación aun más fuerte con nuestro tema: «Levanta tu espejo, joven, para hacer este favor a tus vulgares amigos».

Esas nuevas vías alteraron la relación de los caraqueños con el espacio y el tiempo. Ahora serían capaces de desplazarse a más de cien kilómetros por hora y llegar al mar en treinta minutos. Armando fue transportado en uno de esos bólidos semejantes a una nave espacial. Grave error.

—*¿Qué sucedió?*

—El episodio fue catastrófico. Armando reprodujo la sintomatología que había justificado su reclusión y hubo que regresarlo al sanatorio. Pero al día siguiente ya estaba pintando en sus dependencias como si nada hubiera pasado. He llegado a pensar que Báez armó la escena para que no quedaran dudas de que San Jorge era el lugar ideal para el pintor, y no lo acusaran de tenerlo encerrado y pintando contra su voluntad.

—*¿Cuáles fueron las circunstancias de su muerte?*

—Tenga calma… a la muerte le sobra el tiempo. Hay un poema de John Donne que voy a traducirle en una versión algo estirada: «Nadie está sano; los médicos dicen que, en el mejor de los casos, podemos disfrutar de una cierta neutralidad». Creo que Báez Finol insistió con demasiado afán en que Armando estuviera totalmente sano.

Me encantaría aparecer aquí como el caballero andante que exigió dejar a un lado unos antipsicóticos capaces de arrullar a un elefante, pero lo cierto es que me limité a observar.

Báez Finol habla de un cuadro de hipertensión arterial que lo hizo ser sumamente cauto mientras la receta de los antipsicóticos parecía funcionar. Yo me preguntaba: «¿Cuál debía ser la medida justa para lograr esa 'cierta neutralidad' que prescribe John Donne?». Verlo pintar con placer ya parecía ser suficiente. Armando trabajaba sin dar muestras de cansancio y en las tardes salía con frecuencia acompañado de su equipo especial para giras urbanas. Otras veces venía también Báez Finol y hasta Boulton, de manera que tenía curador de alma y de arte, todo un lujo.

—Una vez usé en una novela el cuento de un burro al que enseñaban a trabajar sin comer y, justo cuando estaban a punto de lograrlo, el burro se les murió.

—Está sugiriendo algo muy ofensivo y doloroso. También está el caso del filósofo que tenía una enfermedad que nadie era capaz de curar. Decidió dejarse morir de hambre y a los tres días de ayuno empezó a sentirse bien y se curó. Pero ya había hecho una promesa a los dioses y siguió con el tratamiento.

Doce días antes de su muerte, Armando acompañó a Báez Finol y su esposa a una corrida de toros en el Nuevo Circo. ¿Recuerda la oferta que le hice a Milagros mientras estaba atrapado en la reja de su ventana? Báez nunca me invitó, pero Armando sí fue convocado a ver uno de los espectáculos que más le gustaban. No sé si antes, durante o después de la corrida, decidió que iba a pintar un cuadro taurino muy grande, una especie de gran mural. Al principio iba a ser solo un retrato de la esposa de Báez Finol viendo la corrida desde la barrera con una montera en las manos; luego decidió incluir al toro, al torero y a varios espectadores en el tendido de sombra. Sería un tributo a la Academia y a Arturo Michelena[3].

Para tan magna empresa necesitaba un caballete especial que tenía en Macuto y lo mandó a traer junto a dos o tres de sus muñecas, los cuernos del dios Toro y ya no recuerdo cuántos implementos más. Con los cachos armó un carromato de los que usan los principiantes para practicar los pases de capote. El dios Toro ahora sería sacrificado en el altar de la pintura, todo un exorcismo.

Entonces fue cuando San Jorge comenzó a transformarse en Castillete. Empezaron a confeccionar en el sanatorio los

---

3 Pérez Oramas da su visión de ese último estadio: «Sus últimas creaciones, realizadas en tiempos difíciles de enfermedad y reclusión psiquiátrica, aparecen marcadas por un eclecticismo y, quizás, por una necesidad de demostrarse a sí mismo capaz de regresar a las fuentes más estables de un arte pictórico clásico». *Armando Reverón y el arte moderno en América Latina.*

trajes de luces y los vestidos de las sevillanas. Juanita se trajo su máquina de coser y la radio siempre encendida que antes guindaba al lado del columpio. Tres vecinas de la quebrada de El Cojo se incorporaron al equipo y trabajaban doce horas al día preparando las mantillas. Esa iba a ser la gran obra de Armando, el cuadro consagratorio de su próxima exposición en Bellas Artes. Estábamos entusiasmados ante todo lo que iba a concurrir en aquel lienzo: las mujeres tan maquilladas como su madre, las peinetas y los abanicos, la fiesta y la sangre. Sería una obra tan metafísica como costumbrista y de una mística delirante. El mismo Báez lo llamó «El último cuadro que vislumbraron sus pupilas», y aceptó aparecer montado a caballo y haciendo de picador.

—*¿Y a usted le dieron un papel?*

—El de un banderillero que tenía miedo hasta de ensuciarse las zapatillas de arena. Jamás en mi vida fui a una corrida y sentía que San Jorge estaba entrando en los últimos paroxismos de la demencia. Aquello era un aquelarre. La planta alta ya parecía el taller de Fortuny en Venecia: telas, esbozos, el carretón de madera con los pitones, una gradería de tablas para colocar a las muñecas junto a todos los pacientes disfrazados de andaluces. Recuerdo a César feliz, ensayando en el jardín los lances de un matador. Esa era una de las grandes polémicas: «¿Quiénes serán los otros dos elegidos para hacer de toreros?». Los pacientes masculinos se paseaban por el patio con gran donaire y elegantes zancadas, pues ninguno quería ser mozo de espada, y menos que nada, hacer de monosabios. Y en medio de ese entusiasmo colectivo y balsámico, justo cuando estábamos listos para empezar a posar, la función terminó abruptamente.

El día antes de sufrir la hemorragia, Armando almorzó en casa de Báez Finol. Durante el postre describió los avances y dificultades de la puesta en escena. De pronto, se levanta de la mesa. Ha tenido una idea genial y habrá cambio de planes: «¡Por qué no llevar todo al Nuevo Circo y pintar allí mismo el cuadro!».

Tenía razón, ¿para qué armar en San Jorge una estructura que ya existe? Esta idea fastuosa venía a ser el absoluto opuesto a su retiro en Castillete. El pintor que se había refugiado en la naturaleza para que nadie lo molestara con tontas preguntas, que luego había sido acosado hasta amurallarse, ahora regresaba bien dispuesto a apoderarse de la ciudad entera, a conquistarla como el gran maestro que todos respetan. El hombre que se retiró de Caracas para pintar lo que quiere, ahora está decidido a hacerlo en el más céntrico de sus escenarios, el propio corazón de la Asty, el Nuevo Circo.

No lograría hacerlo. Ya solo nos falta una noche y pocas horas para el desenlace que usted ha estado pregonando con tanto fervor por varios meses. El sábado, 18 de septiembre de 1954, a las 3:45 de la tarde, Armando sufrió una hemorragia cerebral. Tres horas después estaba muerto.

—*¿Usted se encontraba en San Jorge?*

—La noticia pasó de Juanita a Ramona, de Ramona a Artiles, de Artiles a Báez Finol. A mí nadie me llamó. Le había participado a Báez que regresaba a Londres y estaba en ese purgatorio que llaman «preaviso». ¿Sabe cómo me enteré? Oyendo la radio el domingo en la mañana. Cuando escuché música sacra me pregunté qué personaje del perezjimenismo habría muerto. Entonces dice una voz engolada: «Ha fallecido el pintor Armando Reverón, el artista de la luz...». Parecía que mi amigo hubiera desaparecido hacía un siglo.

Cuando llegué a San Jorge ya se lo habían llevado a Bellas Artes. Allí tenían armado el tinglado con las coronas de flores en el gran salón donde iba a estar expuesta su corrida de toros. Al lado de la capilla ardiente estaba una exposición itinerante de Leonardo da Vinci: *Modelos de inventos.* Recuerdo que me asomé por entre el gentío, sin saber qué exhibían, y mi primera impresión fue: «¡Caramba! Se trajeron todo lo que había en Castillete». Cuando supe que eran máquinas de Leonardo me reí mucho de mi error, cubriéndome el rostro con ambas manos para que creyeran que lloraba.

Ante tanta eficiencia me pregunté: «¿Tendrían preparada de antemano esta segunda opción?». Es posible, porque nada le da más relieve a la retrospectiva de un pintor que una muerte repentina. Ya firme y embutido entre la gente, me puse bizco a observar cómo lucía el mundo sin Armando...

Lo interrumpo:

—*¿Bizco?*

—Es una costumbre que tengo desde niño. Los momentos difíciles los enfrento con el estrabismo de un verdadero Hutchson. Todavía lo hago cuando me siento desubicado, sin sustentación. Desenfoco, vuelvo a enfocar, y todo parece adquirir una escala más razonable.

No sé por qué me sentí tan fuera de lugar en medio de aquel funeral. Me miraban como culpándome de algo que no lograba entender. «¿Será por no haberlo salvado o por haber colaborado en su muerte?», me pregunté.

Logré hablar con Ramona, quien me contó poco de la parte médica y mucho de la sentimental. La conversación más esclarecedora y breve la tuve con Juanita. Estaba parado al lado de su silla mientas celebraban la misa y ella se me quedó viendo con tanta intensidad que me incliné a escuchar qué quería decirme. Solo me dijo: «Armando bien valía una misa».

Imagínese: ¡Juanita parafraseando a Enrique III! Nada contesté, solo puse una mano en su hombro mientras mi imaginación tomaba el camino más favorable a la viuda: «Quizás Juanita es una enciclopedista agazapada que se está burlando de tanta pompa ridícula». Y empecé a ver su perfil con una tristeza tan avasallante que mis impenitentes rodillas comenzaron a temblar.

—¿Esa fue toda la conversación?

—¿Le parece poco? ¿Usted cree que soy tan abusador como usted? Estamos hablando de la viuda en la misa del difunto.

Aprovecho para servirme un trago de brandy *y le contesto:*

—Lo de abusador lo dice porque estoy bebiendo de la botella que le regalé.

Hutchson no responde y estira su brazo con la copa. Le doy su tercera ración de la mañana y regresa al entierro:

—Girando entre los asistentes surgió la pregunta que inició mi partida de Londres: «¿Cuánto te falta, cretino, por descubrir en esta tierra y entre esta gente que no aguantas ni te aguantan. Ya pronto te irás y ni siquiera lograste llegar a Palmira». Para herirme más adentro, agregué otros insultos: «Eres tan cobarde como traicionero».

Justo en ese momento entró una vez más en mi cuerpo el niño José Rafael Hutchson Sánchez con sus 11 años recién cumplidos, y entonces pasé de un entumecimiento a un resplandor: «¡Claro! ¡Lo que pasa es que estoy presenciando el velorio de mi abuelo!».

Esa fue una pérdida que no llegué a vivir, a constatar, por estar con mis padres en Glasgow. Era tan extraño recibir una noticia tan descomunal en una ciudad donde el final del patriarca no repercutía en el espíritu de la comarca, donde solo mamá y yo estábamos de luto, frente a la lapidaria indiferencia de mi padre.

El abuelo Sánchez murió a los pocos meses de mi llegada a Glasgow, de manera que habían pasado unos trece años desde su muerte, y ahora, en Bellas Artes, era la primera vez que asistía al entierro de un ser querido rodeado por los cuatro flancos de mujeres de negro, incluyendo a las primas Reverón de bellísimos ojos. Ya no estaba aislado como en Glasgow y era inevitable hacer algunas comparaciones entre mi abuelo y Armando, dos volcanes de cuentos. Ambos usaron barba, ambos se inventaron un reino a su imagen y semejanza, ambos disfrutaban unas actuaciones que podían llegar a lo decididamente teatral, como un pintor columpiándose en su taller o un ganadero remando en las montañas del Táchira.

Pensando en la suma de esos dos seres maravillosos me sentí reconfortado y me fui a la periferia. Allí se encontraban los artistas que nacieron con Armando y aún les quedaban unos cuantos años de vida, junto a los que apenas comenzaban a pintar cuando conocieron al más radical de los maestros. Entre ellos, yo no era bien visto. Además de no ser colega, y por lo tanto no merecer una ración de ron, la muerte súbita del paciente estaba llena de conjeturas que no se atrevían a ventilar frente a mí.

—Siempre pensé que lo habían matado a punto de antipsicóticos.

—¡Qué idea tan conveniente para una novela! Alguien propuso que había muerto en medio de un *electroshock*. Escuché comentarios por el estilo mientras acompañaba a quienes cargaban la urna: Carlos Guinand, Luis Alfredo López Méndez, César Prieto, y no podía faltar César Pérez, el compañero de caminatas, triste porque su extraterrestre favorito había regresado a la tierra para siempre. Traté de meter el hombro pero fui discretamente apartado.

—¿Cuáles eran los medicamentos que tomaba Reverón?

—Una droga que inventó Henri Laborit, un francés que fue una autoridad en hibernación artificial. Pero su fama se debe a haber introducido la clorpromazina, el primer neuroléptico que se usó para tratar la esquizofrenia. En 1953 esa droga era considerada un aporte milagroso que dejaría vacíos los pabellones de los enfermos mentales y acabaría con el electroshock, la principal atracción de San Jorge.

—Sería interesante comparar el tratamiento que recibió Armando en 1945 con el que comienza en 1953.

—En 1945 Armando estuvo solo tres meses recluido; en 1953 nos llegó un hombre diez años más viejo y mucho más golpeado. No hay manera de establecer una comparación. Una sola cosa es segura, en 1945 no se le administró clorpromazina, no existía.

—*Usted estaba de acuerdo con la utilización de esa droga.*

—No quiero ser injusto con Báez Finol ni con el joven Hutchson que una vez fui, tampoco puedo juzgar ese episodio con lo que ahora sé. Si la pregunta es «¿Báez actuó profesionalmente?», no dudaría en responder que sí. Estoy convencido de que era un buen médico, inteligente y compasivo. Si necesita un malvado para su novela, me temo que Báez Finol no le va a servir, pero sí puede usar mi hinchada y prolífica mediocridad.

—*¿Qué sabe ahora que antes ignoraba?*

—Ciertamente la clorpromazina no causó la subida de la presión arterial que lo mató, pues más bien produce hipotensión. Es un antipsicótico que reduce la actividad neuronal y está prescrito para el tratamiento de la esquizofrenia y el hipo intratable. Hoy sabemos que está contraindicado para los adultos de edad avanzada con demencia senil, quienes tienen mayores probabilidades de morir durante el tratamiento. Pero nunca le noté a Armando síntomas de senilidad; no presentaba problemas de memoria ni tenía dificultades para comunicarse o realizar sus actividades cotidianas. Pero, ¿cómo saber cuándo hay una merma en un hombre tan genial? Donde sí puede incidir esa droga es empeorando su cuadro de sobrepeso, pues genera un apetito desmedido. Otros efectos son dificultad en la eyaculación, una falla que, según Juanita, no debe haberlo mortificado mucho.

He revisado estudios posteriores y siempre encuentro efectos secundarios que pueden guardar relación con su rechazo a retornar a Castillete. La clorpromazina dificulta el enfriamiento del cuerpo cuando hace mucho calor y aumenta la sensibilidad de la piel a la luz. Hay que evitar la exposición prolongada y protegerse con ropa adecuada, anteojos de sol y protector solar, porque se conocen reacciones que generan una urticaria moderada. Y recuerde que una de las afecciones con que Armando nos llegó fue una dermatitis. Asumir el rechazo a Castillete como una fotofobia es una posibilidad en la que no quisiera ahondar.

Otros efectos son falta de expresión en el rostro y una lengua colgante. Nada de esto le noté. Síntomas como intranquilidad y agitación, también los tenía al llegar y más bien fueron mermando con el tratamiento.

Existe otro efecto secundario que hubiera desconcertado a Boulton, quien se negaba a relacionar la pintura de Armando con su enfermedad: se comienza a ver todo con un tinte marrón. Menos mal que para entonces Reverón ya había explorado a fondo su período sepia.

La clorpromazina puede controlar los síntomas, pero no elimina la causa de la afección, y el paciente debe seguir tomando el medicamento aunque se sienta bien. Ignoro cuál fue la posología que utilizó Báez Finol en los últimos meses, pero supongo que había comenzado a bajar la dosis.

Según Ramona, el episodio de la muerte comienza después del almuerzo, cuando Armando no se siente bien y vuelve al lecho. Allí se queda haciendo dibujos en hojas de papel mojando el dedo en café. Era su manera de entrar en calor antes de subir al segundo piso para comenzar los esbozos de la gran corrida. Ese sábado ya no se volverá a levantar. Juanita encontró un mar de café sobre las hojas blancas.

Hoy sabemos que ese antipsicótico puede ocasionar taquicardia y desmayos si el paciente se incorpora demasiado aprisa después de estar acostado. En resumen, puras divagaciones.

—Y entonces pasó el mes de preaviso y se fue a Londres.

—A Glasgow. A la semana siguiente ya estaba montado en un avión. Creo que no me despedí de nadie. Hice unas cuantas rondas frente a la casa de Milagros y solo logré escuchar sus gritos de histeria, una señal de que continuaba en Caracas, la ciudad que yo iba a abandonar como si hubiera estado en ella unos cuantos días y no todo un año... Estacionado frente a su casa pasé horas pendiente de esas únicas señales. Cualquier sonido de la ciudad, sin importar lo remoto que fuera, parecía brotar de su garganta y solo existir para mis tímpanos y estremecimientos.

El viaje de regreso a Glasgow me hizo bien. Nada mejor para guardar luto por un amor y un amigo que un avión sobre el Atlántico. Ese largo salón de aislado recogimiento alcanza suficiente altura y perspectiva para darnos cuenta de lo poco que somos, o de la poca responsabilidad que tenemos en nuestro destino. Añada la introversión del aburrimiento, la vasta extensión que vamos dejando atrás, las vertiginosas evidencias de que estamos de paso en esta vida. Si la jornada es despejada y logramos ver una puesta de sol entre mares y nubes, podemos llorar a mil kilómetros por hora.

—¿Qué sucedió al llegar a Glasgow?

Parece que aún queda algo sobre el bien y el mal morir:

—¿Ya le conté que en una época fui un especialista prestando asistencia a los moribundos?

—Sí.

—Cuando se trata de desconocidos resulta graciosa la mansedumbre con que se despiden de la vida, bien peinados y curtidos en colonia, mientras sus parientes buscan algo que alabarles o criticarles: «Daba unos soberbios apretones de mano», «Era la menos fea de mis tías». Algunas despedidas eran aleccionadoras por lo grotescas. Vi al cura jesuita, experto en Salomón, enojarse porque un moribundo expulsó con un postrero estornudo la hostia de su última comunión. Presencié escenas escandalosas, como uno que reclamaba a todo gañote la lentitud del proceso: «¡A qué juegas, Dios omnipotente! ¡Mueve tus fichas!».

Otros decesos venían con explosiones pestilentes que anticipaban el infierno. Créame que conocí todas las variantes, pero jamás he asistido a la agonía de un ser querido. Mi abuelo muere cuando estoy llegando a Glasgow; mi padre muere en Glasgow cuando estoy en Caracas; mi madre muere en Palmira antes de mi vuelta a Venezuela. La despedida que estuve más cerca de presenciar fue la de Armando. Si no hubiera renunciado a mi trabajo quizás hubiera estado de guardia ese sábado.

Mis dos esposas me abandonaron, mis dos hijos están más lejos aún. La única oportunidad que me queda de presenciar la muerte de un ser querido con verdadero recogimiento y dolor la llevo en mis tripas. Espero estar razonablemente consciente durante la explosión de mi aneurisma.

—*¿Cuándo murió su padre?*

—Creo que un par de meses antes de Armando. Solo estoy seguro del telegrama que envió mi madre: «Murió Noel. Vuelve sin apuro. Está enterrado».

Pero volvamos a los preparativos para cruzar el Atlántico. El jueves logré tomar un avión y alejarme otra vez de Venezuela por treinta y cuatro años. La mitad que he vivido aquí y la que he vivido allá van siendo casi iguales.

Me mira como si acabara de aterrizar y percibo en sus ojos un milenario jetlag. *¿Ahora qué nos queda? Ya ha muerto Reverón, ya Hutchson se ha marchado de Venezuela. Presiento que estamos a punto de convertirnos en extraños y cometo una imprudencia:*

—*¿Lo veo el miércoles que viene?*

—Nadie lo ha obligado a venir.

Estoy extasiado ante la fuerza de nuestro juego. Nos quedamos viendo sin decir una palabra. Lo dos sabemos que estamos evitando la despedida. Más reposada y risueña es la mirada de Hutchson, porque yo soy el que debe levantarse y decir adiós.

¿Qué más se supone que hagamos? ¿Darnos un gran abrazo celebrando que las historias nunca terminan? Son los protagonistas los que están de paso, y sirvo de ejemplo marchándome como si fuera un miércoles cualquiera, incluso cometiendo una imprudencia peor que la anterior, pues antes de salir por la puerta le grito a Hutchson:

—¡Yo lo llamo!

Equivale a «¡No me llame!», y mi voz retumba en las paredes vacías. Hutchson no voltea, solo alza la mano haciendo el mismo ademán con que una vez me bendijo.

¿Cómo saber si somos realmente felices?

EN *EL LUGAR AUTOBIOGRÁFICO*[1], Luis Enrique Pérez Oramas examina a fondo la autobiografía de Reverón y se pregunta: «¿Qué significa relatar nuestra propia vida?». Quien se atreva a dar una respuesta deberá tomar una posición ante dos límites indiscutibles: su propio nacimiento y su propia muerte.

Después de pasar por Montaigne y su reflexión sobre cómo a la hora de morir siempre somos aprendices, Pérez Oramas llega a la gran interrogante que nos hace Aristóteles desde su *Ética*: «¿Se puede llamar feliz a un hombre mientras vive, o habrá que esperar al fin de su existencia?». Para acentuar aún más la trágica dimensión de esta pregunta, el ensayo incluye una frase de Pierre Aubenque sobre la «muerte reveladora»: «La esencia de un hombre es la transfiguración de una historia en leyenda...». Un paso que ciertamente requiere convertir a la persona en personaje.

Aquí debemos detenernos y tomar aire antes de enfrentar un reto tan exigente como escabroso: para saber si Reverón fue un hombre feliz, no solo ha hecho falta que ocurriera su muerte, también conviene acercarnos lo más posible a la nuestra. Frente a esta sabiduría del que ya ha vivido lo que debía vivir, y la paradoja de unos conocimientos que crecen en la misma proporción que se reduce el tiempo para utilizar-

---

1 Ponencia en el *I Simposio Internacional Armando Reverón*, organizado en el 2001 por el Proyecto Armando Reverón.

los, existe una alternativa y un alivio: pasar el testigo a nuevos corredores lo más cerca que podamos de nuestro propio final, una manera de cumplir sin necesidad de llegar a la meta.

Una amorosa y emocionante carrera de relevos nos acerca bastante a esa proporción de vida vivida que exige la verdad. El compromiso de Alejandro Otero: «Sólo quisiera ser puntual», implicaba cumplir con valentía esa definitiva entrega en el momento justo.

Al analizar la primera publicación de la autobiografía de Reverón, surge una pregunta que tiene que ver con la puntualidad: ¿por qué a Boulton le tomó tanto tiempo decidirse a dar a conocer este resumen que el propio pintor hizo de su vida? El texto fue dictado por Reverón a una secretaria alrededor de 1950. No sabemos cuándo llega a manos de Boulton, pero sí está claro que en 1969 le anuncia a un amigo que se trata de una narración «muy expresiva de la personalidad del artista». Sin embargo, solo la da a conocer en 1979.

Pérez Oramas propone que quizás Boulton llegó a pensar:

> ... que la naturaleza de estas rememoraciones, en las que también la excentricidad reveroniana se manifiesta ostensiblemente, contribuiría a sustentar la morbosa explotación por cierta «crítica oficial». En ello hace pensar su insistencia, en el prólogo de 1979, sobre el «estado de absoluta cordura» en el que Reverón dictó sus memorias, «como es fácil deducirlo», añadía Boulton, «al analizar minuciosamente ese texto».

En ese mismo prólogo, Boulton parece continuar dudando sobre la conveniencia de publicar o no un documento tan revelador, siempre preocupado por la confusión entre las «fantasías infantiles» y «la madurez plástica sumamente firme». Esta aprensión frente a las «extravagancias» nos hace temer que la autobiografía original haya sido «editada», para usar el participio más elegante.

Aunque el título suena bastante frío: «Datos sobre el pintor Armando Reverón», cada vez que lo leo siento más pudor, como si allí se trataran secretos familiares. Y esa es la sensación que he estado buscando al acercarme a Castillete: convencerme de que está en juego la construcción de nuestra propia casa, de nuestra colectiva intimidad.

Pérez Oramas resalta una escena dictada por el propio Armando en tercera persona (al igual que toda la autobiografía), una estrategia que también solía usar en muchas de sus conversaciones y que se presta a las «interpretaciones patológicas» que tanto temía Boulton:

> Uno de los recuerdos más antiguos de la vida de Reverón es el siguiente: Una noche, como era costumbre, los padres llevaron a su hijo Armando de paseo en coche por el Calvario; y él recuerda todavía haberles oído decir en una conversación que en aquellos días se estaba muriendo Arturo Michelena.

Ese paseo por El Calvario debe haber sido una de las pocas veces que Armando estuvo sentado entre su madre y su padre. En ese coche rodante, nocturno y efímero, puede haberse gestado su primera noción de lo que debe ser una familia, o la conciencia de carecer de un hogar verdadero y constante. Pérez Oramas se centra en ese «nacimiento proferido desde la muerte de otro pintor» y lo esboza como la circunstancia en que Armando se incorpora a nuestra memoria colectiva, el momento en que se produce el vínculo entre su conciencia doméstica y su perspectiva histórica.

Esta relación entre el inicio de un artista y el final de un maestro me lleva a otro de los ensayos de Pérez Oramas: «Inventar la modernidad en tierra de Adán: Alfredo Boulton, Armando Reverón y Bárbaro Rivas». Aquí nos relata una conversación que sostuvo con Francisco Da Antonio sobre el retrato de Boulton que Reverón pintó en 1934. Un fotógrafo de 26 años está posando para un pintor de 45. Pérez Oramas recuerda a Da Antonio describiendo la obra:

> El retrato de Boulton resalta por su distancia, por la pose explícitamente cuidada. Era como si entre Reverón y Boulton aquella imagen actuase asordinando, o mediando, la cercanía de la amistad en beneficio de una insuperable diferencia; como si Reverón quisiera identificar en su obra el lujo patricio de aquel visitante, sus maneras de caballero inglés; como si aquel amigo sofisticado viniese a marcar, en la efigie con la que el pintor lo representa, la distancia del Castillete de Reverón con relación al mundo de los salones donde tienen lugar el arte y los banquetes, sus jardines racionales, sus palacios antiguos y modernos, la ciudad, el urbanismo, la urbanidad, el poder.

Y añade Pérez Oramas: «Boulton frecuentó mucho a Reverón –aun cuando no parecen haber llegado a ser amigos íntimos–. Boulton probablemente escaseó sus visitas en los períodos durante los cuales la salud mental y la excentricidad de Reverón se hacían perturbadores cómplices de las propias máscaras del artista».

De manera que, cumpliendo con la ética aristotélica, Boulton solo emprendió «el proyecto voluntario de construir la historiografía reveroniana, tras la muerte del artista» (aquí habría que añadir, una vez más: y de su propia muerte como fotógrafo), una actitud que Pérez Oramas define como «una certeza retrospectiva», en contraste a su «certeza contemporánea» ante Jesús Soto y Alejandro Otero.

Este paso de lo retrospectivo a lo contemporáneo está señalando a Reverón como un vínculo, como una antesala de la contemporaneidad, y quizás como el hombre que puso los cimientos donde esta podrá consolidarse.

Hacia el final del siglo XIX, Martín Tovar y Tovar, Arturo Michelena y Cristóbal Rojas conforman un trío de pintores notables, pero su relación con la historia del arte parece ser dócil, sumisa. Aspiran a confirmar su talento, a ganar un premio en la Exposición Universal Internacional de París, a cumplir las reglas y demostrar que pueden hacerlo magníficamente igual a los maestros europeos. Pintan lo que se debe, los temas con probabilidades de encontrar un cliente, el mecenazgo de Guzmán Blanco o el gobernante de turno. Desde el antecedente de una pintura colonial llegaron a temas independentistas, pero desde una óptica plenamente colonizada. En *Armando Reverón y el arte moderno en América Latina*, Pérez Oramas es categórico: «Cuando Reverón nace, en 1889, Venezuela conoce las obras cimeras de un realismo pictórico, a veces naturalista, a veces social, a veces simbolista, cuya fuente principal es la pintura francesa del siglo XIX». A continuación enumera a nuestros «grandes maestros» de ese siglo, «hoy completamente desconocidos fuera del país, como Tovar, Rojas o el joven Michelena».

El siglo XX congrega a Alejandro Otero, Jesús Soto y Carlos Cruz Diez, quienes nacieron entre marzo de 1921 y agosto de 1923. Se presta a una meditación astrológica el que en poco más de dos años hayan nacido los tres pintores que partiendo de estas tierras han logrado influir en la evolución de la historia del arte. Entre el trío que cierra el siglo XIX y el que va a cerrar el siglo XX aparece esa figura de transición que actúa en solitario mientras fragua la también solitaria labor de pasar una antorcha. No es un venezolano tratando de encontrar su puesto en la pintura universal; su ruta es inversa, quiere llevar lo universal a lo venezolano, y lo hace mediante una estrategia que incluye los temas y los escenarios, la materia de su pintura, la fabricación de los pinceles, el taller donde trabaja, los muros que lo rodean y hasta el relleno de sus últimas modelos. Todo es sometido a un riguroso y extremo enraizarse, a una comunión con sus entrañas y coordenadas terrestres. Solo desde esta base podía darse el punto de partida que permitiría a los siguientes participantes ofrecer un nuevo lenguaje proveniente de nuestra condición. Cada uno inicia su aventura desde su propia identidad hacia la inmensidad del mundo.

Alguien debía consumirse para que existiera ese crisol[1], reventar «saltando hacia cosas inauditas o innombrables», dando paso a otros que «empezarán a partir de los horizontes en que el otro se haya desplomado»[2]. Armando fue un hombre que asumió íntegramente la prédica de santa Teresa de Jesús: «Vivir la vida de tal suerte que viva quede en la muerte», como medida, testimonio, testigo, búsqueda y entrega de una verdadera felicidad.

---

1 Alejandro Otero asegura que Reverón «amó y se deslumbró y creó, hasta consumirse, esa porción de nosotros que no habíamos alcanzado a ser». *Armando Reverón, a los 89 años de su nacimiento*, 1978.

2 De nuevo recurrimos a Rimbaud.

XIV
9 de marzo del 2005

NO VOLVÍ EL SIGUIENTE MIÉRCOLES a Sebucán. Entré en un limbo que duró hasta que Hutchson llamó ayer martes, tres semanas después de nuestro último encuentro, y me preguntó en qué habíamos quedado. Yo estaba bastante apenado, o traté de parecerlo. Fui tan cortés como pude y respondí sin mucha convicción:

—Creo que hablamos de vernos mañana –una mentira evidente y generosamente compartida.

Al trancar el teléfono no pude evitar pensar: «¿Se convertirá Hutchson en esos seres a los que tenemos aprecio y les estamos agradecidos, como los urólogos, pero no queremos volver a ver?». Ese mismo tipo de relación, tan cariñosa como distante, se dio entre Reverón y Báez en 1945, pero luego, nueve años más tarde, estuvieron viéndose todos los días durante once meses.

La idea de una visita semanal a Sebucán por los siglos de los siglos me preocupaba tanto que esa misma noche Hutchson se apareció en mis sueños. Estaba decrépito, con veinte años más encima, y yo con cuarenta más, pues lucíamos igual de acabados. Éramos carcasas que hablaban en una casa deshabitada, angustiosamente igual a la de Sebucán, ecos que emergían de un par de toneles vacíos.

Llego tarde a la cita. Son las once y media cuando nos sentamos a la mesa. Esta vez la falta de desayuno se deberá a mi retraso. Quiero marcharme lo más pronto posible y comienzo con una pregunta que espero no traiga mucha cola.

* * *

—¿Qué hizo al llegar a Inglaterra en 1954?

—Me fui directo a Glasgow a estar con mamá. Pensé que serían varios días de recuentos familiares y descripciones minuciosas de tías y primos, de chismes entrecruzados e interminables, pero ella solo me preguntó por el estado de las tierras de la familia. No le conté que nunca salí de Caracas.

Desde el día y minuto en que murió mi padre, mamá había comenzado a organizar su regreso a Venezuela. Planeaba recibir su parte de la herencia para manejarla a su antojo. Se entendió con los hermanos y le tocó Palmira más un hato en Barinas llamado Flor de Renco.

—¿Volvió a ver a Robert cuando pasó por Glasgow?

—Hice grandes esfuerzos por evitarlo. Yo sentía que venía de la nada y nada tenía para aportar, y no quería enfrentar al exitoso Robbie. Nos vimos más tarde, en Londres a finales de 1956, cuando ya no hubo manera de ignorarnos. Intentamos que ese nuevo cara a cara fuera casual, y casi lo logramos.

—¿A qué se dedicaba Robert en Glasgow? ¿Por qué era tan exitoso?

—Mientras estuve en Venezuela, Robert trabajó en el Southern General de Glasgow, el mismo hospital donde estuvo recluido mi padre. No le fue fácil a Robbie funcionar entre civiles viniendo de la British Army Psychiatric Unit en Netley. Las histerias y las esquizofrenias tenían distintos significados en una institución militar que en el mundo de los civiles. No es igual preparar a los pacientes para aniquilar el enemigo que obligarlos a convivir en relativa paz.

Cuando Robbie entró a trabajar en el ala llamada «Women's West», notó que las pacientes comenzaban a actuar de forma extraña apenas entraban los médicos al pabellón, y decidió poner en marcha un experimento. Eligió a doce mujeres y consiguió un salón donde podía visitarlas con frecuencia de una manera informal, como si ese lugar fuera también su lugar de lectura y reposo. Así logró una ejemplar urbanidad y se les permitió a las pacientes usar en el salón una cocina con horno, algo que la institución consideraba un arma de guerra. Las chicas tomaron unas clases de repostería y hornearon unas excelentes galletas. Pero ningún médico o enfermera quiso probarlas. No era miedo de envenenarse, sino un simple y vulgar asco. Muy en su interior, todos creían que la esquizofrenia era algo contagioso.

Al año, las doce reposteras volvieron a sus hogares y, para alivio de los colegas de Robert, al poco tiempo estaban de vuelta en «Women's West». Era una especie de eterno retorno que comprobaba la respetable y ancestral tesis de la incurabilidad. Robert pensó que, si salían y regresaban en masa, algo no estaba funcionando en la relación entre el interior y el exterior. Esa sería la base de sus teorías.

—*¿Usted y Robert no se habían escrito desde 1953?*

—No recuerdo ninguna carta. La relación se reinició cuando él también fue a trabajar a Tavistock en 1956. Yo aún andaba algo maltrecho y traté de interesarlo en el informe que nunca le entregué a Bowlby sobre mi «Venezuelan Experience» de hacía dos años.

Cada vez que usaba ese término, «Venezuelan», me sentía como si hubiese sido un explorador de las fuentes del Orinoco, cuando no pasé de subir una colina en Catia y unas horas en Macuto. Robert se interesó mucho en el caso de Reverón y leyó con atención mi manuscrito. Su reacción fue rápida y humillantemente certera: «Este Reverón me recuerda al personaje de Ariel».

—¿Usted sabe quién es Ariel?

—*Sé que es un personaje de* La tempestad[3].

3 Ariel es también uno de los satélites de Urano, el título de la biografía de Shelley escrita por

—La última obra de teatro que escribió Shakespeare. Ariel está al servicio de Próspero, el mago que lo rescató del árbol donde lo tenía preso la bruja Sycorax. Es un lindo espíritu, tan femenino como masculino, capaz de surcar los aires, sumergirse en el fuego, cabalgar sobre las nubes, ser invisible, transformarse en ninfa del mar, adormecerte con el influjo de sus hechizos y entrar en tus sueños con una musicalidad que te conduce adonde él quiera. También puede descender a las profundidades del infierno y regresar para contarlo con cierto encanto[4].

Calibán representa la tendencia opuesta. El hijo de la bruja es un salvaje deforme, de largas uñas que desentierran trufas. Su nuevo amo, el mismo Próspero, lo domina con culebras que enroscadas en su cuerpo silban hasta volverlo loco, tal como torturaban a Reverón los caracoles en sus vísceras. Pero un buen día se rebela contra su opresor y trata de violar a su hija, Miranda, para poblar la isla de pequeños Calibanes aun más repugnantes[5]. Esta supuesta fealdad es una de las

---

André Maurois, y de un libro de poemas que Sylvia Plath escribió poco antes de su muerte: «Morir / es un arte, como todo. / Yo lo hago excepcionalmente bien».

Está también el *Ariel* de José Enrique Rodó, que trata de un buen salvaje capaz de ir más allá de los efectos de la colonización gracias a su cultura. Este Ariel representa la espiritualidad de América en oposición al materialismo ramplón de Calibán, quien es víctima de su propio complejo de inferioridad.

4 Guillermo Meneses parece haber leído sobre el Ariel de Shakespeare cuando describe a Reverón: «Tal vez sentía la posibilidad de convertirse a sí mismo en máquina productora de milagros. Sabía que podía producir la candela, el fulgor, el aire, el brillo, la penumbra verde, el rojo de lo pícaro, el violeta del deseo, el azul de lo que está más allá del horizonte, más acá de la pupila. Y sospechaba entonces que podía apretar ciertos botones y producir ciertas circunstancias indispensables para convertirse en el productor de misterios y milagros». Prólogo al libro *Reverón*, de Alfredo Boulton, 1979.

5 La palabra «caníbal» se incorpora al español a partir del segundo viaje de Colón. El dialecto caribe ofreció gran cantidad de palabras a Europa, como «canoa», «huracán», «barbacoa». Una de las más sugerentes proviene de «caniba», o «canbalos», o «canabalos», diferentes maneras de llamar a los guerreros más temidos del mar al que dieron nombre. A finales del siglo XVI, Montaigne escribió un ensayo: «Sobre los caníbales», donde da como prueba de la inteligencia de los caribes las palabras que dirige una víctima a sus captores antes de que se lo coman: «Esta

armas con que Europa dominó a América al calificarnos de indios sensuales y torpes, traidores y corruptos, con un pene minúsculo y carentes de ardor por la hembra.

—*Entiendo que* La tempestad *tiene mucho de* utopía.

—También Castillete es una utopía que intenta prevalecer en una época indeterminada[6]. Al entrar uno se sentía fuera del tiempo[7]. Quizás por eso sentí al traspasar sus muros un mareo que nunca conocí en el mar.

Al igual que Ariel, a Reverón no le interesa la política y jamás se enfrenta a los opresores, sea el tirano Gómez o Herrera Toro en la Academia de Bellas Artes. Armando solo los esquiva, o los ignora. Será el arte la fuerza que lo libere y desde muy temprano va a plantear sus propias condiciones de creación. Luego van pasando los años y es cada vez más libre y más frágil, más famoso y más solitario, más seguro de su arte y más dependiente de posibles clientes. A Robert, esta volátil fortaleza le recordó enseguida al personaje de Ariel.

—*¿Quién sería entonces Próspero en la vida de Armando?*

—En una época fue Boulton, en otra Báez Finol. Cada uno de nosotros se convierte en un nuevo Próspero al considerar a Armando como un ente al servicio de sus petulancias.

El mismo Reverón logró ser un Próspero dentro de las murallas de su reino, pero la mayoría de las veces se convertía en un Ariel dedicado a la contemplación de la verdad y la

---

carne y estas venas son vuestras. ¿No podéis ver que la sustancia de los miembros de vuestros ancestros todavía está en ellos? Pruébenlos cuidadosamente y encontrarán el sabor de vuestra propia carne». Shakespeare se inspira en estos personajes para su Calibán. No sería la última vez que se extraería del paraíso americano una utopía y un salvaje indigno de ella.

6 En *La gruta de los objetos*, escribe Pérez Oramas: «Respondiendo a una inteligencia de la separación –cuyo nombre común es el aislamiento– fue una isla el lugar de Reverón en el contexto de la cultura moderna venezolana…». Y remata su idea: «… hacer un lugar en nuestra cultura sesgada de universalismos fantasmales es un ejercicio de contadas soledades, es hacer islas».

7 Alejandro Otero recuerda las enormes piedras del patio: «estaban allí como desde el comienzo del mundo».

belleza. Desgraciadamente también llegó a ser un Calibán torturado y enfermo[8]. Vea usted la foto de cuando van a buscarlo Armando Planchart y Manuel Cabré para llevarlo a San Jorge. Sus calzones son una bandera mugrienta. Podemos decir que a Reverón lo han «calibanizado» incluso quienes lo promueven y defienden. Usted verá cómo califica su propia vorágine.

Saca un pequeño libro de su carpeta mágica y anuncia:

—Robert me recomendó que leyera un poema de Auden, *El mar y el espejo*, donde Próspero le confiesa a Ariel la lista de las cualidades que le envidia. Todo dominador tiene esa necesidad de desahogarse frente a su víctima. Voy a leerle una parte del poema[9]:

> … ahora, Ariel, yo soy lo que soy, tu amo solitario y tardío,
> quien por fin sabe lo que es la magia: el poder de encantar
> que surge de la desilusión. Lo que pueden enseñar los libros
> es que la mayoría de los deseos terminan en charcos apestosos,
> pero basta con aprender a estar tranquilos, sin darte órdenes,
> para hacer que nos ofrezcas tu eco y tu espejo;
> sólo tenemos que creerte, y entonces no te atreves a mentir;
> basta con no pedirte nada, y en un instante desde la calma de
> [tus ojos,
> con sus lúcidas pruebas de aprensión y trastorno,
> todo lo que no somos devuelve la mirada a lo que somos. Pues
> [todas las cosas,
> en tu compañía, logran ser lo que son: las hazañas históricas
> abandonan su altanería y cuentan de infancias apaleadas,
> cuando sólo ansiaban unirse a la pandilla de las dudas

8 Sentí estar ante Ariel en el documental de Anzola (1935) y ante Calibán en el de Roberto Lucca (1945). En el documental de Benacerraf podríamos hablar de un Próspero agotado.

9 Antes de desahogarse, Próspero explica los motivos de la aventura que lo llevó hasta la isla:
«Alejarme de la justicia imperfecta de mi padre,
vengarme de los romanos por su gramática,
usurpar la tierra popular y borrar por siempre
el burdo insulto de ser sólo uno más entre muchos».

que tanto las atormentaron; hurañas enfermedades
olvidan su espantoso aspecto y hacen chistes tontos;
entonces por fin la obstinada bondad ya no es tan aburrida...[10]

Hutchson se detiene. Ha titubeado bastante durante su lectura. Recitó varias líneas en los dos idiomas, dando al poema un toque estereofónico. También ha enumerado posibles sinónimos mientras buscaba en mi rostro una señal de asentimiento que lo ayudara a decidirse. «Shabby childhoods» *le ha costado bastante trabajo. Dudó entre infancias «imprecisas» e «injustas». Le sugerí «andrajosas», pero se decidió por «apaleadas». Pareciera que estuviéramos examinando su propia niñez, o la mía.*

Sin terminar la traducción vuelve a Robert Lyle:

—Cuando Robbie me preguntó qué me había parecido el poema le dije que ya había leído esas líneas y disimulé mi conmoción. Era mentira. Si acaso creí haberlas leído fue por esa capacidad que tiene la poesía de descarrilarnos con sus emboscadas y hacernos dar varias volteretas. Después de esas fuertes sacudidas ya no sabemos dónde está el antes y el después.

La lectura de *El mar y el espejo* me produjo un escozor insoportable. ¿Cómo era capaz mi amigo, con una sola hojeada a mis apuntes, ser tan violentamente preciso? Robert había visto en un instante realidades que yo no pude ver en un año. «Lo leyó en mis ojos... o en las líneas de mi manuscrito», me

---

10 Finalizo este segmento de *El mar y el espejo* según la traducción de Ignacio de La Salle, publicada por la editorial Lugar Común:

«Nadie salvo tú ha tenido suficiente vista y audacia
para encontrar esos claros donde las tímidas humillaciones
retozan en tardes asoleadas, y poder ver el abrevadero al que
la condena, con su cicatriz enrojecida, acude tan callada en las madrugadas:
nadie sino tú puede informar con certeza acerca del infierno.
Mientras silbas y dejas atrás el pasado, los venenosos
resentimientos se escabullen por entre tus pies impávidos,
y hasta el vértigo incontrolable,
al no olfatear vergüenza alguna, no se siente obligado a atacar».

dije para consolarme, pero no era cierto. Mis anotaciones eran solo la burda defensa de un Próspero que se disculpa mientras evade su tozudez y su presbicia.

Deja de mirarme y comienza a leer en su carpeta, ahora con gran pompa y sin titubear, su conversión del poema de Auden en un acto de contrición:

—«Frente a Armando, he debido encarar lo que soy y lo que pretendo ser, entender con más valentía su magia, su soledad, el encantamiento que nos trae la desilusión».

Se detiene para observar mi reacción, y continúa leyendo:

—«He debido reconocer su imposibilidad crónica de mentir y la lucidez de su caos. Comprender lo injusto de su infancia sometida a las altanerías de la historia y a las pandillas que lo atormentaron. Respetar su audacia ante las humillaciones, las cicatrices que dejó su euforia en el lienzo, la información que nos trajo de su infierno blanco, los ronquidos y silbidos de sus vísceras, la universal resonancia de sus dichas y sufrimientos, su esgrima sin vergüenza y sin venganzas, su valentía al desaparecer en el lienzo».

Termina de leer y coloca las manos sobre las hojas que ha escrito, como protegiéndolas del viento, o de mi mirada escéptica.

—Creo que voy a usar alguna frase del poema de Auden como epígrafe de mi libro y estas interpretaciones aparecerán al final, o quizás en el epílogo. ¿Le parece que soy demasiado obvio?

Mi respuesta no es nada amable:

—En un libro también tienen mucha importancia las líneas entre el epígrafe y el epílogo.

Luce tan implorante ante mi cínico comentario. No sé por qué la poesía me pone tan nervioso, tan agresivo.

Él mismo se da ánimos:

—Será la biografía de los once meses que pasé en San Jorge… Ya tengo el título de algunos capítulos: «El poder de encantar», «El vértigo incontrolable»…

Hutchson se pone cetrino cada vez que se imagina pasando de lo oral a lo escrito. Al notarlo tan confundido se me quita de encima una carga que se estaba enrareciendo. Estoy harto de su superioridad y de mi dependencia, y hoy me siento libre, o, para no ser tan jactancioso, comienzo a asumir que estamos en igualdad de condiciones.

Desde el momento en que describió el entierro de Reverón quise marcharme de Sebucán y ya no volver nunca más, pero ahora me han vuelto las ganas de estar un rato más bebiendo con el viejo Hutchson, acompañar sus temores de escritor, o sus acrobacias para engañarse y creer que algún día escribirá el libro que por tantos años ha tenido pendiente. Parece adivinar mi dispoción, pues me ruega:

—Sea sincero y dígame qué piensa de mis anotaciones, de todo lo que hemos hablado.

—*¿Quiere saber lo que siento o quiere un análisis literario?*

—Me da igual... no debería haber tanta diferencia.

—*Quisiera decirle que con una buena poda usted podría tener algo en las manos, pero no quiero ser un escollo en algo que después tenga algún resultado, ni animarlo con un texto que quizás ya no tiene arreglo. Además, no puedo ser un buen juez cuando lo he acompañado en su travesía.*

—¡Por Dios! No lo he visto remar y ahora viene y agarra el timón como si fuera de anime, de utilería.

Ese es el impulso que necesitaba:

—*Hoy, o al menos en este momento, creo que ningún lector podrá llegar hasta aquí. Si algún valiente persiste será porque le gusta hartarse, o tiene, como yo, la perversa manía de terminar lo que comienza. Su manera de narrar la encuentro insoportable por lo engreída y errática. Y le advierto que nadie va a creerse su visión de San Jorge como un lugar entre divertido e idílico. Está además la manera gratuita en que usted pasa de una locura a otra, como si Reverón necesitara la referencia de su padre y de*

Milagros para formar una trilogía de la demencia. Su Milagros nada me ha significado, solo me ha dejado con el sabor de que usted miente y le gusta mentir.

Hutchson se levanta haciendo los ruidos propios de su edad, esos murmullos que imitan la mecánica de las vértebras tratando de calzar unas con otras, acompañados de su clásico e inmoderado «¡Caramba!». Por el empuje creí que se dirigía al jardín, o a la puerta de la casa para señalarme el camino y terminar con toda esta comedia, pero enseguida se deja caer de vuelta en su silla. Quiere representar un derrumbamiento, el desplome de un endeble montaje.

Nunca pensé que sería tan fácil confesarme y convertir toda esta historia de Sebucán en un accidente pasajero. No hacía falta callarse, aguantar tanto. Creo que este esfuerzo de meses se va a diluir por entre nuevos proyectos sin dejar heridas ni goces.

Ahora Hutchson tose como dijo que hacen los psiquiatras cuando el paciente los sorprende con algo inaudito. Empieza con un educado carraspeo que va llegando a los bronquios y se transforma en algo serio; tanto que habla como si las cuerdas vocales se le hubiesen encogido:

—Tiene usted razón… ¿A quién no le gusta mentir? Es la única manera de hacer por las buenas lo que la memoria nos hace por las malas. De Milagros solo le conté lo que me atrevo a recordar. Hacía falta que usted me ayudara a poner orden. Eso fue lo que le pedí, pero usted siempre había mantenido esa actitud pasiva, fofa.

Esa única vez en la casa de sus padres, estuve mirando fijamente la ventana, nuestro paisaje de cristal reticulado por una reja inviolable. Cuando la creciente lentitud de la tarde dio paso a la persistencia de la noche, y hasta las sábanas ya no eran blancas, Milagros comenzó a hablar y yo cerré los ojos mientras ella me espantaba con la historia de un ángel que vendría a salvarla cuando no tuviera fuerzas para enfrentar sus sufrimientos. En ese momento comprendí que nunca podría acompañarla al reino donde había entrado con tan osada desenvoltura, y me sentí triste y a la vez seguro ante esa distancia insalvable. Entonces ella apoyó su mano en mi pecho y me dijo al oído, para que los dos estuviéramos bien seguros de qué me estaba pidiendo: «Ángel mío, recuerda que siempre te estaré esperando... Solo confío en ti».

Pensé que no hacía falta contestar una pregunta tan cercana, o que cerrar y abrir los ojos un par de veces equivalía a asentir. No era suficiente. Milagros me dijo con el desprecio que precede a las rupturas definitivas: «Avísame cuando tengas el valor de despertar».

Y, como los actores que se exceden en su papel, me quedé dormido. Quizás era mi manera de convertir la escena en el episodio de un sueño. Pasó la noche y he podido quedarme en esa cama para siempre, si Milagros no me hubiera dicho con la violenta y urgente inseguridad que daba inicio a todas sus mañanas: «¡Levántate que hoy llegan tus padres!».

—*¿Tus padres?*

—Sí, estoy seguro de que eso dijo, «Tus padres». Ya todos estábamos fuera de su esfera pétrea, escindida y a punto de explotar. Pero no era el momento de corregirla... Y nunca pude hacerlo. No la volví a ver, sino semanas después y a través de la reja con recuadros de telaraña. Mi clandestina misión no me permitía visitarla formalmente, entrar por la puerta de su casa, saludar a los viejos Iribarren y decirles mientras me palpaba el bolsillo donde traía el encargo: «Buenas noches, yo soy el ángel que viene a salvar a su hija». Solo podía aparecer desde lo oculto y con la etérea apariencia que ella había previsto.

Cuando abrí las cortinas encontré a Milagros repitiendo una frase, una letanía. Quería pensar que estaba pensando en mí, preparando mi recibimiento, pero la verdad es que le tomó bastante tiempo enfocar, tomar fuerzas y caminar hasta el punto donde debía darse nuestro último diálogo. Ella solo tenía que decir: «Aquí estás», o «Sabía que vendrías». Y yo haría la entrega irrevocable con unas breves palabras: «¿Ahora quieres que me vaya o que te acompañe?».

Todo cambió al verla desnuda y soltar uno de esos imprudentes y altisonantes «*Oh my God!*» que me han acompañado desde los 11 años. No era una exclamación auspiciosa, pues los ángeles deben usar una entonación más respetuosa y bajar los ojos, no abrirlos con lujuria. Yo era un ángel de la muerte camuflado de negro para fundirse con la noche, pero ella estaba más viva que nunca, o tan viva como mis semanas deseándola. Yo podía ser el que venía a apagar su mente, pero nunca el que destruiría un cuerpo que aún anhelaba tocar, besar.

Es cierto que le hablé de una invitación para el Nuevo Circo, y fue lo más insensato que pude decir. ¿Qué clase de ángel se dedica a hacer invitaciones para una corrida de toros? Ahí tiene el motivo de sus gritos. Ella comprendió que su única oportunidad de escapar se había perdido con mi cobardía.

Al deambular en las siguientes noches por las calles de El Rosal, yo sabía bien a quién ella quería maldecir con unos cantos de sirena que llegaron a alcanzar la estridencia de las ambulancias. Ese fue el rastro de su lucha.

Milagros siempre estuvo en las peores manos... las suyas. Tenía una combativa conciencia incapaz de aceptar su propia incurabilidad y darle un sentido... Hacia allá vamos, Vegas. Falta ya muy poco para que este país se unifique en un gran llamado de auxilio que ya nadie podrá escuchar, pues todos estaremos rumiando los mismos estruendosos lamentos.

Me toma tiempo asumir que Hutchson acaba de brincar de su Milagros al presente y el país entero. Apenas me ajusto a la nueva escala, vuelve otra vez la de su intimidad:

—Perdóneme ahora lo dogmático, lo simplista, pero no puedo despedirme de Milagros sin recordar a Armando. Los tengo a los dos muy adentro, mirándose uno al otro como lo hicieron en el patio de San Jorge, con sus destinos entrelazados en una frase que Reverón dijo esa misma tarde: «Aquí en la tierra nos estamos ahogando de angustia. Hago lo posible por salvarme pintando. Esto está tan ajado. En cambio en el cielo hay luz para tantos magos».

Y otra vez me jala hacia la inmensidad del firmamento. Sabe que estoy aturdido y lo aprovecha para contraatacar:

—Ahora dígame con confianza: ¿Qué más necesita saber para calmarse? ¿Quiere que le diga que Milagros no era tan bella? Es muy posible. Alguien podría argumentar que estaba un poquito gorda. Cuando estaba feliz, gozona, girando mientras se cubría con el manto de manila, o riéndose y con ganas de un buen par de nalgadas, le gustaba quejarse: «Estoy como una vaca». Era su manera de buscar elogios, caricias. Ella sabía que yo la deseaba, mucho y siempre. Hace falta estar muy grave para ir todas las tardes al mismo consultorio. Además, unos kilos de sobra no es una falla tan preocupante. Estamos hablando de una psiquiatra, no de una princesa.

Y con esto espero que sea suficiente, porque ya no quiero volver a hablar de Milagros.

Hutchson cierra los ojos y deja caer la barbilla sobre su pecho. Un minuto después susurra:

—No estoy dormido, solo estoy tomando fuerzas.

El descanso es breve. Levanta la cabeza sin abrir los ojos y pasa rápidamente de su tono implorante al de las órdenes simpáticas:

—Ahora tengo una última petición que hacerle. Vuelva a su trabajo como si yo fuera el más dócil, entretenido y cumplidor de los entrevistados.

Hago el esfuerzo:

—¿Alguna vez usted y Robert lograron retomar la vieja amistad, tener momentos gratos? Esa discusión sobre Ariel y la naturaleza de Reverón ha podido ser un buen inicio, una renovación.

—Resultó ser más bien el final. Comprobar una vez más

la velocidad y puntería de sus observaciones fue la confirmación de mi mediocridad, tal como ocurrió aquel primer día en casa de su madre. Todavía busco algo que borre de toda esta historia mis celos mezquinos, mi envidia. Esa última vez no aguanté más y se lo dije de la forma más nítida que pude: «Detesto hasta tu agresiva manía de acertar». Eso me alivió un poco y más nunca nos volvimos a ver. Una lástima, después de haber enfrentado juntos tantas vicisitudes.

Al final de la Primera Guerra Mundial Freud escribió que ya nadie estará seguro del porvenir, del significado de las impresiones, del valor de los juicios. Hasta las profesiones desvariarán y la psiquiatría se enfrascará en diagnosticarle al enemigo perturbaciones emocionales y físicas. Imagínese usted qué sentíamos los que elegimos esta profesión justo después de la segunda guerra.

Recuerdo cuando nos llegó el período de los exámenes de admisión para la Universidad de Glasgow. Había un contingente que venía de los frentes más cruentos, incluso algunos que habían sido prisioneros en campos de concentración y nos llevaban más de cinco años. Eran más sabios, pero gracias a explosiones que continuaban retumbando en sus almas. La prueba para entrar era difícil, pero no justificaba que sucediera algo inconcebible: ¡Robert Lyle fue rechazado! Mi guía espiritual había fallado. Aquello fue una tragedia y también un respiro: «¡Robbie no es perfecto!». «¡Dios mío!», pensaba, «quizás he apostado demasiadas fichas a un charlatán». Luego cambiaba a la otra cara de la moneda: «¿Cómo consolarlo?». O, para usar sus propias palabras: «¿Qué significa el consuelo? ¿No es acaso otra forma de autodestrucción?».

Mi amigo se convirtió en un depredador al ataque y pronto me alcanzaría y sobrepasaría. Presentó el examen de admisión por segunda vez y obtuvo el primer puesto. De paso dejó correr la leyenda de que se había presentado totalmente ebrio a la primera prueba, lo cual no era una disculpa válida, pues ese día estábamos borrachos los dos.

—*¿No está usted cansado? Deberíamos continuar la semana que viene.*

—Continuemos hasta llegar a ese déspota letrero «FIN» que Báez Finol le señaló a Armando en el cine Junín. Si está cansado deje ese grabador prendido y váyase a dar una vuelta por el jardín. Para este tramo final no lo necesito.

—*No es cansancio, es hambre pura y simple.*

—Entonces le propongo que almorcemos juntos, hagamos una siesta y salgamos de este lío hoy mismo.

Así llegamos al primero y último de nuestros almuerzos. Cuenta Hutchson que en sus tiempos de universitario, después de ver jugar al Celtic, iba con los amigos a unos sótanos en la zona industrial de Glasgow semejantes a las cárceles de Piranesi. Allí bebían cerveza caliente y devoraban los guisos de Bengala más picantes que puede resistir un occidental.

—Nunca comí tanto y pagué tan poco, si descontamos unas diarreas que me dejaban transparente.

Él mismo le enseñó a Gaviota lo que se puede lograr con los dieciocho ingredientes del curry. Le dije que no encontraba los estofados tan picantes y me explicó que se había pasado de la cocina bengalí a la de Karnataka, más inclinada a las verduras y favorable al colon.

Durante el almuerzo volvemos a tocar el tema de qué hacer con nuestras entrevistas y me pide una copia de todas las transcripciones.

—Incluyendo lo poco que nos falta... Así estaremos en igualdad de condiciones.

—*¿Qué piensa hacer con ellas?*

—Escucharlas una y otra vez hasta que algo se me ocurra.

Vuelve a dejar caer la cabeza y se retira al segundo piso con la excusa de una siesta.

Una hora de receso

Me quedo sentado en el corredor mirando el jardín. Gaviota me ofrece cada vez más café, así me ayuda a resistir la tentación de entrar en el estudio a revisar archivos y gavetas.

¿Para qué servirá esta casa tan vacía? Quizás Palmira se ha convertido en su verdadera vivienda y Sebucán no es más que un lugar de paso, lo que justificaría la falta de muebles, cuadros, adornos y calidez. Esta segunda sede tiene algo de oficina, del consultorio sin alfombras de un psiquiatra retirado, como Artiles, que alguna vez atiende algún paciente. ¿Qué habrá arriba en las habitaciones? El jardín sí parece cuidado, incluso mimado. A las dos en punto veo pasar a una gallina picoteando la grama. Se detiene y me observa con desconfianza. No he logrado acostumbrarme a la casa ni la casa a mí.

Debería interrogar a Gaviota, pero seguro que es una inconquistable fortaleza. Estoy a punto de pedirle ayuda, de explicarle lo perdido que me encuentro en mi propia odisea. Cualquier samaritano o lector podría ayudarme, incluso ofreciéndome un sincero gesto de incomprensión.

¿Cuál va a ser el principio y el final de lo que intento relatar? ¿Lograré ceñirme a la ruta de una tragedia o voy a terminar como el historiador de unos hechos inconexos que abarcan desde la explosión de un buque lleno de poemas hasta una gallina realenga y altiva?

Gracias a Hutchson he caído en la trampa que él mismo predijo y estoy atiborrado de esa «maraña de acontecimientos sin más estructura que el azar». ¿Qué debo eliminar? ¿Cuál será el punto justo entre incluir la totalidad o desecharlo todo?

Según Borges, Carlyle consideraba a la historia como una disciplina imposible, «porque no hay hecho que no sea la progenie de todos los anteriores y la causa parcial, pero indispensable, de todos los futuros». Pretender trazar una sola línea a través de ese volumen sólido, multidimensional e inmensurable, equivale a evadir el problema. Cualquier selección deberá eliminar mil veces más de lo que elige.

Para acometer sus tránsitos históricos, Carlyle exacerbó la idea de los grandes hombres y convirtió a los héroes en el eje y la justificación de su lineamiento (término que une la prepotencia de trazar una sola línea a la primera persona del presente del verbo mentir). Borges prefirió la agilidad y el deleite de unas refinadas sustracciones. Sus ensayos y sus cuentos, su ensayar y su narrar, se dan a la misma altitud y con idéntica velocidad, hasta minimizar las diferencias entre las «Ficciones» y las «Inquisiciones», ambas esculpidas por una aparente prisa: «Yo mismo, en esta apresurada declaración, he falseado algún esplendor, alguna atrocidad»[1].

Al pensar en estas destrezas me invade la sospecha de estar acumulando algo que Borges despreciaría por la abundancia de líneas reincidentes. Y no digamos Carlyle, pues dudo que Reverón sea el tipo de héroe que tenía en mente, para no hablar del pusilánime Hutchson.

Cuando Borges explora el tema de los héroes y lo histórico, acelera el paso e inventa *La historia universal de la infamia.* Él mismo advierte en su prólogo que sus «ejercicios de prosa narrativa» abusan de «las enumeraciones dispares, la brusca

---

1 «La lotería en Babilonia», *Ficciones*.

solución de continuidad, la reducción de la vida entera de un hombre a dos o tres escenas»; maniobras que se comprueban en la delgada elegancia del libro.

Un año después escribe *Historia de la eternidad*, igual de breve y también llena de vértigos y atajos. En el prólogo a esta otra «historia» se pregunta: «¿Cómo pude no sentir que la eternidad, anhelada con amor por tantos poetas, es un artificio espléndido que nos libra, siquiera de manera fugaz, de la intolerable opresión de lo sucesivo».

Mi extravío es tan grave, y tan medrosa mi alma de poeta, que lo que hoy me resulta insoportable es esa «anhelada» eternidad. Siento estar varado en esta casa para siempre, como si fuera el sanatorio que tanto temí, o creí alguna vez merecer. Preferiría tener un inexorable sentido de sucesión, de prosecución, no importa lo artificioso, fugaz u opresivo que me resulte.

Por fin Gaviota me avisa que el doctor Hutchson ya viene bajando. Supongo que en este próximo capítulo volveremos a Escocia y a su querido Robbie. Me levanto de la silla para esperarlo de pie y no lucir cansado o, desde ya, aburrido.

XV
9 de marzo del 2005, 2:30 p.m.

HUTCHSON EMERGE BAÑADO, con una camisa recién planchada y su tradicional grito de guerra:

—¿Dónde nos quedamos?

Y comienza nuestra última –y espero que definitiva– entrevista.

* * *

—*Quedamos en el final de su amistad con Robert Lyle.*

—Vamos mejor a hablar de mi regreso a Glasgow después de pasar varios años trabajando en Londres, en Tavistock. Para entonces mi madre ya estaba en Venezuela y me dejó en herencia la pequeña casa en Govanhill donde nadie logró ser feliz. Vendí la propiedad y me fui a Arbroath, una ciudad frente al mar del norte. Allí compré dos pisos con vista al muelle y establecí vivienda y consultorio. Del hogar de mis padres solo me traje la vibrante aspiradora de Noel y el paisaje de James Douglas, que guindé frente al diván freudiano.

Un día, una paciente se queda observando mi única obra de arte y comenta: «Usted podría ser decorador». En la siguiente cita me pide ayuda para rehacer su casa, pues acaba de enviudar. Poco después nos casamos. Tuvimos dos hijos, más tres que ella traía como dote. Comenzaba a alcanzar a Robert, quien tuvo diez con cuatro esposas.

—*No fue un paladín de la estabilidad familiar.*

—Era incapaz de dedicar a su propia familia la compasión que sentía por sus pacientes. Le tenía pavor «a esas fuerzas de violencia que llamamos amor», así las definía. Sostenía que el fracaso mental de los hijos puede atribuirse a los padres, y terminó temiendo demasiado esta atribución.

Poco me interesan las evidentes transferencias entre un psiquiatra en Arbroath y otro en Londres. Prefiero orientarlas hacia Macuto:

—*Me pregunto qué hubiera sido de Reverón si lo hubiera tratado Robert Lyle.*

—Esa es otra pregunta perversa, pero debo aceptar que Armando calzaba en las teorías y en la sensibilidad de Robert. Lástima no haberle podido mostrar uno de esos elegantes libros de Armitano con las obras de Reverón a página completa, donde hubiera constatado los delicados y poderosos vuelos de nuestro Ariel.

—*¿Robert y usted nunca más se vieron?*

—La última vez que lo vi fue en un programa de televisión. Le hacían una entrevista sobre antipsiquiatría y, de pronto, comenzó a gritar frente a las cámaras: «¡Quiero dormir! *A good night sleep!* ¡No me interesan todas estas monsergas y preguntas sobre mi vida!».

Era una divertida imitación de un paciente que no quiere más teorías y exclama como el general Gordon en Khartoum: «¡Solo pido un sueño sin pesadillas!»[1]. La cruda verdad es que Robert en realidad no estaba durmiendo muy bien;

---

1 Conozco un antecedente: Antonin Artaud dio una vez una conferencia en la Sorbona sobre los efectos de la Peste Negra en el teatro medieval. Comenzó hablando de catapultas que lanzaban cuerpos infectados sobre los muros de ciudades sitiadas, de lentos barcos que llegaban a Venecia con una tripulación de cadáveres... De pronto, el conferencista comienza a ponerse pálido, a asfixiarse, y termina en el suelo convulsionando entre torrentes de baba. Cuando están a punto de llamar a una ambulancia, Artaud se levanta y explica que ha considerado conveniente agregar a su charla una cruda escenificación de los efectos de la Peste.

tenía encima mucho licor, divorcios, deudas. No creía en las drogas antipsicóticas, pero sí en las psicodélicas. Murió de un ataque al corazón a los 61 años de edad mientras jugaba tenis en Saint-Tropez. Espero que estuviera ganando, porque créame que no le gustaba perder.

—*¿Cómo le fue en Arbroath?*

—Arbroath es una ciudad ideal para el retiro, con una población cercana a los veinte mil habitantes, de manera que las neurosis de la población local no daban para vivir de mi profesión. Yo había tratado de ser uno de esos psicoanalistas de provincia que se disponen a pasar cuarenta años recibiendo pacientes en la misma habitación y escribiendo un libro serio y profundo. Algo así como *De Juvenal a Groddeck*, con un capítulo adicional sobre las «*Enfermedades mentales intertropicales y su influencia en la pintura*». Pero el libro no avanzaba, básicamente porque yo estaba harto de ser quien era.

Gracias a mi emprendedora esposa, la discreta consulta se convirtió en el North Sea Center for Psychoanalysis. Ludmila se las ingenió para ofrecer al público femenino una especie de *spa* terapéutico y retiro marino. La única manera de justificar una aventura psicoanalítica de solo un verano era presentarla como una serie de ejercicios para ir agarrándole el gusto al ajuste de tuercas, todo acompañado con un menú muy dietético y paseos en un bote de pesca. El objetivo era intensificar la relación con la propia imagen hasta llegar a las regiones del «Yo soy otro» de Rimbaud y del «Yo no soy lo que soy» de Yago.

Algunas pacientes consideraron mi tratamiento como un alimento muy superficial, pero muy digerible; a unas pocas les resultó un disparador de peligrosas neurosis. Un par de damas, más perspicaces, descubrieron mi falta de seriedad científica o vulgar estafa.

Robert ya había demostrado que una ristra de enfermos a la deriva no tiene porqué ser un asunto tan grave. Lo importante era arriesgarse, enarbolar una bandera estridente, visible desde la tierra de los placebos ideológicos y el pensar profundo, donde no hace falta ofrecer resultados concretos. De manera que yo también aspiraba a tener un poco de acción en esos tiempos de cambio y una parte del paquete sería experimentar con drogas. ¿Qué importaba agregar un toque mágico? Total, las damas estaban tan ansiosas de sentir algo extraordinario que un poco de alucinación les vendría bien para contemplar los paisajes de Arbroath, «The Mirror of the North Sea».

Pero era imposible salir impoluto de aquellos juegos y Ludmila me atrapó ensartado en embarazosas funciones con mis pacientes. Me tomó mucho tiempo entender que ella misma las había orquestado. El caso es que por fin tuve mi gran fracaso y vino la desbandada general, y el divorcio. Nunca logré escribir el libro sobre la experiencia de «Arbroath Center» y sus restos tuvieron el acierto de esfumarse[2].

—*¿A qué se dedicó después de la desbandada?*

—Me habían quitado mi licencia de psicoanalista y pasé meses sin trabajo, hasta que decidí unirme a la industria más próspera de Arbroath, la pesca. Al menos una de mis cualidades es indudable: no me mareo en las peores tormentas. Mi segunda esposa fue Ambrosia, la hija de un próspero pescador que me convirtió en su socio. Era tan extraño navegar bus-

---

2 He encontrado una breve reseña sobre la experiencia y el colapso del «North Sea Center for Psychoanalysis» en el libro *The New Shamans*, de Simon Barnes, pág. 217, F&J Editions. Barnes explica los retos que se impuso la antipsiquiatría en los años sesenta, «como reacción a una sociedad que le exigía a los psiquiatras llevar las fronteras de la medicina más allá de la ley y la moral, y disfrazar los conflictos sociales como psicopatologías». A continuación da un diagnóstico: «Hubo valientes intentos de eliminar las etiquetas que encubrían las injusticias de una sociedad dispuesta a sacrificar tanto a sus hijos como a sus padres. El error fue disfrutar hasta el abuso con el papel de radicales dispuestos a experimentar». Uno de los ejemplos que ofrece Barnes es el North Sea Center for Psychoanalysis, «notorio por su inconsistencia y métodos cuya única finalidad parecía ser atraer a un público femenino ansioso por nuevas experiencias, incluyendo drogas alucinógenas».

cando rebaños de bacalaos cuando en las faldas de Los Andes me aguardaba el ganado de los Sánchez.

Mi madre se encargaba de recordármelo exigiendo mi regreso cada vez que hablábamos por teléfono. Lo hacía con la excitación que antes exigían las llamadas transoceánicas. Me sorprendió lo rápido que se había vuelto a mimetizar con el estilo caraqueño, pues nuestras conversaciones de tres minutos siempre empezaban con la misma respuesta a mi saludo: «Por aquí bien, con todo esto que ha pasado».

A la segunda o tercera vez comprendí que no se refería a un evento en particular. Ese «todo» incluía la historia de nuestra familia, del país, de la humanidad entera. Igual ocurría con su frase de despedida: «Bueno, mi amor, que no sea nada». Se trataba de una nada entre filosófica y resignada, una tierna abstracción maternal.

—*¿Y usted no pensaba en regresar a Caracas, aunque fuera de visita.*

—Mi querido amigo, creo que en alguna parte del camino nos extraviamos o no he sido lo suficientemente claro: yo detestaba ser venezolano, lo consideraba un lamentable accidente genealógico. Achacaba mis cataclismos a la lujuria de los Berroterán y al racismo del abuelo Sánchez, un vicio que donde más se me notaba era en las buenas intenciones[3].

---

3 Mariano Picón Salas, en su ensayo inaugural sobre Reverón, escribe que, aparte de ser, «aunque no lo parezca, uno de los venezolanos más importantes que en este momento viven», como si hubiera una vertiginosa mortandad, «tiene una de esas figuras que surgen del árabe requemado por el trópico y los caciques que hablan en su sangre un lenguaje de muchas generaciones», y finaliza anunciando un próximo análisis genético: «Árabe andaluz e indio venezolano, no son –como después lo veremos– aportes desdeñables de su misteriosa personalidad». Luego explica cómo Armando comercializa con «gentil inocencia» su fama de loco y, al mismo tiempo, señala la práctica caraqueña de llevar a los hijos para que vean que los artistas son seres «naturalmente chiflados».

Boulton hace una drástica refutación que transita por la misma ruta, pero en sentido inverso: «Algunos escritores elogiaban la tez quemada del pintor como prueba de su ascendencia indígena. Teoría absurda, pues Reverón descendía de viejas familias criollas donde no existía mezcla alguna apreciable de sangre india».

No me atrevería a contarle cuáles eran mis más sinceras visiones sobre Venezuela mientras pescaba con mi suegro en el mar del norte. Yo juraba no albergar ninguna contradicción, pero era un desleal farsante. Pretendía que en mi balanza había demasiados apellidos latinos en uno de los platillos y desalineaban el eje, por lo tanto, convenía aligerarlo con una dosis de desprecio y mucho de olvido. Nadie ha sido más chauvinista que yo con su propio terruño. En algunos buenos momentos, cuando parecían brotar por mis poros efluvios de patriotismo, me susurraba como quien aconseja un niño: «Venezuela es un manjar demasiado fuerte y condimentado». Otras veces veía a la patria como una dulce perrita que sabemos se va a morir antes que nosotros, un animal cariñoso que no queremos extrañar y se la regalamos a un vecino que dice tener una hacienda donde el animalito podrá corretear con entera libertad.

—*¿No está siendo un poco duro?*

—¡Claro que lo estoy siendo! ¿Acaso no aborrecemos lo que amamos? Esa fórmula del rígido san Pablo es la definición de nuestras más hondas punciones. Llegó un momento en que yo no sabía si iba o venía de Venezuela, dónde estaban las causas y dónde las consecuencias. ¿Cuántos de nuestros fracasos están predeterminados por nuestros posteriores arrepentimientos y lamentos? Alguno de nuestros más felices recuerdos puede haber sido la chispa del romance que alimentó esa misma posterior felicidad. Todo origen participa de sus consecuencias, de la misma manera que la semilla está contenida en el fruto. La vida puede transitar al revés y al derecho, y hasta ser un regreso al nacimiento… ¿Me comprende?

Lo miro como si me doliera el estómago y lo toma como un asentimiento.

—He pasado estos últimos años tratando de justificar… de creer que el rechazo a mi lugar de nacimiento fue una preparación para regresar a esta tierra y amarla por fin como un verdadero hijo pródigo. Mamá comenzó a percibir esos cambios y le dio por decirme: «Si vas a venirte, no esperes a que me muera. Aprovecha una vacación y organízate bien. Hay buenas ofertas en septiembre»

—¿Por qué volvió a Venezuela en 1988?

—Mi madre había hecho maravillas en Palmira. Era una Doña Bárbara en la cota mil quinientos que me tentaba con sus reportes sobre la producción de leche. He debido venirme antes, pero mi estadía en Arbroath se alargó por esa segunda esposa que se enfocó hacia el turismo. El North Sea Center for Psychoanalysis se convirtió en el The North Sea Guest House. El padre de la eficiente Ambrosia era dueño de uno de los más célebres Arbroath Smokies, y nunca faltaba salmón ahumado en nuestra posada.

Doce años después vino el segundo divorcio y me convertí en una ficha sin hogar, sin bote de pesca, sin contención, y no paré hasta llegar al país donde nací. Mientras preparaba mi partida, llamé a mamá y le conté que Ambrosia me había quitado hasta la marina de James Douglas.

«¡De qué estás hablando!», me interrumpió indignada, «¡Noel fue quien pintó esa marina tan linda!».

Ya ve usted, quizás mi madre sí amaba a mi padre.

Hutchson se ríe con húmeda alegría al recordar un caso más de difusa integración.

—Con el mismo tono de indignación, mamá me ordenó que regresara inmediatamente al país que nunca he debido abandonar, como si hubiera sido mi decisión irme a Glasgow a los 11 años. Pero no llegué a verla, a abrazarla, a disfrutar de estar los dos juntos en Venezuela después de tantos años. Era de nuevo el juego de la candelita. Esta vez yo estaba en Londres mientras ella moría en Palmira con las botas puestas y llenas de bosta. He tenido el privilegio de llorarla mientras recorro sus potreros y la casona donde a ella le hubiera gustado criarme, si al escocés no le hubiera dado por volver a su terruño.

¡Qué paradoja! La muerte de Noel fue la que me partió como un rayo. Quizás por pretender dejar atrás ese inesperado dolor de una manera demasiado concentrada, casi instantánea. Quería cerrar rápidamente ese capítulo tan enrevesado, dejarlo atrás, y no le di tiempo a las luctuosas digestiones. Carecía de fuerzas para rumiar unos recuerdos tan discordantes. Un par de gritos, unos golpes en la frente y el muerto al hoyo.

En cambio la desaparición de mi madre ha sido una constante que se extiende a todos mis paseos mañaneros. Nunca han habido lágrimas, solo unas conversaciones solitarias en las que le planteo las modificaciones que me he atrevido a hacer en sus tierras... «La desaparición» es un término más justo que «la muerte», porque ella siempre está apareciendo y desapareciendo en los lugares donde yo solía verla de niño y quisiera volver a encontrarla.

Di tantas vueltas para entender que mi verdadera vocación era atender su llamado y analizar cómo pastan las vacas. Trajiné por las complejidades de la mente para terminar rodeado de unos seres tan conformes. Hubiera preferido criar delfines o elefantes.

—¿Ha visto exposiciones de Reverón desde entonces?

—Me hubiera gustado estar en la gran retrospectiva de 1955, con cuatrocientas obras y un gran ausente: el artista al que le explotó una vena en el cerebro a pocos metros de la meta que tanto aparentaba despreciar. Esa consagración póstuma debe haber sido un acto más luctuoso que la capilla ardiente de su funeral. Imagino los salones de Bellas Artes llenos de zamuros lamentando no haber aprovechado la oportunidad de comprar algo cuando el loco estaba vivo y todo era más barato.

—¿Usted llegó a comprar alguna obra de Reverón?

Hutchson tarda en responder.

—Yo no… ¿y usted?

—Cuando vine a saber de Reverón ya era muy costoso. Digamos que llegué tarde a la repartición.

—Todavía puede tener su Reverón si tanta falta le hace. Vaya inmediatamente al litoral y escarbe por los lados de la quebrada de El Cojo. Cien metros al sur de Las Quince Letras están las ruinas cubiertas por una ola de tierra, pero no le tomará mucho tiempo encontrar una piedra en las bases de los muros. Límpiela con un viejo cepillo de dientes y póngala en la sala. ¿Dónde puede conseguir un Reverón más fundacional?

—No hemos hablado de la devastación de Castillete cuando el deslave[4].

—Es lo mejor que ha podido pasar. Ahora será imposible tanto abandonarlo como usurparlo. Se acabaron las visitas. Será para siempre un paraíso perdido. Muestre a sus amigos la piedra robada y ponga de moda la última de las gangas. Así desaparecerá toda huella. Solo entonces Castillete tendrá un verdadero descanso[5].

Pero no crea que le será fácil convivir con esa obra de arte. Cada vez tendrá más presencia en su sala, y cuando le comente a sus invitados: «Esta piedra es de los muros de Castillete», alguno habrá que le contestará con aires de superioridad: «Y yo compré un trozo del muro de Berlín».

—Ha debido guardar las piedras que Reverón dejó bajo el asiento de su carro.

—Supongo que cuando vendí el carro el par de piedras seguían bajo el asiento. La más costosa y significativa debe ser la de Sísifo. Se le representa mientras la empuja hacia la

---

4 El deslave de 1999, o «Tragedia de Vargas», o «El día que la montaña avanzó hasta el mar», fue un cataclismo que acabó con decenas de miles de vidas. Castillete fue arrasado.

5 En su ensayo *La gruta de los objetos*, Pérez Oramas escribe: «Se cumplía acaso, en el más cruel de los modos, el destino diluviano de las grutas». Se consumaba también lo que el mismo Pérez Oramas propone como una de las búsquedas de Reverón: «La ruina sublime».

cima una y otra vez, pero nadie le presta atención al placer que siente cuando llega a la cumbre y contempla la magnífica vista, tan desconcertante como la que vi en Los Altos de los Magallanes. Yo acompañé a Armando en la cuesta de su locura y en muchos de sus descensos, pero también conocí algunas de sus últimas sonrisas, de sus miradas extasiadas, de su perseverante celebración.

Se levanta y camina por la casa como buscando algo. Tengo la esperanza de que sea la botella de whisky, *pero regresa con las manos vacías. Nota en mi cara una evidente desilusión y me explica que no bebe en las tardes, tampoco en las noches, «solo antes de almuerzo». Le pregunto el motivo y disfruta dando una explicación que me suena a ocurrencia repetida:*

—Es por la diferencia de horario. Me quedé varado en las coordenadas de Escocia. En Arbroath, a esta hora, ya estaría cenando y dejando de beber. He sido un alcohólico vespertino en Escocia y matutino en Caracas.

Me mira como pidiendo excusas por querer abarcar demasiado. Es lo que entiendo del gesto fatigado que hace con sus manos.

—Yo solo he intentado explicar que Armando fue el hombre más feliz del mundo. ¿Por cuánto tiempo? No lo sé. Ciertamente conoció varias enfermedades, pero hay una que nunca tuvo cura, la felicidad de pintar.

La sensación de final se cierne con toda su fuerza sobre la casa de Sebucán. Hoy la encuentro más vacía que nunca.

No quiero marcharme y me aferro a la idea que me obligó a iniciar este proceso:

—Debo bajar pronto a Macuto. Mi abuelo compró un garaje que convirtió en una casa vacacional muy cerca de donde vivía Reverón, y quiero ubicar dónde quedaba. Cada vez que mi padre repite el cuento, la casa del abuelo se va acercando más y más a Castillete. Al final, seguro que Reverón terminará pintando en el garaje con mi abuelo de ayudante.

—Creo que vamos a tener que terminar con estas entrevistas. Usted se me está poniendo anecdótico. Pronto empezará a hablarme de sus hijos y sus nietos.

—Sí, probablemente yo también tenga algo que contar.

—Y debo felicitarlo, pues ha dado en el blanco con su último cuento. La historia de su padre es parte del propósito de toda esta faena. Ojalá Reverón termine acompañándonos, formando parte de nosotros. Basta ya de esa fiel e impenetrable frialdad en los espejos...

Se detiene y sonríe, como terminando una actuación. Una vez más quiere quitarse la carga sentenciosa, apocalíptica, y terminar la faena en plan de amigos.

—Cuando me miro de frente en el espejo de mi baño, a veces encuentro a quien siempre he sido y sé bien cómo encarar. Debe ser porque tengo tiempo de escoger las expresiones más convenientes y estoy en territorio seguro. Pero cuando voy caminando por la calle y veo en la vidriera de una tienda mi reflejo, la sorpresa es lamentable. Me asusto ante un extraño que me persigue y termino exclamando: «¡Quién será ese anciano!». Más que un naufragio la vejez es una invasión.

Un viejo tan coqueto que jura gustarle lo que ve en su espejo, se levanta y avanza hacia el jardín. Desde la silla de hierro que ha sido mi observatorio durante todas estas jornadas, ya presiento el remolino que irá juntando nuestros recuerdos. Cierro los ojos y veo a Reverón y a mi abuelo, a Hutchson y a mi padre, darse la mano y girar como niños felices. Pronto llegará mi turno de unirme a esa velada imagen que todo lo integra.

Al abrir los ojos el jardín luce más luminoso. Hutchson está junto a sus trinitarias y parece hablar solo:

—Por muchos años me dediqué a tratar de olvidar a Armando... Ahora voy a ir a rescatar una de esas piedras abandonadas en Castillete.

Por fin se voltea y me mira.

—Aunque… quizás todavía estoy a tiempo de ponerle la mano a un buen cuadro. ¿Se imagina cambiar quinientas vacas por el último autorretrato de Armando Reverón?

Me pasa de lado y se dirige a la puerta de la casa. Le digo mientras la abre:

—Estoy muy agradecido.

José Rafael Hutchson Sánchez nada responde. La dignidad de la ceremonia no debe incluir una despedida.

Seis años más tarde

NO CUMPLÍ LA PROMESA de enviar a mi psiquiatra la transcripción de las quince grabaciones por la más egoísta de las excusas: con la lenta esfumación de la desidia fui pasando a otros proyectos donde supuse que tendría más fuerza y tensión mi labor de escritor.

Otra razón para mi abandono fue una pista truncada y tan incómoda que no quise explorarla. Nunca llegué a decirle a Hutchson que no había encontrado una sola mención sobre su exitoso amigo, Robert Lyle. Existe un Robert Lyle Knepper, pero es un actor de Ohio que nació en 1959 y suele hacer papeles de psicópata.

Quien sí parece ajustarse a la vida de Robbie es Ronald Laing, uno de los padres, o el hijo más disipado, de la antipsiquiatría. Nació en Glasgow y por las fechas podría haber estudiado con Hutchson. Esta posibilidad me parece harto engorrosa. Solo el constatar algunas similitudes me ha dejado extenuado, como el hecho de que Laing haya nacido en Govanhill, como Lyle, y vivido en Ardberg Street. Demasiados psiquiatras en un mismo barrio y en una misma calle.

Revisé el libro *Mad to be Normal*, donde Laing es entrevistado por Bob Mullan, y algunas de sus respuestas coinciden con varios episodios narrados por Hutchson. Las ideas de Ronald Laing se parecen a las de Groddeck, o quizás todo lo que Hutchson intentó explicarme gira alrededor de esa eterna lucha entre la persona y el personaje que llevamos a cuestas. Ya Moisés Feldman nos asomó a las teorías de Laing en el libro de ensayos que editó Calzadilla. Básicamente, Laing propone que nuestro interior se retira cuando se siente acosado por el exterior y es en ese momento cuando la superficie y el fondo se separan. Esta situación la definió como el «*Dividedself*» y propuso una salida que parece un eslogan publicitario: «un *breakout* puede ser un *break through*». Si Hutchson llega a leer la entrevista de Mullan, comprobará que su personaje iba perdiendo la partida de tenis en Saint-Tropez el día que murió.

Todos los años, alrededor del quince de diciembre, Hutchson me llamaba y siempre seguíamos el mismo ritual:

—¿Cómo va ese proyecto, escritor?

—El mío bien, doctor Hutchson, ¿y el suyo? –le respondía de igual a igual, aunque su pregunta tenía más peso que la mía por nunca haberle enviado las transcripciones que le prometí.

Una excusa hubiese sido decirle: «Hay algunos datos que no me cuadran», y plantearle el caso Lyle vs. Laing, pero no quería adentrarme en esos engorrosos meandros. Al final remataba la breve conversación con una vaga promesa de pasar por Palmira:

—Voy a tratar de visitarlo esta navidad.

En el 2009 no llegamos a hablar hasta el 23 de diciembre en la noche. Esa vez fui yo quien hizo la llamada, preocupado porque Hutchson no hubiera cumplido con su liturgia navideña. Como le noté la voz algo tristona me atreví a hacer la promesa firme de visitarlo:

—Después del primero de enero voy darme una vuelta por Los Andes y puedo pasar por Palmira. ¿Usted hasta cuándo estará allá?

Esperaba una respuesta animada y me costó comprender el significado de su silencio. Tanto, que pensé se habría caído la llamada y repetí:

—Aló... ¡Doctor Hutchson!... ¿Sigue ahí?

—Sí, aquí estoy, hasta nuevo aviso. ¿Usted ya fue a buscar su piedra?

—No... no he tenido tiempo.

Apenas solté la frase me arrepentí de mi excusa. Cuatro años es mucho tiempo para no disponer de las tres horas que toma bajar al litoral, buscar una simple piedra, almorzar un pargo con alcaparras en Las Quince Letras y regresar a casa.

—Yo sí –contestó Hutchson–. Salieron a perseguirme unos perros flacuchentos, antediluvianos, pero logré llevarme una pieza que es mitad roca y mitad tierra. Los colores son muy bellos, una auténtica obra del período sepia. La puse sobre una base de caoba. Me gusta sostenerla en las manos pues me viene bien algo de polvo ahora que no puedo ir a Palmira. Por cierto, se me está poniendo antropomórfica.

—¿A quién se le parece?

—Tiene algo de la elegancia de Boulton, quien podía ser bastante pétreo.

Me reí por pura cortesía y volvió a separarnos otro largo silencio.

Quedamos en vernos en enero o febrero. La despedida fue como salir de un letargo, porque sería mucho después de trancar el teléfono cuando caí en cuenta de que Hutchson no viajaría a Palmira. «A su edad basta una simple gripe para no poder salir de Caracas», pensé, y concluí: «No debe ser algo tan grave».

En diciembre del 2010 no tuve noticias de mi entrevistado. Lo llamé tres veces en enero y no hubo respuesta. El 18 de marzo, día de mi cumpleaños, volví a llamar y atendió una mujer que decía haber alquilado la casa. Nada sabía de José Rafael Hutchson y me dijo que después de las ocho llegaría su esposo, quien sí podría informarme.

Esa noche no llamé, ni al día siguiente. Era mi manera de guardar luto ante la explicación que consideré más lógica. Bastante había insistido José Rafael sobre la posibilidad de un súbito dolor cuyo diagnóstico sería la muerte. A los tres días comencé a pensar que mi amigo también podía haberse marchado definitivamente a Palmira, o vuelto a Glasgow; luego tenía sentido hacerle unas cuantas preguntas al nuevo arrendatario.

Quienes acaban de alquilar una casa no se encuentran plenamente establecidos, y suelen estar ávidos de cualquier información sobre la carga espectral de su nueva vivienda, de manera que el nuevo inquilino quería saber a qué se dedicaba el anterior ocupante, ese tal doctor Hutchson. Solo le expliqué que era mi médico, e insistí:

—¿Sabe qué le pasó... adónde se fue?

—Solo sé que dejó la casa en buen estado... pero cocinaban con mucho curry –añadió ya con menos amabilidad.

—¿Quién le alquiló a usted la casa... alguien de apellido Sánchez?

—Me la alquiló un alemán.

—¿Iribarren Steiner? –pregunté, apostando a las casualidades.

—No, no es Iribarren... ni Steiner.

Comprendí que había sobrepasado el límite que los maridos le soportan a los extraños y no me atreví a hacer más preguntas.

A los 82 años un hombre tiene todo el derecho a morirse de un aneurisma. Esta posibilidad pareció revitalizar las entrevistas que mi amigo me dejó en herencia y dediqué varias horas a escuchar las quince grabaciones, hasta que la ambigüedad de mi tristeza se tornó insoportable, pues me sentía espiando la vida de un fantasma aún sin confirmar.

Mientras más escucho su voz y sus malacrianzas, más se confirma el cariño que le tengo, aunque no logramos llevar nuestra amistad más allá de los desayunos de los miércoles, un almuerzo y unas cuantas llamadas decembrinas. Creo que nos tomamos demasiado en serio los papeles de entrevistador y entrevistado como único punto de partida y de llegada.

No me decidí a emprender la tediosa tarea de revisar obituarios en viejas ediciones de periódicos. «¿Cuál es la urgencia?», me decía, «¿acaso soy su albacea? No soy más que un tangencial cronista de su vida y de los últimos meses de Armando Reverón». Debo confesar que prefería a mi amigo en la inopia de una muerte no confirmada, un estado de suspensión más adecuado para los personajes ficticios que para los seres queridos.

Últimas diligencias

Después de pasar por Boulton, Calzadilla, Otero, Palenzuela, Anzola, Lucca, Benacerraf, Pérez Oramas y las penitentes órbitas de Hutchson, ahora siento que me voy quedando varado en una estación mientras un tren pasa y se aleja. Solo me he asomado a una secuencia de testigos que se pasan unos a otros un mensaje meditado y sentido. Quisiera acompañarlos, pero tengo tan poco que ofrecerles. Estuve por demasiado tiempo al servicio de mi entrevistado.

Mientras voy lidiando con el vacío de haber quedado abandonado en un andén, me llevo una sorpresa en la biblioteca de la Fundación Proyecto Armando Reverón. Cuando estoy por leer el primer texto que publicó Pérez Oramas sobre Reverón (para la exposición *De los prodigios de la luz a los trabajos del arte*), apenas abro el catálogo, cae un sobre que contiene una larga dedicatoria a Alfredo Boulton.

Es evidente que Boulton leyó la dedicatoria de Pérez Oramas y la guardó entre las páginas del catálogo, al que luego colocó entre sus libros. A su muerte, la Fundación compró toda su biblioteca, y he tenido la suerte de ver al pequeño sobre azul brotar como una ofrenda y aterrizar en la mesa donde tomo los últimos apuntes. Mi emoción es exagerada, pues decido que semejante aparición es una flagrante invitación a subirme al tren y sostener una conversación con uno de los testigos.

Le escribo a Pérez Oramas y le cuento sobre las entrevistas a Hutchson, y cómo mi punto de partida ha sido una reflexión en uno de sus primeros ensayos. Termino pidiendo su autorización para publicar la carta. Pasan un par de largas semanas antes de recibir una respuesta. Incluyo un solo fragmento:

> Por ahí debe haber, te cuento, algo peor que aquella carta: un proyecto para una ópera sobre Reverón –idea ultimadamente estúpida, que solo se le puede ocurrir a un arrogante señorito parisino– cuya música debía escribir Ricardo Lorenz, y que yo me atreví a cometer, y peor aún, a dejar en las manos de Boulton. Lo recuerdo en las alturas de Barutaima, sentado magistral en aquellas pesadas sillas catedralicias –eran, creo, el mobiliario original del coro de la catedral de Caracas que fue a dar bajo menores asentaderas después de la muerte de Don Alfredo–, viéndome con placer escéptico, no sin algún dejo de sadismo intelectual, mientras yo no sé para qué carajo le describía aquella idea excéntrica y absurda.

Es un consistente alivio descubrir la existencia de esta ópera incipiente, con toda la lúcida estupidez, ilusa arrogancia, entusiasmada locura y densa sabiduría que requiere el género de los disparates supremos. También me conforta constatar la existencia del mismo placer escéptico y sadismo intelectual –digamos que también británico– que arrojaba la mirada de Hutchson, cada vez que me atrevía a sugerir algo, mientras pasábamos las mañanas de los miércoles inmersos en un proceso que ahora, gracias a la lírica referencia que se asoma en el horizonte, concibo como menos excéntrico, menos absurdo. Y con este par de «menos» me refiero a haber encontrado mi escala, mis limitaciones, las dimensiones de mi nicho. Ahora entiendo mejor dónde estoy parado, o apoyado en menores asentaderas, porque estoy convencido de que solo en esa ópera apoteósica –donde «*il primo tenore*» será Alfredo, «El fotógrafo», y cuyo escenario va a requerir la restauración de Castillete y la virtual demolición de todas las monstruosidades que han invadido Macuto– podrá representarse la incurabilidad de nuestro aparatoso naufragio nacional.

Si Pérez Oramas hablaba de atreverse a «cometer» y «dejar en las manos de Boulton», quiere decir que existe un libreto al que solo falta la música, y quizás algún día podré ver a la recatada y virginal Josefina confesando en un aria cuánto le hubiera gustado ser pintada con la misma opulencia y franca desnudez que a Juanita; y al joven que se gradúa en un solemne salón cantando ante un único cuadro que lo obliga a escoger entre la culpabilidad o la soledad; y poco más tarde correrá por la playa mientras entona un himno contra la peste que está diezmando a sus colegas. ¿Cómo será la acústica al cantar metido en una escafandra mientras se pasea con un buen amigo bajo el mar, o en el submarino tamaño familiar donde Ferdinandov le canta en ruso a sus hijas sobre los seres que pueblan los fondos del Caribe? ¿Cómo musicalizar la ausencia del obstinado traqueteo de las cámaras cinematográficas en la penumbra de un caney? Me refiero a ese crispante silencio que obligará a Armando a cantar con la más grave y agotada de las voces: «¡Todos ustedes me están engañando!».

A las novelas y a las películas no les van muy bien con los coros; hasta el teatro los ha ido abandonando, o los incluye con una franqueza ostentosa y procaz. Pero en la ópera siguen siendo vigentes y consustanciales, ideales para representar los cantos libidinosos de las muñecas, o a las familias caraqueñas abarrotadas tras la segura intimidad de sus cristales mientras el pintor llega y se aleja con sus cuadros en la cabeza; o a los sentenciosos concejales celebrando la gran audiencia en Castillete sobre el futuro mental del artista; o el ensayo general para la corrida a darse en la gran ágora de un Nuevo Circo.

Si la vida me permite participar en tan deliciosa empresa, voy a proponer para el tercer acto el viaje en carro de Armando y José Rafael mientras retornan a San Jorge desde Castillete. Le voy a sugerir al escenógrafo que el efecto de la neblina en la montaña sea tan abundante y espeso que los espectadores no logren ver ni a su vecino de asiento, y solo adviertan el estremecedor do de pecho que en cada función vuelve a invocar la plena ruptura de un joven pintor.

Llamo a un buen amigo que tiene tierras en el Táchira y quizás pueda ayudarme a ubicar las de Hutchson. Le cuento de las entrevistas a un psiquiatra desaparecido y le pregunto si ha oído hablar de una finca lechera a una hora de San Cristóbal por la carretera hacia La Grita, que debe tener como doscientas hectáreas y se llama Palmira.

—Hay miles de fincas. La que no se llama Palmira se llama Palmasola.

Añado que eran tierras de una familia Sánchez.

—Ahora me la estás poniendo más difícil.

Propone que lo acompañe a sus tierras. Él mismo me ha explicado tantas veces lo peligroso de la zona que busco una excusa:

—Durante cinco años, Hutchson me invitó todos los diciembres y nunca llegué a visitarlo. Debo ser consistente.

—Deja a ese hombre en paz –me aconseja–. ¿Acaso te vendió unas tierras que no existen?

Un miércoles decido visitar a la conserje del conjunto en Sebucán. Nada me cuesta pasar a la misma hora por el mismo lugar.

Está el mismo guardia en la misma garita y me hace pasar como si yo fuera uno de los propietarios. Me estaciono en el puesto de visitantes y encuentro a la conserje regando los jardines comunes. Nos habíamos visto un par de veces y mi cara le resulta familiar. Le cuento que he estado haciendo un libro con la ayuda del doctor Hutchson y lo estuve llamando para entregarle un ejemplar…

—¿Y de qué trata ese libro?

Me sorprende su pregunta, más todavía cuando comprendo que no es desconfianza sino genuino interés.

—Es sobre un pintor llamado Reverón. Hutchson trabajó en el sanatorio donde el pintor pasó el último año de su vida.

Me mira a los ojos con la seguridad de quien cree conocer todos los secretos de su aldea, los nuevos y los viejos, y pregunta:

—¿Hace cuánto fue eso?

—¿Que escribimos el libro?

—Que el doctor trabajó en un sanatorio.

—En 1954.

La mujer prefiere adentrarse en épocas que domina y los cincuenta están fuera de su jurisdicción. Para cambiar de tema, comenta mientras continúa regando:

—El doctor trajo todas estas palmas. Aquí se han dado muy bien.

El sonido del agua en las hojas le da fondo a nuestra conversación. Noto que le gusta estar acompañada mientras trabaja y ajusto mis preguntas al sosegado proceso de una mujer que riega un jardín:

—Lo llamé en diciembre varias veces y nunca contestó. Ahora me entero de que ya no vive aquí. ¿Usted sabe dónde está?

—Murió a finales de octubre, hace tres meses. Estaba bien en la mañana, pero no llegó a sentarse para almorzar –responde con la mesura de una tristeza ya asumida y digerida.

—¿Fue aquí… en su casa?

—¿Dónde más?

—Iba mucho a su finca en el Táchira. Me contó que de allá se traía sus matas.

—El doctor solo salía para comprar palmas en un vivero que está por Los Chorros. Mi marido se las sembraba.

—¿Cómo se llama ese vivero?

—Jardín Boyacá.

De nuevo nos quedamos con la mirada fija en la cortina de agua, una manera de rendir un minuto de silencio. Mientras la tierra se va anegando la mujer comienza a hablar sobre el sabio del condominio:

—El doctor ayudó mucho a mi marido. Tenía ese poder tan fuerte en las manos. Las imponía. Con solo colocarle a Alfonso los dedos en la frente, logró que empezara a creer en que lograría curarse. Para ese entonces tenía semanas sin bañarse. Estaba pestífero y yo no hallaba dónde meterlo. Me daba vergüenza. Y entonces todo empezó a mejorar... Pero de esas ciencias sabrá usted más que yo. Por aquí pasaba mucha gente a verlo, mucho joven con problemas de drogas. No tenía familia, solo sus pacientes lo visitaban.

Ahora no sé si me mira con compasión o reclamo, pues solo le falta decir: «Usted debería ser un poco más agradecido». Quiero marcharme, estar solo, volver a las grabaciones, pero no va a ser tan fácil. Apenas volteo y doy tres pasos me detiene con una última pregunta:

—¿Y qué pasó con el libro?

—No lo traje... Sospechaba que ya Hutchson no vivía aquí. Lo llamé varias veces...

—Eso ya me lo dijo, pero dónde lo venden. Me gustaría tener un recuerdo del doctor.

—No se preocupe. Yo se lo traigo. Solo deme algo de tiempo.

Sabe que le he mentido, pero quizás también adivina que algún día cumpliré mi promesa.

Visito a Héctor Artiles por tercera vez. Sale a recibirme y mientras abre el portón que da a la calle exclama:

—¡Acabo de cumplir noventa!

Estoy feliz de verlo tan bien. Ya no es el viudo triste de hace siete años, ahora es un caballero ilusionado, enérgico. Mi explicación es que está enamorado. ¿Quién a los sesenta no quiere creer que un hombre puede llegar a los noventa y enamorarse una vez más?

Su fuerte disposición a la sonrisa y el optimismo puede cambiar repentinamente de rumbo, porque apenas nos sentamos comienza a despotricar contra Vargas Llosa. Ha sido su autor favorito por muchos años, pero ahora le parece que sufre de incontinencia al opinar a diestra y siniestra. Disfruto con su vehemencia. Además, me conviene su espíritu entre enardecido y literario por el tema que vengo a tratar. Para ir entrando en calor le pregunto cuál fue el final de San Jorge.

—Báez Finol tuvo un accidente terrible en la avenida La Paz –responde–. El hombre casi pierde las dos piernas y nunca volvió a caminar bien. Pasó tanto tiempo postrado que no pudo seguir con la Clínica y tuvo que cerrarla. No tenía para pagar las prestaciones y le dijo al personal que se llevaran todo lo que había, sillas, camas, escritorios, las ollas y los cubiertos. No quedó nada. Acabaron hasta con los sauces.

—Me pregunto si Hutchson llegó a enterarse de cómo terminó San Jorge –le comento[1].

---

1 Nunca le conté a Artiles sobre la extraña relación de Lyle, o Laing con Hutchson, aunque el final de San Jorge era un buen abrebocas. En 1965, Ronald Laing se asoció con varios colegas y crearon un Olimpo sin *electroshocks* ni clorpromazina. Se trataba de un reino encantado para esquizofrénicos seriamente afectados, pero entregados a la aventura de adentrarse en un trance místico donde podrían explorar su caos interno, desde aullarle a la luna hasta manchar de mierda los pomos de las puertas del vecindario. Solo existía una regla: la ausencia absoluta de reglas. Médicos, enfermeros y pacientes convivían en condiciones de igualdad absoluta. Hasta que los residentes de la zona se enfrentaron al experimento, pues no estaban muy complacidos

A Artiles le sorprende que yo conozca al personaje. Ya no recuerda que lo nombró de pasada en nuestro segundo encuentro. Esta vez será más crudo:

—Ese era un fabulador. Vivía soltando nombres y teorías. No paraba de hablar. En los años cincuenta nos llegaban farsantes que venían a buscar fortuna inventando embrollos en una tierra donde sobraban las ganas de creer en cualquier cosa que sonara a moderno. Sabíamos muy poco y había buen dinero para financiar novedades. Báez Finol nunca le tuvo confianza, pero no puedo decir que era mala persona... Era un buen conversador que se fue con lo que trajo.

—¿Trabajó como psiquiatra?

—Supongo que sí.

No es el momento de analizar ese «supongo» y sigo adelante:

—¿Usted conoció a Milagros Iribarren?

—No... ¿Era una paciente?

—Fue una doctora que enloqueció, pero no trabajaba en San Jorge, tenía un consultorio privado por Sabana Grande.

—Esos casos también se daban en los cincuenta. Las primeras mujeres profesionales iniciaron una vida totalmente distinta a la de sus madres y abuelas. Parecían tratar de hacerse la vida más difícil, complicársela, cuando ellas solo querían seguir su vocación. Eran muy valientes pero tenían demasiada presión encima. Se estaban constantemente inaugurando, inventando, y eso puede ser tan estimulante como destructivo.

—Hay otro dato que no logro precisar, doctor Artiles. Hasta donde sabía, Reverón entró en San Jorge en octubre de 1953 y allí murió en septiembre de 1954; quiere decir que pasó

---

con los alaridos en las noches o personajes que entraban al *pub* y se bebían cuanto había en las mesas. Robert se agotó ante tantos conflictos y abandonó su comuna. Los socios siguieron sus pasos y los enfermeros, que tanto intentaban no parecerlo, se llevaron los escritorios y las camas como liquidación.

once meses con ustedes; sin embargo, muchos dicen que estuvo solo ocho meses en el sanatorio. Y otra cosa, las fotografías de Reverón que Victoriano de los Ríos tomó en Castillete son de 1954. ¿Será que Armando volvió a Castillete por un tiempo?

—Ahora no recuerdo las fechas. A veces siento que Reverón solo pasó unos días en San Jorge, otras que estuvo con nosotros una eternidad. Sí sé que hubo un intento de regresarlo a su casa.

—Hutchson me contó que Báez Finol, Manuel Cabré y Armando Planchart lo llevaron de vuelta a Castillete y el episodio resultó un desastre.

—¡Y usted le creyó a Hutchson los disparates que le contó! Debe haberse divertido bastante con los cuentos de ese escocés. Báez no lo soportaba.

—¿Entonces cómo pudo pasar once meses trabajando en San Jorge?

—Once meses, lo mismo que Reverón, ¿no le parece demasiada coincidencia? El amigo Hutchson no fue más que una curiosidad inoperante. A veces se hacía pasar por un paciente para tratar a otro paciente, y con eso no se juega. Era un gran comediante que no quería asumir las responsabilidades de nuestra profesión.

Comienzo a sentir que están maltratando a un miembro de mi familia y pregunto:

—¿Cuáles son esas responsabilidades?

—Hutchson quería imponer las mismas reglas para el enfermo que para el médico. Contaba que una vez se había desnudado para hablar de tú a tú con un psicótico. Si veía una cama vacía en la casa de los tratamientos, insistía en tomar una siesta para que su vecino se sintiera acompañado. Le gustaba bañarse al mediodía junto a los demás pacientes, cantando y dirigiendo un coro a todo pulmón, pues decía que el agua helada era deliciosa y le hacía bien al sistema linfático.

Y quien dice que le gusta el agua fría, debe decir algunas otras mentiras... Pero sí, era un hombre divertido, muy ocurrente. Una vez me propuso probar los electrodos para saber «qué se siente». Como insistió tanto, le dije que le concedía el honor del primer turno, y debo decir que el tipo parecía dispuesto... o quizás sabía bien que yo no iba a permitir semejante aberración. Sostenía que hace falta amar la locura para tratarla, y sus arrebatos llegaron a ser tan fuertes que hubo que llamar al gran árbitro para que pusiera orden.

—Hablando del gran árbitro, ¿qué habrá pasado con los apuntes de Báez Finol? Él debe haber escrito anotaciones de sus sesiones con Reverón.

—Entonces escribió muchísimo, porque esos dos se pasaban horas conversando a puerta cerrada. A veces me dejaban entrar a escuchar las conclusiones. Ese Reverón era un genio... Quien sí puede tener algo guardado es su hija, María José.

Termino con una pregunta que siempre deja un mal sabor:

—¿Nunca pensó en comprarle un cuadro a Reverón?

—Nunca me pasó por la cabeza... ni siquiera un dibujito. Mi esposa siempre me lo reclamó: «¿En qué estabas pensando?», me decía.

Vuelve a recordar a la mujer de su vida y regresamos a la melancolía de nuestra primera cita. Nos despedimos dándonos la mano. Es un gustazo sentir su fuerza, su temple.

Gracias a Artiles aparece otra escena de la ópera: Hutchson marcha desnudo frente a los pacientes que salen de las duchas y emergen al sol como los prisioneros en *Fidelio*, mientras cantan «¡Qué delicia respirar a placer. Solo aquí está la vida!».

Nunca he tenido serias esperanzas de llegar a leer los apuntes de Báez Finol. Después de seis años, el conseguir algo tan legítimo y directo convertiría a las divagaciones de mi querido amigo Hutchson en un mero divertimento. Cuando supe que María José Báez trabajaba en el cuerpo diplomático y tenía años como cónsul en Praga, me quedé atascado en esa imagen remota, aceptando con una acomodaticia despreocupación las imposiciones del destino. Y digo acomodaticia porque usaba a la cónsul en Praga como una meta tan inalcanzable que me eximía de rematar la faena.

Una noche en la isla de Margarita, estuve conversando con Francisco Suniaga sobre nuestros proyectos y surgió la imposibilidad de escribir el capítulo final de mi último trabajo por culpa de los hipotéticos papeles de un psiquiatra de apellido Báez Finol. Mientras me lamentaba en voz alta, recordé una frase de Borges sobre las lámparas en la biblioteca de Babel: «La luz que emiten es insuficiente, incesante», dos adjetivos que resumen bien mi relación con el tema.

Mis lamentos terminaron cuando Guillermina, la esposa de Francisco, me contó que había trabajado en Cancillería con María José Báez Loreto, quien ya estaba de vuelta en Caracas desde hacía varios meses. Sin darme chance de decidir si yo estaba dispuesto a recibir un demoledor bloque de información, Guillermina me entregó el número de teléfono de su amiga.

Nuestros primeros escarceos telefónicos auguraban un encuentro tan grato y provechoso que llegué una hora antes a la cita, con la excusa a mi ansiosa impuntualidad de que andaba por la zona. La dueña no estaba y, mientras esperaba a que llegara de sus diligencias, pude explorar la sala y el comedor.

María José vive en un apartamento lleno de obras de arte, una pasión que heredó de sus padres, pero solo encontré dos obras de Reverón: un dibujo a carboncillo del rostro de Báez Finol sobre una hoja con membrete del Sanatorio San Jorge y un cartón de 70 por 60 centímetros (lo he chequeado en el catálogo razonado de Calzadilla) donde María

Loreto, la esposa de Báez Finol, fue pintada con carboncillo, tiza y pastel.

Pasé un buen rato frente a la imagen de María Loreto, dichoso de poder hacer una revisión aderezada con la sensación de estar espiando en un apartamento ajeno, mientras una joven me vigilaba con el mismo amable recelo de Gaviota.

La dama está sentada frente a una mesa y movida hacia el borde de su derecha como en una foto mal encuadrada. Las manos están escondidas bajo sus antebrazos. En la amplia zona que queda libre a su izquierda se expande un paisaje de rayones inexplicables. Aparece la caricatura de una cordillera con picos escarpados, un amplio tirabuzón gira sobre un hombro y el esquema de un vaso a punto de volcarse coincide con el cuello de la blusa. Al fondo hay destellos semejantes a fuegos artificiales y estrellas fugaces en un anochecer con los colores del fin o el comienzo del mundo.

Cuando por fin llega María José, excusándose por una falta de mi entera responsabilidad, nos sentamos en un sofá frente al cuadro de su madre y comenzamos a hablar de su participación en un reciente maratón en Chicago. Esta es su otra pasión y la manera más genuina de recorrer las ciudades que ama. A los 60 años es capaz de disfrutar hasta de los esguinces y punzadas que debe sufrir todo maratonista serio. Pasando de ciudad en ciudad, la conversación agarra vuelo hacia esos temas inesperados que pueden ser el inicio de una amistad.

Ese es solo el preámbulo para hablar de su padre, una historia que comienza con un niño estudioso y callado que se vino de Maracaibo a Caracas y vivía donde unos familiares muy ricos. Le dieron una habitación al fondo de la casa y nadie sabía a qué se dedicaba el joven maracucho, hasta que se ganó una beca para continuar sus estudios de Medicina en un hospital de Nueva York. Cuando regresó era un especialista y consiguió dinero y socios para montar un sanatorio en

Catia e iniciar unos tratamientos con electricidad que serían una novedad en Caracas.

Antes de que Armando llegara a San Jorge en 1945, ya Báez Finol lo admiraba y era uno de los pocos caraqueños que lo consideraba un gran pintor. Las dos obras que pude ver en el apartamento de María José cubren un ciclo en la relación del médico y su paciente. El dibujo en lápiz del rostro fue el regalo de despedida al final de su primera reclusión en 1945, y lo único que pintó Armando esa vez en San Jorge. El cartón con el retrato de la esposa es lo último que realizó en su segunda y última estadía entre 1953 y 1954. Para María José ese cuadro es un capítulo inolvidable de su infancia:

—Papá se preocupaba de que Armando estuviera a gusto y le conseguía todo lo que le pedía, hasta hallacas en julio. Cuando venía a almorzar a nuestra casa en El Paraíso, siempre me hacía un regalo. Con un cartón y un palito fabricaba un juguete, o una muñeca con un pañuelo y un cordón que se quitaba del zapato...

La interrumpo:

—¿Tu padre lo respetaba?

—¡Claro que lo respetaba! –contesta extrañada.

Para volver a la secuencia que acabo de echar a perder con un impulso que no pude controlar, le hablo de mi familia:

—Mi padre también era un niño cuando conoció a Reverón, pero eso fue a mediados de los años treinta.

—Entonces tuvo suerte, pues conoció a un Armando mucho más joven.

—No creas... hablaron muy poco, casi nada.

—Yo sí hablé con él muchas veces. Me contaba cuentos. Una vez mi padre le tenía de sorpresa un nuevo caballete y una caja de pasteles. En el caballete había un cartón y yo, que tenía entonces unos 8 años, me puse a rayarlo mientras almorzaban los mayores. Más tarde se sentaron a tomar el café en la terraza y Armando se levantó diciendo que había una luz muy linda e iba a pintar a mamá. Papá le dijo que traería otro cartón, porque el que estaba en el caballete su hija lo había ensuciado con unos garabatos. Armando le contestó «Este cuadro no está sucio. Solo ha sido comenzado». Mi padre siempre le obedecía y se sentó a verlo pintar.

María José señala el cuadro como si lo acabaran de colgar ante nosotros y comenta con una sonrisa:

—Ahí está lo que pintamos juntos.

Cumplo con la ceremonia de levantarme y buscar las huellas de su intervención como si las viera por primera vez. Y en verdad estoy descubriendo la ternura de esa fusión entre dos mundos, entre dos infancias. Ninguna otra obra me ha dicho tanto sobre el espíritu conciliador y receptivo de Armando, un espía gozoso y respetuoso ante las manifestaciones de toda criatura.

Debo hacer algún comentario y cuento una anécdota de Picasso:

—Un comprador, ofendido por el alto precio de un dibujo, le dijo al pintor que su hijo podía pintar algo igual. Picasso le contestó: «Su hijo sí, pero usted no». Este cuadro solo podían pintarlo Reverón y tú.

—Yo y Reverón, en ese orden –añade María José, riéndose.

Aprovecho la calidez del momento para llegar al motivo de mi visita:

—Tu padre debe haber guardado las anotaciones de sus encuentros con Armando.

Utilizo la palabra «encuentros» y no «sesiones» para cubrir cualquier posibilidad y darle de una vez el valor histórico y no clínico que tienen esos escritos. El «debe haber» también trae intenciones solapadas. A María José le cambia la expresión y me siento como un legionario más en una fila de impertinentes fisgones, al punto que le pregunto si ya antes alguien le ha planteado el mismo tema.

—No... tú eres el primero –contesta, agravando mi caso.

Cuando estoy por soltar alguna banal justificación, María José inicia la historia de una hoguera:

—A partir de 1956, la dictadura comenzó a invadirlo todo, cada vez con más crueldad. Un sanatorio psiquiátrico, con sus secretos y nuevos métodos, tenía que terminar involucrado en algún episodio. Más de un torturado fue llevado a los límites de la locura y se recuperó gracias a mi padre, y así su fama llegó a oídos de la Seguridad Nacional. El primer contacto directo con los esbirros se debió a la demencia de un capitán de la Aviación. Sospecharon que era parte de una conspiración en Maracay y lo torturaron demasiado. Luego se supo que era inocente, pero su estado era tan grave que liberarlo habría sido un escándalo. Lo llevaron en secreto a San Jorge con otra identidad. Cuando logró ponerse firme y decir su nombre y rango sin titubear, lo devolvieron a su base, donde ya nunca más sería capaz de pilotear un avión. Entonces la Seguridad Nacional sacó una cuenta: si San Jorge sirve para salvar a los inocentes, también podrá enloquecer a un adeco con ínfulas de héroe. Papá se encontró en una encrucijada, pues no tenía manera de oponerse a propuestas cada vez más perversas. El único camino fue cerrar el sanatorio. Yo era todavía una niña y no sé cuál fue su excusa. En esos días tuvo un espantoso accidente de tránsito por la avenida La Paz y estuvo meses sin caminar. Dicen que fue un invento para cerrar San Jorge... No creo, porque quedó cojo de por vida y con un dolor permanente en la columna. Recuerdo que se trajo todos los papeles de sus archivos y los quemó en el jardín de la casa. Eran muchas cajas y le tomó más de un día y una noche. Yo no entendía por qué había tanta ceniza invadiendo los muebles, las sábanas, los platos.

Cuando ya faltaba poco para terminar, le escuché decir: «En ese fuego hay historias que nadie debe saber». Una era la de Armando Reverón.

Nos quedamos los dos en silencio, como esperando a que se disipe el humo de esa nube gris que flota sobre El Paraíso, la primera urbanización que hicieron las familias más prósperas para alejarse de la ciudad y vivir la ilusión de una campiña. «Hay parrilla donde los Báez», dirían los vecinos al comienzo. Y horas después, mientras los secretos continuaban ardiendo y desvaneciéndose en la transparencia de los cielos caraqueños: «Algo están quemando, y no es carne».

Ahora María José me prepara para su revelación más importante:

—Hay algo que debes tener bien claro…

Me inclino a escuchar creyendo que está a punto de cambiar el sentido de las quince entrevistas y de todas mis lecturas.

—… Si papá hubiera dejado algo guardado, yo no se lo entregaría ni a ti ni a nadie. Lo que hablaron esos dos amigos es sagrado.

Con el paso de los días mi reacción a esa sentencia irá cambiando. La longitud de los verbos: «si hubiera dejado algo guardado», aunque fue el inicio de un sacramento, comienza a convertirse en la promesa de que «algo» tiene una remota posibilidad de existir. Toda alternativa es estimulante. Puede que los papeles de El Paraíso se hayan quemado como los poemas de Noel, pero esa mínima zona entre la improbabilidad y la certeza es la patria de un novelista.

Antes de despedirme, le pregunto a María José si recuerda al doctor José Rafael Hutchson, quien trabajó un tiempo en San Jorge. Me contesta que el único médico que trabajaba con su papá era Héctor Artiles. Insisto:

—Este era un tipo muy alto, joven, que decía ser escocés, o inglés.

—Yo era muy niñita, pero algo sí recuerdo... Había uno que andaba para arriba y para abajo con Reverón... pero ese era un enfermero.

—¿Enfermero?

—Sí, enfermero. Una vez le escuché a Armando decir que El Escocés era bueno para pasear, porque nunca se sabía adónde quería ir. Y así deben ser los verdaderos paseos.

Creo que es hora de marcharme y comienzo a hablar de futuros encuentros:

—Siempre un recuerdo jala a los otros. Seguro que cuando nos volvamos a ver tendrás otro cuento tan hermoso como el del cuadro que pintaron juntos.

La palabra «cuento» no va bien con un testimonio tan presente y bien enmarcado. Me despido y con pasos inciertos intento salir del apartamento, que ahora luce más grande mientras la tarde pierde luminosidad. Caminando hacia la puerta paso frente al retrato de María Loreto y un nuevo cometa parece surcar el cielo a sus espaldas. Lo señalo moviendo un dedo a lo largo del cuadro y trato de acompañar mi asombro con un comentario; algo inteligente que justifique todo lo que he investigado, leído. Pero siento que nada he aprendido, que todo lo ignoro, y solo logro preguntar dónde será el próximo maratón.

María José ha vuelto a sentarse y contesta con otra pregunta:

—¿Quieres empezar a entrenarte?

—Una vez lo intenté y no lo soporté. El paisaje rebotaba con cada una de mis zancadas.

Veo también los picos escarpados que dibujó la niña y Armando entrelazó con el cabello de María Loreto. Comienzo a pensar en cuánto me gustaría caminar sin prisa por Los Altos de los Magallanes junto a César, Armando y El Escocés. ¿Será cierto que se ve el mar? Algo tiene que ser verdad de lo poco que sé. El súbito deseo de pasear con los tres amigos se va haciendo cada vez más fuerte y mis rodillas comienzan a ponerse tan tiesas como las de Hutchson. Necesito volver al sofá y estoy a punto de regresar gateando. No sé cómo justificar mi agotamiento al dejarme caer en el asiento. Me apoltrono como si fuera a dormirme, o como si ya estuviera dormido e intentara despertar de un sueño. La hija de Báez Finol se sienta a mi lado y no se sorprende cuando abro los ojos y reinicio el interrogatorio:

—Cuéntame, María José... ¿Cómo era la voz de Armando?

Esta edición de

LOS INCURABLES

se terminó de imprimir en el mes de noviembre de 2012,
en los talleres de Editorial Melvin C.A.
CARACAS, VENEZUELA